Juli Zeh

SOBRE HUMANOS

Vegueta Narrativa

Juli Zeh nació en Bonn en 1974. Estudió derecho en Passau y Leipzig y vivió en Cracovia y en Nueva York, donde trabajó para las Naciones Unidas. En 2018 fue elegida jueza honoraria en el Tribunal Constitucional del Estado de Brandeburgo.

Su primera novela, *Adler und Engel* (2001), traducida como *Águilas y ángeles*, fue galardonada en 2002 con el Deutscher Buchpreis, el principal premio literario alemán, y se convirtió en un éxito de ventas internacional. Desde entonces sus libros son un acontecimiento en Alemania y se han traducido a treinta y cinco idiomas. Su novela *Corazones vacíos* (2019), fue un éxito rotundo en Alemania nada más publicarse, tanto a nivel de crítica como de público, y con *Año nuevo* (2021) logró crear un impresionante *thriller* psicológico situado en Lanzarote con profundidad y calidad literarias. Ambas forman parte de la colección de Vegueta Narrativa.

Juli Zeh ha obtenido numerosos reconocimientos como el Premio Literario Rauriser, el Prix Cévennes a la Mejor Novela Europea, el Premio Hölderlin, el Premio Ernst Toller y el Premio Thomas Mann, entre muchos otros, con los que se ha consagrado como una de las voces narrativas femeninas más reconocidas de Europa.

Vegueta Narrativa

Colección dirigida por Eva Moll de Alba

Título original: ***Über Menschen*** de Juli Zeh

Traducción: Roberto Bravo de la Varga
Diseño de colección: Sònia Estévez
Ilustración de cubierta: © Album / akg-images
Fotografía de Juli Zeh: © Peter von Felbert

Primera edición: mayo de 2023
ISBN: 978-84-17137-97-7
Depósito Legal: B 1450-2023
IBIC: FA

Impreso en España

Juli Zeh

SOBRE HUMANOS

Traducción de Roberto Bravo de la Varga

Vegueta Narrativa

PRIMERA PARTE

ÁNGULO RECTO

1

Bracken

Seguir adelante. No pensar.

Dora hunde la pala en el suelo, tira de ella para sacarla, corta de un golpe una raíz que se le estaba resistiendo y continúa volteando la tierra arenosa. Luego deja a un lado la herramienta y se lleva las manos a los riñones. Le duele la espalda. Y solo tiene —necesita un momento para calcularlo— treinta y seis años. Desde que cumplió los veinticinco debe pararse a hacer cuentas para saber qué edad tiene.

No pensar. Seguir adelante. La estrecha franja de tierra que ha excavado no constituye un logro apreciable. Cuando mira a su alrededor, la perspectiva es desalentadora. El terreno es demasiado grande. No tiene nada que ver con lo que llamamos «jardín». Un jardín es una pradera de césped sobre la que se alza una casa en forma de cubo, como en el barrio de las afueras de Münster donde Dora creció. Incluso los alcorques con flores que se plantan al pie de los árboles en el barrio berlinés de Kreuzberg, donde Dora ha vivido últimamente.

El terreno en el que se encuentra no es un jardín. Tampoco un parque o un campo. Se trata más bien de una parcela. Así es como figura inscrita en el Registro de la Propiedad. Cuando Dora solicitó información sobre el inmueble, le dijeron que contaba con una parcela de cuatro mil metros cuadrados. Lo que ocurre es que entonces no se hizo idea de cuánto eran cuatro mil metros cuadrados. Medio campo de fútbol y, sobre él, una vieja casa. Tierra baldía, agreste, endurecida, arruinada tras un invierno que no ha tenido lugar. Un solar que Dora se esfuerza en transformar en el romántico jardín de una casa de campo, con bancales para cultivar hortalizas y verduras.

Esa es la idea. Dora no tiene un solo conocido en setenta kilómetros a la redonda. Por no tener, no tiene ni muebles. Por eso se ha empeñado en plantar su propio huerto. Los tomates, las zanahorias y las patatas le recordarán cada día que no se ha equivocado, que adquirir de improviso lo que en otro tiempo fue la casa del administrador de la zona, sin reformar y lejos de cualquier núcleo urbano, no ha sido una reacción impulsiva, fruto de la neurosis, sino un paso lógico consecuente con su itinerario vital. Cuando consiga su jardín campestre, los amigos de Berlín vendrán a visitarla los fines de semana, se sentarán sobre el césped en sillas antiguas y dirán suspirando: «¡Chica, qué bonito tienes todo esto!». Aunque para eso, claro está, le vendría bien saber quiénes son sus amigos y que se dieran las condiciones necesarias para que la gente pudiera volver a visitarse.

Que Dora no tenga ni remota idea de jardinería no es un problema. Para eso existe YouTube. Afortunadamente no es de esas personas que creen que hay que estudiar ingeniería industrial para poder leer el contador del gas, como le ocurre a Robert, siempre tan escrupuloso y tan perfeccionista. Robert fue perdiendo interés en su relación a medida que se enamoraba del apocalipsis. El apocalipsis era un rival con el que Dora no podía competir. El apocalipsis exige seguidores apasionados que asciendan tras él a las cumbres donde se decide el destino de los pueblos. A Dora no se le da bien seguir a nadie. Robert no entendió que saliera corriendo, y menos aún que su decisión no tuviera nada que ver con el confinamiento. Se quedó mirándola como si hubiera perdido el juicio mientras ella bajaba sus cosas por la escalera.

No pensar. Seguir adelante. Ha visto en Internet que la época de siembra comienza en abril. Este año, como el invierno ha sido suave, puede que incluso antes. Ya están a mediados de mes, así que tiene que darse prisa en preparar la tierra. Hace dos semanas, poco después de la mudanza, cayó una nevada con la que nadie contaba. Fue la primera y la última del año. Grandes copos de nieve descendían flotando del cielo. Parecía una ilusión, un efecto especial creado por la naturaleza. La parcela quedó cubierta por un delicado manto blanco. Por fin limpia, por fin uniforme. Dora vivió un momento de absoluta paz. Sin nieve, la parcela es la viva imagen de la desolación y del abandono. Un recordatorio constante de que hay mucho que hacer para dejarla en condiciones y de que, además, es urgente.

Dora no es la típica fugitiva de la gran ciudad. No ha venido aquí en busca de tranquilidad y tomates biológicos. Por supuesto, la vida urbana puede llegar a ser muy estresante. Trenes de cercanías atestados, el tumulto de las calles, por no hablar ya de los plazos, las reuniones, la presión y la dura competencia a la que se enfrenta en la agencia. Pero también hay gente a la que le gusta. La ciudad provoca tensiones, pero, al menos, está bien organizada. Aquí fuera, en el campo, impera la anarquía. Dora está rodeada de cosas que no se comportan como deberían. Objetos mugrientos, abandonados, descompuestos, que están pendientes de una reparación o que no funcionan correctamente, de manera que uno no puede contar con ellos cuando los necesita. En el ámbito urbano, las cosas tienden a estar más o menos controladas. Las ciudades son centros de control cuyo propósito es dominar el mundo físico. Cada objeto cuenta, como mínimo, con una persona que es responsable de él. Hay lugares donde uno consigue las cosas que le hacen falta y lugares donde las deposita cuando ya no las quiere. En la parcela, por el contrario, no hay más responsables que Dora y una naturaleza que lo abarca todo envolviéndolo con sus dedos sarmentosos.

Algunos mirlos se han acercado volando a buscar lombrices entre la tierra removida. Uno de esos pájaros negros se posa en el mango de la pala, una provocación que hace que la perrita de Dora, Laya, la Raya, levante la cabeza. En realidad, Laya, la Raya, no tiene más intención que calentarse bajo los rayos del sol de primavera después de otra fría noche en la casa de campo, pero se pone en pie y, con esa dignidad con que actúan las mascotas de la gran ciudad, va a decirles cuatro cosas a esos paletos con plumas. Luego regresa a su soleado rincón, se deja caer sobre el vientre y estira las patas traseras, de manera que su cuerpo adopta la forma triangular de una manta raya, de ahí su sobrenombre.

A veces, el pensamiento de Dora se queda prendido de frases que ha leído en alguna parte o, mejor dicho, las frases se quedan prendidas en su pensamiento como si se tratase de una costra que no se puede dejar de tocar, pero que tampoco termina de desprenderse. Una de esas costras es el segundo principio de la termodinámica, según el cual, el caos se incrementa cuando uno no emplea la energía suficiente para crear orden. Es lo que se conoce como entropía. Dora no puede evitar pensar en ello cuando mira a su alrededor, no solo a su parcela, sino al pueblo y a los campos de los contornos. Carreteras que se desmoronan, graneros y establos a punto de venirse abajo, antiguas tabernas cubiertas de hiedra. Montañas de escombros sobre campos sin cultivar, bolsas de basura amontonadas en medio del bosque. Los jardines, con sus vallas nuevas y sus casas recién pintadas, son islas en las que los seres humanos luchan contra la entropía. Es como si cada individuo contara con la fuerza justa para procurarse un mundo de unos pocos metros cuadrados. Dora no tiene aún ninguna isla. Se encuentra, por así decirlo, sobre una balsa, luchando contra la entropía con las herramientas oxidadas que ha encontrado en el cobertizo.

Hace seis meses, en otra época, en otro mundo, cuando descubrió el anuncio en eBay, introdujo el nombre del pueblo en Google. Según Wikipedia, «Bracken es una localidad perteneciente al municipio de Geiwitz, cerca de la ciudad de Plausitz, en el distrito de Prignitz, situado al noroeste del estado federado de Brandeburgo. Comprende el poblado de Schütte, actualmente abandonado. El pueblo se menciona por primera vez en un documento del obispo Siegfried que data del año 1184. Los vestigios arqueológicos hallados en el lugar invitan a pensar que Bracken fue en sus orígenes un asentamiento eslavo».

Es el típico pueblo de carretera del este de Alemania, con su plaza y su iglesia en el centro. Parada de autobús, bomberos y un buzón de correos. Doscientos ochenta y cuatro habitantes. Con Dora, doscientos ochenta y cinco, aunque todavía no se ha empadronado. El Registro Municipal se encuentra cerrado por la crisis sanitaria ocasionada por la COVID-19. No se atiende al público. Es lo que figura en la página principal del portal *web* del ayuntamiento de Geiwitz.

Dora no sabía que formara parte de un público. ¿Quiénes son los actores? Será mejor que no le dé más vueltas al asunto o se quedará prendido en su pensamiento. Ya tiene bastante con los curiosos conceptos que se están poniendo en circulación últimamente. Distancia social. Crecimiento exponencial. Tasa de supervivencia y pantallas protectoras. Hace seis semanas que Dora no entiende absolutamente nada. Puede que haga meses o años, pero el coronavirus lo ha hecho patente. Los nuevos conceptos zumban alrededor de su cabeza como moscas que es imposible espantar por mucho que uno agite los brazos. Así que Dora ha decidido que estas palabras no le afectarán. Proceden de un idioma extranjero, de un país extranjero. Para compensarlas tiene la palabra «Bracken», que también le suena extraña. Le recuerda a «barbecho» o a «barraca». Sería perfecta para nombrar los trabajos que producen más ruido o que exigen más esfuerzo en una obra. «Mañana se armará un buen *bracken*». «Necesitaremos obreros de refuerzo para el *bracken*». «Antes de echar los cimientos habrá que emplearse a fondo en el *bracken*».

En-tro-pí-a. En-tro-pí-a. Descomponer los pensamientos. Seguir adelante. Dora ha decidido que no se dará por vencida. Puede hacerlo. Tiene que seguir adelante, aunque el objetivo parezca imposible. En la agencia de publicidad había que seguir adelante pasara lo que pasara. Nuevos plazos, nuevas presentaciones. Poco personal, poco tiempo. La presentación fue fenomenal, la presentación fue una mierda. Conseguir una cuenta, perder una cuenta. Hay que pensar digitalmente, hay que pensar en trescientos sesenta grados, trabajar en anuncios por secuencia, crear cuñas radiofónicas, difundir vídeos en redes sociales, como dice Susanne, la fundadora de Sus-Y, en cada *monday breakfast*, una reunión disfrazada de desayuno que suele durar dos horas. Ganaremos en excelencia creativa y conseguiremos un posicionamiento único. Hay que entender de verdad a nuestros clientes. Tenemos que ayudarles, tenemos que ser eficaces a la hora de resolver sus problemas. Dora no echa de menos el *monday breakfast*. Por lo que se refiere al *monday breakfast*, la crisis del coronavirus podría durar para siempre.

Cuando uno se empeña en seguir adelante, no importa lo imposible que parezca el objetivo que se ha marcado, es natural que el trabajo se le acabe atragantando. Es como si le hubieran servido un plato con comida podrida que, lo quiera o no, tiene que consumir. La única solución es cerrar los ojos, taparse la nariz y tragarlo. Hundir la pala en la tierra. Entropía. *En*, hundir. *Tro*, pisar. *Pí*, levantar. *A*, sacar otra paletada de tierra.

Ha escogido un lugar hermoso, entre los árboles frutales, manzanos, perales y un cerezo, que justo ahora empiezan a echar los primeros brotes. Una zona apartada de la casa, pero lo bastante cerca como para poder verla desde la ventana de la cocina. El terreno es más o menos llano y no está cubierto con una maraña de ramas tan espesa como la que hay en la parte de delante de la parcela, donde forman una especie de enrejado, con barrotes del grosor de un pulgar. Arces y robinias. Dora está familiarizada con los árboles. Robert estudió biología y le explicaba las características de cada uno de ellos en los paseos que daban por el Tiergarten. Cómo crecían, cómo se reproducían. Lo que pensaban y sentían. A Dora le gustaba oírle hablar. Y aprendió bastante. La robinia es una especie invasora, un árbol migrante. Se reproduce rápidamente y expulsa a otras especies autóctonas. Parece que a las abejas les encantan las robinias. Retirar los tallos con sierra de mano y tijeras de podar le llevará semanas.

Las robinias no crecen entre los árboles frutales, pero sí las zarzamoras. Cuando Dora llegó, sus zarcillos, secos y enredados, cubrían el suelo casi por completo. Desde entonces ha aprendido a manejar la vieja guadaña, pero, a pesar de los tutoriales de YouTube, no ha conseguido afilarla como es debido, por lo que la hoja roma se enreda en la maleza y tiene que abrirse paso a golpes, como si quisiera penetrar en la jungla con un machete. El primer día, después de una gélida noche, salió bien abrigada: camisa de algodón, camiseta gruesa y chaqueta con forro. Un cuarto de hora más tarde empezó a quitarse capas de ropa, como si fuera una cebolla, y se quedó con la camiseta interior, dejando a un lado el resto de las prendas en una pila. Desde entonces sale con una simple camiseta, da igual lo fría que parezca la mañana. A primera hora del día, el aire no puede ser más puro, más limpio, y aunque tenga la carne de gallina, la sensación es agradable. Mientras que en la casa siempre hace fresco, la temperatura de fuera va ascendiendo a lo largo de la jornada hasta rozar los veinte grados, para satisfacción de Laya, que, desde el traslado a su nuevo domicilio, insiste en pasar las noches bajo la colcha de Dora. Durante el día, la perrita va buscando las zonas más soleadas del jardín, como si fuera una pequeña célula solar itinerante.

La Pascua pasó sin pena ni gloria. El confinamiento, según dicen, resalta muchas diferencias; otras, en cambio, las atenúa. Es lo que ocurre con los días laborables y los festivos. Después de desbrozar la tierra, Dora se dedicó a limpiar el espacio que quedaba entre los árboles frutales, un rectángulo de diez por quince metros, y lo delimitó tendiendo un cordón. Líneas totalmente rectas y ángulos perfectos de noventa grados. Un cordón rojo da un aspecto profesional a la inauguración de una obra, haciendo que el resto del trabajo parezca una cuestión puramente formal.

Una percepción que no tarda en revelarse como errónea. Dora lleva todo el día excavando la parcela, siguiendo la línea que marca el cordón, para retirar las hierbas o, mejor dicho, las malas hierbas que la cubren. Las raíces se hunden en el suelo compactando el terreno. Dora tiene que subirse sobre la pala con ambos pies y saltar varias veces para clavarla en la tierra. Un trabajo duro, aunque no es más que el comienzo de sus problemas. El verdadero reto se encuentra más abajo: el legado de un tiempo en el que, según parece, nadie se responsabilizaba de luchar contra la entropía. Quienquiera que viviese en la antigua casa del administrador en la época de la RDA consideró una buena idea verter escombros, cascotes y todo tipo de basura en el jardín. La pala de Dora choca con ladrillos rotos, piezas de metal oxidadas, viejos cubos de plástico, restos de botellas, zapatos sueltos y cacharros llenos de herrumbre. Abundan los juguetes infantiles: moldes de arena de colores, ruedas de coches en miniatura, incluso la cabeza de una muñeca que sobresale de la tierra con una apariencia siniestra. Dora va recogiendo cada uno de los hallazgos y los coloca a un lado, junto a la franja de tierra excavada, donde forman una hilera.

Apoya la pala y descansa sobre el mango. La fuerza vuelve lentamente a sus brazos y a sus piernas. Después de dos semanas en el campo, tiene las palmas rojas y llenas de callos. Las levanta, las gira a un lado y a otro, las observa como si fueran objetos que no perteneciesen a su cuerpo. Siempre le ha parecido que sus manos eran demasiado grandes. Más de una vez ha temido que pudieran moverse sin su intervención. Es como si detrás de ella hubiera otra persona más grande, que hubiera metido los brazos a través de sus mangas. Su hermano Axel solía burlarse de ella a cuenta de esto: «¡Menudas zarpas, Dora! ¡Parecen aletas!». A ella le enfadaba muchísimo. Entonces murió su madre. Desde ese día se acabaron los enfados y empezaron a tratarse con amabilidad el uno al otro. Fue como si todo, incluso las enormes manos de Dora, se hubiera vuelto frágil como el cristal.

Robert siempre ha asegurado que le gustaban sus manos, por lo menos, cuando aún le gustaba algo de ella. Luego empezó a verla como un problema para la reducción de las emisiones de CO_2 y, más tarde, como una potencial transmisora del coronavirus.

Dora sabe por experiencia que no puede pararse a descansar mucho tiempo. Si el descanso dura demasiado, empieza a hacer cálculos y los cálculos la llevan a plantearse si lo que está haciendo tiene sentido. Hace apenas dos semanas que empezó a desbrozar la parcela. Lleva tres días excavándola. La franja que ha limpiado mide aproximadamente un metro y medio de ancho. En consecuencia, Dora no ha cubierto ni siquiera una sexta parte de la superficie total. Si continúa a este ritmo, llegará a mediados de mayo y no habrá podido sembrar. Lo peor de todo es que eso no supondría un problema. Puede comprar la verdura en un supermercado. Y es probable que resultase incluso más económica que cultivarla por sus propios medios, sobre todo, si le suma los costes del riego. El confinamiento ha resultado nefasto, pero no representa una amenaza tan seria como para que cada cual tenga que producir sus propias patatas. No hay motivo alguno para sembrar una parte del jardín con verduras y hortalizas... salvo el romanticismo que rodea a una casa de campo y el placer de recibir la visita de los amigos. La cuestión es que a Dora le trae sin cuidado el romanticismo y tampoco tiene amigos. En Berlín no importaba. El trabajo consumía la mayor parte de su tiempo, y Robert tenía suficientes amigos para ambos. Aquí, en el campo, la falta de amigos es como un rumor sordo que retumba en el horizonte.

Resulta absurdo pretender cubrir un terreno tan grande. Es el típico error de principiante. Quince metros cuadrados, en lugar de ciento cincuenta, habrían sido más que suficientes para empezar. Pero Dora no se plantea retirar el cordón que ha tendido. Lleva años explotando su capacidad para llevar a término los proyectos que ha comenzado, por absurdos que parezcan. Tratar con clientes que cambian de opinión cada día, que desean realizar modificaciones una y otra vez, que se contradicen y evitan tomar cualquier decisión por miedo a sus superiores es, con seguridad, más difícil que el trabajo en el jardín.

Seguir adelante. Si no logra plantar su propio huerto, tendrá que preguntarse qué la ha llevado a comprar la casa. La respuesta sería sencilla, si pudiera decir que en otoño ya intuía los problemas que iba a causar el coronavirus. La casa en el campo vendría a ser un refugio, un lugar seguro donde pasar la pandemia. Pero en aquel momento no sospechaba nada. Cuando Dora empezó a interesarse por la oferta inmobiliaria en Internet, el cambio climático y el populismo de extrema derecha parecían ser los problemas más acuciantes. En el mes de diciembre, cuando acudió en secreto a una notaría de Charlottenburg, en Berlín, las referencias al coronavirus aún aparecían en las últimas posiciones en los resultados de los buscadores porque era una cuestión que preocupaba, sobre todo, en Asia. Había decidido que invertiría todos sus ahorros junto con la modesta herencia que había recibido de su madre en pagar la entrada de la casa. No tenía claro si quería trasladarse al campo. Solo sabía que necesitaba esa vivienda. Urgentemente. Como idea. Por salud mental. Para contar con una salida de emergencia en caso de que tuviera que abandonar la vida que había llevado hasta entonces.

En los últimos años, Dora había oído hablar una y otra vez de personas que adquirían una casa en el campo. La mayoría de las veces, como segunda residencia, con la esperanza de escapar del círculo de los proyectos. Todas las personas que

JULI ZEH

Dora conoce están familiarizadas con este círculo. Uno termina un proyecto para comenzar el siguiente justo después. Al principio, uno se convence de que el proyecto en el que está trabajando es el más importante del mundo. Dedica tiempo y energía para ajustarse a los plazos y procurar que salga lo mejor posible. Sin embargo, cuando lo culmina se da cuenta de que carece de sentido. Por desgracia, para entonces, ya está embarcado en el siguiente proyecto, que es todavía más importante que el anterior. No existe una meta definitiva. En realidad, ni siquiera se avanza. Solo hay una órbita circular en la que todos se mueven porque tienen miedo de quedarse parados. Al cabo de un tiempo, la mayoría comprende que lo que hace carece de sentido, pero nunca lo reconocerá en voz alta. A nadie le gusta hablar sobre ello. Dora lo advierte en los ojos de sus colegas. Su mirada revela una profunda insatisfacción. Solo aquellos que acaban de incorporarse creen aún que podrán alcanzar el «objetivo». Pero el «objetivo» es inalcanzable porque el «objetivo» engloba todos los proyectos imaginables y porque, en el fondo, sería mucho peor que los proyectos dejaran de llegar. La posibilidad de alcanzar el «objetivo» es la mentira fundamental de la vida moderna y del mundo laboral en el que nos desenvolvemos, una ilusión colectiva que se quebró hace tiempo, sin apenas consecuencias.

Desde que la verdad recorre los túneles del metro, se filtra en las máquinas de café automáticas, viaja en los ascensores y se difunde por las plantas de las torres de oficinas, las personas sufren lo que se conoce como *burnout*. No obstante, la rueda gira cada vez más rápido, como si uno pudiera sustraerse al absurdo de la carrera acelerando el ritmo.

Mucha gente opta por esta solución. Dora también lo ha hecho. Nunca ha intentado escapar del círculo de los proyectos. Lo ha aceptado como parte del estilo de vida que ha elegido.

Hasta que se produjo un cambio. No en Dora, sino en su entorno. Dora ya no podía aguantar más y entonces se le ocurrió la idea de comprarse una casa en el campo. Eso fue el otoño pasado. Ahora está aquí, en Bracken, y siente miedo. Es fácil que un proyecto se te vaya de las manos. La parcela que tiene ante sus ojos es una prueba irrefutable. Ese huerto no es más que otro maldito proyecto y, en esta ocasión, puede que le quede demasiado grande. Enfadada consigo misma, decide que no seguirá adelante. Se obligará a no hacer nada durante media hora. Suelta la pala y camina en dirección a la casa, pisando sobre las ortigas secas. Hay unas cuantas sillas bajo la sombra de un tilo. En el cobertizo, además de las herramientas, encontró varios muebles de jardín más bien endebles. ¿Cómo dijo el hombre de la agencia inmobiliaria? «Un lugar idílico es aquel en el que puedes ponerte cómodo». Probablemente es una de las frases que más utiliza para vender las destartaladas casas de esta zona.

Dora se sienta en una de las sillas, estira las piernas y se pregunta si está tan loca como la gente de Prenzlauer Berg, que pretende desestresarse sumando a su horario laboral, ya de por sí saturado, clases de yoga o de meditación. Está claro que el círculo de los proyectos es una trampa de la que no se escapa fácilmente. La misma huida se convierte en un nuevo proyecto que compromete la totalidad de la existencia. De otro modo no se cobraría tantos millones de víctimas. Dora respira hondo, utilizando el vientre, y se dice que su problema es completamente distinto. No tiene nada que ver con los proyectos, sino con Robert. Sucedió algo y decidió que ya no podía aguantar más.

2

Robert

No sabría decir cuándo empezó. Solo recuerda que, en la época en la que estaba comprometido con la lucha contra el cambio climático, pensó en más de una ocasión que Robert exageraba. Insultaba a los políticos llamándolos zoquetes, trataba a quienes lo rodeaban como si fueran egoístas ignorantes y perdía los nervios cada vez que Dora se confundía en la separación de residuos, como si hubiera cometido un crimen. Ese exceso de celo y esa testarudez la hicieron sospechar que tal vez sufriera algún tipo de trastorno obsesivo-compulsivo que, en lugar de forzarle a lavarse las manos continuamente, se manifestaba en una fijación por la política, y convertía a una persona dulce y sensata en un poseso.

Al principio, lo que sentía por él era, ante todo, admiración, condimentada con una pizca de mala conciencia. Robert se tomaba las cosas en serio. Se convirtió en un activista. Abrió una sección sobre el clima en el periódico digital para el que trabajaba y comenzó a cambiar su vida: se pasó a la comida vegana, vestía exclusivamente con prendas sostenibles para reducir el impacto de la producción textil sobre el clima y acudía a las manifestaciones de *Fridays for Future*. Le exasperaba que Dora no quisiera acompañarle. ¿Quién podía negar que el hombre es el responsable del cambio climático? ¿No se daba cuenta de que el mundo se encaminaba a una catástrofe? Las estadísticas cobraron protagonismo en sus conversaciones. Robert aportaba cifras, juicios de expertos y datos científicos. Dora se convirtió para él en la representante de esa masa estúpida que no se dejaba convencer con argumentos. Todo le parecía reprochable, hasta el trabajo que realizaba. La publicidad estimula el consumo. Hace que las personas compren cosas que no necesitan y que ni siquiera utilizan. Dora colaboraba con la sociedad del despilfarro, malgastando la energía e incrementando los residuos. Nunca había sentido la necesidad de defender su profesión, pero le dolía que Robert hablase así de ella.

En realidad, Dora está más que convencida. Considera que el cambio climático es un problema grave. Lo que le molesta es el discurso. «*How dare you?*» en lugar de «*I have a dream*». En vez de discutir sobre cuál ha de ser el límite del aumento de la temperatura global, habría que ir a la raíz del problema: el fin de la era de los combustibles fósiles no llegará educando a los ciudadanos, sino transformando las infraestructuras, la movilidad y la industria. Ante esta tarea no deja de ser curioso que Robert presuma de no tener coche.

A Dora no le gustan las verdades absolutas ni las autoridades que se apoyan en ellas. Hay algo en su interior que se resiste a aceptarlas. No pretende tener razón y tampoco quiere formar parte de ningún grupo. Su resistencia no tiene nada que ver con la rebeldía. Apenas se nota. Vive como cualquier otro. Se trata más bien del empeño que pone en mantener su independencia, de su lucha interior para no dejarse llevar por los demás. Por eso, en cierto momento, le dijo a Robert que debía cuidar de que sus estadísticas no dejasen de ser una preocupación honesta y se convirtiesen en una excusa para arrogarse la razón. Él la miró horrorizado y le preguntó si prefería los «hechos alternativos» de Donald Trump.

Hasta ese día, las ideas de Dora no habían supuesto un problema. Ahora las juzgaban absurdas, incluso reprobables. No podía expresarse con libertad. Por lo menos, no con Robert. Ya no. Se sentaba ante ella investido de autoridad, radiante, sublime, seguro de sí mismo, libre de cualquier error, por encima de cualquier duda, integrado en un grupo que ya no estaba sometido a la naturaleza falible del ser humano. Eso es lo que Dora no podía aguantar.

Por otra parte, se avergonzaba de su obstinación y de su empecinamiento. ¿Qué más daba que a Robert solo le interesase llevar la razón, si en realidad la tenía? La política climática era y es un asunto importante. También es cierto que Robert parecía satisfecho, mientras que Dora dudaba con frecuencia de sí misma. Debía de ser fantástico luchar por una causa noble y justa. Robert no necesitaba preguntarse qué sentido tenía lo que hacía. Había superado el círculo de los proyectos, cambiando pequeñas metas por una más grande y seguramente inalcanzable. Una brillante jugada de ajedrez, un enroque magistral.

Dora estaba decidida a esforzarse. Había renunciado a la carne. Había empezado a comprar productos biológicos. Al final, por amor a Robert, cambió incluso de empleo. Sus-Y, una agencia de publicidad mediana, está especializada en desarrollo sostenible y en organizaciones sin ánimo de lucro. Su objetivo es apoyar a empresas responsables para que puedan llevar a la práctica sus ideas socioecológicas. Desde que Dora trabaja para Sus-Y, en lugar de sopas en lata, cruceros de lujo o seguros directos, promociona zapatos veganos, el día sin bolsas de plástico o chocolate de comercio justo. Nunca le ha importado que su tarjeta de visita ya no la presente como «*Senior-Copywriter*», sino como una simple «Redactora de contenidos».

Tampoco le preocupa ganar algo menos que antes. Sin embargo, desde el punto de vista de Robert, por mucho que hiciera, nunca sería bastante. Ni remotamente. Fue entonces cuando Dora comprendió lo que Robert quería y supo que no se lo podría dar. Quería que le siguieran. Quería vencer su resistencia. Quería que jurase lealtad a su apocalipsis y le exasperaba que Dora mantuviera reservas al respecto, aunque no las manifestase en voz alta. Se sentía incapaz de ocupar un lugar a su lado en primera línea. Él estaba a disgusto con ella. Ya no reían tanto como antes. Pero, a pesar de todo, seguían siendo un equipo.

Entonces llegó el coronavirus y Robert descubrió su verdadera misión. Con esa sensibilidad suya, digna de un sismógrafo, con la que se anticipaba a cualquier catástrofe, en el mes de enero predijo una escalada de contagios que provocaría una crisis sanitaria a nivel mundial. Mientras Occidente seguía considerando que se trataba de un problema chino, él publicó una columna en su periódico digital recomendando al Gobierno que comenzara a adquirir mascarillas.

Al principio, sus colegas de profesión se rieron de él. Poco más tarde, sus profecías, como las de Casandra, se hicieron realidad y todos le consideraron un visionario. Robert se convirtió en un experto en el coronavirus. Era como si llevase años esperando que estallara la pandemia. Ahora la espera había terminado. La catástrofe se había producido. El barco se hunde. Algo hay que hacer. Alguien tiene que ponerse al mando. Cualquier duda debe tratarse como un intento de motín. Por fin todos piensan lo mismo. Por fin todos hablan sobre lo mismo. Por fin se dictan unas reglas de obligado cumplimiento para que el mundo no se vaya al traste. Por fin la maldita globalización hinca la rodilla. Por fin se acaba con el libre tránsito de personas, mercancías e información.

Dora lo comprende. La lucha contra el cambio climático puede ser agotadora. Nadie se la toma realmente en serio. Pero ahora, de repente, todo cambia. Lo que hasta hace poco parecía imposible, deja de serlo. Freno al capitalismo salvaje, limitación radical de la movilidad. El coronavirus nos da una lección. Inesperada, dramática, pero provechosa. Sus consecuencias son palpables. Por otra parte, la epidemia tiene resonancias bíblicas. ¿Cuánto tiempo más íbamos a quedarnos en las doce menos cinco? Antes o después tenía que llegar el final. Todos lo sabíamos. Todos lo intuíamos. Hace mucho que la cultura occidental es consciente de su decadencia, tal vez desde siempre. La peste que ahora se abate sobre nosotros es el justo castigo por nuestros pecados, por nuestra ambición, nuestra codicia y nuestro desenfrenado estilo de vida.

Todos aquellos a los que Robert lleva años acusando de inacción se ven obligados a tomar decisiones. Espantados y desconcertados, se muestran dispuestos a escuchar a los expertos. Políticos y ciudadanos de a pie, votantes de izquierda y de derecha, ricos y pobres se encuentran unidos por el miedo.

Dora tenía la impresión de que aquel pánico generalizado agradaba a Robert. Se metió de lleno en el juego del fin del mundo. *The Walking Dead* en Berlín. Llenó los armarios de provisiones, compró papel higiénico y desinfectante de manos en Internet y no dejaba de decir que había que prepararse para lo peor. Dora tampoco se sentía segura. A veces le embargaba un miedo atroz. Pero le parecía que era mejor mantener la calma. Esperar. Confiar en que los políticos realizaran un diagnóstico correcto de la situación y dieran las recomendaciones oportunas. Robert se reía de ella. También de los políticos, que, en su opinión, nunca hacían lo correcto. Sus medidas llegaban tarde o se quedaban cortas. Cuando Dora le recordaba que vivían en una democracia, en la que cualquier proceso de toma de decisiones requiere cierto tiempo, se indignaba. Recorría la ciudad en bicicleta, cubriéndose nariz y boca con una mascarilla que había conseguido antes que nadie, pulsando la opinión de la gente. Por el día montaba en su bicicleta y por la noche se sentaba al ordenador, donde alimentaba su obsesión leyendo informes, consultando cifras y verificando cálculos. Parecía embriagado. Su columna tenía cada día más éxito. A Dora se le volvía cada vez más extraño. Siempre terminaba sus textos, sus correos electrónicos, incluso sus SMS, con la misma fórmula, «¡Salud!», como si se tratase de la consigna de una alianza secreta llamada a convertirse en un movimiento social por el uso de las mascarillas.

Durante el último año, la convivencia con Robert no había sido sencilla. En el mes enero le rompía los nervios. En febrero se hizo insoportable. En marzo cerraron las escuelas, los restaurantes y los comercios. Se empezaron a utilizar conceptos como confinamiento, estado de alarma, aplanar la curva, incidencia, mortalidad o triaje. Cundió el pánico, como si la enfermedad y la muerte acabaran de inventarse.

De un día para otro, Dora se encontró trabajando en casa. Al principio no le pareció nada mal, al contrario, pensó que tenía sus ventajas. Como ocurre en casi todas las agencias, Sus-Y no dispone de despachos individuales para sus creativos. Veinticinco personas se sientan en lo que se llama «*open space*», un espacio diáfano lleno de ruido. Los consultores se pasan el día entero colgados del teléfono, intentando arrancar información a los clientes y transmitiéndoles buenas sensaciones. Hablan sin parar, es lo único que hacen, algo que a los redactores de contenidos, que tienen que concentrarse en encontrar ideas, les complica bastante la vida. El trabajo en casa es mucho más tranquilo. Es cierto que a Laya le hizo muy poca gracia. Añoraba la agencia por los mimos que recibía. Mientras

Dora acudía a la máquina de café a por el primer expreso del día, la perrita corría de escritorio en escritorio para saludar a sus fans y recoger las golosinas que solían traer para ella en pequeñas bolsitas.

Los primeros días de trabajo en casa fueron muy bien. Las tormentas de ideas con los colegas se resolvían por Whats-App. Las reuniones, por videoconferencia. Lo único que echaba de menos era aquella nevera llena de Feierabend, una cerveza biológica, que recibían gratuitamente desde que Sus-Y había conseguido la cuenta de Kröcher, la empresa que la fabricaba.

Pero entonces, en el piso de Kreuzberg, empezó a faltar espacio. Como periodista *freelance*, Robert siempre había trabajado en casa y tenía ocupada una habitación entera con sus cosas. Al mudarse, Dora pensó que el piso era gigantesco. Ahora todo encogía a su alrededor. Para limitar al mínimo el contacto social, Robert redujo sus salidas por la ciudad a una hora al día. El resto del tiempo, Dora, Laya y él convivían en ochenta metros cuadrados. En el salón no había más que una mesita de café, así que Dora tuvo que instalarse en la cocina con su portátil. Salía a pasear con Laya varias veces al día. Los dueños de los perros gozaban de este privilegio.

Las calles vacías tenían un aspecto fantasmal. Pocos coches, apenas peatones. Los patinadores del Viktoriapark, desaparecidos. Rostros cubiertos con mascarillas blancas tras las cristaleras de las farmacias. Robert decía que estos profesionales luchaban en primera línea. Esta clase de retórica molestaba especialmente a Dora. Al fin y al cabo, la pandemia no era una guerra. Las guerras se libran entre unos hombres y otros.

En cierta ocasión, mientras paseaba por la calle, un caballero tiró de la correa de su mascota para apartarla de Laya, la Raya, como si pudiera contagiarle el virus. El jadeo de los perros y el roce de sus uñas sobre el pavimento resultaban perturbadores. Una madre más bien joven increpó a una persona que hacía *jogging* por respirar demasiado fuerte. En algunas ventanas había carteles en los que se leía: «Nos quedamos en casa». Esa gente formaba parte de algo, aunque Dora no podía decir de qué. Colgaban carteles y confiaban en que, en Berlín, las cosas no se pusieran tan mal como en otras partes.

Los paseos eran angustiosos, pero, al mismo tiempo, suponían un desahogo. Una manera de aliviar la claustrofobia, sin tener que pedir permiso a nadie. A Robert, en cambio, le parecía increíble que Dora saliera de casa tres veces al día para pasear a Laya. Le molestaba enormemente la desobediencia de la población. Mientras ella se sentaba a la mesa de la cocina tratando de transformar los deseos de sus clientes en conceptos creativos, él recorría la vivienda de un lado a otro, quejándose en voz alta del estúpido comportamiento de la gente. Esperaba que Dora le diera la razón. Que, por lo menos, asintiera con la cabeza. Pero Dora no podía. No sabía si la gente era estúpida. Por otra parte, ¿de qué gente estaban hablando? ¿De los que tiraban de la correa de sus mascotas para apartarlas de las de los demás o de los que alardeaban bebiendo cerveza en grupo delante de las tiendas de veinticuatro horas?

¿Quiénes son los buenos y quiénes los malos? Dora no lo sabe y tampoco quiere saberlo. Le parece una pregunta muy peligrosa. Lo que sí sabe es que no le gusta que se hable de «crisis histórica» ni del «fin de una época». En el mundo han pasado cosas mucho peores, solo que ocurrían lejos de nosotros. Ha renunciado a formarse una opinión. No hay soluciones fáciles. Y ahora menos que nunca. Ni los políticos ni los virólogos disponen de información fiable. No existe un protocolo para resolver un problema como este. Como sucede tantas veces en la vida, hay que proceder por *ensayo y error*. El hombre comprende y controla mucho menos de lo que cree. Ni la inacción ni el nerviosismo son la actitud correcta ante este problema. Dora piensa que es el momento de actuar con prudencia e informar con absoluta honestidad. Y, para ser honestos, hay que empezar reconociendo que no sabemos nada con certeza. Por eso se resiste a entrar en discusiones. No está en contra las reglas. De hecho, las sigue. Otra cosa es que las respalde. Tampoco tiene por qué ponerse a beber cerveza con otras diez personas delante de una tienda para demostrar lo libre o lo importante que es. Si la distancia social es la estrategia por la que la sociedad ha optado, entonces está dispuesta a aceptarla. Es razonable. Pero no pueden obligarla a que exprese su apoyo públicamente. Tal vez, el modelo sueco se ajuste mejor a sus valores, pero está aquí y no en Suecia. Se atendrá a lo que determinen las autoridades, preservando su libertad de conciencia. Y eso implica no condenar a los que beben cerveza en la calle como si fueran elementos descontrolados que traicionan a la sociedad, poniéndonos a todos en peligro.

Robert no pensaba así. Y le habría gustado que Dora coincidiera con él. Pero, una vez más, ella se negaba a seguirle. No juraría lealtad a su apocalipsis. Dora ignoraba sus airados comentarios y trataba de concentrarse en la pantalla del portátil. Su agresividad iba creciendo y se dirigía, en parte, contra ella. Su portátil había cogido la costumbre de bloquearse, al menos, una vez al día, lo que la obligaba a cerrar los programas con los que estaba trabajando. *Runtime Error 0x0. We are sorry for the inconvenience.* Dora empezó a pensar que lo que sucedía tenía que ver con Robert. Le daban ganas de llorar. Había sido su pareja, su compañero, su mejor amigo. Ahora creía que el aura de Robert bloqueaba el ordenador.

Una vez, en uno de sus paseos, vio a un hombre que llevaba un aparato para medir la distancia que le separaba de los demás viandantes. Cada vez que pitaba, empezaba a agitar los brazos y a gritar: «¡Apártese!». Eso le asustó más que todo lo que había visto hasta entonces. ¿Podía ser que la sociedad estuviera perdiendo el juicio? Cuando se lo contó a Robert, él la llamó ignorante y le reprochó que no estuviera lo suficientemente informada. No podía cerrar los ojos ante el peligro. La actitud del hombre que llevaba aquel dispositivo le parecía muy razonable. Dora se sintió como una niña que no entiende lo que sucede.

Los reproches de Robert por su falta de información le tocaron la fibra sensible. Es cierto que Dora había limitado el consumo de noticias desde el estallido de la pandemia. No es que quiera cerrar los ojos, es que no soporta que ya solo se hable del coronavirus. Como si la guerra en Siria, el sufrimiento de los refugiados, los terroristas nazis y la pobreza no fueran problemas reales en otras partes del mundo. Pero ahora triunfa el infoentretenimiento, un pasatiempo para consumidores de medios que no saben qué hacer para no aburrirse. A ellos, la pandemia les ha venido como anillo al dedo, ¿quién necesita más? Dora se siente desconcertada. Se pone mala cada vez que lee los titulares. Por otra parte, aunque no lo reconozca, se avergüenza de no conocer las últimas cifras de infectados. Como si el consumo de información fuera un deber cívico, según cree Robert, que trata como a delincuentes a quienes, como Dora, no cumplen con él.

Además de chocar por sus ideas, ambos se convirtieron en un estorbo para el otro. Cuando Dora cerraba una ventana, Robert abría otra. Cuando estaba sentada en el aseo, Robert llamaba a la puerta y preguntaba cuánto tiempo iba a tardar. Cuando llenaba de anotaciones páginas y páginas tratando de encontrar un eslogan pegadizo para transmitir los valores y cualidades de un producto o de una marca, o estaba tratando de diseñar una cuña radiofónica para una campaña que se prolongaría en el tiempo y podría reportarle algún premio, a él no se le ocurría otra idea que sacar los platos del lavavajillas a veinte centímetros de su codo. O tropezaba con Laya y pisaba los documentos que Dora, por falta de espacio, había distribuido por el suelo. Cuando iba al frigorífico, se lo encontraba justo delante. Si se preparaba un café, se colocaba a su lado para hacerle ver que estaba esperando a que acabase. Cuando salía a fumar un cigarrillo al balcón, él gritaba desde dentro que el humo se estaba colando en todas las habitaciones. Cada vez que escribía una columna, recorría el vestíbulo de un lado a otro hablando a media voz para sí mismo y cuando Dora le pedía que dejara de hacerlo, él respondía que no sabía trabajar de otro modo.

Aunque compartían los gastos del alquiler, parecía que el espacio solo le pertenecía a él. Al fin y al cabo, Robert siempre había trabajado en casa, mientras que Dora acudía a la agencia. Además, negarse a aceptar que se acercaba el apocalipsis le había hecho perder cualquier derecho. La resistencia de Dora se volvió tan feroz que llegaron a mantener una tensa disputa por las botellas retornables, un episodio que no le gusta recordar.

Cada vez pasaba más tiempo fuera de casa. Iba al parque, que estaba cerrado para los niños, se sentaba en un banco, en un rincón, cogía a Laya en el regazo y trataba de leer un libro en su teléfono móvil. La mayoría de las veces lo dejaba al cabo de unos minutos y miraba absorta al horizonte. De pronto se hacía el silencio. Voces, pensamientos, titulares, miedos. Sus enormes manos acariciaban la cálida piel de la perrita. Alrededor de ella se extendía un espacio que en esos momentos no le pertenecía a nadie. Dora podía estar tranquila. Nada le impedía sentarse allí. Luego llegaba a casa y Robert le preguntaba qué había estado haciendo y por qué había tardado tanto en volver. Dora empezó a utilizar un sobrenombre para pensar en él, en su cabeza le llamaba «Robert Koch». Cuando Baviera anunció que prohibiría que los ciudadanos se sentasen en los bancos de calles y jardines, Robert le comunicó que no toleraría más paseos por el parque. Hablaba con lentitud, pronunciando claramente cada palabra, como si Dora tuviera dificultades de comprensión. Moverse en cualquier espacio público suponía un riesgo de contagio. Dora se comportaba de forma irracional y le estaba poniendo en peligro. No estaba dispuesto a consentirlo. Laya tendría sus necesidades cubiertas si la llevaba a un alcorque tres veces al día.

Al principio, Dora se lo tomó a broma y le preguntó si era el día de los Inocentes. Luego le recordó que en Berlín no existía tal prohibición y que salir a pasear solo aún estaba permitido, sobre todo, con perro.

Robert le respondió que el tema era otro. Había que frenar la propagación del virus y todos debían comprometerse con este objetivo en la medida de sus posibilidades, evitando, por ejemplo, cualquier desplazamiento que no fuera estrictamente necesario.

Dora apuntó que él seguía recorriendo la ciudad en bicicleta, aunque no fuera más que una hora al día.

Robert contestó enfadado que eso formaba parte de su profesión. Que escribía sobre la crisis y que sus columnas se encontraban entre los textos más leídos del periódico digital en el que trabajaba. Su labor era absolutamente imprescindible para la sociedad; ella, seguramente, no podría decir lo mismo.

Dora le preguntó entonces si estaba tratando de prohibirle que abandonara la vivienda.

Robert parecía confuso, lo pensó un momento, sonrió y asintió con la cabeza. El portátil de Dora, que estaba sobre la mesa de la cocina, se bloqueó. *oxo. We are sorry for the inconvenience.* En la cabeza de Dora se accionó un interruptor. Miró a la pantalla negra y luego a Robert, que seguía de pie delante de ella. Ya no reconocía a aquel hombre. Consideró tres posibilidades: o había ido a parar a una película absurda en la que tenía que representar un papel sin haber leído el guión, o Robert se había vuelto loco, o la que se había vuelto loca era ella. A Dora no le convencía ninguna. Solo quería marcharse. Su cerebro no comprendía lo que acababa de suceder. No sentía dolor. Solo incomodidad. Y el impulso irrefrenable de salir huyendo de allí. Le dijo a Robert que se iría a vivir a otra parte durante algún tiempo y recogió sus cosas.

Hasta entonces no le había hablado de su casa en el campo y aquel no era, desde luego, el mejor momento para hacerlo. En cualquier caso, Robert no le preguntó dónde pensaba mudarse. Tal vez estuviera asustado. Tal vez estuviera contento de que se marchara. Tal vez creyó que se trasladaría temporalmente a Charlottenburg, al apartamento de su padre, que casi siempre está vacío, porque Jojo solo lo utiliza cuando viene a operar a Berlín, cada dos semanas. Robert no le ayudó a bajar sus cosas. Es probable que ni siquiera se diera cuenta de que se lo llevaba todo. Dos maletas y tres cajas con prendas de vestir, libros, ropa de cama, toallas, utensilios de cocina, carpetas del trabajo y aparatos electrónicos. Incluso el pesado colchón que había comprado para su lado de la cama; lo sacó a la escalera y dejó que se deslizara por ella como si fuera un tobogán.

Luego fue a buscar a la ciudad una furgoneta para la mudanza. Con cada kilómetro que recorría se sentía más aliviada.

No solo dejaba atrás a Robert, sino también la gran ciudad, las restricciones, el continuo bombardeo de noticias y la tensión emocional. Era como si estuviera abandonando el mundo que conocía a bordo de una nave espacial, rumbo a otras galaxias. No era una sensación nueva. Ya la había experimentado en las salidas que había realizado en secreto el otoño pasado.

Se escapó de casa en varias ocasiones. Le gustaba esa expresión. Sonaba a salir de una caja o de una lata. La mayoría de las veces realizaba el recorrido y visitaba las propiedades ella sola. A los agentes inmobiliarios les venía muy bien. No les compensaba viajar tan lejos por una comisión tan baja. Le proporcionaban un documento PDF, fotos y una dirección. La visita debía limitarse al exterior. Comprar una casa estaba al alcance de su mano y esta idea le fascinaba. Si uno conduce lo suficientemente lejos, los precios son cada vez más asequibles. A su edad, con un trabajo fijo, podría conseguir un crédito sin problemas. Los tipos de interés estaban por los suelos y Dora contaba con recursos propios para pagar la entrada: la herencia de su madre y el dinero que había ido ahorrando cada mes, cuando trabajaba como *Senior-Copywriter* y ganaba tanto como el jefe de estudios de un instituto. Una casa en una zona rural. A su madre le habría gustado. Le habría encantado. Y se habría reído al saber que Dora no había compartido sus planes con nadie. «Mi hija misteriosa», habría dicho acariciándole el cabello. Dora pensaba muchas veces que la resistencia le venía de su madre.

A pesar de todo, tenía mala conciencia por emprender esos viajes en secreto. ¿Por qué no le había pedido a Robert que la acompañase? ¿Por qué viajaba a sus espaldas? Era como si quisiera engañarle y disfrutase con ello. Pero se sentía tan bien... Campos inmensos, colores suaves, cielo abierto.

Hacía tiempo que Dora no lo pasaba tan bien. Aunque las casas que iba viendo no le gustaban. Eran demasiado pequeñas, demasiado grandes o les faltaba carácter. Cuando las hojas de los árboles empezaron a caer, creyó que no encontraría ninguna que encajara con lo que estaba buscando. Sin embargo, siguió adelante, los fines de semana, mientras Robert creía que estaba en un *workshop*.

Fue entonces cuando dio con la casa del administrador, en Bracken. Detuvo delante de la valla el coche que había alquilado y supo al momento que era aquella. Grandes árboles, una parcela rústica, fachada de estuco gris. Una aldea. Seis semanas después estaba ante un notario firmando el contrato de compraventa.

Luego llegaron las Navidades, Nochevieja y, al final, el coronavirus. Ahora volvía a Bracken en un vehículo de alquiler en el que llevaba todas sus pertenencias. Por algún motivo, le daba miedo que la casa no existiese. Habían pasado tres meses desde la compra. Tardó seis semanas en transferir el dinero al vendedor. Luego se había quedado atrapada en Berlín, por el confinamiento. Puede que la detuvieran en un control de carreteras y la enviarán de vuelta a la ciudad. O puede que llegase a Bracken y se encontrara el pueblo vacío. No conseguía poner freno a su imaginación. Le entraban sudores pensando en todo lo que podía salir mal. Pero no la detuvieron en ningún control de carreteras. Y, cuando llegó a Bracken, encontró la casa con su parcela como la había visto la primera vez.

Dora bajó del coche de un salto y se quedó de pie contemplándola. Tuvo que frotarse los ojos, no por incredulidad, sino porque se le saltaban las lágrimas. Era tan hermosa... A finales de otoño, las copas de los árboles, que estaban desprendiéndose de sus hojas, ofrecían una variada gama de colores. Ahora mostraban un verde intenso, como si las hubieran pintado a pistola. La casa se encontraba bajo los árboles, tal y como la recordaba, un poco apartada de la carretera. Destacaba por su sobria simetría. Tres ventanas a izquierda y derecha. Una puerta central de doble hoja. Tanto la puerta como las ventanas estaban flanqueadas por columnas de estuco que soportaban un frontón triangular. La planta baja se encontraba elevada por encima del nivel del suelo. Una escalera exenta, con seis peldaños, subía hasta la puerta, delante de la cual se abría un espacio amplio, donde se podían colocar una mesa con cuatro sillas, una especie de terraza rodeada por una barandilla de hierro fundido. El tejado reposaba directamente sobre la planta baja. Era como si la casa se hubiera calado un sombrero negro que cubría su frente. Al parecer, el administrador no tuvo dinero para levantar otro piso.

Según le explicó el hombre de la inmobiliaria, tras la caída del Muro, la casa quedó en manos de una comunidad de herederos que necesitó años para ponerse de acuerdo y venderla. La adquirió una pareja joven, que empezó a reformarla. Poco después se pelearon y se marcharon. La casa pasó mucho tiempo vacía, hasta que Dora se interesó por ella. El de la inmobiliaria no supo decirle cuánto exactamente. Él la consideraba «una joya con innumerables posibilidades», un eufemismo con el que evitaba reconocer que se encontraba en un estado lamentable.

A Dora no le importó. Sabía que era su casa. Seguramente sea demasiado pequeña para tanto estuco y tanto tejado, pero conserva su dignidad, como un anciano caballero, un poco afectado, que actúa exactamente como se espera de él. Los frontones triangulares que rematan las ventanas parecen cejas arqueadas. Es evidente que la casa necesita terreno alrededor. Un muro algo deteriorado, de unos dos metros de alto, sirve de separación con otra propiedad que se encuentra a la derecha. De niña, Dora habría señalado la escalera y habría dicho: «¡Mira! ¡La casa está sacando la lengua!».

Al principio, la casa fue un sueño. Ahora es una realidad. Un refugio. Sin embargo, Dora no termina de creerse que sea dueña de algo tan grande. Mientras observa la casa, parece que esta le estuviera preguntando: «¿Quién posee a quién?».

3

Godo

La parte trasera de la casa del administrador no está decorada con estuco. Desde esa perspectiva tiene el aspecto de un viejo cajón. La pared gris parece picada de viruelas. Sobre todo en la mitad superior, cubierta de ronchas de liquen. Dora se sienta y contempla la parcela. Una mujer y su tierra. Un montón de espacio para estirar las piernas. El trino de los pájaros interrumpe sus reflexiones. Una pareja de colirrojos tizones entra y sale volando por la puerta del cobertizo. Están tan ocupados en construir su nido que ni siquiera se dan cuenta de que Dora los observa sentada en el jardín. En lo alto de la copa de una robinia descubre a un estornino pinto. Su canto es alegre y hermoso, mucho más de lo que cabría esperar por su plumaje de proletario.

No se ve ni un alma. De vez en cuando, algún automóvil. No hay ningún televisor para seguir las preocupantes noticias de la CNN. Ningún *smartphone* para que los *podcasters* y los *youtubers* cuenten cómo pasan sus días trabajando en casa. Dora no lleva el móvil encima. En cualquier caso, en el jardín apenas hay cobertura. Cualquiera diría que el coronavirus no ha llegado a Bracken. El aire es puro y tiene otro aroma.

Dora trata de ver el lado positivo de lo que está ocurriendo. Las cosas han salido bien. Se siente afortunada. Como no tiene que acudir a la agencia, puede trabajar en Berlín o en Bracken. Por otra parte, hay poco que hacer. En condiciones normales, su jornada laboral supera las diez horas. Cuando sale, de camino a casa, aprovecha para hacer alguna llamada telefónica. Por la noche, antes de irse a dormir, responde los últimos correos electrónicos. En cuanto termina con una campaña, la convocan a un *briefing* para poner en marcha la siguiente, un *spot* para el Día de la Madre. Y sabe que tiene muchos otros encargos en cartera. Pero ahora, el coronavirus lo ha cambiado todo, incluso la publicidad. Los clientes congelan sus cuentas. Campañas que llevaban tiempo planificándose se cancelan. Sus-Y ha anunciado una reducción de jornada. Dora no tiene más que dos proyectos sobre la mesa. Se siente como si estuviera desempleada. Se trata de un pequeño folleto sobre Feierabend, la cerveza biológica, fácil de redactar, y de la campaña de lanzamiento de FAIRkleidung, una empresa textil que apuesta por la moda sostenible.

En cualquier caso, no tiene motivos para preocuparse. Seguirá cobrando gran parte de su sueldo. Por otro lado, la conexión a Internet funciona perfectamente. De hecho, dispone de fibra óptica... Puede que sea la única infraestructura con la que cuenta Bracken. Tal vez consiga hacerse con una mesa donde trabajar. Si no es así, también puede sentarse con el portátil en la cocina; o sobre el colchón, con la espalda apoyada contra la pared; incluso aquí fuera, en la silla del jardín. No es problema. Laya terminará acostumbrándose al entorno antes o después. Conseguirá que la parcela tenga un aspecto aceptable. Buscará algunos muebles para la casa; no necesita demasiados, desde luego. No hay calefacción, solo la estufa de leña, pero el invierno todavía queda lejos y quién sabe si, cuando llegue, seguirá aún aquí. Puede que para entonces hayan recuperado la normalidad. El coronavirus habrá desaparecido y

Robert habrá vuelto a ser quien era. Podrán hablar, reír y cambiar impresiones. Cuando pase el tiempo, su huida a Bracken parecerá un paréntesis en el que se alejó de la gran ciudad, un año sabático en un pueblo fruto de la crisis que provocó una pandemia. Dora se reincorporará a la agencia, trabajará duro para impulsar su carrera, luchará por conseguir algunos premios internacionales, se convertirá en directora creativa y, cuando se quede a trabajar por la noche, ella y sus compañeros podrán pedir sushi sostenible o pizza vegana y cargar los gastos a la empresa. Vivirá en Kreuzberg y pasará los fines de semana con Robert en Bracken. Trabajarán juntos en la casa y disfrutarán de la vida en el campo, el sueño de cualquier urbanita. Serán personas normales en un mundo normal.

Dora se ha propuesto pasar media hora sin hacer nada. Solo han transcurrido diez minutos. Le quedan veinte para volver a coger la pala.

—¿Este perro es tuyo?

Dora se sobresalta. Mira a su alrededor. Ha escuchado la voz de un hombre, fuerte y ronca, que parece surgir de la nada. Dora se levanta, pero no puede precisar de dónde procede. Tampoco ve por ninguna parte a Laya, la Raya. Hace un momento, la perrita estaba echada al sol entre unos retoños de arce. ¿O no? ¿Cuándo la vio por última vez? Cuando Laya ladró a los mirlos. ¿Y luego?

—¡Eh! ¡Que si es tuyo este chucho de mierda!

Al final localiza al hombre. Está detrás del muro de carambucos que separa las parcelas. Una cabeza redonda, rapada, sobresale por encima del borde. Parece balancearse de un lado a otro como una bola. El hombre debe de medir, al menos, dos metros y medio.

Para Dora, la vecindad es una forma de matrimonio forzado. Hay quien se lleva bien con sus vecinos, pero la probabilidad no es muy alta. En las dos últimas semanas no ha observado a nadie en la casa de al lado y ha supuesto que estaba vacía. Solo alcanza a ver la parte superior de la vivienda. Está más próxima a la carretera que la casa del administrador, pero se encuentra protegida por un alto muro con una puerta de madera que siempre está cerrada. Una de las ventanas de la primera planta está bloqueada con tablones de madera. Es como si la casa estuviera tuerta. Una vez, Dora se subió a una silla para mirar por encima del muro. Esperaba encontrar un terreno cubierto de maleza, pero descubrió que estaba bien cuidado. No es una parcela, sino un jardín. La hierba está segada. No hay escombros ni cascotes. Hay una caravana levantada sobre un gato, pintada de verde oscuro y blanco. La entrada está adornada con macetas donde crecen geranios. Un viejo *pick-up* blanco permanece aparcado junto a la casa.

Dora supuso que algún berlinés utilizaba la caravana como casa de vacaciones. Cuidaba el jardín y se movía por los alrededores con el *pick-up*. En esos momentos no podría venir porque Brandeburgo ha tomado medidas para aislar a los berlineses y evitar que propaguen el coronavirus. Tal vez fuera un creativo publicitario de Friedrichshain, al lado de Kreuzberg, alguien con el que pudiera entenderse. Si no queda más remedio, Dora está dispuesta a entenderse con sus vecinos. Lo considera la segunda mejor alternativa. Aunque no tener vecinos es todavía mejor.

El tipo del muro no tiene pinta de ser un creativo publicitario de Friedrichshain. Dora duda un momento antes de acercarse a él. Cuando llega al muro, tiene que echar hacia atrás la cabeza tanto que roza la nuca. Ojalá el hombre esté subido sobre una caja.

—¿Eres sorda? —pregunta, mientras se rasca la pelada calavera—. ¡Te he hecho una pregunta!

Antes de que Dora pueda responder que ha comprendido su pregunta, pero que la respuesta depende de a qué perro se refiera exactamente, Laya, la Raya, llega volando por los aires. La perrita tiene las cuatro patas estiradas, como si dispusiera de membranas que le permitieran planear por el aire. Dora trata de coger su mascota al vuelo, pero en el último momento se le escapa de las manos y choca contra la dura tierra, donde da una voltereta como si fuera un personaje de cómic. Al momento siguiente, Laya salta eufórica sobre Dora, como si hiciera años que no se hubieran visto.

—¿Se ha vuelto usted loco? —grita Dora, mientras examina las patas de Laya.

Está claro que la pequeña no se ha hecho daño. Cuando a Laya le duele algo, se queja con el sentimiento dramático de una diva.

—Tu chucho andaba escarbando entre mis patatas.

Dora descubre que Laya tiene las patas manchadas de barro. Es como si llevara puestas unas medias oscuras. Le sorprende porque la perrita no tiene por costumbre escarbar en la tierra. También es cierto que el lugar donde ha vivido hasta ahora no se presta a ello. Alcorques, aceras y parques vallados. Caminos de grava y arriates de flores. Una correa y una bolsa de plástico para recoger las caquitas que deja al borde del camino. Tal vez en el corazón de Laya perdure adormecido el instinto de un perro de caza. Aunque seguro que ninguno de sus antepasados lo ha sido y, desde luego, ninguno ha tenido una forma tan aerodinámica.

—Siento lo de las patatas —Dora se incorpora y se lleva las manos a las caderas—. ¡Pero Laya habría podido romperse algo!

—Eso es porque no la has agarrado bien —dice el vecino.

Cualquiera diría que Laya disfruta con el jaleo que ha montado. Se sienta delante de Dora y jadea entusiasmada, mientras su fina cola golpea contra el suelo. «¡Adelante! ¡Lucha por mí!», sugieren sus ojitos. Dora y su vecino bajan la mirada y, por un momento, contemplan a Laya, él desde un lado del muro y ella desde el otro.

—Es un chucho bastante feo, ¿verdad? —comenta el hombre por fin.

Ese juicio no se ajusta a la verdad. Laya es una mezcla de pug, bulldog francés y, tal vez, un chihuahua. Su pelo, ni corto ni largo, es de color blanco amarillento. El cuerpo, rechoncho; las piernas, encorvadas. En su cara destacan dos ojos saltones, unas orejas arrugadas y una prominente mandíbula inferior, por lo que parece que estuviera a punto de soltar un mordisco, cosa bastante improbable. Con todos sus defectos, la mayoría de la gente que conoce a Laya queda encantada con ella. Por sorprendente que resulte, no piensan que sea fea, sino graciosa. A Dora le parece que Laya tiene el aspecto de un juguete japonés, de esos que se iluminan y se ponen a dar cabriolas al ritmo de una música cuando se aprieta un botón. Pero no le importa. A Dora le gusta Laya por su carácter gruñón, con repentinos brotes de euforia. Su perra no tiene por qué ser guapa.

—Es feísimo —repite el vecino, como si no hubiera quedado claro la primera vez.

—Es una perra —dice Dora con mucha dignidad.

—He oído que se llama Laya.

Dora se encoge de hombros.

—Me pareció gracioso.

—Vosotros, los de ciudad, debéis de aburriros mucho.

Dora está a punto de preguntarle qué le ha hecho pensar que es de ciudad. Es cierto que en los últimos años ha vivido en Berlín y antes residió en Hamburgo, pero creció a las afueras de Münster, en un lugar que no merecería el título de «ciudad». Pero, desde la perspectiva de Bracken, es posible que todo grupo de casas más o menos extenso forme una «ciudad», y está claro que Dora no es de aquí.

—Muchísimo. Sobre todo en los tiempos que corren —dice Dora en un intento de cerrar el tema del campo y la ciudad con un poco de humor.

Pero el vecino no parece comprender la gracia. Puede que no sepa del coronavirus o de Berlín, o que ambas cosas le den exactamente igual. Ambos se observan en silencio. Él a ella, de arriba abajo; ella a él, del cuello hacia arriba, porque el resto de su cuerpo lo oculta el muro. La cabeza, perfectamente rapada, brilla como si jugara con ella a los bolos. En cambio, la mitad inferior del rostro está cubierto por una barba rala. Ojeras, mirada turbia. Cuando dijo que Laya era un chucho feo, Dora habría tenido fácil devolverle el cumplido. La edad del hombre es difícil de determinar. Entre los cuarenta y los cincuenta, diez años mayor que ella.

—Godo —dice el vecino.

Dora mira hacia la calle buscando algo que merezca tal nombre.

—Godo —insiste el vecino, como si Dora fuera dura de oído o torpe de entendimiento.

Debe de llamarse así, aunque no tiene claro si se trata del nombre o del apellido.

—¿Visigodo u ostrogodo? —bromea Dora.

La pregunta parece molestar al vecino. Levanta el dedo índice por encima del muro y apunta a la sien derecha para señalarse a sí mismo.

—Godo —repite una vez más—. De Godofredo.

Parece una conversación entre Robinson y Viernes, solo que no está claro quién es Robinson y quién es Viernes. También Dora levanta el índice y se señala a sí misma.

—Dora —dice ella—. De nada.

Se le ha ocurrido de manera espontánea. De vez en cuando, su cerebro de publicista tiene esta clase de ocurrencias. Su vecino ignora el juego de palabras. Está realizando una maniobra complicada. Se estira, se inclina hacia un lado, está a punto de perder el equilibrio, lo recupera y consigue que primero su hombro y más tarde el brazo entero aparezcan por encima del muro. Luego tiende la mano a Dora, con cuidado, para no echar abajo los carambucos desprendidos de la parte superior del muro. Al parecer, en Brandeburgo no han tomado nota de la prohibición de estrechar la mano. Resultaría más fácil prohibirle a un suabo la *Kehrwoche*, cuando todos los vecinos del barrio salen a limpiar las zonas comunes. Dora no pretende ser una aguafiestas, se acerca al muro, estira el brazo y estrecha tímidamente la mano de Godo, para que pueda volver a su posición inicial. Le cuesta aguantar la risa, cuando piensa lo que diría Robert en ese instante.

—Encantado —responde Godo—. Soy el nazi del pueblo.

Las agencias de publicidad suelen plantear situaciones como esta. Una mujer joven acaba de mudarse al campo. Se siente un poco insegura porque no sabe lo que le espera, pero está convencida de que todo saldrá bien. Entonces conoce a su nuevo vecino. «Encantado, soy el nazi del pueblo»... y ¡congélalo! La escena se congela. Zoom lento. Primer plano de la cara de la actriz. Se ha quedado de una pieza, parece una figura de cera. En la parte superior aparece el *claim* que Dora ha creado: «¿Nuevos retos? Despeja tus miedos». Vendría muy bien para una infusión o para unos caramelos mentolados.

Por desgracia, Dora no es la protagonista de ningún *spot*. Tampoco tiene una taza de té. Ni siquiera un cigarrillo. Aunque la verdad es que sería un buen momento para encenderse uno.

—Tienes que reparar la valla.

Godo señala hacia la parte posterior de la parcela, donde acaba el muro y comienza una alambrada retorcida. Algunos postes están a punto de caerse.

«Tirados en Bracken», titula el cerebro de publicista de Dora.

—Si vuelvo a encontrar a tu chucho escarbando entre las patatas que he sembrado, lo aplasto de un pisotón —le advierte su nuevo vecino.

Dora se considera una persona ocurrente. Forma parte de su trabajo. Pero, en esos momentos, se queda mirando a Godo como si fuera idiota y no logra decir nada. Recuerda las palabras de su padre, cuando le contó por teléfono que se mudaba al campo.

—¿A Prignitz? ¿Qué se te ha perdido allí, con todos esos radicales de derecha?

Quitarle a Jojo la razón es uno de los principales empeños de Dora. Se matriculó en Ciencias de la Comunicación porque él consideraba que las únicas carreras universitarias que merecían tal nombre eran Medicina y Derecho. Interrumpió sus estudios porque a él le parecía importante acabarlos. Le gusta la publicidad porque a Jojo le parece que sobra. Tiene que estar agradecida de que Robert le cayera bien, pues, de otro modo, habría tenido que vivir con él hasta el fin de sus días.

Ahora tiene que demostrarle que residir en Bracken es una idea excelente. Un refugio ideal, cien por cien libre de nazis. De momento, lo tiene difícil.

Debe reaccionar. Debe decir algo. Ya que está abocada a un matrimonio forzado con un neonazi, debería dejarle claro que no tolerará ningún abuso.

—Hágalo usted —dice con altivez.

—No —Godo ha apretado los dientes, aunque es probable que solo pretendiera esbozar una sonrisa—. Yo soy el vecino de la derecha.

—Apuesto a que sí.

Dora se anota un punto por su ingenio, aunque Godo no parece muy impresionado. La mira fijamente, como si se preguntase si en esa cabeza de la gran ciudad existe algo parecido a un cerebro.

—Si miras desde la calle, tú vives a la izquierda y yo a la derecha. ¿Comprendido? El vecino de la izquierda se ocupa de la valla derecha —explica—. Así que las vallas son responsabilidad tuya porque a tu izquierda no hay nadie.

Con este razonamiento, la cabeza de Godo desaparece del muro, como una marioneta en un teatro de títeres.

«Aldea» decía el anuncio. Dora se imaginaba un lugar tranquilo y apacible. De hecho, tras la valla que tiene a su izquierda se extienden los campos. Aunque los últimos días están llenos de tractores con arados, gradas y sembradoras. El ruido es infernal. Por lo demás, vivir en un pueblo de carretera implica soportar el tráfico. Los coches que vienen de Plausitz pasan por delante de su casa a más de cien kilómetros por hora. Es evidente que nadie se plantea frenar. Como mucho, reducen a cincuenta cuando llegan al centro del pueblo.

Dora se da la vuelta, silba a Laya y se encamina hacia su casa. Es hora de tomar un café.

4

Isla de basura

La puerta trasera de la casa comunica con un pequeño porche cerrado, donde Dora se quita las zapatillas de deporte. Una escalera baja a la bodega, otra da acceso a la vivienda. El primer cuarto a mano izquierda es la cocina.

La cocina es la estancia preferida de Dora. Le encanta el suelo de viejas baldosas de colores con sus zarcillos verdes y sus flores rosas. El hombre de la inmobiliaria le aseguró que algunos coleccionistas pagarían una fortuna por estas baldosas. Gracias a ellas, la cocina parece completamente equipada. Por otra parte, dispone de algunos muebles, algo que no se puede decir del resto de la casa. Dora encontró en el cobertizo una pequeña mesa y dos viejas sillas de madera, y las colocó junto a la ventana. El fregadero, la alacena, con vidrios redondos, un poco destartalada, y un viejo armario de cocina ya estaban allí cuando llegó. Si quisiera invertir algo de dinero, la mesa, las sillas y la alacena se podrían transformar en auténticas joyas *vintage*. Uno de los mil proyectos en los que a Dora le gustaría embarcarse, si no hubiera decidido salir del círculo.

Cuando se marchó del piso que tenía alquilado con Robert en Kreuzberg, encontró en el trastero una caja con cosas de su época de estudiante. La caja ha demostrado ser una auténtica bendición porque guardaba un montón de platos y tazas, de distintos tamaños y colores, que ha colocado en orden tras los cristales de la alacena. Tiene además unos cuantos vasos, cada uno de un modelo, una fuente para horno y un montón de cubiertos que ha acomodado en un cajón.

Se siente bien cuando coge la taza grande de color azul que utilizaba cuando era estudiante y echa en ella dos cucharadas de café. Es bonito volver a utilizar las cosas antiguas. Es bonito cerrar los ojos y disfrutar de ese aroma. Dora se conforma con disponer de lo más básico.

En el frigorífico queda aún un cartón de leche. El resto de las provisiones se encuentran almacenadas en la parte inferior de la alacena, al lado de un juego de sartenes recién estrenado y de un montón de fuentes que utiliza para colocar la fruta, para dar de comer a Laya y para poner alguna prenda en remojo.

Todo procede de un centro comercial a las afueras de Berlín. El día que se mudó, Dora se detuvo en él antes de abandonar definitivamente la ciudad. Nerviosa, metió en el carro de la compra latas de conserva, paquetes de pasta, café, vino, gel de ducha, detergente, comida para perros y varias bolsas de pan integral. Le preocupaba que le llamaran la atención por acaparar tantos productos. Pero le permitieron llevarse incluso dos paquetes de papel higiénico. Revisando las estanterías junto a la línea de cajas se le ocurrió que necesitaría una escoba y una fregona. Luego añadió el juego de sartenes y un hornillo de gas. La cajera, protegida por su pantalla de metacrilato, miró aburrida aquella torre de mercancías sobre ruedas, repasó sus uñas, mientras Dora insertaba la tarjeta de crédito, y no dijo ni una palabra sobre el volumen de la compra. Se ve que no toda la gente de Brandeburgo es como la pintan.

Dora pone un cazo bajo el grifo, lo llena de agua, lo coloca sobre el hornillo de gas y espera a que hierva. Sabe por experiencia que puede tardar bastante tiempo. Se apoya sobre la alacena y deja que su pensamiento recorra la casa, como si fuera un terrier alemán, rastreando algo con lo que llenar el tiempo de espera. ¿Retirar las moscas muertas del alféizar de la ventana? ¿Abrir el correo electrónico? ¿Anotar unas cuantas ideas para la campaña de lanzamiento de FAIRkleidung? ¿O ver en YouTube otro tutorial sobre el cultivo de verduras y hortalizas?

Basta de pensar. No puede seguir adelante con la multitarea. Tiene que dejar ese hábito que le impide concentrarse en una sola cosa. Además, ya no le falta tiempo, ahora le sobra. Aunque se ocupe de la casa y del jardín, la mayoría de las tardes no hay nada que hacer. Es el momento de aprender a preparar un café y tomárselo tranquilamente, sin preocuparse de otras diez cosas al mismo tiempo. En las novelas es frecuente que un personaje se coloque junto a la ventana con una taza de té y se dedique a mirar el paisaje. No puede ser tan difícil.

Dora se obliga a permanecer donde está, junto a la alacena, observando el cazo, en cuyo fondo comienzan a formarse las primeras burbujas de aire. Es lo mismo que pasa en su cuerpo. Siente unas burbujitas que se forman en su estómago, ascienden hasta su garganta y llegan al cerebro, donde explotan. Es una sensación molesta, que a veces termina causándole dolor de cabeza. El cosquilleo que producen esas burbujas lleva acompañando a Dora mucho tiempo. Sobre todo, cuando no tiene nada que hacer. Por las noches. Se echa sobre su espalda y pasa horas en vela. No puede dormir. Siente su cuerpo inquieto. El nerviosismo va creciendo, sin motivo alguno. Es una especie de miedo escénico. Cuando la tensión se vuelve insoportable, se levanta. En Berlín, solía salir al balcón; en Bracken, se sienta en una de las sillas que tiene delante de la puerta de la casa, fuma un cigarrillo, echa la cabeza hacia atrás y mira las estrellas. Sueña que está volando por el espacio. Se imagina cómo sería flotar en el vacío, rodeada de oscuridad, frío y silencio. En noches como esas, a Dora le gustaría marcharse. Para siempre. Tal vez morir. Perderse en el cosmos, como Alexander Gerst, sobre el que leyó algún artículo en el periódico antes de que solo existiera el coronavirus.

Aún recuerda cuándo sintió el cosquilleo por primera vez. Robert acababa de regresar del congreso de verano de *Fridays for Future*. Venía de muy buen humor, porque incluso había podido hablar un momento con Greta Thunberg. En aquella época, las cosas les iban bien. Ella se encontraba a gusto en la nueva agencia. El ambiente en Sus-Y es relajado y agradable, algo que seguramente tenga que ver con el sofisticado sistema con el que la agencia garantiza el bienestar laboral. Los empleados pueden decidir cuántos días de vacaciones van a disfrutar, lo cual está muy bien, aunque, en la práctica, se tomen menos vacaciones que nunca. Se puede comer fruta fresca todos los días y acudir a clases de yoga una vez por semana. Se ofrece además un completo programa de formación continua. Por otra parte, la idea de sostenibilidad compensa el acento frívolo que suele acompañar a los mensajes publicitarios. Robert se sentía muy orgulloso porque el cambio de agencia había sido idea suya. Ahora volvían a sentarse en el balcón, como antes, y bebían un vino ecológico que Robert traía de Francia. Tenía un paladar excelente.

Esa tarde, a su vuelta del congreso de *Fridays for Future*, Robert le habló de una isla de basura. Dora se quedó desconcertada. En el Pacífico, entre Rusia y América, existe una isla de plástico que ahora mismo tiene el tamaño de Europa. En las próximas décadas, en los mares del mundo, habrá más plástico que peces.

Una isla de basura, el sexto continente. Un símbolo de la civilización moderna. Dora se llevó una mano a la cabeza, mientras con la otra cubría su copa para evitar que Robert le sirviera más vino.

Poco después, al ordenar la cocina, se encontró con el almacén de bolsas de algodón. Las bolsas procedían de librerías o de tiendas ecológicas, de fiestas populares y de congresos, de los clientes de Dora o de las empresas que contrataban publicidad en el periódico digital para el que trabajaba Robert. Muchas eran del supermercado donde hacían la compra; pedían una cada vez que se olvidaban la suya en casa. Guardaban las bolsas de algodón porque se podían reutilizar. Al menos, en teoría. Eran como botellas retornables. Un modo de manifestar su rechazo a la sociedad del despilfarro, una pequeña aportación para desmantelar la isla de basura. Las guardaban en un armario de la cocina, hechas un ovillo, metidas a presión. No habría menos de treinta.

Dora había oído en la radio que la fabricación de una bolsa de algodón consumía mucha más energía que la de una bolsa de plástico. Si se trataba de respetar el medioambiente, para que una bolsa de algodón resultase más ecológica que una bolsa de plástico había que utilizarla, por lo menos, ciento treinta veces.

Se quedó de pie, delante del armario de la cocina, y empezó a hacer cálculos. Si tenían treinta bolsas de algodón y debían utilizar cada una de ellas en ciento treinta ocasiones, necesitarían realizar tres mil novecientas compras para poder decir que habían hecho algo por el medioambiente. Contando con un promedio de tres compras a la semana, tardarían veinticinco años en alcanzar su objetivo. Siempre y cuando no siguieran trayendo a casa nuevas bolsas de algodón.

Dora sintió un cosquilleo en el estómago. Las burbujas subían por su garganta y explotaban en su cabeza. Se sentía mareada, como si se asomase a un abismo. El abismo era la impotencia. Robert quería salvar el mundo, pero al mundo le daba igual. El mundo necesitaba tres mil novecientas compras, pero esa era una meta inalcanzable, por eso seguía hundiéndose. La sensación de vértigo era terrible. Pero más terrible aún fue el hecho de que Robert, que se acercó a ella, acarició sus hombros y le preguntó qué ocurría, no se diese cuenta de nada.

Dora pasó esa noche en el balcón. Fumó media cajetilla de cigarrillos. Había leído que cada cigarrillo produce más micropartículas que un motor diésel sin filtros en una hora de funcionamiento.

Dora piensa a veces que hay personas que no encajan en el mundo. Simplemente les falta talento. Del mismo modo que no todos estamos hechos para jugar al fútbol o para tocar el piano, hay personas a las que les falta talento para vivir. Y puede que Dora sea una de ellas. Todo lo que piensa, todo lo que llama su atención, tiene una contrapartida. Cuando las examina de cerca, las certezas dejan de serlo. Se descomponen en innumerables aspectos, cada uno de los cuales reclama su propio espacio. De ahí que Dora se muestre escéptica. Sus juicios presentan contradicciones, incurren en errores y conducen al absurdo. La voluntad de cambiar las cosas degenera en una resistencia estéril. El resultado, cree Dora, es el estancamiento y, a la larga, la soledad. Por eso no encuentra su sitio en ninguna parte.

El agua rompe a hervir. Dora retira el cazo y llena la taza. Una vez leyó que no es bueno preparar el café al estilo turco, directamente en la taza, por los posos; pero es como más le gusta. ¿Qué habrá sido de Alexander Gerst? ¿Estará de nuevo allí arriba? Dora se sienta a la mesa con su taza. Prueba el primer sorbo de café. Está tan fuerte que tiene levantarse e ir al fregadero a toser. Luego ya no le apetece tomar más. Tiene que serenarse y controlar sus pensamientos, que obran a su antojo. Dora puede llamarlos al orden cien veces, pero ellos la ignoran. Echan mano de sus juguetes y provocan en su cabeza una confusión espantosa.

Coge de la alacena un vaso reutilizable con el logo de Sus-Y. Prefiere no preguntarse cuántas veces debería usarlo para cumplir con el criterio de sostenibilidad. Vierte en él el café y llama a Laya. La perrita está echada sobre un trozo de cartón para protegerse del frío de las baldosas. Su canastilla de piel sintética con manchas de leopardo se quedó en la agencia. Dora se dirige a la puerta y Laya la sigue a regañadientes. «¿Otra vez de paseo?», parece reprocharle con su mirada. «¿No podríamos volver a Berlín? ¡Cómo echo de menos bajar las escaleras y dar una vuelta cortita a la manzana!».

5

Gustav

La primera experiencia laboral de Dora fueron unas prácticas. Durante las vacaciones trabajó en una pequeña agencia de Münster. Como estaban contentos con ella, la contrataron como redactora de contenidos junior. Dejó la carrera a medias, se marchó de casa de sus padres y buscó un pequeño apartamento en la ciudad. Luego pasó por la Texterschmiede de Hamburgo, donde se formó durante un año como creativa publicitaria y tuvo la oportunidad de aprender cómo se trabaja en las grandes agencias. Volvió a ser una simple becaria, pero, al finalizar su período de formación, disponía de una primera red de contactos y recibió una oferta de trabajo de Notter & Friends, una agencia publicitaria con un enorme prestigio. En aquella época conoció a su primera pareja, Philipp, un joven profesor de sociología de Fráncfort con el que mantuvo una relación a distancia, más o menos satisfactoria, hasta que descubrió que la estaba engañando.

Dora decidió pasar un tiempo sola y se buscó una cachorrita. Trabajaba sin tregua. De día y de noche. Era la única que se ofrecía voluntaria para realizar presentaciones, aunque fueran responsabilidad de otros equipos. Disfrutaba discutiendo con el director del departamento creativo los detalles de una campaña hasta las dos de la madrugada y volviendo a casa en taxi cuando no había nadie por las calles. No es que quisiera demostrar algo. Simplemente se sentía mejor cuando se encontraba activa que cuando no hacía nada. Llegaba temprano a la oficina y no se quejaba si a medianoche la volvían a llamar por teléfono. Los correos electrónicos los respondía en un plazo máximo de cinco minutos, daba igual que estuviera en una reunión, en el metro o en el lavabo. Cuando le asignaron la cuenta de una gran aseguradora elaboró un *spot* que tuvo un éxito enorme. Se trataba de un pequeño documental sobre naturaleza que mostraba una pareja de palomas tratando de construir un nido que se les caía del árbol una y otra vez. El *spot* se hizo viral. El *claim*, «¡Déjate caer!», se convirtió en un *running gag* que circuló durante mucho tiempo.

Después de aquello, Dora se convirtió en una de las redactoras de contenidos más demandadas del gremio. Recibió una buena oferta de Berlín. La única condición era que tenía que incorporarse inmediatamente. Las primeras semanas vivió, comió y durmió con Laya en un hotel. Luego se mudó a un piso compartido con otros empleados, en el que no se admitían mascotas.

Su llegada a la capital fue dura. Y, si no hubiera estado saturada de trabajo, habría tenido que reconocer que era muy desgraciada. Se sentía extraña, fuera de lugar. Berlín era demasiado caótico para ella. A veces pensaba que era la única persona de la ciudad que iba a trabajar, mientras que el resto estaba ocupado en hacer alguna locura. De hecho, pasaron varias semanas hasta que se empadronó, en parte, por la carga de trabajo y, en parte, por una especie de resistencia interior.

Por fin, una mañana de otoño, decidió tomarse dos horas para cumplir con este trámite. Dejó a Laya con una colega en la agencia, cogió su flamante bicicleta, una Schindelhauer a la que había bautizado como «Gustav», y se dirigió a la Oficina de Atención al Ciudadano de Pankow, tercer distrito administrativo de Berlín. Cuando llegó y vio que todos los soportes para bicicletas estaban ocupados, casi le da un infarto. Si la oficina estaba igual de llena, tardarían horas en atenderla. Fue abriéndose paso entre monopatines, bicicletas de alquiler y remolques para niños hasta que encontró un sitio libre donde dejar a Gustav. La bicicleta de Dora tenía correa de transmisión en lugar de cadena, un portaequipajes sobre la rueda delantera y venía lacada en un precioso color verde menta. En suma, estaba pidiendo a gritos que la robaran. La aseguró a una horquilla con una cadena antirrobo Kryptonite y se dirigió a la entrada de la oficina para coger turno.

En la sala de espera no cabía un alfiler. Gente de pie, apoyada en las paredes, incluso sentada en el suelo. Dora empezó a sudar. Al cabo de una hora y media envió un mensaje a la agencia para anunciar que se retrasaría, pero que, en cualquier caso, llegaría a tiempo para la reunión que tenía a las dos. Habría sido mejor marcharse y volver otro día. ¿Pero qué día? ¿No encontraría la oficina igual de llena? ¿Y qué pasaba con el tiempo que había estado esperando?

Es la *sunk cost fallacy*. La falacia del costo perdido. Un sesgo cognitivo que nos impulsa a seguir adelante por un camino equivocado, solo por lo lejos que hemos llegado. Dora sabía perfectamente cómo funciona la *sunk cost fallacy*. Había recibido *coachings* para evitar caer en ella. Desde entonces no seguía leyendo ningún libro que no mereciera la pena solo por haberlo empezado. No iba a jugar a *Farmville* hasta el final de sus días solo por el tiempo que había invertido en la construcción de la dichosa granja virtual. Tampoco seguía adelante con una campaña, por muchas horas de trabajo que hubiera invertido en ella, si consideraba que no era lo que el cliente andaba buscando. Dora dominaba la cultura del error y el análisis de costo-beneficio.

Sin embargo, decidió quedarse en la Oficina de Atención al Ciudadano. Se resistía a rendirse. Se resistía a ser tan condenadamente racional. No estaba dispuesta a capitular ante Berlín.

Cuando por fin la llamaron, había pasado más de dos horas esperando. Así que abandonó la Oficina de Atención al Ciudadano con un nivel de agresividad como para tumbar de un golpe al primero que se cruzase en su camino. Eran las dos menos cuarto. Si pedaleaba como un campeón del mundo, podría llegar a la reunión con un retraso aceptable.

Recorrió el aparcamiento a toda prisa en dirección a la zona donde se encontraban los soportes para bicicletas. Al llegar vio a un hombre que se inclinaba sobre Gustav. Dora supo al momento lo que estaba pasando. No se engañaba. El aparcamiento se había ido vaciando. Gustav era una bicicleta nueva. Su color verde menta llamaba la atención. Le había costado bastante más de mil euros. El hombre estaba manipulando el cierre de combinación para abrir la cadena que Dora había colocado.

No se lo pensó dos veces, apretó el paso. Llegó a la carrera a la altura del hombre y levantó la mano con la que sujetaba su bolso-mochila de cuero. No pensó en el impulso que había cogido mientras venía corriendo. Tampoco en el grosor de la novela que guardaba dentro. Se lanzó contra él y le golpeó en la cabeza con todas sus fuerzas. El porrazo fue espantoso.

El hombre soltó a Gustav inmediatamente y se llevó las dos manos a la cabeza. Estaba de espaldas a ella. Empezó a tambalearse. Dora pensó que se caería. Para ser sinceros, confiaba incluso en que fuera así. Mientras el hombre luchaba por mantenerse en pie, sintió una sensación de profunda paz. Como si el tiempo que había invertido en Pankow hubiera merecido la pena. Aquel tipo mediría un metro noventa, pero lo había dejado fuera de combate. Había defendido a Gustav. No se había dejado avasallar por Berlín y todos sus locos.

El hombre no se cayó al suelo. Cuando se dio la vuelta, Dora vio que apenas era más alto que ella. Tenía un aspecto absolutamente normal. No parecía un yonqui, ni un loco, ni un ladrón de bicicletas. Se había peinado el cabello cuidadosamente, para que pareciera revuelto, y llevaba una barba de diez días pulcramente arreglada. Chinos y zapatillas de deporte. Pero ¿quién sabe cuál es el aspecto que tienen ahora los ladrones de bicicletas? Dora volvió a levantar su bolso amenazadoramente. Esperaba que saliera corriendo. Si se marchaba, estaba dispuesta a no denunciarlo. Ya había ganado. Se había impuesto a aquel tipo y a la ciudad. Eso bastaba.

Pero el tipo no se escapó corriendo. En lugar de ello se acercó a Dora y le gritó:

—¿Te has vuelto loca?

Ella estaba tan confusa que, en un primer momento, no supo reaccionar. Tal vez aquel hombre estuviera trastornado. Tal vez fuera peligroso. Tal vez fuera ella la que debería salir corriendo. Pero no estaba dispuesta a ceder. Estaba tan indignada que se habría enfrentado a cualquiera.

—¡Ésa es mi bicicleta! —bramó.

—¡Por eso mismo! —rugió el tipo.

—¡Vete a la mierda, estúpido!

El hombre se quedó sorprendido. La examinó de arriba abajo. Intentó adivinar qué mujer era aquella, fijándose en su forma de vestir. Llevaba la misma ropa que él, el atuendo propio de cualquier joven profesional de una ciudad, aunque algo más sofisticado. Vaqueros caros, una blazer de estilo informal y unas Merino Runners, de Giesswein, de color amarillo vivo. Sin calcetines. El cabello recogido en una coleta. Ligeramente maquillada.

—Casi me rompes la cabeza —dijo el hombre algo más tranquilo.

—Casi me robas la bicicleta —replicó Dora sin dudar.

De repente, él se empezó a reír. Se reía tan fuerte que tuvo que llevarse las manos a las caderas literalmente. Dora sacó el paquete de cigarrillos del bolso y se encendió uno.

—Eres... —empezó a decir el tipo sin dejar de reírse—, ¡más tonta que un pie!

Hacía mucho que no oía a nadie utilizar esa expresión. Le recordó a su infancia, en una pequeña ciudad de Alemania Occidental, a finales de los ochenta. Aunque no quería, Dora tuvo que reírse también. El tipo miró el reloj.

—¡Mierda! —exclamó—. Tenía una reunión importante en la redacción. A las dos. ¡Ya no llego!

—También yo tenía una reunión —dijo Dora—. A las dos.

Oyéndola hablar, cualquiera habría pensado que la loca era ella. Pero no, el chiflado era él. Aunque la verdad es que parecía muy simpático.

—Llevo esperándote una hora —explicó el hombre—. Incluso he pasado dentro a preguntar. Pero esa mierda de edificio es demasiado grande.

Dora dio una larga calada y tiró el cigarrillo al suelo. No podía perder más tiempo con aquello.

—Todavía no te das cuenta, ¿verdad? —preguntó el tipo señalando a Gustav—. Has puesto la cadena a tu bicicleta, pero también a la mía.

Aquellas palabras tuvieron el efecto de un asiento eyectable. Catapultaron a Dora de una galaxia a otra. Dudó un momento.

Se acercó a Gustav. Se inclinó sobre la cadena y comprobó el cierre. Seguía oyendo la voz del hombre a lo lejos.

—He intentado averiguar la combinación. Algunas personas no mueven más que una rueda.

La cadena rodeaba el cuadro de Gustav, la horquilla y el cuadro de una bicicleta de hombre, bastante estropeada. Dora sintió que sus mejillas enrojecían.

—*Okey* —dijo ella—. ¿Una comida?

Durante las siguientes semanas salieron a comer juntos en varias ocasiones. A mediodía o por la noche. A un japonés o a restaurantes vegetarianos, porque, en aquel entonces, Robert ya no comía carne. El fin de semana iban al bosque a pasear y, una vez, incluso a bailar a Berghain, la conocida discoteca de música electrónica de Berlín. Recorrieron mercadillos y, con el tiempo, terminaron yéndose juntos a la cama. El sexo era mucho mejor que con Philipp. Además, con Robert podía hablar de cualquier cosa. Sobre libros, sobre series de televisión o sobre la actualidad internacional. Cuando Robert le propuso que se fueran a vivir juntos, Dora estuvo de acuerdo. Él llevaba tiempo buscando piso, ella tenía que dejar urgentemente el que compartía. Encontraron un palacio de ensueño: una vivienda de ochenta metros cuadrados con balcón en un edificio que acababan de rehabilitar en el corazón de Kreuzberg. El precio del alquiler era asequible, por lo menos para dos.

Lo cierto es que no se conocían desde hacía tanto. Al principio, Dora tuvo la impresión de que en aquel hermoso piso representaban una pieza de teatro titulada *Relación adulta*. Pero no era una ficción, era la realidad. Con Philipp discutía continuamente, con Robert apenas tenía diferencias de opinión. Era más o menos de su misma edad y procedía, como ella, de una pequeña ciudad de Alemania Occidental.

Su padre no era médico, pero sí juez de la Audiencia Provincial. Robert tenía una hermana, con la que no se llevaba demasiado bien, igual que Dora con Axel. Cuando regresaba a casa por la noche, escuchaba desde el rellano el ruido que hacía Robert tecleando en su portátil. Le gustaba que fuera tan trabajador. Le gustaban las conversaciones que mantenían por la noche en el balcón, retrasando la hora de irse a dormir. Siempre tenían algo de qué hablar. No se guardaban nada para sí mismos. Pasaron por un bache, cuando las personas de su entorno empezaron a tener hijos. De repente, el círculo de amigos de Robert dejó de salir por las noches. Él se quejaba de que ahora tuvieran que quedar a desayunar en cafés *baby-friendly*. Se tomaba como una provocación que sus conocidos le invitasen a sentarse con ellos en un parque para niños. Maldecía a sus amigos por haberse convertido en padres y madres. Solo sabían hablar del horario de las guarderías y de las fases del desarrollo del niño. Criticaba la exasperante dejadez de los padres jóvenes. Pero, sobre todo, odiaba sus miradas condescendientes, con las que parecían decirle que tal vez tuviera más tiempo libre, pero que no tenía ni idea de la vida. Con el tema de los niños, Dora cayó en la cuenta de que Robert se sentía cuestionado por los proyectos de vida de otras personas. Hasta entonces no lo había notado.

Dora no sabía si quería tener hijos. Había perdido a su madre y no se imaginaba a sí misma con niños. Pero no comprendía aquellos violentos arranques de indignación. Le asustaban. A Robert le parecía irresponsable traer más niños a un mundo sobrepoblado y amenazado por el cambio climático. Solo un enfermo mental tomaría una decisión así.

A pesar de todo, Dora creía que su convivencia era casi perfecta. No habría cambiado nada. Las noches que pasaban en el balcón seguían siendo bonitas. Podían charlar y compartir su visión del mundo. Se sentía satisfecha con Robert, Laya y el piso de Kreuzberg. Tenía suficiente dinero y un trabajo que le gustaba. No echaba nada en falta. Todo iba bien. Hasta que Greta Thunberg entró en sus vidas.

6

Botellas retornables

Dora sigue el camino de tierra que discurre por el lindero del bosque, entre los árboles y los campos de cultivo. Hasta entonces no se había alejado tanto de Bracken. Además, ¿por qué salir de paseo, cuando uno puede estirar las piernas en su propia parcela? Parece que los demás vecinos piensan lo mismo. No se ven huellas en la tierra, solo las sombras de las copas de los árboles movidas por el viento. A Dora siempre le ha gustado el bosque. Ese ser gigantesco, lleno de vida, que respira a pleno pulmón, mantiene una incesante actividad y, al mismo tiempo, resulta apacible. El bosque no quiere nada de ella. No necesita su ayuda. Se basta a sí mismo. Le va bien así. Comparada con los árboles, más altos y más viejos que cualquier persona, Dora parece insignificante. Es un alivio. Le gusta el silencio, que ni siquiera rompe el zumbido de los insectos, al contrario, lo refuerza. Disfruta con el olor dulzón de los pinos y los destellos plateados de sus trémulas ramas. Admira la afanosa labor de los pájaros en las copas de los árboles cuando llega la primavera. Incluso Laya ha dejado a un lado su mal humor y corre alegremente por delante de ella. Cada vez que oye algún crujido entre la hierba, da un salto muy gracioso.

El ambiente es fresco, Dora debe caminar a buen paso para no quedarse fría. La tierra cede bajo el peso de su cuerpo.

A mano derecha, los campos ascienden en una suave pendiente. Acaban de ararlos. La tierra, de color marrón oscuro, parece un paño. Unas cuantas grullas rondan los sembrados, avanzando sigilosas sobre sus largas patas. El camino traza una curva, se aleja de los campos y se interna en el bosque. En este punto se ven profundas huellas de vehículos forestales. El grito de un arrendajo advierte de la presencia de Dora. Ella se detiene y busca al pájaro de colores en las copas de los árboles.

Su madre solía acercarla a la ventana de la cocina para mostrarle los pájaros. Una paloma torcaz, un chochín o un escribano cerillo.

—¿No es fabuloso? —susurraba la madre—. Vemos tantos pájaros como si estuviéramos en medio del bosque.

A la madre le gustaban todos los pájaros, hasta las urracas. Las espantaba dando palmadas. Sin embargo, su favorito era el arrendajo. Cuando aparecía alguno en el jardín, iba a buscar a sus hijos y los llevaba a la ventana. Juntos admiraban su plumaje rojizo con franjas azules en los lados. Así es el guardián del bosque. Como Dora quería a su madre, cuando le preguntaba cuál era su animal favorito, ella respondía que el arrendajo.

Cuando la vida de la madre se acercaba a su fin, Jojo desplazó la cama de la enferma y la colocó justo delante de la puerta de la terraza. Durante esas últimas semanas, le bastaba con girar la cabeza ligeramente para observar a los pájaros a través de los ventanales. En caso de que los muertos regresen para cuidar de sus seres queridos, la madre de Dora lo hará en forma de arrendajo.

Por fin, Dora descubre al hermoso pájaro entre las ramas de un haya y levanta cautelosamente la mano para saludarle. El arrendajo la observa perplejo, antes de desaparecer en el bosque batiendo las alas.

También a Robert le gustaba el bosque. Mucho antes de
que se conocieran, vivió durante meses en una cabaña en el
bosque del Spree, al sureste de Berlín, para estudiar la evolución de las temperaturas del suelo a setenta y cinco centímetros de profundidad y elaborar su memoria de fin de carrera.
Dora y él visitaron varias veces el lugar donde había llevado a
cabo su investigación. Para él, el bosque era un libro que contaba mil historias. Conocía los árboles con su nombre y su
apellido. Podía explicar las costumbres de los escarabajos.
Mostraba a Dora las huellas de las liebres y de los zorros, y
descifraba los enigmas de las laboriosas hormigas. En aquellos momentos, ella se sentía muy cerca de él.

Le dolió cuando dejaron de dar paseos juntos. No era un
dolor punzante, más bien una tensión latente, que al principio apenas se notaba. La preocupación de Robert por el cambio climático aumentó. Les pasaba a muchos desde que Greta
Thunberg había empezado a recorrer el mundo. Cada vez que
salía en televisión, Robert se quedaba mirando a la muchacha
como si fuera una aparición. El rostro redondo, los labios
apretados y su larga trenza.

Robert comenzó a acudir a las manifestaciones por el clima, no solo como informador, sino también como activista.
Cuando Greta se dejaba ver en algún lugar cercano, viajaba
para reunirse con ella, aunque tuviera que tomar un avión.
Cualquier encuentro parecía aumentar su motivación y refor-
zar su entrega. Ya solo se interesaba por el clima. Por las noches, mientras tomaban vino, hablaba del aumento de las
temperaturas, del ascenso del nivel del mar, de la desertifica-
ción, de las inundaciones, de las tormentas y de otras catás-
trofes naturales. Pintaba con colores sombríos la extinción de
las especies animales y describía con todo detalle las migra-
ciones que provocaría el cambio climático. Dora veía ante sí

las caravanas del hambre y las imágenes de los arrabales como en una película de Roland Emmerich. En estas condiciones era inevitable que estallasen guerras civiles, en las que la humanidad se aniquilaría a sí misma antes de que la naturaleza le asestase el golpe definitivo.

Dora le escuchaba, como siempre lo había hecho, aunque el escenario apocalíptico que dibujaba le parecía desalentador. Según pronostica el Banco Mundial, en los próximos treinta años, más de ciento cuarenta millones de personas deberán abandonar el lugar en el que ahora viven y se convertirán en refugiados climáticos. Son cifras que asustan. Dora se siente paralizada por el miedo. El ser humano no podrá hacer nada para salvar el mundo ante una crisis de semejantes dimensiones. A Dora le habría gustado hablar sobre otras cosas. Sobre el proyecto en el que estaba trabajando o sobre un libro. Incluso sobre Trump, el Brexit o sobre Alternativa para Alemania, si no quedaba más remedio. Pero a Robert, todo esto le parecía secundario.

—Son las doce y cinco, y nadie parece darse cuenta —solía decir.

A Dora le parecía algo exagerado. Al fin y al cabo, Greta tomaba el micrófono casi todos los días para advertir a la opinión pública mundial de lo que estaba sucediendo.

Dora empezó a sentir la necesidad de llevar la contraria. No es que tuviera una opinión diferente. Estaba de acuerdo en acabar con la sobreexplotación del planeta, pero no entendía la lógica de algunas de las medidas que se estaban tomando. Le parecía absurdo prohibir las pajitas de plástico, mientras países con millones de habitantes continuaban con su industrialización. ¿Qué sentido tiene prescindir de los vehículos diesel y permitir que gigantescos cargueros llenos de contenedores naveguen por los océanos? ¿Dónde estaban las pruebas irrefutables a las que Robert se refería? ¿Quién produce más CO_2: alguien que se desplaza con su SUV a la oficina, donde comparte calefacción, luz y comida con sus compañeros, o un *freelance* de Kreuzberg que, aunque viaja en bicicleta, se queda en su piso, donde hace tres comidas diarias, escucha música en *streaming* de la mañana a la noche y necesita luz y calefacción para él solo? ¿Realmente es mejor utilizar algodón que plástico? ¿Quién deja una huella ecológica menor: un activista que cruza Europa para participar en una manifestación o una abuelita que no separa sus residuos, pero tampoco ha subido a un avión en su vida? ¿Qué ha sido de la certeza de que no hay certezas absolutas, de modo que es preciso dudar de todo, hablar de todo y discutirlo todo? Robert parecía muy seguro de sí mismo. Se sentía superior a los demás por el estilo de vida que llevaba. Dora no lo entendía.

Hace poco, Sus-Y había prohibido que sus colaboradores utilizaran botellas de plástico para traer agua al trabajo. Todos tuvieron que procurarse recipientes de acero inoxidable para poder beber. En la reunión donde se aprobó la medida, Dora preguntó en qué evidencias se apoyaban para afirmar que una botella de acero inoxidable era más sostenible que una botella de plástico, si también se podía rellenar. Sus compañeros la miraron con desdén y condescendencia, como si Dora sufriera algún trastorno mental que le impidiese comprender el problema al que se enfrentaban.

Le habría gustado compartir esas experiencias con Robert, pero a Robert ya no le interesaban sus experiencias. Se limitaba a levantar las cejas, como si le preguntara: «¿Es que ahora te has vuelto negacionista o qué?»

Robert había ido ascendiendo en el periódico digital para el que trabajaba. Escribía más artículos que nunca, llevaba la voz cantante en la redacción y acudía a todas las ruedas de prensa del Ministerio de Medio Ambiente, donde era conocido por formular «preguntas incómodas». Su ritmo de trabajo, que ya de por sí era alto, se había doblado.

Aunque a Robert le fuera bien, por las noches dormía mal. Dora comprendió que tenía miedo. Su preocupación no era una pose. Estaba convencido de que el mundo se encaminaba al desastre. «*I decided to panic*», había dicho Greta. A Robert le pasaba lo mismo. Dora trató de ponerse en su lugar. Allá donde miraba, veía coches, aviones y cargueros. Plástico por todas partes. Juguetes baratos, muebles baratos y prendas baratas. La economía se basaba en producir, usar y tirar. Dora no podía imaginar la angustia que sentiría Robert si detrás de cada bolsa veía un tornado; detrás de cada bombilla, una inundación; y detrás de cada todoterreno, una guerra civil.

Por lo menos, él podía decir de qué tenía miedo. Dora también lo tenía, pero era más difuso. No sabía cómo enfrentarse a él, pero estaba claro que no sería con consignas, protestas o compromisos políticos. Al contrario, sospechaba que el verdadero problema era toda esa crispación. La gente estaba loca por llevar razón. Le traían sin cuidado las opiniones de los demás. Trump, Höcke, los partidarios del Brexit. ¡Cuántos disparates! Ni siquiera Robert estaba dispuesto a debatir con calma, a analizar los hechos desde diferentes puntos de vista, a poner en cuestión la verdad comúnmente aceptada. ¿Qué cabía esperar entonces? Dora no podía expresar en voz alta lo que pensaba. Eso es lo que la estaba volviendo loca.

A Dora le seguía gustando Robert, pero la convivencia con él se volvía cada vez más difícil. Su relación se había convertido en un corsé de reglas. Solo se podían comprar determinados productos y solo se podían consumir determinados alimentos. Los desplazamientos en taxi estaban prohibidos y ni siquiera se planteaban viajar en vacaciones. Cuando se hacía de noche, Robert iba detrás de Dora apagando las luces que ella encendía. Le facilitó una lista de tiendas de moda en las que podía comprar ropa y trató de convencerla para que pasara el invierno con un solo par de botas. Si Dora subía la calefacción, él la volvía a bajar. Cuando llegó el mes de noviembre, en el piso hacía frío. Dora procuraba quedarse en la agencia por las tardes. Ya no le apetecía llegar a casa.

Entonces empezó lo de las botellas retornables. La primera vez fue por un descuido. Dora estaba escuchando en la radio una noticia sobre los agricultores que habían venido a Berlín para manifestarse con sus tractores. Estaba tan distraída que tiró una botella reutilizable con los residuos orgánicos. Cuando se dio cuenta, aunque parezca extraño, lo percibió como una liberación. Se había sentido tan bien que lo hizo de nuevo. Cuando el Parlamento Europeo declaró la emergencia climática, depositó un aerosol en el cubo de basura del cuarto de baño. El día que un terrorista apuñaló a varias personas en el Puente de Londres, se desprendió de varias botellas de plástico de refrescos ecológicos en la papelera del trabajo. Cuando Alternativa para Alemania celebró el día del partido en Brunswick, el tarro de cristal de un yogur fue a parar a la bolsa amarilla.

Cuando Robert la encontró, casi le da algo. Desde entonces revisaba varias veces al día todos los cubos de basura del piso. Incluso bajaba al patio para hacer lo mismo con los contenedores que utilizaban en la comunidad de vecinos. Habló con Dora para que dejase de mezclar unos residuos con otros. Ella trató de controlarse. Pero el juego de las botellas retornables era adictivo. No podía hacer nada por evitarlo. Cuando Norbert Walter-Borjans y Saskia Esken se convirtieron en los nuevos líderes del Partido Socialdemócrata de Alemania, echó una botella de vino al contenedor azul. Cuando Estados Unidos acabó con la vida del general Qasem Soleimani en Bagdad, cuando

Irán derribó por error un avión de pasajeros ucraniano, cuando se declararon aquellos devastadores incendios forestales en Australia, Dora volvió a tirar botellas de cerveza con los residuos orgánicos. Las discusiones con Robert aumentaron de tono. Amenazó con echarla de casa. El último incumplimiento de las normas de separación de basuras tuvo lugar la mañana que Dora viajó por primera vez a Bracken. Después de ver la vieja casa del administrador, se sintió con fuerzas para dejarlo. A partir de entonces volvió a depositar las botellas retornables en el lugar que les correspondía y el ambiente se relajó.

Pero entonces llegó el virus. Robert dejó de ser un activista medioambiental y se convirtió en epidemiólogo. La pandemia puso el mundo patas arriba. Había llegado el final de una época. Nuestra vida jamás volvería a ser la misma. Los virólogos se convirtieron en estrellas mediáticas. Los periodistas preguntaban a los personajes públicos si rezaban. Todos teníamos que remar en la misma dirección.

A Dora empezó a molestarle que Robert abriera tanto los ojos al morder un bocadillo. No soportaba los ruidos que hacía al comer. Pensó que pronto no podría soportar ni siquiera el sonido de su propia masticación y tendría que alimentarse con líquidos. Creía oír el zumbido de insectos. Por la noche se levantaba para buscar moscas en el dormitorio, lo que privaba a ambos de las últimas horas de sueño.

El día que Robert dijo que el virus, en cierto sentido, era una bendición porque había permitido reducir la movilidad, lo cual suponía un beneficio para el planeta, Dora comprendió que debía marcharse. El día que le prohibió salir a pasear con Laya, se marchó. Todo lo que había conseguido en sus treinta y seis años cabía en un vehículo de alquiler. Gustav, su bicicleta, fue lo único que tuvo que dejar en Berlín.

Al adentrarse en el bosque, el camino de tierra se convierte en un amplio sendero. La tierra está cubierta de musgo y de agujas de pino secas. Dora tiene que ir con cuidado para no tropezar con las raíces. Las copas de los árboles se cierran sobre ella formando una especie de techumbre. La hierba brota entre los troncos como promesa de una eterna primavera. La alegría de Laya deja paso a la indignación cuando el paseo no acaba en el momento en que comienza a notar los primeros signos de cansancio. Camina de mala gana detrás de Dora, con la lengua colgando, y se prepara para interpretar uno de sus números preferidos: la «perrita agonizante». Dentro de poco se echará sobre la hierba, apoyada sobre el vientre, con las patas traseras estiradas, y se negará a dar un paso más.

El sendero llega a un cruce en forma de T. Dora se detiene sorprendida. Justo en el punto en el que el camino se bifurca hay un banco. Es sencillo. Dos bloques de madera con una tabla encima. Sin respaldo ni brazos. Ni pulido ni barnizado. Es evidente que lo ha construido alguien con sentido práctico. Alguien que sabe hacer las cosas. No es el resultado de un proyecto de desarrollo rural. No se ha financiado con fondos europeos para el fomento del turismo. Es probable que la persona que lo ha construido ni siquiera haya cobrado por ello. En el fondo, el banco no tiene nada especial. Salvo el hecho de estar allí. Por lo que se ve, la gente de Bracken no suele salir a pasear. Los perros del pueblo, todos ellos cruces de pastor alemán y, probablemente, emparentados entre sí, se pasan el día entero pegados a las vallas, ladrando indignados cada vez que aparece un gato o pasa una persona que no va en coche. No entenderían que sus amos los llevasen a dar un paseo. Salir a dar un paseo se corresponde con la idea que tiene la gente de ciudad de la vida en el campo. Los vecinos de Bracken deben de ir al bosque una vez al año para buscar setas o traer leña.

Y, sin embargo, el banco está allí. El hombre que lo construyó debe de ser una persona feliz. Plantó un par de troncos de madera en el cruce de un camino, en medio del bosque, les colocó un asiento encima y creó algo que hasta entonces no existía. ¡Cuánto le gustaría a Dora poder hacer lo mismo! Simplemente, hacer algo. Sin preguntas, sin dudas. Solo porque puede.

La verdad es que el banco no resulta nada cómodo. El asiento es estrecho e irregular. No permite recostarse. A pesar de todo, Dora decide que aquel cruce será su nuevo lugar favorito. Incluso Laya se muestra de acuerdo. Ha encontrado un sitio mullido con musgo donde disfrutar del sol de abril. Dora echa la cabeza hacia atrás y mira las soberbias copas de los árboles. Lástima que se haya dejado los cigarrillos en casa.

A su alrededor, la primavera hace su trabajo. Obliga a todo organismo vivo a crecer y eclosionar. Impulsa a la naturaleza para que alcance su plenitud. Incita a la reproducción. Nada se juzga, cualquier esfuerzo se da por bien empleado. Lo que muere, también se aprovecha. Si una especie desaparece, una nueva ocupa su lugar. Nacer y morir no es un drama, forma parte de la mecánica de la existencia. Las preocupaciones humanas no tienen sentido alguno. A un carbonero que salta de rama en rama le da exactamente igual que la humanidad desaparezca.

«Salvo las cepas de virus, nadie nos necesita», reflexiona Dora. Es un pensamiento triste, así que lo aparta de su mente.

Algo se ha movido detrás de ella. Dora se sobresalta. Un chasquido, un crujido. También Laya se levanta de un salto. Hay algo, sin duda, algo grande que se retira rápidamente buscando refugio entre los pinos. Tal vez, un jabalí o un ciervo.

Aunque Dora está prácticamente segura de haber visto una tela de colores.

7

R2-D2

Dora deja caer la guadaña. R2-D2 acaba de salir de una casa, al otro lado de la calle. Dora ha tenido el tiempo justo para retirar el pie. Los tutoriales de YouTube han resultado útiles. Por fin ha conseguido afilar la hoja, aunque eso aumenta el peligro de cortarse. Dora está satisfecha. Ahora que dispone de una guadaña en condiciones, podrá cortar los retoños de arce de la parte delantera de la parcela. Es lo que lleva haciendo desde primera hora de la mañana. Avanza poco a poco. Contra lo que cabía esperar, en los últimos días ha terminado de desbrozar el trozo de tierra de detrás de la casa, donde pretende plantar verduras y hortalizas. Ahora sabe lo que es tener agujetas de verdad. A cambio, ha transformado un solar en un terreno apto para el cultivo, un rectángulo perfecto, con la tierra suelta, los lados rectos y la superficie lisa, tal y como quería. Cuando lo contempla, se siente orgullosa de sí misma, a pesar de los montones de basura que se acumulan a los lados. Vidrios, escombros, cacharros, cabezas de muñecas, ositos de peluche y algunos cochecitos de juguete metálicos que se conservan sorprendentemente bien. Cada vez que Dora hundía la pala, temía dar con los restos del esqueleto de un niño.

Más preocupante que los montones de basura es el hecho de que la tierra excavada haya empezado a secarse. Cada vez que sopla el viento, se levanta una nube de polvo. Dora comienza a sospechar que un huerto exige riego. Puede que incluso abono. O utilizar una pala mecánica para retirar la tierra árida, donde no crece nada, y reemplazarla por mantillo. Por desgracia, Dora no dispone ni de una manguera de jardín ni de una toma de agua adecuada, por no hablar ya de una pala mecánica. Tampoco cuenta con un vehículo para ir a la ferretería. Va a tener que utilizar el transporte público. En Bracken no hay tiendas, ni siquiera una taberna o una simple panadería. Dora ha consumido todos los alimentos que compró. Solo le queda pasta y pan integral duro. Si no va pronto a un supermercado, puede que no solo muera su proyecto, sino también ella misma.

Pero nada de esto echará a perder su buen humor. Los retoños de arce caen ante su guadaña. El huerto está prácticamente listo para la siembra. Su trabajo va bien. El cliente, FAIRkleidung, es una empresa de moda que acaba de nacer en Berlín. Pretende hacerse un hueco en el mercado vendiendo vaqueros sostenibles. En general, la industria textil ha cancelado sus campañas publicitarias. El cierre del comercio ha hecho que sus cifras de ventas se hundan. Los fundadores de FAIRkleidung, en cambio, se han empeñado en promocionar su marca en todas las plataformas posibles para ser los primeros en introducir este nuevo producto en la era postcoronavirus. Dora se siente afortunada. Muchos de sus colegas temen por sus puestos de trabajo. Perder una cuenta puede dejar sin empleo a diez o veinte personas. Si esto ocurre en varias agencias al mismo tiempo, los directores creativos inundarán el mercado laboral. Normalmente, los *Senior-Copywriter* escasean y pueden escoger dónde trabajar. Pero si los despidos se generalizan, las reglas del juego pueden cambiar más rápido de lo que uno tarda en cerrar su MacBook. Por fortuna, en el primer *briefing* por Zoom, Susanne, la dueña de Sus-Y, aseguró que la empresa valora la sostenibilidad tanto como el bienestar de sus colaboradores. Así que Dora tiene su empleo asegurado.

La tarde anterior había mantenido una videoconferencia con el cliente. Mientras Zoom seguía trabajando en establecer la conexión con la capital, Dora pensaba en la responsabilidad que asumía con este proyecto. FAIRkleidung va a invertir mucho dinero en *marketing* para dar a conocer este modelo de vaqueros de algodón biológico, sin blanqueadores y con botones libres de metales pesados. Si la cosa no sale bien, es posible que la empresa tenga que cerrar. Depende de Dora que los nuevos pantalones conquisten el mercado de los vaqueros o se queden acumulando polvo en las estanterías de las tiendas. ¿Brotará de su cerebro esa chispa de inspiración decisiva para crear un concepto que identifique perfectamente el producto y que la gente siga recordando al cabo de veinte años? El encanto de su trabajo como redactora de contenidos es la posibilidad de lograr el éxito con una única idea... y el riesgo de cosechar un fracaso estrepitoso.

Cuando consiguieron conectarse, Susanne pronunció unas palabras a modo de preámbulo y luego le pasó el testigo a Dora, que presentó la estrategia a través de un *PowerPoint* con treinta diapositivas. En principio se trataba de convencer al cliente de que la sostenibilidad ha dejado de ser un rasgo que distinga un producto orientado a un público joven y urbano. Es la nueva normalidad. Hay que ser consciente de ello. Las etiquetas de comercio justo, el papel de embalaje marrón y la economía ética se han convertido en el nuevo estándar. *The Style of Sustainability*. Todos están de acuerdo en ello.

En este punto, Susanne volvió a intervenir para aclarar que el presupuesto con el que contaba FAIRkleidung no era suficiente para que la marca alcanzara visibilidad a nivel nacional, por lo que había que plantear una campaña digital, valiente y provocadora, que se volviera viral. Había que trabajar con vídeos en redes sociales, apelando a las emociones. «Tenemos que convertirnos en el *talk of the town*», concluyó Susanne. Todos asintieron y Dora continuó con su explicación. Su tarea había consistido en encontrar un nombre para la nueva marca de vaqueros. Dora mostró hasta doce diapositivas con diferentes propuestas hasta que llegó a su favorita: BUENISTA. El cliente guardó silencio. Dora contaba con ello. Aseguró que utilizar un concepto polémico captaría la atención del público. BUENISTA fue elegida la peor palabra del año 2015. Sería como una bandera roja. Todos se fijarían en ella. Por otro lado, la palabra BUENISTA se relaciona con determinados valores. Quien adopta un estilo de vida coherente con la sostenibilidad es acusado de BUENISTA, pero puede estar orgulloso de ello. Esa es la idea. Debe dejar a un lado sus complejos y mostrar a todo el mundo que ha elegido los vaqueros correctos.

La idea cayó como una bomba entre los responsables de FAIRkleidung. Dora tuvo la sensación de que la onda expansiva llegaba hasta Bracken. Aprovechó el entusiasmo del cliente para hacer algún chiste y explicó que el *naming* del producto sería el hilo conductor de la campaña. El protagonista de los *spots* sería un BUENISTA, un personaje que cualquiera puede reconocer. Eso sí, no lo presentarían como un apóstol de la moral, sino como un tipo simpático, que trata de hacer las cosas bien, pero termina fracasando de una manera graciosa. El BUENISTA es un antihéroe que se equivoca y se juzga a sí mismo de manera irónica. Una persona que se atreve a ser original y se toma las derrotas con sentido del humor.

Alguien así se meterá en el bolsillo a los jóvenes que utilizan las redes sociales, el *target* de su campaña. Al fin y al cabo, la sostenibilidad ya es un tema lo suficientemente serio como para abundar en él. Dora tenía incluso una propuesta para el *claim*: «¡Bueno, hombre!».

El resto fue pan comido. Cuando Dora explicó que el BUE-NISTA también aparecería en la cartelería para darle un rostro humano a la campaña, hacía rato que el cliente estaba convencido. Terminó sugiriendo que iniciasen la campaña con auténticos compradores de vaqueros que se reconozcan a sí mismos como BUENISTAS. Quienes habían seguido su presentación desde el otro lado de la pantalla rompieron a aplaudir.

—Trabajar en casa te sienta bien —comentó Susanne, después de que el cliente hubiera abandonado la reunión.

R2-D2 sigue allí. Está cruzando la calle. Dora se pregunta si se trata de un espejismo, de una alucinación provocada por la soledad, el esfuerzo físico y la bajada de azúcar. Pero no cabe duda de que R2-D2 se dirige hacia la puerta de su jardín. ¿Será un paranoico del coronavirus vestido con un traje de protección? El individuo medirá un metro sesenta, lleva un casco con visera, protectores auditivos, un chaleco de seguridad que le llega por debajo de la cintura y unas botas de goma hasta la rodilla. Los pasos que da son tan cortos que parece deslizarse en lugar de caminar, lo que refuerza aún más el parecido con su pariente blanco de *Star Wars*. Lleva un par de armas con aspecto futurista. Puede que una de ellas sea un láser y la otra un escudo de rayos.

—¿En qué puedo ayudarle? —pregunta Dora, mientras R2-D2 cruza la puerta del jardín.

No responde a la pregunta. Tal vez ni siquiera la haya oído, por los protectores auditivos. Pasa de largo ante Dora y se queda observando las hierbas que cubren la parcela.

—¿Cuántos moros se necesitan para segar una parcela? —pregunta R2-D2 levantando la voz, como hacen las personas que no oyen bien.

Dora se queda boquiabierta. No sabe qué decir. Tampoco importa porque R2-D2 tiene la respuesta.

—Ninguno, porque lo podemos hacer nosotros mismos.

El ruido ensordecedor de la primera arma cubre sus atronadoras carcajadas. R2-D2 la sostiene con ambas manos, llevándola a izquierda y derecha con un suave balanceo. Dora se limita a observar. R2-D2 avanza con seguridad. Los retoños de arce caen por decenas, aniquilados por una tecnología superior. Las ortigas y las zarzamoras saltan por los aires. R2-D2 no se enfrenta aún a los arbustos más grandes. Espera el momento adecuado para utilizar su segunda arma: una motosierra que lleva dentro de una funda sobre la que figura la palabra «Makita».

Dora presencia la masacre tapándose los oídos con ambas manos. Durante las dos semanas y media que lleva viviendo en Bracken ha aprendido a odiar esa parcela. Pero no siente ninguna satisfacción. R2-D2 y sus armas secretas siegan una superficie del tamaño de una pista de tenis en el tiempo que Dora y su guadaña habrían necesitado para segar el equivalente a una mesa de *ping pong*. No es justo. Es una lucha desigual. No es un duelo entre el hombre y la vegetación, sino una despiadada campaña de exterminio. Dora no soporta el rugido de la sierra y se refugia en la casa.

Calienta agua para prepararse un café mientras trata de recordar si ha sufrido algún acceso de locura que haya podido impulsarla a contratar una empresa de jardinería. Aunque así fuera, no parece probable que la empresa tenga su sede justo en la casa de enfrente. Tampoco parece razonable pensar que el hombre de la inmobiliaria haya encargado el saneamiento del jardín. De hecho, le ajustó el precio de compra por el estado en que se encontraba el inmueble. El comportamiento de R2-D2 solo se explica como un acto de buena vecindad.

Cuando el ruido cesa, Dora vuelve a salir con una taza de café en la mano de la que R2-D2 se apodera inmediatamente, como si la hubiera pedido. Apoya su arma en la valla, se quita el casco, toma el primer sorbo y asiente satisfecho.

—Negro, como a mí me gusta —dice—. Pero no se lo diga a Hacienda, porque tendré que declararlo.

—¡Ese ha sido bueno!

Dora se siente obligada a reírle la gracia; al fin y al cabo, el hombrecillo acaba de segarle media parcela. Por lo menos, no ha tenido que escuchar otro chiste de extranjeros.

—Pero sigo cansado, debe de ser que el café es tan flojo como yo —sigue diciendo R2-D2.

Dora decide responder con otro chiste. Tal vez sea el modo de entenderse con R2-D2.

—Yo dejé de tomar café porque notaba pinchazos en el ojo —explica ella—. Luego me di cuenta de que había que sacar la cucharilla de la taza.

R2-D2 la mira sin comprender. Tal vez no le gusten esa clase de chistes. O puede que solo le gusten los chistes que él mismo cuenta.

—Llevo una vida sana —replica entonces—. Bebo tres litros de agua al día. Eso sí, la tomo de la cafetera.

Dora piensa que este último no ha sido tan malo. Tal vez se lo cuente a su hermano Axel, que es un fanático del agua mineral y reprende a todo el mundo por no beber lo suficiente. Si es que algún día vuelve a ver a su hermano. Axel se toma muy en serio el tema del confinamiento y respeta celosamente la distancia social. Se corresponde con su carácter: le gusta pasarse el día entero tirado en el sofá. R2-D2 no descansa:

—¿Cómo se puede hacer reír a una rubia un lunes por la mañana? Contándole un chiste el viernes por la noche. Los chistes de rubias son lamentables, pero, por lo menos, no son racistas. Dora no es una entusiasta de la *political correctness*, pero no soporta que se rían de los extranjeros. Es una de sus líneas rojas. Respira hondo y guarda silencio. Aunque se trataba de una broma, se avergüenza de no haber defendido con contundencia la democracia y los derechos humanos. Es muy improbable que una persona no racista saque de su error a una persona que sí lo es, pero lo considera una obligación moral. Aunque no sirva de nada. Ni siquiera sabe si la gente de derechas estaría dispuesta a entrar en un debate. A ella, desde luego, no le apetece. Su táctica consiste en evitar a toda costa a las personas que cuentan chistes xenófobos.

—El café es tan negro que acaba de empezar a recoger algodón —comenta R2-D2 jocosamente.

Es posible que tenga que replantearse su táctica.

8

Moros y gitanos

Como es natural, Dora se ha informado en Google. Bracken, cifras y claves. En las últimas elecciones regionales, Alternativa para Alemania obtuvo casi el 27% de los votos. Un par de puntos por encima de la media del país. Esto es lo que más miedo le da. Ni las arañas, ni que se rompan las tuberías, ni la limitada oferta cultural. Ni siquiera la soledad del campo. Lo que verdaderamente le preocupa es la mentalidad de sus nuevos vecinos. Aún escucha la voz de Jojo al teléfono:

—¿Qué se te ha perdido allí, con todos esos radicales de derecha?

En Brandeburgo, Alternativa para Alemania es más radical que en cualquier otra parte del país. Eso no significa que sus votantes procedan exclusivamente de la extrema derecha. Dora piensa que hay muchos descontentos. Los políticos y los medios de comunicación llevan décadas apelando a los instintos más bajos del ser humano: el miedo, la envidia, el egoísmo. No es de extrañar que la gente termine votando a un partido que canalice toda esa frustración. En cualquier caso, Bracken no siempre ha sido un feudo nazi.

Hasta aquí, los argumentos con los que Dora intenta tranquilizarse a sí misma.

¿Cómo se presentó su vecino, el ostrogodo? «Encantado, soy el nazi del pueblo». La frase carecería de sentido si todos los demás fueran nazis. Aunque no parece que a Godo le importen demasiado los matices semánticos. Así que en Bracken no hay nazis. A lo sumo cierto racismo. Como en el caso de R2-D2. Pero ese es justamente el problema. Con un nazi que parece un nazi y se comporta como un nazi, sabes a qué atenerte. Los racistas que no lo parecen no se pueden controlar. Cuando asoman la cabeza ya no hay nada que hacer. Estás charlando tranquilamente con ellos y se descuelgan con un chiste fuera de lugar. ¿Y entonces, qué? ¿Interrumpes la conversación para censurar su actitud? ¿O guardas silencio y haces como si no hubieras oído nada?

Dora no soporta el racismo. Es una de sus líneas rojas. Cuando escucha un comentario xenófobo es como si su sistema nervioso se bloqueara. Algunas veces, tres días más tarde, se le ocurre una réplica inteligente que debería haber formulado en el momento.

Se ha planteado en muchas ocasiones por qué se queda paralizada. Debe de ser por el dilema al que se enfrenta. Enzarzarse en una discusión o evitar el conflicto. Defender los valores democráticos, expresar sus convicciones personales, o huir de la confrontación. Dora se siente violenta porque el racismo le parece un comportamiento indecoroso. Es como cuando sorprendes a alguien orinando en la calle. Te gustaría decirle que se guarde sus vergüenzas y que se vaya al infierno. Pero la mayoría de la gente mira hacia otro lado y sigue adelante.

También es cierto que Dora no está acostumbrada a los racistas. Hasta ahora, por fortuna, a nadie de su entorno se le habría ocurrido, ni en sueños, hacer un chiste para reírse de los extranjeros. Robert identifica los movimientos de derecha con el negacionismo que ignora el cambio climático y las consecuencias del coronavirus. Su hermano Axel considera que el populismo es un lodazal en el que las personas con estilo, como él, no deben enfangarse. Para Jojo, Alternativa para Alemania es consecuencia de algún tipo de disfunción sexual masculina, que debería tratarse con amitriptilina. Sus-Y realizó una encuesta interna para conocer la sensibilidad política de sus colaboradores y resultó que casi todos votan a los Verdes, incluida Dora. En general, sus conocidos están en contra de Alternativa para Alemania. No quieren que Europa se convierta en una fortaleza, les parece necesario luchar contra el cambio climático y promover la cooperación internacional, apelan a la responsabilidad histórica de Alemania e interrumpen cualquier conversación en la que se plantee qué pasaría en el caso de que cinco millones de refugiados quisieran venir a Europa. Pocos se preguntan si es coherente que Bruselas hable de libertad y solidaridad mientras pide a los países fronterizos que controlen las rutas por las que llegan los inmigrantes.

En el entorno de Robert hay más gente que se plantea esa clase de preguntas. A partir de 2015, su círculo de amistades empezó a fragmentarse. La cultura de la acogida pasó a ser un problema social, y el problema suscitó un profundo miedo a los extranjeros. Cualquier sospecha de racismo se convertía en un veneno que podía desvirtuar una conversación sobre el rescate de migrantes en el mar, desencadenando una acalorada disputa en cuestión de segundos. Amigos de toda la vida se enemistaban porque uno de ellos había dicho algo que el otro no estaba dispuesto a tolerar. La propia Dora era consciente de cómo había ido aumentando su agresividad ante determinadas situaciones. El racismo la paraliza, pero, si no es así, se deja llevar por la ira y llega a decir cosas que más tarde lamenta.

Los grupos de amigos terminaron rompiéndose. La gente queda únicamente con determinadas personas. Los contactos de Facebook, Twitter e Instagram se eliminan y se sustituyen por otros. A los temas de los que tradicionalmente se evita hablar, la carrera profesional, las peleas de niños, se ha sumado la política. Hay determinados asuntos que no deben tocarse en una reunión social.

Dora no ha olvidado las explosiones de odio que puede provocar el racismo. No hay ningún otro tema con el que la gente, incluso la más apacible, pierda tanto los nervios, da igual en qué lado se coloquen. En el fondo, puede que el silencio ante el racismo no sea más que un mecanismo de defensa motivado por el miedo a perder el control sobre uno mismo. Nadie quiere ponerse a mal con medio mundo... o con el pueblo entero.

Esta idea hace que Dora se atragante. R2-D2 se quita un guante para darle unos golpecitos en la espalda.

—¿Y qué me dices de ese? —pregunta Dora señalando al muro, sin dejar de toser.

—¿A qué te refieres? —dice R2-D2.

Según parece, la única manera de comunicarse con él son los chistes; no está programado para responder preguntas sencillas. También es cierto que no se ha quitado los protectores auditivos.

—Hablo de Godo —responde Dora elevando la voz y señalando de nuevo al otro lado.

Desde aquel primer día no ha vuelto a ver a Godo. Laya ha ido a escarbar entre sus patatas en otras tres ocasiones y ha regresado sin que la aplasten de un pisotón. En cierto momento, Dora colocó una silla junto al muro, se subió en ella y miró al otro lado. La mera idea de que la cabeza de Godo pudiera aparecer por encima del muro en esos momentos hacía que su corazón latiera más rápido. Allí no había nadie. El lugar parecía vacío y abandonado. Dora se tomó su tiempo para observarlo todo detenidamente. Sobre el césped hay una mesa blanca de plástico con varias sillas. Las ventanas de la caravana están cubiertas por unas cortinas a rayas. Las escaleras están adornadas con macetas donde crecen geranios. Justo al lado se encuentra la escultura de un lobo, superior al tamaño natural, tallada a partir de un tronco de árbol. El viejo *pick-up* blanco permanece aparcado al lado de la vivienda. Se trata de un Toyota Hilux, probablemente de los años ochenta. La hierba ha ido creciendo debajo de él. Es evidente que el vehículo lleva sin moverse mucho tiempo. Tal vez no funcione. Godo debe de haberse marchado en otro coche.

Dora se pregunta por qué no lo repara. Por qué se queda en una caravana, si la vivienda está vacía. Cuando uno la observa más de cerca, la casa no parece en absoluto descuidada, aunque los cristales de las ventanas estén sucios. De la fachada cuelgan dos banderas. Una roja y blanca, que Dora no puede identificar con precisión, y otra de Alemania, que, por su tamaño, podría ondear ante cualquier edificio oficial. Catorce años después del Mundial de Fútbol, aquel sueño de verano que unió a todo el país, Dora sigue mirando con recelo la bandera negra, roja y oro, sobre todo, si se la encuentra en un jardín del este de Alemania.

Tal vez Godo esté de vacaciones. O trabajando en la construcción. R2-D2 tampoco parece saberlo. Se encoge de hombros, se pone el arma al hombro y se dispone a marcharse.

Dora coge a Laya en brazos y cruza la calle con él. Quiere echar un vistazo al buzón para averiguar cuál es su nombre. No puede seguir llamándolo R2-D2 para siempre.

Un poco más abajo distingue tres furgonetas blancas. Acaban de aparcar delante de un edificio blanco, una antigua granja. Dora ya se había fijado en él. Es bastante grande. Una vivienda y dos anexos, con paneles solares en los tejados. Los conductores descienden de los vehículos. Son hombres jóvenes, de pelo moreno. Ríen a carcajadas y hablan a voces. Dora podría entenderlos sin dificultad desde donde se encuentra, si hablara su lengua, pero ni siquiera reconoce el idioma. En cualquier caso, su buen humor le transmite optimismo. ¿Cuánto tiempo ha pasado desde la última vez que escuchó a un grupo de personas riéndose juntas? Por otra parte, sería genial saber que en Bracken vive una comunidad de extranjeros. Ya se imagina contándoselo a Jojo. «¿Racismo? No, aquí no tenemos esa clase de problemas», le diría agitando la mano que no tuviera ocupada con el teléfono.

R2-D2 ha seguido su mirada.

—Moros y gitanos —dice, como si quisiera disculparse.

—¿Cómo? —se sorprende Dora.

—Trabajan para Tom y Steffen.

Lo que ha dicho no es ningún chiste. En la cabeza de Dora, la expresión «moros y gitanos» se confunde con «moros y cristianos». Tiene que hacer un esfuerzo para centrarse. Intenta seguir hablando con R2-D2. No puede quedarse callada en este momento. Tiene que aprovechar la presencia de R2-D2 para superar su bloqueo. El casco de color naranja le da un aspecto amable. Dora no sabe si es posible decir algo así sin mala intención, pero si hay alguien que puede, ese es R2-D2. Se acerca a él, coge el protector que cubre su oído izquierdo y se lo retira con cuidado, como si fuera un niño pequeño.

—¿Moros y gitanos?

—Sí, trabajan en el campo. Para Tom y Steffen.

Dora ha leído en los periódicos que hay problemas con la recogida de los espárragos. A pesar de las restricciones que existen por la pandemia, han tenido que traer a ciudadanos rumanos porque los alemanes no están dispuestos a recoger sus propios espárragos. Animada por el tono amable de R2-D2 se atreve a dar un paso más.

—¿No te parece ofensivo?

—¿Qué?

—Esas palabras. Moros y gitanos.

—Lo dicen todos.

—Pues pueden resultar insultantes.

—¿Y eso por qué?

R2-D2 se quita el casco y se rasca la cabeza. Es mayor de lo que Dora pensaba. Debe de faltarle poco para cumplir los sesenta, aunque apenas tiene canas.

—Ellos no entienden ni una palabra.

Se apoya en una pierna y luego en la otra. Quiere entrar en casa. No es de extrañar, debe de ser incómodo estar bajo el sol cargado con sus armas secretas y llevando todo ese atuendo. Por otra parte, las insistentes preguntas de Dora han echado a perder su buen humor. Laya también parece inquieta. Ha empezado a patalear en sus brazos; quiere bajar al suelo. Por desgracia, Dora no puede dejar las cosas así. Está controlando sus nervios y, de momento, no se ha bloqueado. Se siente orgullosa de poder mantener esa conversación.

—¿De dónde vienen?

—No son de aquí.

—¿Y eso es un problema?

—Trabajan para Tom y Steffen.

Es la tercera vez que se lo repite. R2-D2 procura hablar despacio, como si Dora fuera torpe de entendimiento. Debe de ser que todo el mundo, salvo ella, conoce a Tom y Steffen y sabe que son buena gente. No tienen problemas con nadie. Ni siquiera con los moros y los gitanos.

Esas son sus últimas palabras. R2-D2 inclina la cabeza para despedirse y se da la vuelta. Mientras entra con todo su equipo por la puertecita del jardín, más estrecha aún que la de Dora, ella aprovecha para fijarse en el nombre que figura en el buzón. «Heinrich».

9

Linterna

Al caer la tarde, Dora sale a la puerta de su casa y se acomoda en una silla de jardín. Es como si estuviera en un balcón con vistas a la calle. Justo enfrente tiene la casa de Heinrich y, si gira la cabeza, puede ver el muro que separa su propiedad de la del vecino, donde no se mueve nada. Se ha puesto una chaqueta gruesa para protegerse del frío. Puede trabajar apoyando el portátil sobre sus rodillas. Desde que está aquí, el mensaje de error no ha vuelto a aparecer. Puede que el aire del campo también les siente bien a los dispositivos digitales. Por su parte, Laya, la Raya, ha preferido quedarse dentro.

Dora siente un hormigueo en los pies. Se levanta, baja la escalera y da una vuelta alrededor de la casa. Gracias al combate que ha librado Heinrich, la parcela se va pareciendo cada vez más a un jardín. Eso, si uno no tiene en cuenta los restos de la poda que han quedado esparcidos por el suelo. Dora no tiene ni idea de qué hacer con ellos. ¿Cargarlos en el *pick-up* que no tiene y llevarlos a un punto limpio que seguramente tampoco exista? ¿Quemarlos en una hoguera como las de San Juan? ¿O arrojarlos por encima del muro a la parcela del vecino? Dora se sonríe. ¡Qué cara pondría Godo cuando regresara! Ha creído oír ruidos en su caravana en un par de ocasiones, pero cuando se ha subido en la silla para ver lo que ocurría, todo estaba tranquilo. La ausencia de un vecino nazi es casi como no tener un vecino nazi.

Lo que no ha dejado de oír son las voces de aquellos jóvenes morenos, que, según Heinrich, trabajan para Tom y Steffen, los vecinos del edificio blanco con los dos anexos. Puede que sean los dueños de una explotación agraria. Dora se imagina unos espárragos con patatas asadas y mantequilla. No puede resistirlo. Se prepara un plato de pasta, utilizando la poca mantequilla que le queda, y se lo cena sentada delante de su casa.

Cuando oscurece, se oye cantar a un ruiseñor en la parte de atrás de la parcela. A Dora le parece demasiado escandaloso y un poco psicodélico. Nada que ver con el carácter romántico que le atribuyen los poetas. El trino del pájaro ha roto la paz del entorno. Dora se pregunta si le impedirá dormir. Lleva un tiempo notando un cosquilleo en el vientre. La mera idea de pasar una noche sin dormir hace que las burbujas suban por su garganta y estallen en su cabeza. Trata de concentrarse en la pantalla azul de su portátil. La noche se extiende sobre Bracken. Dora trabaja en su campaña. Cuando llega la inspiración, las historias salen solas. Dos horas más tarde tiene listos cinco *spots* de veinte segundos cada uno, con varios cortes alternativos de siete segundos.

El que más le gusta es un *spot* en el que el BUENISTA viaja en un autobús atestado de gente. Se levanta y le ofrece su asiento a un hombre mayor, sin pelo. Llama su atención con una palmada en el hombro, el tipo se da la vuelta y resulta que no es un anciano, sino un *skinhead* que le muestra el puño amenazadoramente. Lleva la palabra «odio» tatuada en los nudillos. El BUENISTA retrocede espantado. El *skinhead* se sienta en el sitio que ha dejado libre. Observa con una mirada displicente sus vaqueros y descubre una etiqueta con la marca bordada. «Típico de un BUENISTA», comenta lleno de desprecio. Una voz en *off* dice en un tono jovial: «¡Viste como quieras... y haz del mundo un lugar mejor!». Es posible que los nazis sean el mayor tabú de la publicidad alemana. Ha llegado la hora de que dejen de serlo. El *script* es impecable. Lo único que se le puede reprochar es la realidad que refleja. El mensaje es claro: cambiar el mundo está en manos del cliente.

Dora se levanta, se apoya sobre la barandilla de hierro y estira la espalda. Echa la cabeza hacia atrás y mira hacia el cielo. ¡Cuántas estrellas! Aquella franja nebulosa debe de ser la Vía Láctea. ¿Estará Alexander Gerst allí arriba? ¡Cuánto le gustaría compartir un cigarrillo con él! Seguro que Gerst no fuma. Aunque puede que diera una calada, por cortesía. En la radio escuchó que los astronautas son las mejores personas del mundo. No es casual. Tampoco tiene que ver con su oficio. Lo que ocurre es que se busca un determinado perfil. En cada misión tienen que pasar meses encerrados con sus compañeros en un espacio muy reducido. Están sometidos a una especie de cuarentena en medio del cosmos. La única forma de que funcione es que todos los miembros del equipo, además de profesionales, sean buenas personas.

Dora trata de recordar cuándo fue la última vez que se encontró con una buena persona. Sus compañeros de la agencia son muy correctos, pero eso no quiere decir que sean buenas personas. La mayoría de ellos se preocupan más de sus perfiles en redes sociales que de sus amigos. Muestran a sus hijos, a sus perros, sus casas o sus desayunos. En el trabajo hacen publicidad de una marca, en su tiempo libre se promocionan a sí mismos. Fuera del gremio de la publicidad las cosas no son muy diferentes. Todos quieren ser personas interesantes e importantes. Y, por supuesto, tener éxito, tanto en su profesión como en la vida privada. Una competición de conformistas que fingen ser especiales. Para encontrar a una persona verdaderamente buena tal vez haya que salir de la Tierra. Dora no es mejor que el resto. Tal vez un poco más solitaria. Aparta sus ojos de las estrellas y mira a su alrededor. La carretera silenciosa. El pueblo que atraviesa. Las calles iluminadas y los campos que se pierden en la oscuridad. Observa lo que hay y lo que no hay. Es mucho, prácticamente todo. Apenas hay casas. No hay automóviles. No hay bicicletas ni peatones. No hay trenes elevados, no hay publicidad ni luces de colores. Solo hay unas cuantas parcelas, árboles y hierba.

Dora inspira el humo del cigarrillo y lo echa de nuevo formando nubes en el aire inmóvil. Piensa hasta qué punto está sola. Para ella, lo que existe son peatones, trenes elevados y poco más. No tiene un compañero con el que compartir la cama. No tiene colegas con los que se vea en la oficina cada mañana. No tiene una familia con la que celebrar una reunión de vez en cuando. No tiene una mejor amiga a la que pueda llamar en medio de la noche. No tiene una asociación de baile, ni un club de lectura. Lo único que tiene Dora es lo que está viendo. Laya. Una casa sin muebles. Una cajetilla de cigarrillos empezada. Godo y Heinrich. Llamadas telefónicas y videoconferencias a través de Zoom. Pero, por sorprendente que parezca, no es eso lo que le asusta. Lo que de verdad le asusta es que no echa nada de menos. Bueno, tal vez a Alexander Gerst.

Enciende un segundo cigarrillo. Laya duerme dentro. Dora envidia a la perrita por su capacidad para quedarse dormida en cualquier momento, en cualquier parte. A veces piensa que no hay nada más importante que poder dormir. Quien no puede dormir está perdido. A quien duerme no puede pasarle nada malo. ¿Qué puede temer alguien que se acuesta y desaparece del mundo? ¿Hay algo más valioso que meterse en la cama por la noche y levantarse despejado a la mañana siguiente?

De repente interrumpe sus reflexiones. Algo ha llamado su atención. Está allí. Al otro lado. En casa de Godo. Ha visto una lucecita moviéndose en una de las ventanas de la primera planta. Dora observa con atención. La luz se vuelve más intensa, más clara. Recorre las paredes. Desaparece. Aparece de nuevo. No cabe duda de que hay alguien paseándose por la casa con una linterna.

¿Debería llamar a la policía? ¿Habrá policía?

La luz desaparece. Quienquiera que anduviera por la casa ha apagado la linterna o ha bajado a la planta baja. Dora no alcanza a ver las ventanas del piso inferior. Se pone de puntillas, con las dos manos apoyadas en la baranda. En la parcela de Godo no se ve ningún coche, ni ninguna furgoneta con el portón trasero abierto. En caso de que se trate de un ladrón, tendrá que salir con el botín debajo del brazo y huir a pie. Además ¿qué podría llevarse de casa de Godo? ¿Banderas alemanas?

Dora espera que ocurra algo. No se oye nada. No se ve a nadie. La carretera sigue en silencio. El ruiseñor no ha dejado de cantar. Dora suelta el aire que retenía en sus pulmones y trata de relajarse. Debe de ser Godo, que anda por su casa con una linterna. A lo mejor no ha pagado la factura de la luz. O puede que busque algo en la oscuridad. ¿Cuándo habrá regresado? Tira el cigarrillo y decide irse a la cama. Lo que suceda en la casa de al lado... no le incumbe en absoluto.

10

Autobús

Ya no queda nada en el frigorífico, salvo un poco de mantequilla. El tarro de mermelada que guardaba en la alacena no
se puede rebañar más. El pan está duro, la leche se ha puesto
mala. Dora se prepara un café con la última cucharada que
queda, segura de que a Heinrich se le ocurrirían unos cuantos
chistes, y se sienta con la taza a la mesa de la cocina. «Centro
comercial a 18 kilómetros». Eso decía el anuncio de la inmobiliaria. Hoy averiguará si era cierto.

Google Maps no muestra ningún centro comercial en los
alrededores de Plausitz. Los únicos puntos de interés son una
ferretería, una peluquería, varias tiendas de moda y un pequeño supermercado, pero no localiza ningún Elbe-Center.
La línea de autobús que une Bracken con Plausitz es la 42.

Dora coge unas cuantas bolsas de algodón, lo que le recuerda que aún tiene pendientes tres mil novecientas compras, acaricia la cabeza a Laya y abandona la casa.

Delante del puesto de bomberos hay cinco hombres vestidos con uniformes de color azul oscuro con bandas reflectan-
tes en las mangas y en las perneras. Guardan una distancia de
metro y medio entre uno y otro. Todos tienen un cigarrillo
entre los dedos. Dora pasa de largo por el otro lado de la calle.
Cuatro cabezas se giran hacia ella, la quinta mira hacia otro

lado. Los cinco hombres se llevan el cigarrillo a la boca, dan una calada y vuelven a bajar las manos. Parece una instalación artística de los Documenta Kassel. Los hombres son altos y corpulentos. Cualquiera de ellos podría levantar a Dora sin ningún esfuerzo. Recuerda las estadísticas y calcula cuántos habrán votado a Alternativa para Alemania. El resultado es 1,35. Uno dice algo a los demás. Sus compañeros tuercen el gesto y se encogen de hombros. Dora cree que están hablando de ella. Se preocupa. Puede que hoy sea domingo. No, es sábado. Ha tenido suerte. Acelera el paso y no se relaja hasta que pierde de vista a los bomberos.

La parada del autobús está protegida por una caseta de plástico medio quemada. Dora pretendía consultar un plano de la red de transportes, pero lo único que encuentra es una nota. Es tan pequeña como las tiras de papel que se introducen en las galletas de la suerte y tan enigmática como ellas. Se refiere al horario de los autobuses. Aunque los colegios llevan tiempo cerrados debido a la pandemia, durante las vacaciones escolares de Semana Santa, el autobús pasará por la mañana, a mediodía y por la noche. Para llegar a Plausitz, un trayecto de dieciocho kilómetros exactos, según Google Maps, tardará cuarenta minutos.

El autobús «de la mañana» habrá pasado ya, pero debe de ser demasiado pronto para el «del mediodía». Ahora comprende los comentarios de los bomberos: «¡Ay, esta chica de ciudad! ¿De verdad piensa ir a hacer la compra en autobús?».

No le apetece nada volver a pasar por delante de los hombres. Ya se imagina su risa sardónica. Pero cuando llega al puesto, han desaparecido. Ni se les ve, ni se les oye. La exposición ha acabado, la instalación se ha guardado en el almacén.

De vuelta a casa, Dora deja la mente en blanco y se concentra en el *script* que comenzó a redactar el día anterior. Tiene hambre, pero hace lo posible para olvidarlo. Hay que adaptar el *spot* del BUENISTA para la radio, lo cual supone un verdadero reto. Los oyentes no verán al BUENISTA, y Dora no quiere que una voz en *off* cuente la historia. Tiene que existir otra posibilidad en la que todavía no ha caído.

Dora se dispone a salir de nuevo. Laya ni siquiera la acompaña a la puerta. Se acurruca sobre su cartón y le lanza una mirada llena de reproches: «Ya que las personas no sabéis disfrutar de la vida, por lo menos, deberíais organizaros mejor». Dora es consciente de que puede quedarse tirada en la parada del autobús. Pasarán los minutos, las horas y los días, hasta que el tiempo carezca de sentido, hasta que el pueblo desaparezca, las casas se desmoronen y solo queden Dora y la parada de autobús ante un horizonte vacío, polvoriento, un cuadro surrealista titulado «El fin de los tiempos».

Pero el caso es que llega un autobús. Y es el 42. A Dora se le ocurre pensar que tal vez necesite una mascarilla. Hay un momento de tensión. Entonces ve que el conductor lleva la suya colgada de una oreja. Debería subir por la parte de atrás. No tiene mascarilla ni billete. Cuando pregunta al conductor, este se encoge de hombros. Dora no sabe dónde sentarse. El autobús está completamente vacío.

Después de tomar asiento, se da cuenta de que se le han olvidado las bolsas de algodón.

El autobús huele a desinfectante y no solo está vacío, sino que parece desolado. El paisaje por el que atraviesa está desierto. Tal vez se trate de una zona contaminada. Todos han muerto y sus cadáveres se han podrido. El conductor y ella son los únicos supervivientes. Hacen lo único que pueden hacer: recorrer la antigua ruta, una y otra vez, en un bucle sin fin.

Postes eléctricos, aerogeneradores, naves y explotaciones agrícolas abandonadas. Campos de espárragos que se extienden hasta donde alcanza la vista. Postes colocados en paralelo cubiertos de plástico, un mar cubista.

Unas cuantas casas. Parte de un bosque. Un arrendajo entre las ramas de un árbol. Dora ve a su madre, su amplia sonrisa, su cabello rubio. Podría sacar el teléfono y llamarla. «Estamos teniendo una primavera fabulosa», diría ella. Hablarían de los pájaros. Se reirían del pánico que ha desatado el coronavirus. «El miedo es libre y no entiende de probabilidades estadísticas». La muerte de su madre era extremadamente improbable. Dora aprieta los puños contra sus ojos. Son cosas que pasan. Hay que asumirlas y seguir adelante.

El autobús se detiene al borde de la carretera. No hay nada que indique que allí existe una parada. El conductor se ajusta la mascarilla, se apea y ayuda a subir a una anciana que también lleva una puesta. Cuando llegan al aparcamiento del centro comercial, Dora empieza a pensar que el conductor solo lleva la mascarilla por aquella anciana y que, si realiza aquella ruta, es únicamente por ella.

11

Centro comercial

En el Elbe-Center, una de cada dos tiendas está cerrada, pero, a pesar de todo, reina una viva animación. En la panadería y en la farmacia han instalado pantallas de metacrilato para proteger a los empleados y a los clientes. Todo el mundo respeta la distancia social. Se han colocado bandas adhesivas en el suelo, para que el público sepa dónde debe colocarse y cómo debe moverse. Es como desplazarse por el escenario de un teatro o circular con un vehículo por una vía pública. En cualquier caso, el estado de alarma es mucho más relajado que en la gran ciudad. Justicia poética. Quienes presumían de su nivel de vida y se reían de la gente de los pueblos están encerrados en sus casas, subiéndose por las paredes, mientras estos se dedican a cuidar sus jardines y a esperar que caiga la lluvia. Dora pasa un tiempo observando a gente que hace cosas normales. Le sienta bien. No sabía lo importante que era la trivialidad de la vida cotidiana.

A la entrada del supermercado hay una estantería con prensa. Hace tan solo unas semanas, los protagonistas de las portadas eran Donald Trump y Greta Thunberg. Ahora les ha tomado el relevo una especie de bola de masaje de color rojo con almohadillas de goma. Acapara las primeras planas de revistas y periódicos. Dora siente un cosquilleo en el estómago.

Ha olvidado coger un carrito para hacer la compra y debe volver al aparcamiento. Cuando comienza a recorrer los lineales, está tan nerviosa que no sabe qué comprar. Dos semanas y media de vida en el campo han embotado su instinto de consumidora. Trata de controlarse. Fruta y verdura. Pan, mantequilla, queso, vino. No puede comprar más de lo que pueda llevar en el autobús. Café, leche. Pero tampoco puede quedarse corta, porque, si no, el viaje no habrá merecido la pena. Diez paquetes de pasta y arroz. En lugar de música, la megafonía del supermercado ofrece un programa de radio. La señora Merkel no se plantea un alivio del confinamiento. Gel de ducha, detergente. Los expertos están divididos: unos piensan que la vacuna llegará pronto y otros, que tardará años. Comida para perros. Dos paquetes de papel higiénico. Unos consideran que los centros educativos deben permanecer cerrados hasta final de curso y otros, que deben abrirse de nuevo.

Una vez en la caja, Dora coge cuatro bolsas de algodón. La muchacha que la atiende detrás de la pantalla de metacrilato le pide casi ciento cincuenta euros por la compra. Dora traga saliva. La debilidad del sistema es evidente. Está claro que Dora no entiende los principios que rigen la economía.

Dora sale del supermercado con dos paquetes de papel higiénico, uno debajo de cada brazo. Parece la protagonista de una viñeta satírica sobre la reacción de los ciudadanos ante el coronavirus. Con todo, el volumen del papel higiénico evita que las bolsas repletas de productos le golpeen en las piernas. Por muy cargada que vaya, no puede dejar de pasar por la ferretería.

Cuando entra, se siente como una niña en un almacén de juguetes. Mangueras, bancos y farolas de jardín. Objetos con los que uno puede transformar un campo lleno de maleza en un paraíso. Sacos de tierra, abono y materiales que no solo hay que pagar, sino también transportar. Las patatas para siembra se han agotado. Después de darse una vuelta por la sección de jardinería, Dora se siente frustrada. Decide coger unas cuantas bolsitas de semillas de una estantería. Lechugas, coles, pepinos. Algo crecerá. En casa tiene dos regaderas.

De camino a la caja es embestida por un carro sobre el que han amontonado varios sacos de sustrato para plantas en un precario equilibrio. El montón se tambalea, los sacos resbalan y las bolsas de algodón de Dora van a parar al suelo. Varias manzanas ruedan debajo de la estantería de los tornillos que tiene justo al lado. Es entonces cuando se da cuenta de que se le han olvidado los huevos. El responsable del incidente se disculpa, mientras intenta recoger la compra de Dora y, al mismo tiempo, evitar que la torre de sacos se derrumbe por completo. Tiene una voz agradable, como un actor de doblaje que siempre interpreta el papel del bueno. Juntos consiguen reparar los daños y evitar desgracias mayores. Dora observa al hombre. Debe de tener algo más de cincuenta años, no es demasiado alto, pero tiene un aspecto atlético. Se recoge el pelo, ya canoso, en una coleta. Lleva unos pantalones cortos tipo cargo y un jersey noruego, con el cuello desgastado, aunque no hace frío. No utiliza camiseta, como Dora, a la que se le ve el pelo de las axilas.

—Discúlpeme, por favor —dice el hombre antes de continuar su camino hacia la caja con el pesado carro.

Es un tipo curioso. Dora piensa que no encaja en este lugar. Si estuviera en Berlín habría dicho que es un ex mánager que está realizando un viaje para encontrarse a sí mismo y acaba de salir de una vinoteca.

Le dan ganas de salir corriendo detrás de él y abrazarlo por la espalda, como si fuera un tronco de árbol y quisiera comprobar si es capaz de abarcarlo con sus brazos. Seguro que podría levantar a Dora sin ningún esfuerzo. Parece que últimamente le obsesiona la idea de que la levanten por los aires. Robert jamás lo habría hecho. Dora no es particularmente delgada y tampoco se puede decir que sea una persona baja. Robert siempre ha sido un hombre prudente, que procura evitar cualquier contacto físico, una cualidad que Dora sabe apreciar. Robert jamás habría dado un espectáculo, de eso podía estar segura. ¿Qué estará haciendo en este momento? Seguro que está sentado delante del portátil, trabajando. ¿La echará de menos? Dora no se siente cómoda con la situación. No están separados oficialmente. Solo están tomándose un tiempo. Dora no le ha dicho dónde está y él ni siquiera se ha preocupado de contactar con ella por WhatsApp. Ha pensado varias veces en llamarle por teléfono, pero no sabría qué decirle.

De camino al autobús, el peso de las bolsas tira de sus brazos. Es como si la articulación de los hombros fuera a desencajarse. Ahora es cuando puede sacar partido de sus grandes manos. Dora consigue llegar al poste que marca la parada haciendo varios descansos. Coloca las bolsas en el suelo y deja escapar un suspiro de alivio. No hay banco, ni siquiera un tejadillo. Tampoco entiende que el transporte público quede tan lejos de la entrada al centro comercial. Otro enigma de la vida provinciana.

Sin tejadillo no hay sombra. Dora se seca el sudor de la frente mientras consulta los horarios. Entonces se queda pálida. Con una ingenuidad que roza la estupidez ha dado por sentado que el autobús de regreso pasaría antes. El siguiente no sale hasta las 17:35 h. Son poco más de las tres. Dora comienza a entender que algunas de las medidas para luchar contra el cambio climático no sean bien recibidas por las personas que viven en zonas rurales.

12

Axel

Dora trata de controlar el pánico. Siempre hay una solución. Tomar un taxi, volver a pie o hacer autostop. Saca el teléfono móvil. En ese momento recibe un mensaje. Piensa en Robert, pero es Axel.

«Papá y Sibylle quieren quedar». Su hermano tiene la costumbre de abreviar sus mensajes de texto como si aún vivieran en el mundo de los ciento sesenta caracteres, como si trabajara en un centro militar de transmisiones, donde cualquier comunicación ha de ser lo más concisa posible, o como si los datos fueran un recurso limitado que no conviene malgastar.

Esas cinco palabras dicen un montón de cosas. Como Dora tiene tiempo, se dedica a analizar el mensaje de Axel: «Papá y Sibylle quieren quedar». Ni Axel ni Dora llaman «papá» a Jojo. No sabría decir por qué. Tal vez a Jojo no le gustase la palabra y, cuando les cambiaba los pañales, en lugar de «pa-pá» lo que les susurraba al oído era «jo-jo». En caso de que alguna vez se acercara al cambiador. En realidad, «papá» no pega con él. Jamás le saldría de forma espontánea, se le atragantaría. Mamá era mamá, Jojo es Jojo. Pero, desde que Axel tiene hijos, ha empezado a utilizar con más frecuencia la palabra «papá». Es como si quisiera establecer un nuevo vínculo con su padre, aprovechando que ahora tiene nietos. Durante mucho tiempo, Dora fue la hija preferida. Responsable, estudiosa y trabajadora. Cuando murió su madre, fue como si Axel desconectara y Dora tuvo que ocuparse de todo. No quería que Jojo contratara a una niñera. No quería que otra persona ocupase el lugar de su madre. Solo consintió que una vecina pasara por casa para hacerles la comida y ayudarles con las tareas domésticas. Dora estaba al cargo. No cabe duda de que era hija de Jojo. Pero Axel es su hijo, el que garantiza la continuidad de la familia. Le ha dado nietos, se ha convertido en el ojito derecho de papá y quiere que Dora lo sepa.

«Papá y Sibylle quieren quedar». Siempre se han referido a Sibylle como «la nueva compañera de Jojo». Aunque llevan quince años juntos. Puede que incluso más. Empezó a vivir con ella poco después de que Dora se marchara de casa. Dora no tiene nada en contra de Sibylle, pero evita llamarla por su nombre. Es como si su presencia se difuminara. Axel siempre ha colaborado con ella. Cuando escribe «Papá y Sibylle» en lugar de «Jojo y su nueva compañera» está marcando un cambio. Está anunciando que deja definitivamente el mundo de Dora y Axel para empezar a vivir en un universo adulto en el que asumirá el papel de padre de familia. Dora lo entiende, pero le pone triste.

«Quieren quedar» proporciona un montón de información. Lo que Axel pretende decir es lo siguiente: «A pesar de las restricciones a la libre circulación para evitar la propagación del coronavirus, Jojo ha decidido acudir a Berlín para realizar las intervenciones quirúrgicas que tiene programadas esta semana en la Charité. Aunque pertenece a un grupo de riesgo y los encuentros familiares están prohibidos, insiste en que nos veamos, como siempre, en su apartamento de Charlottenburg, para cenar. A mí me parece una decisión irresponsable y equivocada, pero no tengo el valor de decírselo, así que acudiré a la cita, pero no me acompañarán ni Christine ni los niños». Dora sonríe. Conoce tan bien a su hermano que un simple mensaje de texto es como un libro abierto. Aunque no quiere entablar una conversación, decide responder: «¿Cuándo?». Y Axel contesta: «El jueves».

El profesor Joachim Korfmacher es uno de los neurociru- janos más famosos del país y, como tal, está por encima del resto de los mortales en lo que se refiere a las medidas para luchar contra la pandemia. Las operaciones programadas por el profesor Korfmacher no admiten cambios, son esenciales. Viene a Berlín cada dos semanas para operar en la Charité. Por eso dispone de un apartamento en Charlottenburg. Si el profesor Korfmacher ha decidido viajar a Berlín con su nueva compañera para reunirse con sus hijos, eso es lo que suceder- rá, dan igual las normas que el Gobierno federal haya dictado. Por otra parte, como jefe del servicio de neurocirugía dispone de más información que la mayoría de las personas; puede obviar el discurso de los medios de comunicación e ignorar el nerviosismo de las masas. Cenar con su familia es una mane- ra de manifestar su desprecio hacia el virus.

A Dora le alegra poder ver a su padre. Aunque no soporta sus aires de superioridad, hablar con él le hará bien. Sobre todo en un momento de crisis. Beberán un buen vino, como hacen siempre, y tal vez fumen un cigarrillo en el balcón que da a Savignyplatz, con la conciencia de pertenecer a un selec- to grupo de privilegiados. Jojo les recordará que la única pan- demia que sufre el país es el *entitlement*. Es uno de sus temas favoritos. Ahora la gente se siente con derecho a todo. Exigen más seguridad y más bienestar, menos preocupaciones y me- nos incertidumbre. El *entitlement* provoca una sensación de crisis permanente porque pocos alcanzan las metas que se han marcado. Cuando las expectativas no se satisfacen, se abre un horizonte sombrío, apocalíptico. Jojo piensa que vivimos en la época del victimismo. Todos consideran que merecen algo mejor y, como no lo consiguen, experimentan un sentimiento contradictorio, mezcla de miedo e indignación. Una combinación explosiva.

Jojo contempla la realidad a vista de pájaro. Dora sabe que nadie comprende mejor que él lo que está pasando. Al fin y al cabo, está acostumbrado a moverse en la frontera entre la vida y la muerte.

Luego comentarán algún libro o alguna película. Y Dora les hablará de R2-D2. Se sorprenderán y se reirán juntos. La nueva compañera de Jojo se mostrará encantada. Pasará la mayor parte del tiempo en la cocina, preparando algún plato con quinoa o con tofu, lo que dará pie a que Jojo repita el chiste de siempre: «¿Vamos a volver a comer esos dados de plástico con salsa?». Su nueva compañera aceptará la broma con una cariñosa sonrisa para dejar claro que tiene a Jojo en el bolsillo. No hay tantas mujeres que puedan manejar al profesor Korfmacher con tanta habilidad como ella. Hace tiempo que la nueva compañera de Jojo dejó su trabajo de enfermera. Realizó algunos cursos de formación y ahora ejerce como profesora de yoga y nutricionista. Gana bastante dinero. El coronavirus la obliga a impartir sus clases y continuar con su *coaching* por videoconferencia. Sus clientes, que andan justos de tiempo, lo agradecen, así que el negocio marcha incluso mejor que antes.

Dora envía un chiste para provocar a Axel: «Aunque me haya mudado al campo, estoy dispuesta a procurarme una mascarilla. El problema es que no hay transporte público».

Axel responde con tres signos de interrogación. No le gustan los chistes sobre el coronavirus. Tampoco le gusta que

Dora se haya marchado de Berlín. Fin de la conversación. Se hace el silencio.

A Axel le gustaría que Dora fuera una buena tía, lo que implica vivir a la vuelta de la esquina, poner a sus sobrinas por las nubes y hacer de canguro de vez en cuando. Dora no tiene nada en contra de las mellizas, pero tampoco le entusiasman los niños. Trabaja mucho. A menudo, durante el fin de semana. Axel no la entiende. Cree que el resto del mundo tiene que estar pendiente de él. Sobre todo, Dora. Después de la muerte de su madre, Axel se entregó a la pasividad. Primero se convirtió en su tabla de salvación; luego, en una actitud y, por último, en una prisión. Una persona pasiva está convencida de que las cosas buenas suceden por sí mismas, así que no tiene sentido esforzarse por conseguirlas. Axel se pasó años tirado en el sofá, mientras Dora intentaba abrirse camino en la vida apretando los dientes. Si acabó el bachillerato fue porque tener que escuchar a su hermana era mucho peor que presentarse a los exámenes finales. Cuando se mudó a Berlín, él la siguió a la capital, donde se dedicó a jugar al ordenador y a ir a clubes en lugar de estudiar una carrera o buscarse un trabajo. A Dora le sorprendía que Jojo estuviese dispuesto a seguir manteniéndole. Entonces llegó Christine y demostró que la pasividad también es un valor. Se ocupó de Axel y lo educó para que se ocupara de la casa y se convirtiera en padre a tiempo completo, un papel que ahora ejerce con orgullo. Incluso es probable que disfrute del confinamiento en la vivienda que tienen en el centro de Berlín, un piso enorme, donde cuida de Fenna y Signe, mientras su súper esposa hace carrera en una importante firma de abogados.

13

Tom

Entonces llega el autobús. Eso es lo que piensa Dora, cuando una sombra se detiene ante ella. Se trata de una furgoneta. Tal vez sea un vehículo de sustitución que viene recogiendo a los viajeros. Es cierto que Dora no ha esperado dos horas y media. Solo han pasado diez minutos. La furgoneta no tiene ventanillas. Es una Sprinter sin ningún rótulo que la identifique. Ideal para secuestrar a mujeres y niños. Seguro que en la parte de atrás ya tienen preparadas las bridas y el cloroformo. Dora ha ido retrocediendo paso a paso, así que el conductor tiene que apoyarse en el asiento del copiloto para dirigirse a ella.

—Ya puede olvidarse del autobús —grita a través de la ventanilla—. No vendrá en toda la tarde.

Reconoce esa coleta gris y esa voz tan agradable. El hombre señala a un antiguo cartel electoral que cuelga del tronco de un tilo, detrás de Dora. Sobre el fondo azul destacan tres palabras: «¡Salvemos el diésel!». Justo al lado, el logotipo de Alternativa para Alemania. Si los populistas de derecha han ido colocando esta clase de carteles al lado de las paradas de autobús, es que tienen buenos asesores. Si la hubieran consultado, Dora les habría recomendado lo mismo. La idea le asusta. Aunque, por supuesto, ella jamás trabajaría para esa gente. Ninguno de sus compañeros estaría dispuesto a hacerlo.

Pero quien haya realizado el trabajo, conoce el oficio. Puede que no se dedique a la publicidad, pero juega bien sus cartas. Los grandes partidos utilizan carteles que muestran a sus candidatos, tipos estirados, cuya imagen ha sido convenientemente retocada para que parezcan más jóvenes. Luego le añaden un par de frases, que suelen incluir las palabras «Alemania» y «futuro». Si no fuera por los colores, costaría identificar a qué partido pertenecen. Los mensajes directos son mucho más útiles. Pasas de largo ante ellos, pero no te dejan indiferente. Dan donde más duele. Es lo que ocurre en esta parada. Cada minuto de espera es un voto para los populistas de derecha. ¡Primero nos dejan sin red de transportes y ahora pretenden quitarnos el diésel! El enfado se convierte en ira. Y la ira, en odio.

—Tengo sitio de sobra. Y metro y medio de separación —dice el hombre de la coleta, señalando al asiento del copiloto y haciendo referencia a la distancia social que impone la pandemia.

Dora se pregunta si es prudente subirse a la furgoneta de un desconocido. Aunque, como se han visto en la ferretería, ya se conocen. En Berlín sería un suicidio aceptar una invitación así. Aquí, el suicidio sería esperar dos horas y media en una parada de autobús ficticia cargada con la compra de la semana. Este hombre ha comprado varios sacos de sustrato para plantas que seguramente lleve en la parte de atrás de la furgoneta. Seguro que las estadísticas sobre criminalidad demuestran que los violadores no se dedican a la jardinería.

—Vas a Bracken, ¿no es cierto?

Dora asiente con la cabeza, sorprendida.

—¿Sabe usted quién soy yo?

—Sé dónde vives.

Es probable que no sea una amenaza, sino simple información. ¿Dónde y cuándo empezaron las personas a tener tanto miedo unas de otras? El hombre no espera a que Dora le responda. Se apea y da la vuelta a la furgoneta.

—Soy Tom.

En lugar de tenderle la mano, le ofrece un codo, y Dora se lo choca con el suyo. El hombre coloca la compra a los pies del asiento del copiloto. Las bolsas pesan lo suyo, pero él las levanta como si fueran una pluma. Debe de haber cargado los sacos de sustrato con la misma facilidad. Es asombroso. Hay personas que tienen diez veces más fuerza que Dora. Cuando Tom se agacha, el cuello desgastado de su jersey noruego se abre, y Dora puede ver el vello lanudo y encanecido que cubre su pecho hasta el ombligo. Le gusta contemplar a Tom. Su vientre es voluminoso, pero no tiene ni pizca de grasa. Brazos y hombros trabajan como los pistones de una máquina. Las personas tienen cuerpos muy diferentes. Este parece que no estuviera hecho del mismo material que el suyo. Salvo las manos. Sus manos se parecen a las de Tom. Aunque lleva chanclas, se alza sobre el suelo como si estuviera arraigado en él.

—Andando —dice Tom.

Dora sube obediente a la cabina y se sienta delante de sus bolsas.

—Me llamo Dora —se presenta.

—Pues vámonos —contesta Tom.

Dora disfruta del viaje. El asiento es alto y le permite contemplar el paisaje. Tom conduce a una velocidad razonable. Maneja el volante, los pedales y las marchas como si fueran una prolongación de su cuerpo. La vida cambia cuando uno tiene un vehículo como el suyo. Puede comprar la mitad de la ferretería y llevársela a casa. Puede trasladarse a otro lugar transportando todas sus pertenencias. Puede vivir en la parte de atrás. Incluso puede huir con la familia llegado el caso. Dora ve una columna de humo que se eleva en medio del bosque. Es tan grande que oscurece parte del cielo.

—¿Hay un incendio? —pregunta asustada.

Tom sonríe con condescendencia, antes de tranquilizar a la chica de ciudad.

—No es humo, es polvo. Por la sequía.

Cuando pasan el bosque y salen a campo abierto, Dora ve una máquina que levanta una enorme nube de polvo. La máquina avanza por un campo de espárragos extendiendo una lámina de plástico negro, seguida por un tropel de hombres y mujeres que se ocupan de fijarla a la tierra a lo largo de kilómetros y kilómetros.

Dora se preocupa de sus bolsas de algodón mientras la agricultura intensiva cubre con plástico la mitad de los campos. Piensa que en cualquier momento empezará a sentir un cosquilleo en el estómago. Pero no es así. Contempla la imagen como si se hubiera congelado. La tierra arada. El plástico negro. Esa máquina parecida a un insecto. La oscura silueta de todas esas personas. Solo falta una música de piano. Futurismo anacrónico. Las personas esclavizadas por las máquinas. La voz de Tom interrumpe sus pensamientos. Dora se sobresalta.

—Nuestra gente está echándoles una mano.

Dora empieza a comprender. No es tan torpe como parece. La persona que está sentada a su lado es la mitad del conjunto que forman «Tom y Steffen».

—¿Te refieres a los moros y los gitanos que trabajan para vosotros? —dice sin querer.

Tom ríe con una mueca.

—Así es. Parece que te has puesto al día.

—¿Os dedicáis... a los espárragos?

—¡Dios nos libre! —exclama Tom, levantando ambas manos del volante—. Los espárragos son una ruina. Los supermercados controlan la producción. Los pequeños agricultores no tienen nada que hacer. Es la misma historia de siempre. Los de arriba se llenan los bolsillos y los de abajo se quedan sin nada. El problema es la mentira esta que están contándole a la gente. El negocio va tan mal que hemos tenido que ceder a nuestros trabajadores.

Aunque a Dora le parece absurdo que considere el coronavirus una mentira, resulta reconfortante hablar con alguien que no defiende sus principios, sino su negocio.

—Lo siento por esos mozos —añade Tom—. Van a acabar con dolor de espalda.

Dora tiene que pararse a pensar cuándo fue la última vez que escuchó la palabra «mozos». Es entonces cuando se da cuenta de que ha pasado algo por alto. Siente un estremecimiento y nota un ligero rubor en sus mejillas. Tom y Steffen no forman un conjunto, sino una pareja. Tom la observa de reojo. Vuelve a sonreír como antes. Una mueca burlona con la que parece preguntar: «¿Pensabas que los homosexuales solo vivían en barrios alternativos del centro de las ciudades?».

Dora imagina la cara que pondrán Axel y Jojo cuando se lo cuente el jueves. En Bracken no solo hay migrantes, también parejas homosexuales. No supone un problema para nadie. Es todo muy normal. La gente de los pueblos no es tan radical como se dice.

—¿Tenéis patatas de siembra? —pregunta Dora de buen humor.

—¿Quieres sembrar patatas?

—Quiero tener mi propio huerto. Aunque me parece que el trozo de tierra que he reservado es demasiado grande para mí sola.

Ha sonado bastante natural. Ya no se acuerda de las agujetas. Lo que importa es el resultado. Dora se endereza en el asiento. Es una mujer, no dispone de armas como las de R2-D2, y su cuerpo, salvo sus manos, no tiene nada que ver con el de Tom. Pero ha conseguido desbrozar un trozo de tierra que, tal vez, sea demasiado grande para ella sola.

—Acabas de estar en la ferretería.

—Las patatas de siembra se han agotado.

—Y has pensado que el tipo de la coleta tendría patatas de siembra. ¡Cómo sois los de ciudad!

Suena más cariñoso que despectivo. Tal vez Tom no sea de aquí. Puede que también él haya venido de la ciudad.

—Pregúntale a tu vecino —propone Tom.

—¿A Godo?

—Es el hombre de las patatas.

—Lo sé —asegura Dora—. Pero hace días que no le veo. Yo creo que no está.

Tom gira la cabeza y mira por la ventanilla como si hubiera algo que no fueran espárragos y alfalfa. Luego carraspea un poco antes de responder.

—No tardará en regresar. Espera un poco.

La furgoneta frena de repente. Dora necesita unos segundos para comprender que ha llegado a su destino. Es evidente que Tom conoce su casa mejor que ella misma. Se apea, saca todas las bolsas de la compra a la vez y sube con ellas por la escalera que conduce a la puerta principal.

—Pásate por casa, si necesitas algo.

Tom señala hacia la casa de color blanco que hay al final de la calle. Se sube a la furgoneta y arranca antes de que Dora pueda darle las gracias como es debido.

SEGUNDA PARTE

PATATAS DE SIEMBRA

14

Alternativa para Alemania

El plan debe diseñarse y ejecutarse con rigor militar. Lo primero es buscar la mochila donde suele llevar a su perrita, un elemento imprescindible, que se ajusta exactamente al tamaño de Laya. Es la única manera de transportarla en un trayecto largo sin que se ahogue, se caiga o se asuste. Dora se vuelve loca buscándola. Es algo demasiado importante para haberlo extraviado. Está a punto de llamar por teléfono a Robert, cuando descubre la mochila colgada de un gancho en la pared del dormitorio. No recuerda haberla colocado allí. Cuando la abre, encuentra algunas camisetas y varios pares de calcetines que había echado de menos desde que se trasladó a Bracken. Dora guarda las prendas, coge a Laya, la introduce en la mochila y prueba a caminar con ella por la casa. Su última excursión fue en otoño. Afortunadamente sigue funcionando. Laya se asoma tranquilamente. No se opone a que la lleven. Ahora, Dora solo necesita una bicicleta. Por desgracia, Gustav se quedó en Berlín.

Cuando sale de casa, escucha una máquina que produce un sonido agudo y chirriante. Dora se estremece. Se queda parada y escucha. El ruido procede del jardín de Godo. Es una especie de lijadora. Dora puede sentir la herramienta pasando por encima de la madera. La lucha de un material contra otro. Se acerca al muro y se sube a la silla. Delante de la caravana hay un montón de palés de madera. A su lado se ve un tambor del que han desenrollado un cable de corriente de color marrón que desaparece detrás de la casa. Allí esta Godo. Llevaba días sin dar señales de vida. Ahora vuelve a aparecer y monta todo ese escándalo. Se inclina sobre uno de los palés sujetando con ambos manos una lijadora orbital que aúlla cada vez que Godo la acerca a la madera.

Dora baja de la silla sin que Godo advierta su presencia. Sale a la calle y se dirige a casa de Tom. No tiene valla. Se acerca a la puerta y busca el botón del timbre. No hay. Tampoco encuentra ninguna placa donde figure su nombre. En el buzón han puesto una pegatina azul de Alternativa para Alemania. Dora prueba a llamar con los nudillos. No sucede nada. Se apoya contra la puerta y casi se cae de bruces cuando alguien la abre.

—¿Qué ocurre? ¿Es el fin del mundo?

Tom la sujeta con sus fuertes manos para que no acabe en el suelo.

—Espero que no —dice Dora.

—¿Tan urgentes son esas patatas de siembra?

—¿Me podríais prestar una bicicleta?

Podría haberle pedido que la acercase a la estación para coger el tren regional, pero quiere hacerlo sola. Necesita un reto a la altura de sus posibilidades. Llegar a Berlín por sus propios medios. Si no puedes salir de él, cualquier refugio se transforma en una prisión. La proximidad a Berlín fue una de las bazas que jugó el hombre de la inmobiliaria para venderle la casa o, mejor dicho, uno de los argumentos con los que Dora se convenció a sí misma de que debía comprarla. «Es cierto que el lugar es algo solitario, pero puedo volver a la ciudad en el momento que quiera». Este era el planteamiento. Dora quiere hacerlo valer ante Jojo y Axel para dejar claro que no echa nada de menos. El hombre de la inmobiliaria no parecía muy convencido, pero tampoco iba a echar piedras contra su propio tejado.

—¡Steffen! —llama Tom con una voz atronadora.

Al momento aparece un segundo hombre en la puerta. Lleva una coleta como él, pero tiene un aspecto absolutamente distinto. Es algo más joven, esbelto. Su cabello pelirrojo parece más propio de una mujer que de un hombre. Lleva una camisa de lino suelta, pantalones finos y unas gafas con montura de metal y cristales tintados con las que parece la caricatura de un intelectual.

—Esta es Dora, la nueva vecina —dice Tom—. Necesita una bicicleta.

—¿Para qué quiere nuestra furgoneta? ¿No es mejor que coja el autobús? —responde Steffen.

—Una bicicleta —repite Tom, recalcando cada sílaba, como si hablase con un niño pequeño—. Necesita una bicicleta. ¿Tenemos una?

Steffen reprime la risa y desaparece sin decir nada. Camina descalzo. Es evidente que le hace gracia tomarle el pelo a su amigo. Dora espera con Tom en la puerta. No sabe qué decir. Podría contarle lo que ha descubierto esta mañana. Resulta que en el jardín de Dora hay duendes. O fantasmas. Esta mañana se sirvió una taza de café y salió a estirar las piernas con Laya. Estaba segura de que había dejado la pala en el suelo, junto a su futuro huerto, pero se la encontró apoyada en el tronco de un haya. Alguien había sacado dos viejos cubos del cobertizo y los había colocado sobre la hierba. La silla en la que se suele subir estaba apartada del muro. Las podas estaban recogidas y agrupadas en montones.

Pero no quiere que la tomen por loca. Dora no soporta el silencio. A Tom no parece molestarle. Mira hacia el cielo y silba tranquilamente. Dora podría hablarle sobre los pájaros. Ha escuchado el arrullo de dos palomas torcaces en un tilo. Un ruiseñor entona su cantinela en pleno día oculto entre las lilas. A cierta distancia se escucha la llamada de un cuco. Pero prefiere callar. Parecería un guión radiofónico para niños. Dora no cree que a Tom le interese el canto de los pájaros. ¿Por qué es tan difícil guardar silencio cuando uno está con otra persona? A Dora le parece insoportable. Le rompe los nervios. Casi tanto como el racismo.

—¿Los habéis votado? —pregunta señalando la pegatina de Alternativa para Alemania.

En realidad, es lo último de lo que querría hablar. Habría sido mucho mejor charlar sobre el canto de los pájaros o sobre los duendes que se cuelan por la noche en su jardín. Pero Tom no parece incómodo por la pregunta, como tampoco lo estaba con el silencio.

—No podemos hacer otra cosa.

Se da la vuelta y eleva su maravillosa voz de actor:

—*Hey! Don't forget the cornflowers in the drying chamber!*

Luego saca del bolsillo un paquete de tabaco y empieza a liarse un cigarrillo. A Dora le entran unas ganas enormes de fumar.

—Los de arriba nos tratan como si fuéramos idiotas.

—¿Quiénes son los de arriba? —pregunta Dora.

—El Gobierno. Berlín.

La picadura de tabaco se le ha pegado entre los dedos, pero consigue dibujar en el aire unas comillas. Dora no tiene claro si debe aplicarlas al «Gobierno» o a «Berlín». Puede que a ambos.

—Se les llena la boca hablando sobre la importancia de la agricultura, pero luego arruinan a los campesinos prohibiéndoles que utilicen fertilizantes. Tienen un montón de ideas para mejorar la educación, pero acaban con las escuelas. Aseguran que los mayores son su prioridad, pero la gente cobra unas pensiones de hambre. Pregunta a las abuelas del pueblo. Lo que necesitan es cariño, no un confinamiento —Tom pasa la lengua por la banda adhesiva del papel de fumar—. Lo del coronavirus ya es el colmo. Los de arriba deben de haber perdido el poco juicio que les quedaba.

La última frase habría podido suscribirla Robert. Los políticos han perdido el juicio. *How dare you?* El caso es que Robert jamás votaría a Alternativa para Alemania. Al contrario.

—La mitad de los vecinos de Bracken se dedica a cuidar ancianos —Tom busca un mechero en el bolsillo de sus pantalones—. Servicio doméstico, comida a domicilio, hogares y residencias. Es un trabajo duro. Jornadas agotadoras y sueldos bajos. ¿Crees que alguno de ellos ha recibido formación para saber cómo actuar frente al coronavirus? Siguen haciendo su trabajo como lo han hecho siempre. No les queda más remedio. No existe un plan que contemple medidas de higiene, no les han proporcionado equipos de protección individual por no hablar ya de test de diagnóstico. Van de casa en casa. Todas las personas a las que atienden son población de riesgo. Pero es lo que hay. Mientras tanto, los políticos andan por ahí ocupados con cosas muy importantes, como hundir la economía o complicar la existencia a la gente humilde. Aparecen en la televisión sin mascarilla y nos cuentan lo peligrosa que es esta pandemia.

Dora saca un mechero y se lo ofrece. Se siente orgullosa. No es Makita, pero servirá.

—El problema no son las medidas —asegura Tom—. Sino que la gente se siente engañada.

—¿Y la gente sois vosotros?

—¡Claro! ¿Quién, sino?

JULI ZEH

Tom enciende el cigarrillo que se ha liado y le devuelve el mechero a Dora.

—En Bracken uno está con la gente. Nadie es más que nadie. Te acostumbrarás.

Dora piensa de nuevo en Robert. Una vez le reprochó que mirase a los demás por encima del hombro. Se considera una especie de superhombre. No en el sentido de Nietzsche. Aunque presume de saber más y hacer más que el resto de la gente. Por eso puede permitirse cierta arrogancia, porque está en posesión de la verdad. Robert se puso hecho una furia. Dijo que luchaba por mejorar la vida de las personas. No entendía que Dora lo viera como un problema.

—¿Y los de Alternativa para Alemania no son idiotas?

—¡Por supuesto que sí! Pero, por lo menos lo admiten.

Aunque no quiera, Dora tiene que reírse. Parece que el racismo ha dejado de ser un tema tabú para ella. Ya ha hecho tres preguntas al respecto y se ha reído de un chiste sobre los votantes de Alternativa para Alemania. ¿Qué le dijo Tom cuando venían en la furgoneta? «Parece que te has puesto al día». ¿No estará yendo demasiado lejos? En cualquier caso, está claro que Tom no es un racista. Viste un jersey noruego, lía sus propios cigarrillos y se recoge el pelo en una coleta. Es el *outfit* de un antiguo ciudadano de la RDA o de un activista antinuclear de Wackersdorf. Aunque luego va por ahí poniendo pegatinas de Alternativa para Alemania. ¿Cómo se pueden mezclar las cosas de esta manera? A Dora le gustaría saber a qué se dedican Tom y Steffen. *Cornflowers. Drying Chamber.* ¿Qué hay en esos dos edificios con paneles solares en los tejados? Tal vez proporcionen energía a una gigantesca plantación de cannabis. A espaldas de los de arriba, de esa prensa mentirosa y de las grandes corporaciones alemanas. El cigarrillo que ha liado huele bien. Dora intenta absorber el humo antes de que se desvanezca en el aire. Tom se da cuenta.

—Toma, aprovéchalo, todavía queda la mitad.

La colilla está húmeda. Seguro que la saliva de Tom contiene una enorme cantidad de virus, pero, en esos momentos, a Dora le da igual. Apura el cigarrillo y disfruta del vértigo que le produce. Le habría gustado hacerse un *selfie* y enviárselo a Robert. «Ahora mismo estoy compartiendo un cigarrillo con un votante de Alternativa para Alemania. Lo ha liado él mismo. Creo que cultiva hachís. Tiene sus propias ideas sobre el coronavirus. Saludos desde un universo paralelo».

Por suerte, Steffen regresa con una bicicleta llena de polvo y Dora abandona la idea. No es lo que esperaba de alguien que parece dedicarse a la meditación. Es una bicicleta de hombre, de tamaño grande, que se compró hace años en alguna ferretería y luego quedó olvidada. Steffen camina con los pies descalzos sobre la gravilla, pero no parece molestarle.

—He tardado un poco porque no encontraba la bici —se justifica—. ¿Te mola?

Hacía tiempo que Dora no escuchaba la palabra «bici». Lo mismo que el verbo «molar». Esas expresiones son como viejos conocidos con los que uno ha perdido el contacto. Es bonito reencontrarse con ellas. Da las gracias efusivamente. Se sube a la bicicleta con alguna dificultad, pasando la pierna por encima de la barra, y se dirige hacia su casa haciendo eses.

15

Jojo

Para coger el tren regional hay que ir a la estación de Kochlitz, que está a unos siete kilómetros de Bracken. No es un trayecto largo, si uno va en bicicleta. Pero el sillín es demasiado alto y Dora tiene que ponerse de pie para pedalear. Le duelen los muslos. Laya salta arriba y abajo dentro de la mochila. Echa de menos a Gustav. Si tuviera que ponerle un nombre a la bicicleta de Steffen, la llamaría Ronny, como la famosa cigüeña.

La estación resulta ser un apeadero. Un andén de hormigón con un reloj, soportes para bicicletas y un panel electrónico por el que pasan mensajes de derecha a izquierda. No cuenta con ninguna máquina de venta de billetes. El tren llega puntual. Está prácticamente vacío. No parece haber ningún revisor. Dora se pasa la mitad del viaje tratando de conseguir un billete a través de su teléfono móvil. Al cabo de una hora y quince minutos se apea en la Estación Central de Berlín. Dora sube una escalera mecánica tras otra para llegar al andén del cercanías. Lleva a Laya en la mochila. Se siente aturdida. Ha atravesado la frontera del mundo de provincias y ahora se encuentra en la metrópolis. El tren regional debe de ocultar un teletransporte. O puede que la ciudad no sea más que un decorado. Eso sí, han tenido que ahorrar en figurantes. Muchas tiendas están cerradas. Apenas se ven viajeros. La gigantesca nave de cristal tiene un aspecto fantasmagórico. De repente, Dora se siente como si estuviera en una situación irregular. Le da miedo que alguien se acerque a ella y le pregunte qué hace allí.

Llega a Savignyplatz. Mira el reloj. Alexander Gerst necesitó tres horas para regresar a la Tierra desde la Estación Espacial Internacional. Dora ha necesitado una hora y media para ir de Bracken a Charlottenburg. Los efectos son los mismos. Igual que un astronauta, siente debilidad en las piernas y la necesidad de taparse los ojos y los oídos. Laya, en cambio, está de un humor excelente. Salta de la mochila y saluda emocionada a cada alcorque. La ciudad le ofrece miles de estímulos que se concentran en su nariz. Dora le deja tiempo para que olfatee. Bienvenida a casa, Laika. Mientras observa a su perrita, comprende que el *Clash of Civilizations* no es ningún mito. Es una realidad. Y no afecta solo a Oriente y Occidente. También se da entre Berlín y Bracken, entre la metrópolis y las provincias, entre el centro y la periferia.

Le habría gustado hablar de ello con Robert. A él le interesan los universales culturales, y este lo es. Podrían comentarlo tomando una copa de vino tinto en el balcón. Entonces recuerda que ya no existe aquel Robert con el que conversaba en el balcón. Lo único que tienen en común es una bicicleta, Gustav, que se llevará a casa en el tren regional junto con una botella de vino tinto. Montes, el cabernet que Jojo ha tomado toda la vida, aunque a Dora le da dolor de cabeza en cuanto lo descorcha.

—*Hey, cool!* Adelante.

Axel abre la puerta como si fuera su casa. Dora lo conoce lo suficiente para saber que disfruta con ello. Le habría gustado abrazar a su hermano, pero con la mascarilla y el delantal de cocina parece una especie de insecto disfrazado de doncella. Él retrocede, cruza las manos delante del pecho y se inclina como un japonés. Dora suspira. Entiende que renuncien al contacto físico, pero no soporta tanto teatro. Empieza a sentir cosquillas a la altura del diafragma.

No percibe ningún ruido de fondo. Eso significa que Fenna y Signe no han venido. Nadie grita «¡Abuelo, abuelo!». No se escucha el traqueteo de ningún juguete rodando por el suelo. Así que Christine tampoco está. Todo tiene sus ventajas. A Dora le gustan sus sobrinas y le cae bien su cuñada pero, cuando están presentes, cualquier conversación se transforma en una conversación de nietas. La velada se reduce a admirar a los niños haciendo cosas de niños. A Dora le parece que las niñas están bastante mal educadas. Christine cree que su comportamiento obedece a que tienen «altas capacidades intelectuales». Necesitan ser el centro de atención. Si no es así, empiezan a armar escándalo hasta que los adultos interrumpen su conversación y se ocupan de ellas.

A Jojo y a su nueva compañera, que, desde que es profesora de yoga habla de las personas como «manifestaciones del espíritu» y de los niños como «puertas del alma», el comportamiento de sus nietas les da completamente igual. A fin de cuentas, las niñas desaparecen al cabo de unas horas y no dejan daños permanentes, salvo alguna mancha de grasa en el sofá. Dora recuerda su propia infancia. Prefiere no imaginarse la tormenta que se habría desatado en casa si se le hubiera ocurrido derramar un simple vaso de agua. La tolerancia que desarrollan los abuelos resulta perturbadora.

Dora piensa que Fenna y Signe son niñas completamente normales. Lo que ocurre es que su padre es demasiado perezoso y su madre está demasiado ocupada para ponerles límites. Christine es abogada. Su especialidad es el derecho fiscal, sus jornadas son maratonianas y su sueldo, astronómico. Es probable que trajera a sus preciosas hijas al mundo al mismo tiempo para ser más eficiente. En cuanto acabó su estresante permiso de lactancia, volvió al trabajo. Axel se levantó del sofá y asumió el papel de padre devoto. Desde entonces se ha convertido en el hijo que todo lo hace bien. Es evidente que, para Jojo, casarse y dejar embarazada a una jurista de prestigio cuenta tanto como obtener el título de Derecho, mientras que Dora, con su carrera de Ciencias de la Comunicación sin acabar, su empleo en una agencia de publicidad, su fracaso en la relación con un activista medioambiental y su oscura existencia en un pueblo dejado de la mano de Dios es un foco de problemas.

El Montes está sobre la mesa, en un decantador. Han puesto música suave. Una pieza de piano minimalista, algo de Erik Satie, a medio camino entre los CDs de meditación de Sibylle y las sinfonías de Bruckner de Jojo. Dora saluda a su padre. Este se levanta y da dos besos al aire, sin tocar las mejillas de su hija. Laya corre feliz de uno a otro, mientras Axel se pregunta si acariciar a la perrita podría transmitirle el virus. La nueva compañera de Jojo sale de la cocina. Se ha recogido las mangas, levanta las manos húmedas sobre la cabeza y saluda a Dora moviendo los brazos para demostrar que está literalmente de trabajo hasta el cuello.

—Sibylle, ¿te ayudo en la cocina? —pregunta Axel.

Dora no se sorprende. Axel es un adulador. Y no es una mala estrategia. Seguro que fue así como consiguió a Christine. Hoy en día, un hombre solo tiene que ofrecer su tiempo y mostrar buena disposición para gozar del favor de las mujeres empoderadas que rechazarían, sin dudarlo, a cualquier macho con éxito enfundado en un traje a medida.

—Siéntate.

Laya, la Raya, escucha la orden y salta sobre una de las sillas de la mesa del comedor. Jojo no puede evitar reírse. Se acerca a la perrita y empieza a rascar su frente abombada hasta que ella sube por el brazo del sillón y se acomoda en su regazo. A pesar de lo cortas que son sus patas, Laya puede ser tan ágil como una ardilla cuando le interesa.

Dora se sienta con Jojo y toma una copa de Montes. La pieza de Satie es conmovedora, triste y alegre al mismo tiempo. En la cocina se oyen cacharros y risas ahogadas. Axel y Sibylle han cerrado la puerta para que los vapores de la comida no se extiendan al resto de la casa. Dora puede disfrutar de uno de esos raros momentos de intimidad entre padre e hija. ¿Cuándo fue la última vez que hicieron algo los dos juntos? Cuando Jojo viene a Berlín, le gusta celebrar esta clase de encuentros. A veces, además de a la familia, invita a amigos y conocidos. Puede que prefiera ampliar el círculo para aprovechar mejor el tiempo o puede que sea una táctica para evitar que las conversaciones se vuelvan demasiado personales.

Cuando Dora era una jovencita, Jojo entraba de vez en cuando en su cuarto, se sentaba junto al escritorio y empezaban a charlar. Sobre un libro, sobre los estudios o sobre los límites del universo. Hablaba con ella como con un adulto. Entonces, la madre enfermó, y Jojo no volvió a llamar a la puerta de Dora. Tal vez debería ir a visitarle alguna vez a Münster. Si ha de ser sincera consigo misma, evita ir a la antigua casa de sus padres. Es cierto que Jojo y su nueva pareja la han reformado de arriba abajo, pero las vistas desde la ventana de la cocina seguirán siendo las mismas.

Dora toma un trago de Montes. Nota el calor. El alcohol hace que sus arterias se dilaten. Desde que no se sienta con Robert en el balcón ha perdido la costumbre de beber. Y, por lo visto, también la de hablar. Le gustaría contarle a Jojo cómo es su nueva vida. Describir la antigua casa del administrador, con su impresionante fachada de estuco, aunque una parte de ella se esté desmoronando. Es propiedad suya. Solo le pertenece a Dora. Por increíble que parezca, es dueña de un trocito del mundo.

Le explicaría el esfuerzo que ha realizado para preparar el terreno donde pretende plantar verduras y hortalizas, un trabajo que no acaba nunca, el tormento de Sísifo. Mencionaría a Heinrich, Tom y Steffen, y reconocería que aún le falta mucho para poder decir que conoce Bracken.

Está pensando cómo sacar el tema cuando la puerta de la cocina se abre y una ola de ruidos y olores inunda el salón. El aroma de los espárragos, el zumbido de la campana extractora. Axel y la nueva compañera de Jojo sirven el primer plato. *Carpaccio* de remolacha, pan de nueces casero y mantequilla de lima y cilantro.

Dora jamás reconocería que, en su familia, los hombres hablan y las mujeres escuchan. Pero es así. Durante la comida, quienes sostienen la conversación son Jojo y Axel. Se alternan en el uso de la palabra y, a veces, se interrumpen uno a otro. Axel se ha quitado la mascarilla y maldice al Gobierno por aplicar una política demasiado blanda y a los ciudadanos por quejarse a todas horas y pedir medidas de alivio del confinamiento. Jojo habla de hospitales vacíos donde los médicos se dedican a jugar a las cartas y de pacientes que no llegan a recibir el tratamiento que necesitan porque no se atreven a ir al médico.

—La gente está acobardada —lamenta Jojo.

—La gente no comprende la gravedad de la situación —replica Axel.

Y ambos siguen disfrutando de su *carpaccio* de remolacha.

Dora escucha a su hermano y vuelve a pensar en Robert. Axel y él tienen prácticamente la misma edad. Tal vez, los hombres que ya no son tan jóvenes pongan un celo especial en luchar contra el coronavirus. Una batalla decisiva para mantener el control. Una guerra abierta para evitar que el futuro se lleve definitivamente los mejores años de sus vidas. Dora no conoce a ninguna mujer que muestre esa actitud. Aunque tampoco puede decir que conozca a demasiada gente. Está claro que Robert y Axel representan la línea dura. Se lo pueden permitir. A uno lo mantiene su esposa y el otro se aprovecha de la agitación que provocan los medios.

—Me parece irresponsable que los centros educativos vuelvan a abrir sus puertas —opina Axel.

—Me parece irresponsable que la gente del campo se permita opinar cuando no conoce la diferencia entre morbilidad y mortalidad —argumenta Jojo, elevando el tono de voz.

—Calma, calma —recomienda la nueva compañera de Jojo, a la que no le gustan ni las discusiones políticas ni los malos modos en la mesa, y pasa a su compañero un cestillo con el pan de nueces casero.

Jojo mantiene la calma. Es asombroso. Normalmente explota como un cartucho de dinamita cuando alguien defiende una opinión que difiere de la suya, sobre todo en el ámbito médico, en el que es una autoridad. Ahora se come su pan de nueces como un buen chico, mientras Axel va repasando las cifras de contagios. Tal vez, el ego de Jojo ya esté lo bastante satisfecho por esta noche, pues ha conseguido reunir a la familia alrededor de la mesa a pesar de las prohibiciones.

Mientras Sibylle retira el primer plato y desaparece en la cocina para traer los espárragos, Jojo cuenta la historia de una paciente, «una mujer en lo mejor de la vida, con dos hijos y todo», que se quedó en casa, a pesar de padecer un tumor, porque su marido se oponía a que fuera al hospital.

Dora supo desde muy pequeña que los tumores no tenían nada que ver con el humor de la gente, sino con una enfermedad llamada cáncer, y que Jojo se dedicaba a sacarlos de las cabezas de las personas. Como cualquier niña pequeña se sentía infinitamente orgullosa de su padre y escuchaba con entusiasmo las maravillas que hacía para salvar una vida. Ahora ya no soporta sus historias. Cuando empieza a dar detalles sobre los síntomas de la paciente, «que no podía ni hablar ni ver, pero ¡tenía miedo al coronavirus!», se le revuelve el estómago y está a punto de echar la remolacha.

Se levanta de la mesa y sale al balcón. El aroma del cigarrillo es una delicia. Las volutas de humo quedan suspendidas en el aire, como si se tratase de una obra escultórica de un artista moderno. Berlín puede ser muy hermoso, sobre todo, a la luz del atardecer, en Savignyplatz, desde ese balcón lleno de plantas y decorado con un gusto exquisito, en el segundo piso de un edificio *Jugendstil*. La calle parece más animada que en otras partes de la ciudad. La gente saca a sus perros a dar un paseo o vuelve a casa con bolsas en las que lleva la cena. Taxis, repartidores, jóvenes con cigarrillos electrónicos, hombres con aros en los tobillos para evitar que el pantalón se les enganche en la cadena de la bicicleta. Dora se siente aliviada al constatar, una vez más, que Robert y Axel se equivocan. El coronavirus no es el fin del mundo. La normalidad se impone. Es como una fuerza de la naturaleza. Y termina abriéndose paso a pesar de las dificultades.

Dora saca su teléfono móvil del bolsillo del pantalón y envía un escueto mensaje a Robert. «Voy a recoger a Gustav». «¿Cuándo?», responde él. Dora calcula el tiempo que le llevará llegar a Kreuzberg y volver a la estación para coger el último tren regional. «Dentro de una hora y media». «La tienes abajo, en el portal». Era previsible. No está dispuesto a permitir que entre en casa. Ni siquiera la quiere ver. Hay que mantener la distancia social. Dora decide que esa misma tarde anulará la transferencia periódica con la que paga la mitad del alquiler.

Regresa a la mesa y anuncia que no puede quedarse mucho más. Tiene que recoger algo en casa de Robert y el último tren regional sale a las once.

Cuando menciona el tren regional, Axel esboza una sonrisa. Nadie le pregunta cómo están las cosas con Robert. Nadie quiere saber si se ha marchado a vivir a Bracken. Si le gusta. Si se siente sola. Tampoco se interesan por su trabajo. Ni siquiera se molestan en averiguar lo que va a recoger en Kreuzberg. No es *mobbing*. En su familia, las cosas se hacen así.

—Pero te quedarás a tomar el postre, ¿verdad? —pregunta la nueva compañera de Jojo—. Teníamos pensado anunciaros algo.

—También podemos decírselo ahora mismo —interviene Jojo, se levanta y golpea su copa con una cucharilla como si fuera a pronunciar un brindis—. Vamos a casarnos.

—¿Todos? —bromea Dora, provocando las risas de los demás.

—¿A pesar del coronavirus? —pregunta Axel con preocupación, consiguiendo que Jojo levante las cejas enfadado.

—No hemos previsto ninguna celebración —le tranquiliza la nueva compañera de Jojo—. Simplemente acudiremos al registro para firmar. Pero queríamos que lo supierais.

—¡Felicidades a ambos! —dice Axel, el hijo preferido.

Algunas veces, Dora se pregunta si Axel también perdió a su madre o si es la única que sigue viéndola delante de la puerta de la terraza, observando los pájaros desde la cama donde yacía inmóvil, con la cara consumida y los ojos hinchados. Dora ha dejado de seguir la conversación en la que se habla de «declaración de bienes», «seguros de jubilación» y «testamento entre cónyuges». A partir de ahora, la «nueva compañera de Jojo» se convertirá en la «nueva mujer de Jojo». Dora se marcha antes de tiempo. Baja las escaleras a toda prisa.

Dos horas más tarde desciende del tren en Kochlitz. Lleva a Laya en la mochila mientras empuja la bicicleta. El cielo está oscuro. Los murciélagos revolotean bajo la luz de las farolas de la estación. Es como si hubieran alcanzado semejante tamaño por la cantidad de insectos que cazan, pues, de otro modo, serían como ellos. Un ave nocturna pasa de largo sin hacer ruido. Los grillos cantan. A lo lejos se escucha el gañido de un zorro. Los animales han tomado la estación. Ronny sigue donde la dejó, aunque no le puso cadena. Dora siente pena por ella. Quedarte tirada en una estación y que nadie te robe debe de ser bastante duro para una bicicleta. Le resulta fácil subir al sillín de Gustav y llevar a Ronny por el manillar. Dora se desliza veloz y en silencio a través de la oscuridad. Quiere llegar a casa. A casa.

Mete las bicicletas en el cobertizo, abre la puerta y se dirige directamente al dormitorio para acostarse. Al encender la luz se lleva una sorpresa. Hay una cama. Una cama de verdad. No un colchón tirado en el suelo. La han construido con palés de madera. Está pulida y lacada en blanco. El olor a pintura fresca flota en la habitación. Es una cama grande. Alrededor del colchón queda suficiente espacio para dejar el móvil, libros, un despertador y la lámpara de noche. No podría desear una cama mejor. Pero eso no cambia el hecho de que antes no estaba allí. No forma parte de los muebles que encontró en la casa al llegar.

Se acerca a ella poco a poco. No se desvanece en el aire. Incluso se deja tocar. Dora comprueba la puerta trasera. Está cerrada. También la puerta delantera estaba cerrada; está segura. Dora se apoya en la barandilla, mientras los murciélagos y las lechuzas vuelan de un lado para otro. Echa un vistazo por encima del muro. Todo está tranquilo.

16

Brandeburgo

—¡Godo! —llama Dora—. ¡Godo!

Ha colocado una silla junto al muro y se ha subido en ella. La caravana, los geranios, el lobo. La casa vacía. Esta mañana no está dispuesta a rendirse.

—¡Godo!

La silla debe estar en el lugar que le corresponde. Después de levantarse miró desde la ventana de la cocina y vio que todos sus muebles de jardín se encontraban en la parte de atrás de la parcela, bajo los árboles frutales, como si un grupo de duendes se hubiera sentado a tomar café por la noche. Gracias a Dios, Gustav y Ronny siguen en el cobertizo. Una al lado de la otra, desafiando el peligro.

—¡Sal fuera! Sé que estás ahí.

Pasa un rato. Son las siete y media de la mañana. Hora de levantarse. Sobre todo, en Brandeburgo. Laya, la Raya, busca un lugar para hacer sus cositas. Dora está indignada. Se pone de puntillas y grita más fuerte. No hay ningún cambio, pero entonces sucede algo. La puerta de la caravana se abre de golpe, choca contra el lateral y rebota como un muelle. Godo, que se agarra a las jambas con ambas manos, está a punto recibir un golpe. Parece desconcertado. Se coloca la mano delante de los ojos a modo de visera. El sol le deslumbra. Debe de tener una resaca terrible.

—¡Aquí! —llama Dora.

Godo desciende los tres escalones de la caravana y avanza a ciegas, tambaleándose, sin bajar la mano con la que protege sus ojos de la luz. Se detiene a unos cuantos pasos de distancia de Dora.

—¿Qué?

—¿Has sido tú?

—¿Quién?

—El de de la cama.

Godo se queda pensando. Baja la mano. Tiene los ojos enrojecidos. Cuando frunce las cejas se forma una arruga recta, profunda, en la que se podría sujetar una nota de papel.

—Sí.

¡Claro que sí! Dora estaba preparada para esta respuesta. Había visto los palés en el jardín de Godo. Había tenido que ser él. A pesar de todo, no esperaba una confesión tan directa. La confunde. Pero no es el momento de distraerse, ya tendrá tiempo de analizar sus emociones. Tiene que mantener una conversación con Godo antes de que vuelva a desaparecer en su caverna.

—¿Por qué?

Godo parece molesto. Dora conoce esa sensación. Tampoco a ella le gusta plantearse el porqué de ciertas cosas. ¿Por qué no puede dormir? ¿Por qué piensa continuamente en el matrimonio de Jojo y Sibylle? ¿Por qué no puede ser como Axel, que solo distingue entre lo que le perjudica y lo que le beneficia? ¿O como Robert, que se centra en una cosa y olvida el resto? Godo carraspea, tose y escupe.

—No tenías ninguna.

Dora se ha perdido en sus pensamientos. Debería escribir un ensayo filosófico: «La pregunta del porqué: ¿una quimera de la modernidad?». Como no le responde, Godo piensa que no le ha entendido.

—No tenías cama —explica pacientemente.
—¿Cómo sabes tú eso?
—Se ve.
—¿Por la ventana?
—Sí.
—¿Entras en mi jardín y miras por la ventana?
—Todos los viernes.

Esta información hay que digerirla. Al igual que el hecho de que Laya aparezca en ese preciso instante al otro lado del muro, justo detrás de Godo, que, por fortuna, no se da cuenta. La perrita levanta los ojos hacia Dora jadeando amistosamente y luego se dirige hacia el campo de patatas. Dora no se atreve a llamarla porque la delataría. Opta por la distracción.

—Así que todos los viernes entras en mi jardín y miras por la ventana.

Godo no responde. En el fondo tampoco era una pregunta. Se ha limitado a repetir lo que él mismo acaba de confesar.

—¿Y por qué has cambiado de sitio mis muebles de jardín? —pregunta ella.

Godo no reacciona. Se le ve tenso. Cierra los ojos y se masajea las sienes.

—¡Godo! Lo de mis muebles de jardín no lo entiendo.

—¡Maldita sea! —exclama él—. ¿Qué me importan a mí tus muebles de jardín?

—Alguien los ha cambiado de sitio esta noche.

—Pues no he sido yo.

—¿Entonces quién?

—¡No tengo ni idea!

No es buena idea enfadarlo.

—De acuerdo —Dora trata de mantener el equilibrio sobre la silla, respira hondo y se esfuerza por hablar con voz amable—. Mira, Godo, la cama es muy bonita. Pero no quiero que pases a mi casa.

Él levanta la cabeza y mira a Dora. Hasta entonces no lo había hecho.

—Siempre me he ocupado de la casa.

—¿De la mía?

—Estaba ahí antes que tú.

—Quieres decir que, cuando la casa estaba vacía, te has encargado de vigilarla, ¿me equivoco?

—Alguien lo tenía que hacer.

—¿Entonces tienes una llave?

Godo asiente con la cabeza. Otro enigma queda resuelto.

—Pero ahora —Dora habla con una dulzura extraordinaria— ya no está vacía. Vivo yo.

Godo se encoge de hombros.

—Tú estás sola. Y eres una mujer. Ni siquiera sabes segar a guadaña.

—¿Estás loco? Se me da muy bien segar a guadaña.

—Fui yo quien le pidió a Heini que se pasara con Hilti por tu casa.

Todo encaja. Heini. Hilti. Heinrich.

—¿Fuiste tú quien le pidió a Heinrich que segara mi parcela?

—¿A quién?

—A R2-D2. Quiero decir, a Heini.

Godo mete la mano en su bolsillo, saca una cajetilla de cigarrillos aplastada y se acerca al muro para ofrecerle uno a Dora. Vienen de Europa del Este. No llevan precinto ni marca fiscal. Nadie en su sano juicio los aceptaría, y mucho menos a esta hora de la mañana, pero su brazo derecho no comparte esta opinión. Para que Godo pueda darle fuego, Dora tiene que ponerse de puntillas y agarrarse al borde superior del muro. La silla oscila y los carambucos sueltos comienzan a tambalearse.

«La diplomacia exige víctimas», se dice Dora, antes de dar la primera calada.

—¿No serás de Polonia? —pregunta a Godo por seguir con la conversación.

Él la mira como si estuviera trastornada.

—Lo digo por la bandera —señala a la vivienda—. La que tienes ahí delante.

—Esa es la bandera de Alemania.

—¡La otra! La roja y blanca.

—Esa es la de Brandeburgo.

Dora se pone roja. ¿No era ella la que pretendía romper con los tópicos que rodean a la gente de ciudad?

—Yo no soy polaco —explica Godo, por si no le había quedado claro.

Podría preguntar si hay polacos en Bracken, pero prefiere cambiar de tema.

—Hace mucho que no te veía. ¿Trabajas fuera?

—Las cosas no me han ido demasiado bien —murmura Godo.

Fuman en silencio mientras retiran las ramas de los pinos. Godo los del lado del muro que le corresponde a Dora, y Dora los del lado que le corresponde a él.

—Me alegro de que hayamos aclarado las cosas —dice Dora para terminar—. Gracias de nuevo por la cama. Pero ahora me gustaría que me entregaras la llave.

Godo se da la vuelta y regresa a la caravana sin hacerle caso. Su paso parece más seguro.

—¿Godo? Vas a buscar la llave, ¿verdad?

La puerta de la caravana se cierra de golpe.

17

Steffen

Dora aprovecha la mañana para escribir varios guiones de cara a la próxima presentación. Quiere acudir a ella con un amplio repertorio. El BUENISTA visita el zoo, libera a un león recluido en un recinto demasiado pequeño y está a punto de ser devorado por el animal. El BUENISTA ayuda a un hombre a cambiar una rueda pinchada, pero resulta ser un ladrón de bancos que se da a la fuga. El BUENISTA ofrece su habitación de invitados a un extraño, que desaparece llevándose todos sus muebles. Dora disfruta imaginando las desventuras del BUENISTA. En el fondo, se parece a él. Todas las personas que conoce son así. Salvo Godo, e incluso él se ha preocupado de construir muebles para su nueva vecina. Todo el mundo intenta salir adelante en un mundo sin piedad. Cada cual a su manera. Lo importante es aportar algo positivo. Buscar un sentido en medio de tanta confusión. El corazón del hombre alberga el instinto de ayudar a los demás. Da igual lo fuerte o lo débil que sea, ese impulso siempre está ahí. El BUENISTA es una caricatura irónica del hombre moderno. Su objetivo es vender el mayor número posible de pantalones vaqueros producidos de forma sostenible. Pero también es un icono del profundo deseo del ser humano de hacer del mundo un lugar mejor.

Por ingenuo que parezca. Es gracioso, trágico y, sobre todo, un testimonio de nuestra realidad existencial.

Dora cierra el portátil. El ventilador se detiene. Un silencio de plomo se abate sobre la casa. Los ruidos —dejar el lápiz, posar la taza, abrir y cerrar una puerta— se vuelven insoportables, antinaturales. Dora siente un cosquilleo en el estómago. Ahora tiene que enviar sus propuestas al cliente y esperar a que llegue el *feedback*. Podrían pasar días, incluso semanas. En condiciones normales, ya se habría convocado un *briefing* para poner en marcha el siguiente proyecto. Pero, en este momento, nada es normal. Dora se encuentra con las manos vacías. No tiene nada más que hacer.

Se ducha, desayuna por segunda vez y sale a dar un paseo con Laya. Las once y media. Recoge las podas y las amontona en la parte posterior de la parcela, donde algún día podrá quemarlas. Se ducha de nuevo y prepara unos huevos fritos para comer. Se los compró a un carnicero que se dedica a la venta ambulante y que recorre con su camión todos los pueblos de la zona. Dos para ella, uno para Laya. Come lentamente y se prohíbe entrar en Internet para leer los titulares de las noticias hasta que haya terminado. No tarda ni veinte minutos. La una y media.

La una y media es una hora espantosa. Significa que ha llegado a la mitad del día. Dora sigue sentada en la cocina, rebañando los últimos restos de yema de huevo con un trozo de pan. Siente un cosquilleo, como si su cuerpo estuviera lleno de burbujas. Hay muchas cosas que podría hacer. Responder correos electrónicos atrasados, ordenar el disco duro, actualizar su currículum. Atender sus redes sociales. Comprar su propio dominio *web*. Pero se siente incapaz de realizar una sola de esas tareas. Cuando se encuentra bajo presión, puede ocuparse de cinco cosas a la vez. Sin ese estímulo pierde toda su energía. No tiene sentido inventarse trabajo para mantenerse activa.

Podría leer un libro. Limpiar el baño. Salir de paseo. Pero no serviría de nada. A cada hora vacía la seguiría otra más. Prefiere pensar que tiene unos días de vacaciones por delante. Cualquier persona normal se alegraría. Por desgracia, para disfrutar de verdad del tiempo libre hay que tener alguna actividad a la que dedicarlo. Una excursión, un evento deportivo, un encuentro familiar. Escribir una novela. Cuidar de los niños. El tiempo libre, en sí mismo, es terrible. Se extiende en todas direcciones como un campo de batalla en el que no se ve a ningún enemigo, aunque se lo percibe como una sorda amenaza. No puedes salir corriendo, pero tampoco quedarte parado.

Dora se levanta de la mesa de la cocina. Abre la ventana para que salga una mosca que ya lleva tiempo zumbando junto al cristal. El insecto escapa volando por la ventana, torpemente, como si la idea de libertad solo fuera atractiva mientras uno tiene un cristal que lo detiene.

Por lo menos ya no se escucha ningún zumbido. Aunque la mosca tenía la indudable ventaja de no ser una imaginación, como las de su dormitorio cuando vivía con Robert. Dora lleva tiempo sin perseguir insectos que no existen. Puede que un día consiga leer el periódico sin que le den calambres en el estómago. Tal vez, en algún momento, dejará de pensar en sí misma. Y hará algo solo porque puede. Como la persona que construyó el banco en el bosque. Está claro que necesita un proyecto para los próximos días. Plantar patatas. Pintar las paredes. Ya se le ocurrirá algo. Lo importante es hacer algo. Y hacerlo sola. No quiere pedirle ayuda a nadie. Tiene que poder pasar unos cuantos días a solas consigo misma. Aunque ya empieza a notar el vacío que la corroe. Los límites de su cuerpo se difuminan. Tiene que salir de allí.

Se propone hacer algo práctico: devolver a Ronny. La saca del cobertizo y la empuja a lo largo de la calle. Al pasar por delante de la casa de Godo, el viento agita las banderas haciéndolas ondear. Dora reconoce al instante el águila y los colores de Brandeburgo. Esta vez es Steffen el que abre la puerta. Su cabello pelirrojo, liso, cae de arriba abajo, enmarcando su rostro con gafas, como si fuera un telón que se cierra después de cada representación.

—¿Qué necesitas ahora? —pregunta.

—Venía a devolver a Ronny.

—¿Quién es Ronny?

Dora señala a la bicicleta. La ha apoyado en el poste de una farola.

—¿Le has puesto nombre a la bici?

Dora se encoge de hombros.

—Tiene pinta de llamarse Ronny.

—¿No te la quieres quedar?

—No, pensé que la querríais tener...

—¿Es que no funciona bien?

—No, en absoluto. Pero he ido a buscar la mía. Me costó bastante cara.

—¿Y, como es cara, es mejor?

—No, es que...

—Ronny tampoco fue barata.

—Claro, pero Ronny es demasiado grande para mí y...

—¡Ya comprendo! Como la otra viene de Berlín...

—Nada de eso, lo que ocurre es que Gustav...

—¡Gustav! —los ojos de Steffen brillan maliciosos detrás de los cristales de las gafas—. ¿Así que te quedas con Gustav y dejas tirada a nuestra Ronny?

Es como si Dora se hubiera metido en una película que no tiene nada que ver con ella.

—¿Pensabais que quería comprar a Ronny? ¿Por eso estás tan disgustado?

—¡Comprar! —ahora el enfado de Steffen se convierte en ira—. ¡Vosotros, los de ciudad, solo pensáis en comprar! Estáis obsesionados con el consumismo. ¿Has probado alguna vez valorar algo sin preguntarte a quién pertenece?

—No pretendía ofenderte —balbucea Dora—, solo quería... Pero Steffen no le deja continuar.

—Uno intenta hacerte un favor y te deja una bicicleta nuevecita, como regalo de bienvenida, por ayudarte, da igual, ¡pero tú lo echas todo a perder! Ronny es una bici fantástica y habrías podido utilizarla el tiempo que hubieras querido.

Dora no comprende nada, no sabe qué decir. Observa el rostro de Steffen, su gesto airado, las gafas redondas y el pelo rojo. Su discurso flota en el aire como si fuera una escultura de palabras, una instalación acústica titulada *Gustav y Ronny* o *Urbanitas en el campo*. En ese momento, Steffen se inclina ante Dora como si fuera una marioneta a la que le hubieran cortado los hilos, su largo cabello cae hacia delante, hace una especie de reverencia y se incorpora de nuevo. Está riéndose. Se ríe a carcajadas. Tal vez esté colocado. Aunque no tiene los ojos cargados.

—Tenías que haberte visto la cara —dice con una mueca burlona.

Luego junta las manos como si fuera el dalái lama.

—Pasa de una vez —dice amablemente—. Tu perro ya ha entrado.

18

Mon Chéri

Laya, la Raya, no está en el vestíbulo. Es probable que ande registrando todas las habitaciones en busca de cuencos de comida para gatos o de alguna bandeja con galletas que hayan dejado sobre una mesa. Cuando acabe con cualquier cosa comestible, volverá a aparecer, pondrá ese gesto mezcla de aburrimiento e impaciencia, y soltará un gemido, como si estuviera preguntando: «¿Podemos irnos ya?».

—¡Hasta el fondo! —dice Steffen, mientras guía a Dora por un estrecho pasillo que conduce a la parte posterior de la casa—. Seguro que quieres ver nuestra plantación de cannabis.

Dora se pregunta si puede leer sus pensamientos. La gente de ciudad debe de ser muy previsible. Por el camino aprovecha para echar un vistazo a través de las puertas abiertas. Una cocina moderna y luminosa, con electrodomésticos de acero inoxidable. Una sala de estar con muebles bajos y un televisor de pantalla plana. Un baño en el que se adivina un *jacuzzi*. El negocio de plantas debe de ir bien.

Laya se ha colado en lo que parece ser el dormitorio a través de una puerta entornada. Mastica algo. Dora no quiere saber qué es.

—Por aquí.

Steffen abre una puerta trasera. Laya pasa disparada por delante de él para ser la primera en conquistar ese nuevo territorio de caza. Contra lo que esperaba, la puerta no conduce al patio, sino a un edificio anexo, una especie de invernadero alargado. Los recibe el olor dulzón, algo desagradable, de las flores cortadas. Las plantas, ordenadas en manojos, se amontonan sobre extensas mesas de trabajo a lo largo de las paredes. Hierbas, flores, ramas, unas secas, otras frescas. En un rincón se pueden ver los productos acabados: ramos de flores y coronas fúnebres, pero, sobre todo, pequeños arreglos de flores secas, en cestitas o en bandejas de cerámica pintadas, creaciones hermosas, lo suficientemente pequeñas para colocarlas en la balda del espejo del baño.

—Aunque se siguen celebrando bodas, los funerales son mucho más habituales. Eso sí, lo que más le gusta a la gente es decorar —dice Steffen.

Parece una frase hecha que suele utilizar con los clientes. Dora imagina cómo debe de sonar en la voz de Tom. Se acerca a una de las mesas para observar más de cerca los arreglos. Cada uno es una pieza única, en algunos se han utilizado piedrecitas de colores o escaramujo, otros, más sencillos, parecen jardincitos que combinan distintas plantas.

—Vendemos nuestros productos a pie de carretera. Tenemos puestos por toda la zona. Una vieja máquina de coser de una tienda de segunda mano, un tapete de encaje, un cartel escrito a mano y una jarra para que cada cual pague por lo que se lleva, como muestra de confianza. Es un reclamo perfecto para los turistas de Berlín que buscan lo auténtico. Se imaginan a una abuelita con delantal de cuadros tejiendo los tapetes. Compran como locos y pagan una media de quince euros por arreglo. Nuestra gente recorre los puestos retirando el dinero y reponiendo la mercancía. Un buen fin de semana podemos vender varios cientos.

—Son realmente bonitos.

Dora sostiene en sus manos uno de los arreglos. Es un bosque en miniatura, con coníferas y diminutas perlas de cristal de colores que simulan pájaros posados en sus ramas.

—La mayoría de las plantas y las flores las cultivamos en nuestros viveros —dice Steffen—, pero también salimos al bosque a buscar material.

Parece el trabajo perfecto para él. Una mezcla de florista y *lifestyle designer*. Por mucho que se esfuerce en adoptar un tono irónico, en sus palabras se trasluce el orgullo del creador.

—También solíamos vender a floristerías y mercadillos. Pero el confinamiento lo ha cambiado todo. Fuimos tan estúpidos como para comprar una nueva cámara de secado. Ahora tenemos que pagar el crédito. Pero somos luchadores. Preferimos comernos nuestras flores antes que aceptar un céntimo del Gobierno.

Laya ya ha empezado a hacerlo. Está echada sobre su vientre, mordisqueando el tallo de una planta.

—Además de en la carretera, Tom ha empezado a vender por Internet. Va muy bien. En los tiempos que corren, a la gente le gusta llevarse un trozo de bosque para ponerlo sobre la mesa de su cocina.

Dora se imagina en la vivienda de Kreuzberg. Robert hablaría a gritos por teléfono y ella se dedicaría a contemplar uno de los arreglos de Steffen hasta que oyera el canto de los pájaros.

—Las personas que trabajan para vosotros son refugiados, ¿verdad? —pregunta ella.

Steffen asiente con la cabeza y luego responde muy serio:

—Son *boat people* de Alepo. Nos aprovechamos de su miseria y les pagamos un sueldo de hambre.

—¿Pregunta estúpida, respuesta estúpida?

Steffen asiente de nuevo con la cabeza, sin perder la seriedad.

—¿De dónde salen entonces? —pregunta Dora.

—Son estudiantes de Portugal. Cada año contratamos a dos o tres erasmus. Ellos estudian en la ciudad y se ganan un dinero extra con nosotros. No podían quedarse en Berlín, por el coronavirus, pero tampoco querían regresar a Lisboa. Así que viven con nosotros y ayudan en la cosecha de espárragos.

—¿No suponen un problema?

—¿Por los inspectores de trabajo?

—Por el pueblo.

—Bracken siempre ha sido un feudo de la izquierda. Lo nuestro es la cultura de la acogida.

Dora tiene que sonreír.

—¿Qué hacías antes de convertirte en una abuelita con delantal de cuadros?

Steffen mira hacia arriba y se rasca la cabeza, como si tuviera que esforzarse en recordar.

—Puede que hace tiempo estudiase en Berlín, en la Ernst Busch.

El rostro de Dora vuelve a iluminarse con una amplia sonrisa. La Escuela Superior de Arte Dramático Ernst Busch tiene un enorme prestigio. Es famosa por sus marionetistas.

—¿Y Godo? ¿También él es de izquierda?

—Godo. Bueno, sí.

Steffen se recoge el pelo en una coleta. Al parecer, la representación ha acabado.

—Últimamente lo vemos más tranquilo. ¡Gracias a Thor!

—¿Y antes?

Steffen se ha acercado a las mesas y comienza a reunir materiales para preparar un arreglo. Grama, hojas de abedul, gipsófilas y unas cuantas perlas de cristal.

—Venía a armar escándalo delante de casa de vez en cuando. ¡Negrazos, cabrones! ¡Os mataré a todos! Cosas así.

—¡Oh, Dios mío! —Dora se queda pálida—. ¿Bebe?

—¿Piensas que para ser nazi hay que ser alcohólico?

—No es eso lo que quería decir.

—Tom tuvo que hablar con él para dejarle las cosas claras.

—¿Y qué le dijo?

—Que si nos volvía a molestar buscaríamos a gente para que le diera una paliza.

—¡Oh, Dios mío! —repite Dora, como si fuera una adolescente.

—Es el único idioma que Godo entiende.

Steffen compone las plantas con habilidad y las introduce en un cubo de poliestireno cubierto de musgo. Luego va cogiendo las perlas de cristal, las mira a la luz y las coloca en el lugar adecuado.

—¿Y funcionó? —pregunta Dora.

—Parece que sí —Steffen se encoge de hombros—. Tal vez Godo y sus amigos estén demasiado ocupados. Colgar anónimos con amenazas de muerte en las puertas de las casas, echar kétchup en los buzones y plantar cruces gamadas en los jardines lleva su tiempo. Los Ciudadanos del Reich tienen una agenda muy apretada.

—¿Son esas las cosas que hace?

—¿No lees los periódicos?

Dora traga saliva. Ha ido a parar a una zona de guerra. Ya puede oír la voz burlona de Axel cuando llame a su puerta para pedir asilo: «¿No sabías dónde te estabas metiendo? ¿Pensabas que vivir en un pueblo era vivir en el País de las Maravillas?». Dora no conoce a nadie que se dedique a dar palizas, así que solo le queda confiar en que Godo no la considere su enemiga.

—¿Todo bien?

Cada vez está más pálida. Asiente con la cabeza, carraspea y se echa el pelo hacia atrás con ambas manos.

—Lo que no entiendo es cómo podéis votar a Alternativa para Alemania.

El semblante de Steffen se transforma. Es como si hubieran cerrado una ventana desde dentro.

—Yo no voto —dice él—. Votar no es espiritual.

Dora examina su rostro para averiguar si está bromeando. Pero su gesto es impasible.

—Tom vota —dice Dora.

—Eso pregúntaselo a él.

—No hace falta. Me lo dijo.

—Entonces es que sois amigos íntimos.

Steffen coloca el cubo de poliestireno en una cestita donde encaja perfectamente. Se queda observándolo un momento, con los ojos entreabiertos, y luego añade unas conchas de caracol vacías. El arreglo está listo, pero Dora no está de humor para decir lo bonito que le parece. Está enfadada con Steffen, por no votar. Si le dan a elegir, prefiere el voto protesta de Tom, por estúpido que le parezca.

—Te contaré algo sobre Godo —dice Steffen—. Su mujer lo engañó durante meses. Se acostaba con el hombre de los congelados. Se convirtió en el hazmerreír del pueblo. Luego, su mujer se largó y se llevó a la hija pequeña. Ahora vive en Berlín y él está en su caravana.

—¿Era extranjero?

—¿Quién?

—¡El hombre de los congelados!

—Creo que es de Plausitz.

—Entonces, ¿por qué se ha vuelto nazi?

—¿El hombre de los congelados?

—¡Godo! —exclama Dora airada.

—Ya lo era antes —responde Steffen sin inmutarse.

—Pues, entonces, no veo la relación.

Steffen se echa a reír.

—Te gusta que las cosas sean blancas o negras, ¿verdad?

Dora está a punto de negarlo, pero una voz dentro de su cabeza le dice que a Steffen no le falta razón.

—Lo quieres todo. Nada es lo bastante bueno para ti. Por eso estás tan nerviosa.

—No estoy nerviosa.

—Siempre tienes que tener algo entre las manos, y no paras de mover la pierna izquierda.

Dora deja el trozo de cordel con el que ha estado jugueteando hasta ahora y trata de controlar su pierna izquierda, procurando que no se le note.

—¿Sabes lo que he aprendido aquí?

Ahora, la voz de Steffen suena seria, pero amable, sin asomo de ironía. Dora niega con la cabeza.

—No se trata de resolver las contradicciones —dice Steffen—, sino de asumirlas.

Dora tuerce el gesto. No le gustan esa clase de consejos. Le recuerdan a los proverbios que salen en las galletas de la suerte.

—Algunas cosas son muy simples —afirma ella—. Los populistas de derecha, por ejemplo. Incluso ganan elecciones por su enorme simplicidad.

—¿Qué tienen de simple los populistas de derecha?

—Uno es racista o no lo es.

—Yo creo que no.

—¿Te parece que los extranjeros son una mierda?

—Claro. Totalmente.

—Entonces eres racista.

—Pero también me parece que los alemanes son una mierda.

Aunque no quiera, Dora tiene que reírse. Steffen es tan escurridizo como una anguila. La desarma con sus argumentos y eso la exaspera.

—¿También yo?

—Tú especialmente.

—¿Y si te compro un arreglo?

—Entonces ya no.

Dora señala el arreglo que Steffen acaba de terminar. Las perlas de cristal azules hacen que parezca un pequeño estanque, rodeado de árboles y cañaverales.

—Veinte euros. Para ti, diecinueve.

Dora saca su teléfono móvil. En la funda siempre guarda algunos billetes.

—Te daré treinta.

—Gracias. Ya veo que a la gente de ciudad os sobra el dinero.

Steffen le entrega el arreglo.

—Ándate con cuidado con Godo.

—¿Por qué dices eso?

Él levanta las manos.

—Nazi o no, tengo la impresión de que no carbura.

Antes de que Dora pueda preguntar nada más, señala al rincón donde están los ramos de flores.

—Será mejor que te marches ya. Tu perra se ha comido todos los *Mon Chéri* de las cestas de regalo.

19

Franzi

Cuando Dora era pequeña, existían un montón de duendes y elfos. Enanos que vivían entre las raíces de los árboles, espíritus del aire que creaban el viento, pequeñas hadas que cuidaban de los escarabajos. Sin contar con la liebre de Pascua, el Niño Jesús y el ángel de la guarda que velaba por cada niño. Dora y Axel estaban rodeados de seres invisibles que los protegían y hacían que el mundo fuera más hermoso. Nada malo podía pasar mientras su pequeño universo estuviera rodeado por ese cariño que hacía posible cualquier milagro. Cuando alguna compañera ponía en duda la existencia de la liebre de Pascua, Dora le sacudía una bofetada. No le importaba la reprimenda de la profesora. Le parecía lógico defender a los seres que la protegían.

Luego murió la madre y, con ella, todos los seres mágicos. Las circunstancias se impusieron con una brutalidad criminal. Tuvo que decir adiós a su inocencia infantil. Todo lo que creía saber era erróneo. Aquella sensación de seguridad y amparo era tan falsa como la liebre de Pascua.

Está sentada en el banco del bosque. Es la segunda vez que acude allí. El sitio le gusta. Laya yace sobre el musgo, como en la ocasión anterior. El sol cosquillea la nariz de Dora; la brisa juega con sus cabellos. La luz se filtra entre los pinos; una silenciosa rapaz planea sobre ellos. Se escuchan murmullos, susurros. Seres mágicos. El arrendajo ha vuelto a aparecer.

—¡Hola, mamá! —saluda Dora, y el pájaro responde con su canto—. Habrías podido inculcarnos un poco más de sentido común. No sienta nada bien que te tomen el pelo.

El arrendajo sacude las plumas, como si se encogiera de hombros.

—Me dejo engañar por Steffen... Hasta los ruidos del bosque me desconciertan.

De hecho, Dora tiene la sensación de que detrás de ella, entre las zarzamoras, se oculta algo. No puede ser un hada. Es más grande. Tal vez se trate de un elfo o de un duende. El arrendajo agita las alas y desaparece en la espesura.

—¡Qué desconfiado! No había motivo alguno para marcharse.

Dora ha creído oír a alguien riéndose por lo bajo. Se gira lentamente y hunde sus manos entre los arbustos. Ha agarrado algo. Una camiseta amarilla. La de una niña de ocho o nueve años. La jovencita se defiende. Su larga trenza gira en el aire como si fuera un látigo. Parece librar su propia lucha mientras la pequeña golpea con los puños. Dora la agarra de las muñecas, se las sujeta y la abraza contra su pecho hasta que se tranquiliza.

—Vamos, cálmate —dice Dora con toda la amabilidad de la que es capaz.

El cuerpo de la niña se estremece. Primero piensa que la pequeña está llorando. Luego se da cuenta de que vuelve a reírse por lo bajo.

—¡Estabas hablando con un pajarito!

—Me has estado observando, ¿verdad? ¿Estabas espiándome?

—¡Has llamado «mamá» al pajarito!

Ahora, la niña se ríe a carcajadas. Su voz suena artificial. Como si quisiera parecer más pequeña de lo que es en realidad. La palabra «pajarito» suena igual de artificial, y la risa no le sale del corazón.

—Era un arrendajo.

—¿Un grajo? Los grajos no hablan, graznan —la muchacha se ríe aún más fuerte—. ¡Nadie habla con los pájaros!

—Yo hablo con mi perra —dice Dora con la mayor naturalidad.

Al mencionar a Laya, la niña se relaja. El arrendajo y el forcejeo han dejado de interesarle. Gira la cabeza y busca a Laya con la mirada. La perrita sigue echada sobre la cama de musgo. Ha observado la lucha sin mover un músculo. Tal vez espera a ver quién gana para unirse a la vencedora.

—¡Qué simpática! ¿Puedo acariciarla?

—Si me respondes a un par de preguntas.

—Vale.

—¿Prometido? ¿No te escaparás?

—Prometido.

Dora suelta a la muchacha. La niña sale de los matorrales y se arrodilla delante de Laya.

—¿Qué tal? —dice con voz dulce, acariciando la cabeza de la perrita.

Laya se da la vuelta y se echa sobre su espalda. Extiende las patas y presenta su vientre de color rosa para que le rasquen.

—¡Qué perrito más mono! ¡Le caigo bien! —exclama la muchacha entusiasmada, mientras Laya muestra su sexo a todo el bosque.

Dora se pregunta si la niña no ha aprendido a distinguir a un perro de una perra.

—No es un perrito, es una perrita.

Dora retira con cuidado las espinas que se han clavado en sus vaqueros, sale de la maleza y se sienta de nuevo en el banco. Tiene los brazos arañados, no solo de la zarzamora, sino también de las uñas de la muchacha. Es una suerte que la fiera no la haya mordido. Dora observa a la pequeña con atención. Tal vez tenga diez años. Cuando se suelte la trenza, la melena debe de llegarle hasta la cadera. Aunque sería más adecuado hablar de coleta, por lo descuidada que está y porque, más que entrelazada, está anudada. Tiene los brazos y las piernas cubiertos de suciedad. Parece que los vaqueros cortos no han visto una lavadora desde hace semanas. Lleva sandalias de goma, que un día fueron rosas. Si hace un momento se comportaba como una histérica, ahora acaricia ensimismada el cuello de Laya, la cara interna de sus muslos y la delicada piel de la zona de las axilas. Laya disfruta de este inesperado tratamiento de *wellness*. Sus orejas descansan sobre el suelo como si fueran de trapo. Los labios belfos están abiertos, la lengua asoma entre los dientes.

Dora nunca se ha interesado demasiado por los niños. Pero es difícil sustraerse del tema. Artículos sobre el papel de los padres, entrevistas a psicólogos y partes de guerra que cuentan lo que ocurre en las aulas de los colegios alemanes. Parece que no hubiera otra cosa en el mundo. La sociedad exige mucho a las familias. Las explota como una mina. El destino de la humanidad depende de una clase de inglés a la edad adecuada y de que los niños desarrollen determinadas aficiones. Dora reconoce que suele leer sobre el tema. No sabe exactamente por qué. Tal vez porque no hay nada más relajante que los problemas de los demás. Conoce los criterios que permiten determinar si un niño tiene altas capacidades intelectuales o sufre TDAH. Sabe en qué consiste la *regretting motherhood*. Y ha oído hablar del «comportamiento regresivo»: recuperar conductas de etapas evolutivas anteriores que ya parecían superadas para llamar la atención, o como consecuencia del estrés; por ejemplo, niños o niñas de diez años que hablan con voz de bebé porque sus padres se han separado.

—¿Cómo te llamas?

—Franzi. ¿Cómo se llama tu perrita?

—Laya.

—¡Qué nombre más raro!

—Tienes razón, es raro. Se llama Laya, la Raya, porque, cuando está echada sobre el vientre, su cuerpo tiene forma triangular.

La muchacha frunce el ceño y, sin decir nada, vuelve a inclinarse sobre Laya.

—¿No sabes lo que es una raya?

Franzi niega con la cabeza, sin levantar la mirada. Dora se esfuerza por adoptar un tono neutro.

—Las rayas son peces muy grandes. Son planos, y parece que tengan alas y puedan volar por el agua.

—¡Fantástico! —la voz de Franzi ha dejado de sonar como la de un bebé, pero tiene un acento triste—. Me gustaría verlo.

—Te lo puedo enseñar en YouTube.

—¡Oh, sí! ¡Enséñamelo! —Franzi levanta los brazos y vuelve a comportarse como una niña pequeña—. ¡Por favor, por favor! ¿Prometido?

Dora se arrepiente de su ofrecimiento. Que se encuentre en un tiempo muerto entre un proyecto y otro no es un motivo para llevarse problemas a casa. Los niños que se aburren pueden resultar agobiantes. Es probable que Franzi sepa desde hace tiempo dónde vive.

—¿Vives en Bracken? —pregunta Dora.

—Sí, por el coronavirus.

«Otra exiliada», piensa Dora.

—¿Dónde exactamente?

—¿Hum?

—¿Con quién vives?

—Con mi papá.

—¿Quién es tu papá?

Franzi reflexiona un momento.

—¡Mi papá es mi papá!

—¿A qué se dedica?

—Mi papá es carpintero. Aunque últimamente se pasa la mayor parte del tiempo en la cama.

«Padre desempleado», concluye Dora. «Debe de haber caído en una depresión».

—¿Y dónde está tu mamá?

—En Berlín. Trabajando.

—¿Por qué me has seguido hasta aquí?

La muchacha baja la cabeza, como si estuviera buscando parásitos en la piel de Laya.

—¡Franzi! ¿Por qué me has seguido hasta aquí?

—Tu perrita es taaaan bonita —ahí está de nuevo la voz de niña pequeña—. ¿Me la regalas?

A Dora le entran ganas de coger a la muchacha por los hombros y sacudirla. «¡Deja ya ese tono! ¡Compórtate! ¡Y haz el favor de mirarme cuando te hablo!»

—No quiero que me espíes. ¿Entendido?

Franzi asiente con la cabeza y el enfado de Dora desaparece al momento.

—¿Puedo...? ¿Puedo pasear alguna vez con Laya?

—A Laya no le gusta demasiado pasear. En eso no es como otros perros.

—¿Puedo...? ¿Puedo visitar alguna vez a Laya? Solo para acariciarla.

Dora no quiere que la muchacha la visite. Ni para ver películas ni para acariciar a Laya. Pero cuando Franzi levanta la cabeza hay lágrimas en sus ojos. Por eso ha tratado de ocultar su rostro. Dora carraspea.

—Ya veremos —responde.

—Vale.

Franzi se levanta de un salto, se sacude la tierra de las rodillas y tiende a Dora la mano. Una auténtica brandeburguesa. Su larga coleta describe un círculo en el aire cuando la muchacha se gira y desaparece de un salto entre la maleza.

20

Horst Wessel

Algo ha vuelto a cambiar. Tal vez haya que acostumbrarse. En la puerta de casa han aparecido cuatro sillas. No son muebles de jardín. Son sillas de cocina con respaldos altos y asientos trenzados. Alguien las ha pulido y las ha lacado en blanco. Encajarían perfectamente en un jardín de esculturas, una obra de arte moderno titulada *Ausencia*. Dora toma asiento en una de ellas. Es cómoda y no cojea. Le darán a la cocina un aspecto increíble. Dejará de ser un lugar cochambroso para transformarse en un espacio sofisticado, de estilo *shabby chic*. Dora no quiere que Godo le regale muebles. Pero las sillas se las va a quedar. Al menos, esta vez, las ha colocado delante de la puerta. Una señal de que respeta su intimidad, como ella le había pedido. Dora se recuesta sobre el respaldo. Es la única persona de carne y hueso en esa reunión. El resto de las sillas están ocupadas por invitados invisibles. Su madre, su padre y su hermano. O tres amigos. O su marido y sus dos hijos. También Laya se enfrenta a una presencia invisible. Lucha sobre la hierba con lo que parece ser un espíritu, ladrando y saltando a su alrededor. Ni siquiera Godo está solo esta noche. En la calle han aparcado dos coches. Detrás del muro se escuchan voces de hombre. Está claro que no son espíritus. Otro motivo para retrasar la conversación que tiene que mantener con él a propósito de las sillas. Le dará las gracias, pero le dejará claro que no aceptará más regalos. Aunque no sea cierto, le dirá que le gusta su casa tal y como está, vacía. Dora no quiere estar en deuda con nadie y mucho menos con el nazi del pueblo.

Como sus invitados invisibles no parecen demasiado habladores, Dora saca el teléfono móvil. En los últimos años ha ido descargándose novelas con buenas críticas, pero no ha leído ni una sola. Son tantos los libros que se publican, tantos los que se recomiendan y tantos los que reciben críticas negativas que no hay manera de mantenerse al tanto de la actualidad literaria. Resulta frustrante.

Pero ahora tiene tiempo, tiene sillas y una pequeña biblioteca en su teléfono móvil. La lectura puede convertirse en su nueva afición. Algo que contar a los demás. «Desde que vivo en el campo, leo una barbaridad». Llegará a ser una experta en literatura actual y escribirá reseñas en Amazon.

Hace clic sobre un libro que se presenta como un «deslumbrante análisis del mundo moderno, además de una poética descripción de nuestra *conditio humana*».

En las primeras páginas de la novela, los despertadores que las mujeres de todo el país tienen en sus mesillas suenan a la misma hora. Con agudos pitidos, con su canción preferida o con el programa de una emisora de radio. En dormitorios elegantes o cochambrosos. En suntuosas residencias del centro de la ciudad, en chalés de las afueras, en viviendas antiguas o en pequeños apartamentos obreros. Un concierto que se extiende a lo largo y ancho del país, como si todos los despertadores estuvieran unidos entre sí por cables invisibles. En todas partes, mujeres. En todas partes, despertadores. Así es como comienza la novela. Y así es como sigue. La queja de los despertadores se prolonga durante páginas y páginas.

Dora apaga la pantalla de su teléfono móvil. La autora no parece haber tenido en cuenta que en Estados Unidos hay diferentes husos horarios. Pero ese no es el problema. Lo preocupante es el mensaje que transmite. Todas esas mujeres tienen que madrugar. Tienen que trabajar u ocuparse de su familia o ambas cosas. Todas están en el mismo barco. Una realidad insoportable. Un estilo de vida que podría parecer satisfactorio se revela como un infierno en la tierra. Si esta es la *conditio humana*, ¿qué cabe esperar? Aunque el nivel de vida del que disfrutan los ciudadanos de los países desarrollados no se había alcanzado en ningún otro período de la historia, la sociedad se encuentra insatisfecha. ¿Qué sentido tiene entonces hablar de progreso? Si la existencia alberga el germen del desengaño y el hecho de que las mujeres tengan que madrugar atenta contra su dignidad, ¿para qué seguir esforzándonos como individuos o como sociedad? Si resulta que los despertadores son los causantes de la infelicidad del ser humano... ¡apaga y vámonos!

Según Jojo, la tragedia de nuestra época consiste en que los hombres trasladan su insatisfacción personal al ámbito político.

Puede que sea otra de sus ocurrencias o puede que sea la verdad. Más aún, la insatisfacción de la gente *es* un problema político. Y de dimensiones gigantescas. La insatisfacción puede acabar con una sociedad entera. Solo se necesita una chispa, los refugiados o el coronavirus, para que todo salte por los aires, para que la gente deje de creer en ideales como la paz o el bienestar.

Dora cierra el libro y abre un vídeo de Alexander Gerst. Su simpática cara de ratón mira a la cámara con amabilidad, mientras su cuerpo, bien entrenado, se introduce en un traje blanco de astronauta. Gerst parece un niño que se ha negado a crecer, que sigue disfrazándose y buscando aventuras. Él mismo lo reconoce: «La exploración espacial es una manera de prolongar la infancia saliendo al cosmos». A aquel niño curioso se le quedó pequeño el jardín de casa, luego el bosque de su localidad, luego el país y, al final, el planeta. La curiosidad no conoce fronteras. Es probable que los astronautas sean las últimas personas con una meta. Cuando acaba el vídeo, Dora reproduce otro, y otro más. Pero hasta las sillas más confortables se vuelven incómodas al cabo de un tiempo. Tiene las piernas entumecidas. Le duele la espalda. Entra en la cocina. Pone un platito con comida a Laya y ella se prepara un sándwich de queso. Mientras tanto, observa cómo Gerst y Wiseman dan vueltas en la Estación Espacial Internacional, una especie de libélula que surca el cosmos con las alas extendidas. Al fondo se ve la bola del mundo. Una esfera. Un planeta de piedra y agua sobre el que viven casi ocho mil millones de personas. Solo un puñado de astronautas ha visto esta maravilla con sus propios ojos. Solo ellos tienen la respuesta al gran enigma de la existencia. Saben que el universo está ahí. Por eso, la curiosidad del hombre es inagotable. Por eso resulta absurdo escribir sobre despertadores. Por eso, los astronautas no son solo personas extraordinarias, sino también las más afortunadas del mundo... Tanto que se han puesto a cantar a pleno pulmón... una especie de canción popular.

Dora abre la ventana. La canción no procede del cosmos, sino del jardín de al lado. Y no es una canción popular.

—La bandera en alto, prietas las filas...

«¿Están cantando *La internacional*?», se pregunta Dora confusa. «No pensaba que estuviera de moda por aquí».

—Las SA marchan con paso firme y sereno.

Dora cierra la ventana y guarda el cuchillo de la mantequilla en la alacena. Se le ha quitado el hambre. «¡Yo me lo como!», parece decir Laya, que no le quita ojo al plato del sándwich. Pero Dora no le presta atención. Se ha quedado paralizada. Despertadores que suenan, astronautas que se dejan llevar por la curiosidad y nazis que cantan. Ahora que ha cerrado, las voces quedan amortiguadas, las palabras resultan incomprensibles. Tal vez, de esta manera, pueda ignorar la canción. Dora trata de tranquilizarse, mientras se prepara un té. También podría darle otra oportunidad al sándwich de queso o seguir viendo documentales sobre el espacio. Pero sus piernas la llevan a la puerta de la casa. Laya intenta pasar por delante de ella y salir fuera, pero Dora lo evita.

—¡Tú te quedas aquí! —le dice.

Cierra la puerta sin hacer ruido.

—Ya son millones los que miran hacia la esvástica llenos de esperanza...

Las voces retumban en medio de la noche. Dora no sabe qué hacer. Así que no hace nada. Se limita a escuchar. Es como si detrás del muro hubiera un animal salvaje, que despierta temor, pero también curiosidad; es inútil resistirse, tiene que echar un vistazo.

—Las banderas de Hitler ya ondean por todas las calles.

Dora se acerca al muro y se sube en la silla. Son cuatro hombres, incluyendo a Godo.

Están sentados delante de la caravana, alrededor de una mesa de *camping* sobre la que hay un montón de cervezas y una botella de aguardiente. Dos de los hombres parecen haber salido de la misma cadena de montaje que Godo. Cabeza rapada, hombros robustos, pantalones cortos tipo cargo con estampado de camuflaje y una camiseta descolorida. Uno lleva barba, por lo que podría pasar por un yihadista. El otro está lleno de tatuajes; le cubren los brazos y los hombros hasta el cuello.

El cuarto hombre, en cambio, no tiene nada que ver con los demás. Es bajo y delgado, tiene el pelo liso, demasiado largo, así que debe retirar continuamente el cabello que le cae sobre la frente. Se ha enfundado unos pantalones vaqueros y cubre su escuálido cuerpo con una americana de pana de color marrón que sería más adecuada para el otoño. Al lado de Godo y de los demás tiene el aspecto de un niño, pero irradia una inquietante energía. Es él quien da el tono, dirige al resto levantando un dedo en el aire y, al final, se levanta entusiasmado de la silla.

—¡Aún somos esclavos, pero no por mucho tiempo!

La canción ha acabado. Los cuatro hombres brindan haciendo chocar con estrépito sus botellas de cerveza.

En ese instante, Dora repara en un hecho obvio: si ella puede ver a los hombres, los hombres la pueden ver a ella. Debería volver a su sándwich de queso. Y cuanto antes.

En cierta ocasión, Dora leyó un artículo sobre el Tercer Reich en el que se describía el modo en que el miedo se filtra en una sociedad en crisis hasta llegar al último rincón. La gente empieza a cambiar sus rutinas casi sin darse cuenta. Vigila lo que puede decir y a quién. Valora si es prudente levantarse y abandonar el restaurante en el que se encuentra, o si debe tomar otro camino para ir al trabajo. El cerebro se acostumbra a obedecer los dictados del miedo, los integra en el pensamiento y hace desaparecer las huellas. No es que uno sufra bajo el miedo, sino que vive con él. Se adapta al entorno hasta que este lo absorbe.

Este mecanismo explica buena parte del horror que ha vivido y vive el mundo. Pero hay una solución. No se trata de luchar contra el mal, sino contra la propia cobardía.

«Cierra el pico», dice una voz en la cabeza de Dora. «Métete dentro y ponte un vídeo de Gerst».

Dora se queda. Quiere ser una buena ciudadana y se plantea qué puede hacer. Llamar a la policía. Si no se equivoca, el *Horst-Wessel-Lied*, el himno del Partido Nazi, está prohibido. Además, lo que están celebrando allí es una *corona party* ilegal. Pero ¿va a moverse la policía por cuatro bebedores provincianos? Y, por otro lado, ¿estaría comportándose como una buena ciudadana o como una delatora que denuncia a sus vecinos?

Mejor volver a casa, cenar un sándwich de queso y ocuparse de sus propios asuntos.

Pero también puede ser que justo al otro lado estén fundando un nuevo grupo terrorista de extrema derecha como la NSU. Una mesa de *camping*, cerveza, aguardiente... y un almacén de armas oculto en la vivienda.

Pero Godo no es así. Le ha construido una cama. Le ha regalado sillas.

En ese instante, Godo levanta la cabeza como si hubiera oído su nombre. Guiña los ojos, aguza la vista y saluda inclinando la cabeza antes de que Dora pueda reaccionar.

Se levanta torpemente. Permanece un tiempo apoyado sobre la mesa, hasta que su cuerpo se acostumbra a la posición vertical. Luego comienza a caminar, tambaleándose como un marinero que ha pasado meses en el mar.

Es demasiado tarde para retirarse. Godo viene directamente hacia ella. Dora siente un cosquilleo en la nuca. No son las burbujas de otras veces. Es auténtico miedo.

Godo se queda al pie del mundo, sin subirse a la caja. Sería un reto en su estado. Incluso a esa distancia apesta a aguardiente como si se hubiera bañado en él.

—No he entrado en tu casa —dice él.

El cosquilleo de la nuca comienza a desaparecer.

—Lo sé —replica ella.

—Tampoco he mirado a través de la ventana.

Ella asiente con la cabeza.

—Te devolveré la llave dentro de unos días.

Godo la mira fijamente, con amabilidad. Tiene los ojos enrojecidos.

—¿Te gustan las sillas?

—Son fantásticas. Pero, Godo...

—Me alegro.

Esboza una sonrisa. Se da la vuelta. Es evidente que su agradecimiento no le importa.

—¡Espera! —Dora busca las palabras—. Las sillas están bien, pero no quiero muebles tuyos.

El rostro de Godo muestra claramente que no entiende de qué va la cosa.

—¿Por qué no? —pregunta.

Dora responde:

—Por principios.

Godo se queda mirándola un rato antes de encogerse de hombros y regresar con sus amigos.

Dora puede sentirse orgullosa de sí misma. Ha defendido los valores en los que cree. Y no lo ha hecho en Internet, ni en las redes sociales, ni tomando un vino con unos amigos que piensan igual que ella. Sino frente a un nazi que hace un momento entonaba una canción que hablaba sobre esvásticas y sobre las banderas de Hitler. Es más de lo que puede afirmar el noventa por ciento de los berlineses de izquierda. Aunque, en el fondo, lo único que ha hecho es renunciar a unas sillas.

—No necesito muebles —añade Dora—. Ni siquiera tengo pintadas las paredes.

Godo ni siquiera se da la vuelta. En cambio, los otros tres nazis la miran extrañados. El tipo de los tatuajes se inclina tanto hacia delante que está a punto de caerse de bruces. El tipo

SOBRE HUMANOS

de la americana arruga la frente. Parece menos bebido que los demás.

Dora siente el impulso de coger a Laya, montar en Gustav, llegar a Kochlitz, subir al tren y atrincherarse en el apartamento de Jojo en Charlottenburg.

—¿Qué ocurre, Godo? —pregunta el de la americana.

—Nada, Krisse —responde Godo.

Dora se baja de la silla de un salto y entra corriendo en la casa. Laya la saluda como si no se hubieran visto desde hace meses. Dora tiene que llamar por teléfono a alguien. No tiene por qué ser a la policía. Todavía de pie, en la entrada, marca el número de Robert. Lo coge al momento.

—Hola, ¿qué tal?

Su voz suena aplastantemente natural. Como si no hubiera pasado nada. Como si no hubieran tenido ningún problema. Como si Dora se hubiera marchado de vacaciones para tomarse un descanso. Ella carraspea para aclararse la voz.

—La verdad es que muy bien.

—¿Qué tal la vida en el campo?

Dora se pregunta cómo ha sabido Robert dónde está, pero él mismo despeja la incógnita inmediatamente:

—No sabía dónde te habías metido hasta que hablé con Axel. ¿Cómo se llamaba el pueblo?

—Bracken.

—¡Qué nombre tan curioso! ¿Cuándo vuelves?

—Aún no lo sé.

—Tómate tu tiempo.

En el tono alegre de su voz vibra una nota de sarcasmo. Robert intenta controlarse. No quiere reconocer que está dolido con ella. Tal vez por orgullo. O tal vez piense que Dora volverá con él si le da a todo este asunto una apariencia de normalidad.

—¿Y tú?

—Bueno, ya sabes. El debate sobre la flexibilización va a acabar conmigo.

Al principio, Dora no sabe de qué le está hablando. Luego recuerda que Angela Merkel ha dicho que no está dispuesta a entrar en un debate sobre posibles medidas de alivio del confinamiento. Es evidente que Dora vive al margen del discurso público. Las enérgicas notas que toca el primer violín en la capital se convierten en una suave música de fondo cuando llegan al campo.

—Hay que mantener el confinamiento a toda costa —afirma Robert.

—Aquí al lado tengo a cuatro nazis que están cantando el *Horst-Wessel-Lied* —confiesa Dora.

Robert guarda silencio un momento. Tiene que digerir lo que acaba de escuchar. Dora espera que se alegre de su desgracia. Su respuesta puede ir desde un «te lo dije» hasta un «es tu problema». Pero Robert se muestra conciliador:

—Son cosas que pasan.

No parece que se alegre de su desgracia. En absoluto. Es como si quisiera tranquilizarla. Dora aprecia su gesto.

—Reconozco que tengo miedo.

—¿De los nazis?

—De no saber qué hacer.

—Yo tengo miedo de la segunda ola —dice Robert—. Será peor que la primera.

La conversación termina al cabo de unos minutos. Dora sale a la puerta a escuchar. Todo está tranquilo. Nadie canta, nadie grita, nadie se ríe. Dora se acerca al muro. No se oye nada. Una urraca pasa volando entre las copas de los árboles. Debe de tener su nido por aquí cerca.

Movida por la curiosidad, Dora se sube de nuevo en la silla. Mira con cuidado por encima del muro. Nada. El jardín de su vecino está vacío. Incluso las botellas han desaparecido. No han pasado ni diez minutos desde que entró en casa. Los nazis han salido huyendo. «¿Quién tiene miedo a quién?», se pregunta Dora.

Queda por saber si la precipitada huida de los nazis es un buen o un mal presagio.

21

Rayas

Dos horas más tarde, Dora ha visto otros tres documentales sobre Alexander Gerst. Ahora sabe que el viaje a la Estación Espacial Internacional dura lo mismo que un vuelo a Canarias, que vivir sin gravedad produce osteoporosis y que, a pesar de todo, no hay nada como ver la Tierra desde el espacio. A Dora le gustaría salir alguna vez de sí misma y verse desde fuera. Dejar su cuerpo en un pequeño cohete, abandonar el campo gravitatorio del yo y contemplarse desde una esfera impersonal. Tal vez así comprendería que existe de verdad. Que la redactora de contenidos de la perrita es tan real como esta casa, como las farolas de la calle o como Bracken. Que tiene un cuerpo. Que no es solo una voz o un personaje de una película absurda.

Dora recuerda que en su infancia tuvo momentos de lucidez en los que lo veía todo con claridad. La voz de su cabeza enmudecía, mientras estaba jugando. El sistema operativo de su cerebro dejaba de funcionar. *Runtime Error 0x0*. Entonces sentía como si alguien arrancara de golpe el velo que oculta la verdadera naturaleza de las cosas y pudiera contemplar asombrada el código fuente de la realidad. Ya no era ni narradora ni oyente. Se detenía, levantaba la cabeza y observaba con ojos nuevos lo que la rodeaba. El escritorio con los deberes. La cómoda con los dos cajones. Camisetas, a la derecha; calcetines, a la izquierda. «¡Qué locura, existo!», pensaba. «Lo mismo que el escritorio y la estantería». La ventana se cerraba y Dora seguía jugando, como si no hubiera sucedido nada.

YouTube sugiere un nuevo vídeo, pero Dora deja la tableta a un lado. Se ha hecho tarde. Hace horas que está sentada en una silla, delante de su casa. Godo y sus amigos no han regresado.

Mientras se cepilla los dientes en el baño, Laya monta un escándalo en la entrada. Gemidos, ladridos, arañazos en la madera. Alguien ha llamado a la puerta. Es casi medianoche. Tal vez sea Godo con más muebles. Puede que venga a decirle que seguirá entrando en su casa si ella sigue espiándole por encima del muro. O puede que sea Heini, que viene a cortar una robinia. Dora se enjuaga a toda prisa. Cuando llega a la entrada, oye como golpean la puerta con la palma de la mano. Resulta espeluznante. Sobre todo, porque no se ve a nadie a través de los cristales de la parte superior. ¿Serán duendes? Dora se arma de valor y abre.

—¡Hola! —dice Franzi.

Es tan baja que su cabecita rubia no se veía desde dentro. Lleva la misma ropa de antes: camiseta amarilla, pantalones vaqueros y sandalias de goma. La trenza está un poco más desordenada. Laya salta sobre ella, como si llevara esperando su visita toda la noche.

—¿Qué haces aquí tan tarde? —pregunta Dora—. ¿Te dejan salir sola por la noche?

—Prometiste que me enseñarías vídeos de rayas.

—No creo que tu papá te deje andar por el pueblo a estas horas.

—Papá me deja hacer todo. Mamá no.

«¿Libertad o abandono?», se pregunta Dora. Luego dice en voz alta:

—Vete a casa.

—¡Por favoooor!

Dora no soporta que prolongue tanto la *o*. Es como si arañara una pizarra con las uñas.

—¡Por favooooor!

Está decidida a enviar a Franzi a su casa, pero ahí están esos ojos que imploran y esa boquita que hace un mohín, como si estuviera a punto de echarse a llorar. Dora deja escapar un suspiro.

—Solo cinco minutos. El tiempo que se tarda en fumar un cigarrillo.

Dora le indica que tome asiento en una silla, pero Franzi se niega. Quiere sentarse en la escalera. Laya se sube a su regazo y se deja acariciar. Dora entra en YouTube. Dos mantas gigantes nadan en el océano Índico. Los movimientos de sus alas son lentos y majestuosos, mientras que sus bocas abiertas tienen un aspecto siniestro. Las mantas trazan círculos, como si se movieran a cámara lenta. No les molesta la presencia de los buzos que las filman. Parecen naves de una película de ciencia ficción. Dora percibe la grandeza de la creación, la enorme sabiduría de la naturaleza. No necesita un cohete para saber que forma parte de ella. Seres humanos, mantas, microbios... no son más que variantes del mismo ser. Se siente tan fascinada que se olvida de fumar. También Franzi mira con la boca abierta.

La siguiente película muestra una manta que se acerca a unos buzos para que la liberen del sedal que se ha enredado en su ala. Es evidente que la manta sabe que hay un nosotros por encima de las especies. Condenar o salvar. Enfrentarse o cooperar. Destruir o construir. Dos caras de la misma moneda, dos aspectos de una misma relación, la que nos une con nuestro mundo, con nuestro hogar.

—Ya se ha acabado —le dice a Franzi.

—Otro más —suplica la muchacha.

Y ven un último vídeo de mantas. Esta vez, Dora fuma un cigarrillo mientras Franzi sigue rascando a Laya, que se ha quedado dormida.

—Es hermoso —dice Franzi cuando el vídeo termina.

A Dora también se lo parece. Es hermoso sentarse una al lado de la otra en la escalera, en medio de la noche, mientras los murciélagos y las lechuzas salen de caza y un erizo gruñe en la hierba como si fuera un jabalí. Dora rodea a Franzi con su brazo y la estrecha contra su pecho.

—Hora de irse a la cama —anuncia—. ¿Dónde vives, por cierto?

Franzi se queda mirándola, como si no hubiera entendido la pregunta.

—Con mi papá —dice lentamente, marcando las palabras.

—Quiero decir en qué casa.

Franzi sacude la cabeza, como una profesora que no acaba de creerse lo torpe que es su alumna.

—Estas sillas... —dice.

—¿Qué pasa con ellas?

—Ya me había sentado en ellas antes. Con tres cojines.

El cerebro de Dora no es capaz de sumar uno y uno. Franzi sigue hablando.

—Papá las ha sacado de casa porque quería que las tuvieras tú. No es algo que suela hacer.

Franzi baja a Laya de su regazo y se levanta. Confusa, la perrita sacude sus orejas mientras la muchacha desciende por los escalones y atraviesa corriendo la parcela en dirección al muro, no a la puerta.

Papá. Las sillas. La casa vacía. La lámpara de la primera planta. Los duendes en el jardín de Dora.

Franzi trepa a la silla, salta al muro, pasa las piernas por encima y levanta una mano para despedirse antes de dejarse caer al otro lado. Dora escucha un golpe sordo sobre la hierba.

22

Krisse

Esta noche, el insomnio está justificado. La hija del nazi. Parece el título de una de esas novelas que se venden en las gasolineras. Dora se mete en la cama. El olor a pintura flota aún en el ambiente. Busca algo en Internet. Negacionistas. Coronavirus. Pueblos. Protestas nazis. Redes sociales. Un periodista de Berlín informa de que las autoridades han prohibido que grupos nazis celebren concentraciones en las plazas de algunos pueblos del este del país para protestar contra las medidas que ha adoptado el Gobierno para luchar contra el coronavirus. Esto ha provocado que dichos grupos lleven sus reivindicaciones a las redes sociales. Es el caso de Christian G., ciudadano de Plausitz y antiguo maestro. Su discurso se sitúa tan a la derecha que hace que Björn Höcke parezca moderado. Christian G. acaba de abrir un canal de YouTube llamado LUPA, acrónimo de Libertad, Unidad, Pureza. Defiende que el coronavirus es una invención de Angela Merkel y está convencido de que el abandono que sufre el campo está relacionado con un programa secreto para la transferencia de población: las infraestructuras rurales se desmontan para vaciar comarcas enteras que luego se pueden repoblar con musulmanes.

Según el periodista, Christian G. denuncia que el Gobierno vulnera el derecho a la resistencia, un principio básico de nuestro ordenamiento jurídico, tal y como se recoge en el artículo 20.4 de la Ley Fundamental, la Constitución de Alemania. El reportaje reproduce varios tuits en los que Christian G. y los suyos rechazan la «transferencia de población», un «cáncer» que están dispuestos a extirpar a cualquier precio. A Dora le entra la risa. ¡La «transferencia de población» es un «cáncer» que hay que extirpar! Está a punto de enviarle a Jojo una captura de pantalla.

Dora sigue leyendo. Le molesta que los periodistas de Berlín solo se acuerden de Brandeburgo para hablar sobre el alquiler de casas flotantes o sobre los nazis. Comprende que la gente de aquí esté cansada de leer esta clase de noticias. Dora ha estado retrasando el momento de comprobar qué clase de vídeos comparte Christian G. en su canal de YouTube. Una foto suya. La imagen es de mala calidad. Pero no cabe duda. El cuerpo delgado. El cabello largo. Incluso la chaqueta de pana.

Dora reproduce el primer vídeo. Está claro, es Krisse. Tiene una voz asombrosamente delicada para un maestro. En consonancia con sus brazos y con el resto de su cuerpo. Aparece sentado detrás de una mesa, como si trabajara en un banco atendiendo a los clientes. Mira directamente a la cámara y va soltando tonterías sobre la «transferencia de población» y el «cáncer» que representa para nuestra sociedad. A Dora le zumban los oídos con tanta retórica. Apaga la tableta y cierra los ojos. Christian G. ha estado en el jardín de al lado, bebiendo y cantando el *Horst-Wessel-Lied*. Tal vez celebraban el exitoso lanzamiento de su canal de YouTube. Tampoco tiene ningún mérito. Basta con decir que el coronavirus es una invención de Angela Merkel para que tu número de seguidores se dispare. Publicidad gratuita.

Dora se plantea cambiar de vida. Marcharse. De este pueblo, tal vez de Alemania. Nuevo trabajo, amigos, un coche. Está decidido. No es un capricho, es una necesidad. Se pondrá a ello por la mañana. Recogerá sus cosas y empezará de cero. En otra parte.

23

Hortensias

Cuando abre los ojos, el sol entra por la ventana. El suelo del corredor resplandece con un brillo dorado. El polvo que flota en el ambiente se ilumina con la luz. Alguien ronca a los pies de la cama. Laya, la Raya, duerme profundamente. Tal vez no sea tan mala idea quedarse un tiempo más en Bracken.

Dora se ha despertado con un ruido. Un sonido penetrante, peor que la alarma del despertador. Ahí está de nuevo. Una bocina. Alguien pita varias veces con creciente impaciencia. Dora no espera visita. Tampoco tienen que entregarle ningún paquete. A pesar de todo, la bocina consigue sacarla de la cama. Sale a la puerta para ver qué ocurre y gritarle a ese idiota que deje de armar escándalo a estas horas de la mañana. Echa un vistazo a su teléfono móvil. Ya no es en absoluto temprano. De hecho, hacía mucho que no dormía hasta tan tarde.

Delante de la puerta hay un *pick-up*. Un Toyota Hilux de color blanco. El perfil del morro indica que es un modelo antiguo. Cuesta creer que aún funcione. Godo está sentado al volante, tocando la bocina. Cuando descubre a Dora, se inclina sobre el asiento del copiloto.

—¡Venga, apura!

SOBRE HUMANOS

La luz del sol se filtra por su cabello revuelto. Dora no lleva más que una vieja camiseta y unas braguitas. Pero eso no parece interesar a Godo.

—¿Qué haces ahí plantada?

—¿Qué...? ¿Cómo?

—¡Habrá que hacer la compra! —grita Godo—. ¡Vamos, vamos!

Dora obedece. Entra en casa corriendo, se pone unos vaqueros y sale a toda prisa con Laya en brazos. Sube al coche de Godo, como si fuera la cosa más normal del mundo. El hombre pisa el acelerador en cuanto ella cierra la puerta del copiloto.

El corazón le da un vuelco. Por el acelerón y porque no comprende qué está haciendo allí, al lado de una persona que la noche anterior estaba entonando canciones nazis con un radical de derecha. Godo sujeta el volante con ambas manos y se concentra en la carretera. Puede que se dirija a la cantera más próxima para deshacerse de la entrometida de su vecina. Apesta a cigarrillos y a aguardiente. No se ha duchado. Ese olor es una declaración de guerra. A Dora se le revuelve el estómago. Observa a Godo de reojo. Es la primera vez que no están separados por un muro. Es alto, debe de medir un metro noventa y pesar unos cien kilos. *Homo giganteus brackensis.* De vez en cuando guiña los ojos como si no pudiera distinguir bien la carretera. Es probable que su tasa de alcohol en sangre supere los dos gramos por litro.

¿Cómo ha llegado a subirse a este coche? «¿Qué haces ahí plantada? ¡Vamos, vamos!». Quiere volver a casa. Aunque allí se pasaría el día preguntándose en qué emplear el tiempo y por qué se ha ido a vivir en medio de la nada, si ni siquiera se soporta a sí misma. Visto así, no parece tan disparatado que vaya en el asiento del copiloto con un neonazi.

Dora lleva a Laya en el regazo. Seguro que la perrita tiene que vaciar su vejiga con urgencia. Al cabo de diez minutos no soporta más el silencio.

—¿Qué tal Franzi?

—Bien.

—¿Qué hace?

—Duerme.

—Ayer por la noche estuvo en mi casa.

Godo no responde. Su gesto no permite deducir si le parece bien o mal.

—¿Dónde vamos?

—A la ferretería.

—Pero, ¿hoy no es domingo?

—Está abierto. Por el coronavirus.

—¿Y eso?

—Ni idea. A partir de mañana, mascarilla.

Así que los vecinos de Bracken también conocen las compras compulsivas. Solo que, en lugar de pasta y papel higiénico, prefieren taladradoras y abono para el césped. Llevar una mascarilla no sería digno del *homo brackensis*. Dora espera que Godo le explique por qué ha ido a buscarla. Pero no lo hace. Tampoco intenta convencerla de que Angela Merkel y Bill Gates pretenden controlar a los ciudadanos con microchips que se implantan bajo la piel. O que el virus es una forma de selección natural con la que la humanidad se librará de los más débiles. Godo guarda silencio y no aparta la vista de la carretera.

—¿Cuántos años tiene Franzi? —pregunta Dora, retomando la conversación.

—¿Puedes guardar silencio? Estoy ocupado conduciendo.

Si alguna vez necesita un gurú que lidere la lucha contra el *multitasking*, Godo es su hombre. Manejar el volante. Pisar el acelerador. Y nada más.

Godo avanza por la carretera de Plausitz a una velocidad constante de ciento veinte kilómetros por hora. Solo reduce a ochenta cuando entran en alguna localidad. En estas condiciones, no tardan en llegar al Elbe-Center. Godo aparca y ni siquiera espera a que su compañera baje del vehículo; se dirige directamente a las puertas giratorias. Dora deja a Laya en el suelo. La perrita sale corriendo a regar unas flores. Luego la recoge y va en busca de Godo, que ya ha entrado en la ferretería. Tiene que esperar un momento en las puertas giratorias porque los clientes pasan con sus carros de la compra de uno en uno. Nadie se pone nervioso. Todos esperan pacientemente. El ambiente es relajado, como la última vez.

Dora no pierde de vista la enorme espalda de Godo mientras le sigue a través de los pasillos. Se pregunta si la gente creerá que son matrimonio. Esta mañana parecen tal para cual. Camisetas sucias, sin ducharse y, en el caso de Dora, sin peinarse y sin desayunar. Godo se adelanta. No se preocupa de ella. No le importa si le sigue. Actúan como esas parejas que llevan media vida casados. Por curioso que parezca, la idea no deja de tener su atractivo. Por fin, otra vida. Dora disfruta de esa embriagadora sensación de libertad que uno experimenta cuando ha decidido mandarlo todo a la mierda.

Godo se detiene bruscamente y Dora está a punto de chocar con él. Se encuentran en la sección de pintura. Godo observa las estanterías. Arruga la frente como si estuviera calculando algo. Saca seis cubos grandes. Blanco para interiores, calidad media. Entonces se gira hacia Dora.

—¿Prefieres otro color?

Dora se sobresalta. Niega con la cabeza. No quiere pintura. No quiere nada. Pero Godo ya ha empezado a caminar en dirección a la caja. Si intenta quitarle los cubos de pintura de las manos montará una escena. ¿Qué le dijo ayer? «No necesito muebles. Ni siquiera tengo pintadas las paredes». Godo ha calculado de cabeza la superficie de las paredes. Lleva tres cubos de diez litros en cada mano. Dora busca en el bolsillo de sus vaqueros. Gracias a Dios, ha cogido la cartera.

Godo vuelve a detenerse bruscamente al llegar a la caja. Esta vez, Dora choca con él. Es como si rebotase contra una pared acolchada. A punto está de pisar a Laya. Diría que es el mismo lugar donde hace poco se encontró con Tom. No consigue desplazar a Godo ni un centímetro.

—Son bonitas.

Señala a un expositor en forma de pirámide con macetas de flores en oferta. Casi todas son hortensias. Flores vaporosas en tonos pastel.

—Y están muy rebajadas —añade—. Llévate dos.

Horst Wessel y hortensias. Podría ser el comienzo de un poema dadaísta. Nadie dice que a los neonazis no les gusten las hortensias. Pero resulta curioso. Es fácil caer en este tipo de errores, creer que el bien y el mal se pueden separar.

—Estas dos son perfectas.

Godo señala con la punta del pie, sin dejar los cubos de pintura.

—Puedes colocarlas en la escalera de la entrada.

Dora coge las macetas de flores y las lleva a la caja. Busca a una empleada para preguntarle si han recibido patatas de siembra, pero Godo levanta los cubos de pintura y los deja sobre la cinta transportadora. Dora tiene que pagar.

24

Soldaditos

Godo frena en seco al llegar a la puerta del jardín. El cuerpo de Dora sale proyectado hacia delante. No se molesta en apagar el motor. Descarga los cubos de pintura, sube la escalera y los deja a la puerta de casa, con las sillas. Podría preguntarle por qué no las ha metido dentro, pero no dice ni una palabra. Cada vez queda menos espacio ahí fuera. Luego se enciende un cigarrillo. Dora coloca las hortensias en su lugar, una a cada lado de la escalera. Tienen un aspecto formidable.

—Riégalas con frecuencia —aconseja Godo, ofreciéndole un cigarrillo.

Fuman en silencio mientras Laya corretea por el jardín. Dora consulta su teléfono móvil. Son las once y media. Está a punto de preguntarle: «Bueno, ¿qué hacemos esta tarde?».

Los dos arrojan las colillas al suelo al mismo tiempo.

—Ven, te enseñaré algo —invita Godo.

Abre la puerta, entra a la casa y va derechito a la escalera que conduce al desván. Actúa con seguridad. Conoce bien todo aquello. Dora solo ha estado un par de veces en la planta de arriba. Se encuentra vacía y tiene un aspecto siniestro, como si la hubieran sacado de una película de terror protagonizada por niños. Vigas, telarañas, polvo y oscuridad. La poca luz que entra procede de un ventanuco en el tejado. El suelo está cubierto con montones de moscas y mariposas muertas. Godo recorre la estancia sin ningún reparo. Sus botas dejan huellas sobre el polvo. La inclinación del tejado le obliga a agacharse. Parece buscar algo en el suelo. Se pone de rodillas y aparta los insectos y el polvo con las manos.

—¿Qué estás haciendo?

—Aquí hubo una guardería —explica Godo.

—¿Quieres decir... en mi casa?

—La guardería del pueblo —añade, palmeando una de las vigas como se haría con el flanco de un caballo al que se le tiene cariño—. Estaba aquí. Hasta que la cerraron.

Dora ve pasar ante ella una película que le recuerda a *Los niños de Golzow*. Un documental en blanco y negro, con algunas interrupciones entre un fotograma y otro. Un grupo de niños vestidos con uniforme saludan a la cámara, suben la escalera de dos en dos y desaparecen en la casa, vigilados por la severa mirada de una educadora.

—¿Estuviste aquí? ¿De niño?

—Claro.

—¿Y también Heini?

—Todos estuvimos aquí.

Así que Godo no es el único que conoce la casa. Todo Bracken la conoce. Los vecinos de Dora pasaron aquí sus primeros años de vida y es probable que recuerden muchas cosas. La forma de los picaportes o las juntas del suelo de la cocina. Esos nudos en la madera, que parecen ojos de animales. El olor a humedad que sale de la bodega. Dora piensa en los juguetes que encontró mientras excavaba la tierra para plantar su huerto. No se planteó que formaban parte de la infancia de otras personas.

Se acerca a Godo y se arrodilla a su lado. Los dedos del hombre recorren el suelo. Al final encuentra lo que busca. Un nudo en un trozo de madera algo más oscura. Godo introduce la uña del índice y levanta la tabla. Intenta sacar algo, pero sus dedos no se lo permiten.

—No llego —dice sorprendido—. Hazlo tú.

Las manos de Dora son tan grandes como las suyas, pero logra introducir el índice y el corazón por la abertura. Tantea bajo el suelo de madera y encuentra un objeto. Lo agarra con las puntas de los dedos y lo saca.

—Tiene que haber otro más.

Dora consigue recuperar el segundo objeto. Ahora están ambos sobre la palma de su mano. Se aparta del rincón y se coloca debajo del ventanuco para observarlos a la luz. Son soldaditos de plomo, pintados de colores. No les falta detalle. Sorprende lo pesados que son para su tamaño. Uno apunta con su fusil, apoyando la rodilla en tierra. Otro se ha puesto firme y presenta armas. Godo se acerca a Dora sonriendo.

—¿Son tuyos...? ¿Los escondiste aquí cuando eras pequeño? —pregunta Dora.

Godo asiente con la cabeza.

—Me parecían demasiado valiosos para jugar con ellos. Así nadie me los quitaría.

De repente a Dora le entran ganas de llorar. Acaricia los soldaditos con la punta de sus dedos. Godo se incorpora.

—Te los regalo.

Antes de que pueda decir nada, se da la vuelta y baja las escaleras armando un escándalo descomunal. Se ha marchado de nuevo sin devolverle la llave.

25

Correo electrónico

Dora mete las sillas dentro de casa y las distribuye alrededor de la mesa de la cocina. Va a buscar el arreglo de Steffen, con sus perlas de cristal azul, y coloca los dos soldaditos de plomo entre la hierba, como si esperasen al enemigo en medio de un pantano, entre los cañaverales. Se sienta y pasa un buen rato contemplando el resultado. De la habilidad de Steffen y del pasado de Godo ha surgido un mundo en miniatura. Una pequeña obra de arte. A Dora le parece que pega bien aquí. La casa entera parece girar alrededor del arreglo. Azulejos de colores, suelo de madera, hortensias y una cama hecha con palés. Ahora que ha colocado el arreglo sobre la mesa, Dora se siente a gusto. Tal vez podría preguntarles a Steffen y Tom si les sobran algunas cajas y apilarlas para formar estanterías como las que aparecen en las revistas de decoración. Torres de cajas de madera con etiquetas, cuyo espacio no se aprovecha y que contienen cosas verdaderamente inútiles. Dos libros colocados en diagonal, una lámpara que se ilumina a sí misma, una manzana sola en un cuenco. Entonces, su nuevo hogar tendrá el aspecto que se espera de la casa de campo de un creativo publicitario de la capital, y Dora podrá empezar a traer invitados. La coincidencia entre la imagen y la realidad es lo máximo a lo que un hombre moderno puede aspirar.

Dora se queda pensando a quién podría invitar, aunque sabe que no puede sacar de la nada un círculo de amigos. Recuerda la vida que llevaba antes, cuando Robert y ella salían con más gente. Se sentaban en cualquier taberna de Berlín, cada cual con su copa de vino o con su cerveza, cada cual con un cerebro que trabajaba sin descanso para producir un yo. Hablaban y se reían. Durante unas horas se convertían en un solo ser, con varias cabezas, orgulloso de sí mismo. Una imagen hermosa, pero, por desgracia, irreal. Y la razón no es que las tabernas hayan cerrado por el coronavirus, sino que Dora sabe cómo funcionan las reuniones sociales. Se sienta con los demás, habla y se ríe, pero nota que aquel no es su sitio. Siempre vuelven sobre los mismos temas: la última serie de Netflix, la desastrosa política del Gobierno y la subida de los precios del alquiler. Hay partes de la conversación que conoce de memoria; ya sabe de antemano qué dirá cada uno. A medida que avanza la noche se habla sobre la importancia de socializar. Se compadece a los padres que no han podido venir porque tienen que cuidar de sus hijos. Alguien pregunta qué máquina de café prepara el expreso más cremoso. Otro comenta que ya no se plantea viajar al extranjero en vacaciones; se queda en Alemania. Dora busca una disculpa para poder marcharse, pero termina quedándose hasta el final.

Es absurdo sentir nostalgia de algo que no le gusta. Pero también es humano. Coge el teléfono móvil y le envía a Jojo un mensaje de WhatsApp.

«Ya tengo sillas. Puedes venir a visitarme cuando quieras».

Añade unas cuantas caritas sonrientes para dejar claro lo bien que se siente.

El teléfono suena al cabo de unos segundos. Ha llegado la respuesta:

«¿A qué te refieres con sillas? Bss, Sibylle».

Dora se queda perpleja. Al parecer, el móvil de Jojo ya no es solo de Jojo, sino también de la futura mujer de Jojo. «Esas cosas sobre las que uno se sienta», responde sin más. «En la situación actual no podemos viajar a Brandeburgo», escribe Sibylle. Dora tuerce el gesto. Hace una semana se reunieron todos en el apartamento de Charlottenburg porque Jojo se había empeñado. Y a Sibylle no le pareció tan mal. Preparó la cena. ¿Qué ha cambiado?

La propia Sibylle debe de haber advertido la contradicción, porque añade una carita pensativa y luego escribe: «Joachim tiene mucho trabajo. Consulto».

Dora se siente tentada a preguntarle a qué se refiere y quién es ese Joachim que se acaba de inventar, pero, en lugar de ello, visita un portal de noticias. Greta Thunberg considera que el coronavirus es una oportunidad para empezar a revertir el cambio climático. Angela Merkel teme una segunda ola. El nuevo aeropuerto de Berlín está listo para abrir sus puertas. Un famoso director de teatro asegura que nadie le puede obligar a lavarse las manos y no le importa morirse.

Dora nota un cosquilleo. Apoya una mano sobre el vientre. Las burbujas comienzan a ascender.

En Canadá, un individuo disfrazado de policía dispara contra veintidós personas tras una discusión con su exnovia. Donald Trump propone tratar a los enfermos de coronavirus con inyecciones de desinfectante.

Las burbujas ascienden cada vez más rápido. Dora tiene que dejar la tableta sobre la mesa de la cocina, con la pantalla hacia abajo, y apartarla de sí. Toca con la punta del dedo el fusil del soldado que se apoya sobre la rodilla. Nota un ligero pinchazo. Se siente bien. Lo repite varias veces. Piensa en Godo, el jovencito que prefirió esconder sus soldaditos de plomo a jugar con ellos y subía a escondidas al desván para admirarlos. Puede que a él también le guste sentir un pinchazo en la punta del dedo. El cosquilleo va desapareciendo. Le tranquiliza estar sentada en la cocina.

Franzi aparece en la puerta y pregunta si puede jugar con Laya. Dora escucha toda la tarde la alegre voz de la muchacha y, de vez en cuando, los ladridos de la perrita. Esa noche prepara espaguetis. Franzi se sienta en una de las sillas que utilizaba de niña y se sirve por tres veces. Luego quiere pintar. Dora le da papel sucio y unos lápices. Sale a fumar. Cuando regresa encuentra dos corazones con los colores del arcoiris colgados en la ventana de la cocina. Franzi está dibujando a Laya. No se le da nada mal. Dora le concede media hora y luego le pide que vuelva a su casa. Franzi asiente con la cabeza, como una niña bien educada, y se marcha sin rechistar.

Es la primera vez que Dora pone música desde hace semanas. En Berlín no soportaba la música. Era otra voz más que quería algo de ella... Sentimientos, pensamientos, emociones. Ahora comprueba que la música le puede aportar algo. Escucha las agradables melodías de Ludovico Einaudi y se sienta con una copa de vino en el alféizar de la ventana para convertirse en parte de la estampa. Un mundo en miniatura compuesto de vino, una ventana y sus pensamientos.

El teléfono móvil vuelve a sonar. Cree que Jojo ha enviado un mensaje para decir que pasará a verla. Pero es un correo electrónico de Susanne, su jefa. Un domingo por la noche y a esas horas. Sería mejor no abrirlo. Cae la noche. El reflejo de la cocina en el cristal de la ventana resulta agradable. Dora abre el correo y lee las primeras líneas.

«Querida Dora: Lamento mucho comunicarte que...»

No necesita seguir leyendo. Ya sabe lo que va a decir.

26

Pintura

—He oído que aquí regalan trabajo —saluda Heini. Dora se ríe de buena gana, lo que hace que el rostro de Heini se ilumine. Hoy viene disfrazado de astronauta. Como si quisiera pintar el cielo. Lleva un traje blanco y un gorrito sobre la cabeza. Ha traído un cubo con pinceles, cinta de carrocero y plástico protector, incluso varios rodillos con mango largo. La imagen es peculiar, porque Heini se encuentra de pie, al lado de una planta tropical, que debe de haber crecido esa noche junto a la escalera de Dora, aunque el tronco se hunde en un macetero de madera. Es gigantesca, sus ramas se alzan como si fueran brazos y sus hojas se extienden como si fueran dedos.

—Las malas hierbas crecen cada vez más rápido —dice Heini refiriéndose a la palmera.

Si Dora protesta, seguro que Godo le responderá que es una planta y no un mueble.

Heini le echa una mano para meterla en casa. Abren las dos hojas de la puerta de entrada y arrastran el coloso hasta el cuarto de trabajo de Dora, donde la luz del sol hace brillar sus hojas dándole un aspecto fantástico.

Dora nota que ya no le molesta tanto que las personas y las cosas aparezcan por sorpresa en su casa. Entra en la cocina para preparar café mientras Heini, sin decir palabra, comienza a retirar el rodapié.

Media hora más tarde se ha tomado tres tazas y ha pintado media pared. Franzi pasa sin llamar y pregunta qué están haciendo. Heini le responde poniéndole un pincel en la mano. Luego se dirige a la palmera:

—¿Y tú? ¿Quieres otro?

La niña se pone a pintar los rincones de la habitación.

A eso de las once aparece Godo. Ignora a Dora, saluda con la cabeza a la palmera y echa mano del rodillo con el mango más largo.

Con tanta gente, el trabajo avanza rápido. Dora prepara más café y trae un vaso de agua para Franzi. Todos sudan. Heini no solo despliega el plástico protector, sino también un amplio repertorio de chistes.

Cuando acaban con el cuarto de trabajo y con el dormitorio, se ponen con la entrada. Godo empieza a silbar. Se le da muy bien. Juega con el tono para conseguir una especie de vibrato tan intenso que se convierte en un trino. Puede que no haya aprendido a tocar el piano, pero tiene talento musical. Dora reconoce *Volvemos de las montañas azules*. A Franzi se la ve entusiasmada, se nota que la ha cantado en algún viaje en coche con sus padres. Heini se une al estribillo. Cuando se les acaban las estrofas, Dora se inventa otra: «Por la escuela, ¡ya lo creo!, nadie le veía el pelo». Todos cantan juntos y mueven los pinceles al compás. Heini recuerda un antiguo tema de *Die Toten Hosen*, con una melodía pegadiza, que siempre sale cuando uno está de copas con sus amigos. A Dora le trae a la memoria sus años de juventud en Alemania Occidental, cuando iba a clase en autobús, la parte más divertida de la jornada. Desde entonces, Dora no ha vuelto a cantar a coro. Aunque lo está pasando bien, le preocupa que alguien empiece a entonar el *Horst-Wessel-Lied*. Sus temores se disipan cuando Franzi propone *¿Quién ha robado el coco?*. Luego llega el turno de las viejas canciones de la RDA, *Hace poco que Bolle se fue de vacaciones* y *Una cinta roja rodea la tierra*, a las que Dora y Franzi no se pueden resistir, mientras los hombres las cantan a voz en cuello, sobre todo, cuando llega el remate final: «Y eso tiene un nombre que os resultará familiar: ¡Solidaridad!». Todos se parten de risa.

Luego dejan la música y siguen pintando en silencio. Dora recuerda el correo electrónico de la víspera. Con tanto revuelo no había vuelto a pensar en él.

«Querida Dora: Lamento mucho comunicarte que FAIR-kleidung ha decidido parar las máquinas y, de momento, no seguirá adelante con la campaña. El planteamiento de BUENISTA les sigue gustando, pero la situación de incertidumbre que vivimos actualmente no les permite arriesgar tanto. Si las circunstancias mejoran, se plantearían lanzar la campaña en 2021».

A continuación, Susanne le notifica el despido. Utiliza un tono cordial y escoge cuidadosamente las palabras para expresar cuánto lo siente. Así son las cosas. Y Dora lo sabe. Cuando una agencia pierde una cuenta, la gente pierde su empleo. No es la primera ni será la última a quien le pase. No obstante, la noticia le ha producido una enorme conmoción. Se creía imprescindible. Estaba convencida de poder burlar al destino.

Lo peor son las últimas líneas. Susanne reitera el compromiso de Sus-Y con la sostenibilidad y la equidad; por desgracia, «en los tiempos que corren», no le queda otra elección, aunque confía en contar de nuevo con Dora en un futuro, cuando las aguas vuelvan a su cauce. Atentamente, Susanne.

Es tanta la indignación de Dora que aún no se ha parado a analizar qué consecuencias concretas va a tener el despido para ella. Ahora, mientras desliza tranquilamente el pincel sobre la pared, se da cuenta de lo que significa. Acaba de comprar una casa. Ha invertido en ella todos sus ahorros. Tiene que pagar una hipoteca cada mes. Todos sus compañeros le aconsejarían lo mismo: convertirse en *freelance*. Y cuanto antes, mejor. Lo sabe. Debería recopilar sus mejores trabajos de los últimos años, crear una carpeta y subirla a su página *web*. Agencias de toda Alemania la contratarían por días o por semanas, para cubrir bajas por enfermedad, por maternidad o picos de trabajo. Los *freelance* disfrutan de muchas ventajas. Todos coinciden en eso. Trabajan menos y ganan más. Entre setecientos y ochocientos euros diarios. Como dice Oli, un antiguo compañero de Dora, están tirando el dinero por la ventana, solo hay que colocarse debajo y recogerlo.

Dora no lo tiene tan claro. El coronavirus ha cambiado las reglas del juego. Por otra parte, ha conocido a muchos *freelance* a lo largo de su carrera y sabe cómo es su día a día. Tienen una red de contactos asombrosa y soportan la presión como si fueran miembros de un grupo de operaciones especiales. Los convocan a una reunión a las once y a las cinco tienen que poner sobre la mesa una idea que valga entre setecientos y ochocientos euros. Cada proyecto es una prueba final, cualquier fallo puede acabar con su reputación. Los empleados de la agencia examinan con lupa los movimientos del *freelance* esperando que cometa un error. Son como esos futbolistas de segunda que se ríen de las grandes estrellas de la *Bundesliga* cada vez que pierden un balón. Trabajar a la vista de todos. Vivir en tensión. Dora se resiste a aceptarlo. No quiere experimentar esa sensación de ahogo en el pecho ni acabar con una úlcera en el estómago. Pero tampoco le apetece acudir a la oficina de empleo a solicitar trabajo o a tramitar una prestación. Y, desde luego, no está dispuesta a llenar su tiempo libre limpiando ventanas o escribiendo correos electrónicos. Lo que quiere es que todo vuelva a ser como era hace dos años. Un trabajo seguro. Una vida tranquila. Robert y ella en el balcón. Pero no se engaña. Aunque fuera posible, sabe que no hay marcha atrás. Las cosas han cambiado.

Dora está sumida en estas reflexiones cuando Godo, que se encuentra justo a su lado, mete un dedo en la pintura y se lo planta a Franzi en la nariz. La muchacha chilla y sale corriendo con la nariz manchada de blanco. Entonces, Godo se vuelve hacia Dora con el dedo extendido. Ella sale huyendo y él la persigue. Cruzan el cuarto de trabajo, el dormitorio, el vestíbulo, la cocina y el baño, pasando de una estancia a otra, y vuelven al comienzo del círculo. Godo es sorprendentemente rápido, pero Dora es más hábil. En cierto momento, cambia de dirección de manera brusca. La atrapa, la sujeta con fuerza y adorna su cara con un montón de lunares blancos. Dora se ríe tanto que se queda sin aire. Puede ignorar tranquilamente todos los correos electrónicos que ha recibido porque no tienen nada que ver con ella ni con el mundo en el que vive ahora.

Heini desaparece. Al cabo de unos minutos se escucha un traqueteo. Dora mira por la ventana de la cocina. En ese momento, Heini dobla la esquina arrastrando lo que parece ser una estación espacial sobre ruedas. Ha cambiado su traje de astronauta por un delantal en el que se lee: «*Serial Griller*». Coloca la parrilla de acero inoxidable debajo de la ventana y, poco después, el olor a salchichas asadas se extiende por toda la casa. Heini le pasa las que ya están listas por la ventana y Dora las coloca sobre un plato. Ella se toma tres. Ni siquiera las acompaña con pan. Godo se come cinco. Y Franzi, dos y media.

—A esto le llamo yo asar salchichas —dice Heini.

—Pues a mí me llaman Franzi, pero puedes darme otra —responde la muchachita tronchándose de risa.

Cuando terminan de comer, Heini se toma su enésimo café, mientras Godo y Dora fuman en la ventana. Atentamente, Susanne. Dora se permite incluso un segundo cigarrillo. Las golondrinas se lanzan en vuelo rasante sobre las urracas que pasean orgullosas por el jardín. Pretenden evitar que saqueen sus nidos, aunque no parecen interesadas en ellos. Cae la noche y cada cual se marcha a su casa. Han pintado más habitaciones, han comido más salchichas y han cantado más canciones. Godo le ha preguntado si no necesitaría un escritorio en condiciones. Dora ha negado con la cabeza. Heini ha anunciado que volverá con material eléctrico para instalar un par de puntos de luz.

Dora no quería que se fueran. Le habría gustado ponerse a instalar los puntos de luz esa misma noche. La puerta de la casa se ha cerrado. Ahora, el silencio resuena en sus oídos. Está echada sobre la cama y puede sentir cada uno de sus músculos. Todo lo que ve a su alrededor parece limpio y nuevo. Huele a pintura fresca. Debería meterse en la ducha urgentemente, pero no tiene fuerzas para hacerlo. Laya, la Raya, parece tan agotada como ella, aunque ha estado tirada por ahí todo el día y nadie la ha obligado a dar un paseo. Es probable que se haya comido el resto de las salchichas sin que se dieran cuenta. Un día fantástico. Heini. *Volvemos de las montañas azules.* ¡Qué bien lo han pasado juntos! Franzi. La muchacha estaba radiante y ponía mucho empeño en trabajar.

Dora trata de pensar en sí misma como en una desempleada. Una persona que no tiene nada que hacer y a la que no se necesita para nada. No lo consigue.

Hace mucho tiempo, Jojo comentó que, en el futuro, la vida de las personas giraría en torno a la salud:

—La salud le tomará el relevo a la política. Habrá médicos y habrá abogados que se enfrentarán a los médicos. Los periodistas se dedicarán a informar sobre la lucha que libran unos y otros. Te recomiendo que escojas alguno de estos trabajos.

Ese es el problema de Dora: no es relevante para el sistema. Jojo sí; ella no. Aunque tuviera su propia *web* y se convirtiera en *freelance*, todo seguiría siendo igual. Atentamente, Susanne.

27

Sadie

A la mañana siguiente, como de costumbre, alguien se planta delante de su puerta. Esta vez, por lo menos, llama al timbre, así que Dora tiene tiempo de recogerse el pelo y ponerse unos pantalones. Ha dormido mal y no se siente con ánimos para soportar a nadie. Ni siquiera a sí misma. Y menos aún una visita. Abre la puerta y se encuentra con una mujer a la que no conoce. Es algo más joven que ella y va muy maquillada. Pelo corto, teñido de rubio platino. *Piercings* en los labios y tatuajes en los brazos. Dora reconoce los pechos de una sirena sobre el hombro izquierdo. Pegarían más con un hombre.

—Buenos días, Sadie —saluda la mujer.

Como Dora no se llama Sadie, deduce que es el nombre de la visitante.

—Patatas de siembra —añade Sadie y levanta una abultada bolsa que pesará, por lo menos, diez kilos.

La gente de aquí debe de beber poción mágica para ser tan fuerte. Dora se queda pensando cómo se habrá enterado aquella mujer de que le hacían falta patatas de siembra. Pero ni siquiera se molesta en preguntar. La respuesta está clara: «Radio Pueblo».

—¿Tienes café? —pregunta Sadie antes de pasar por delante de Dora en dirección a la cocina.

Otra que vino aquí a la guardería y cree que está en su casa. Cuando Dora entra en la cocina, Sadie ya está sentada a la mesa. Por lo menos no ha empezado a prepararse el café. De eso se ocupa Dora, que también necesita uno.

—Negro —dice Sadie, antes de que el agua rompa a hervir—. Sin leche ni azúcar.

Deben de haberle dicho que a Dora le cuesta comprender las cosas a la primera y se ha querido asegurar de que la entendiese. También podría tratarse de su color favorito o de algún partido político.

—Eres de Berlín, ¿verdad?

A Dora le habría gustado explicarle que, en realidad, es de Münster, pero no llega a hacerlo.

—Cada vez son más los que se largan de la capital —comenta Sadie—. La ciudad es una mierda. Sobre todo ahora.

Dora está de acuerdo en que la pandemia puede contribuir a revitalizar las zonas rurales, porque el teletrabajo te permite desarrollar tu profesión en cualquier parte y es cierto que aquí uno se siente más libre, parece que el virus no existiera, que fuera una pesadilla creada por el cerebro sobreexcitado de las personas que viven en las metrópolis. Pero Sadie no necesita que nadie le dé conversación. Antes de que Dora pueda construir la primera frase, sigue adelante con su monólogo.

—Esto era una guardería.

Dora asiente con la cabeza y renuncia a decir nada. En Bracken todo es radical. Hay gente que se expresa con monosílabos y gente que no para de hablar. Prefiere concentrarse en preparar el café.

—La guardería de Hamse también ha tenido que cerrar. Como todas. Ahora ya solo queda la de Kochlitz. Todos los días tengo que llevar a Audrey y recogerla. André ya va al cole.

Como pronuncia «Oh-dreh» y «An-dreh», Dora tarda en entender que se trata de nombres.

—El cole está en Plausitz. Tarda una hora en autobús. Sale a las siete. Para entonces ya hace tres horas que he vuelto del trabajo.

Debe de tratarse de un error. Sadie, con dos hijos a su cargo, acaba de decir que llega del trabajo a las cuatro de la madrugada. Pero Dora no tiene ocasión de intervenir. La mujer sigue con su perorata.

—El mayor, a Plausitz. La pequeña, a Kochlitz. Arreglo la casa y me acuesto un rato antes de pasar por la guardería a recogerla. Solo tengo derecho a seis horas. No puedo cambiar de trabajo. Necesito el dinero. Familia monoparental. De mi ex mejor no te hablo. Las cosas son complicadas.

Dora lleva a la mesa dos tazas de café y se sienta. Sadie toma un sorbo y asiente con la cabeza:

—Bueno.

Luego comienza a dar vueltas a la taza de café entre los dedos y sigue hablando.

—Ahora, la guardería y el colegio han cerrado por el coronavirus. Pero mi jefe no lo entiende. Tengo que seguir trabajando como siempre. El confinamiento va a acabar con nosotros. Pero a los de Berlín les trae sin cuidado.

Dora podría explicarle que los de Berlín no existen. Como tampoco existen los de Bracken. Por otra parte, decretar el confinamiento es competencia de cada uno de los Estados federales y no de Berlín. En lugar de ello se limita a comentar:

—Yo acabo de perder mi trabajo.

No pasa nada por decirlo en voz alta. No es el fin del mundo. De hecho, sus palabras vienen a ser una demostración de apoyo. Dora ha perdido su empleo. Ya puede considerarse una de ellos. Lo siguiente es reconocer que está en paro. Pero eso le llevará algo más de tiempo.

—¡Qué asco! —dice Sadie.

Luego le cuenta su historia. Tiene el cabello corto, pero se peina continuamente y tira de los *piercings* que lleva en el labio. Dora sirve más café. El testimonio de Sadie es asombroso. Trabaja como vaciadora en una fundición a las afueras de Berlín. Se encarga de manejar la grúa puente. Turno de noche. Una hora de viaje. Aunque Dora no sabe exactamente qué es una grúa puente, se imagina a esta mujer menuda, envuelta en la oscuridad, suspendida en medio de una enorme nave industrial, accionando palancas para mover gigantescas cubetas de material fundido procedente de los altos hornos y verterlo en moldes.

Sadie da de cenar a los niños a las cinco y media de la tarde. La mayoría de las veces se tiene que marchar antes de que hayan acabado. André, que tiene diez años, acuesta a su hermana y luego se pasa la mitad de la noche en Internet. Sadie no puede impedirlo. Llama por teléfono cada media hora y le manda a la cama. Pero no sirve de nada. Llega a casa hacia las cuatro de la mañana. Se tiende dos horas en el sofá para echar una cabezada. La mayoría de las veces está demasiado estresada para quedarse dormida. A las seis comienza a preparar el desayuno.

—Al principio no quisieron concederme ninguna ayuda por cuidado de hijos. Según ellos, me pasaba el día entero en casa —Sadie se ríe—. Ahora tengo derecho a unas horas de guardería. Pero, con el coronavirus, solo duermo los fines de semana. Y rezo para que la empresa resista. Si nos reducen la jornada, no sé qué voy a hacer.

Ha vaciado la taza y pide a Dora que le sirva más café.

—André quiere una bicicleta de montaña. Llevo ahorrando medio año para comprársela.

Se frota la cara con cuidado para no quitarse el maquillaje.

—A veces, mi madre se lleva a los niños el fin de semana. Entonces aprovecho y duermo doce horas seguidas.

Sonríe y se queda callada, como si la mera idea de meterse en la cama hubiera desconectado su cerebro durante unos segundos.

A Dora le cuesta creer lo que está oyendo y le pregunta si es verdad que sus hijos pasan la noche solos en casa.

Sadie asiente con la cabeza. No le queda otro remedio. El de la fundición es el único trabajo a tiempo completo que ha podido conseguir. Al menos, con el turno de noche, puede estar con los niños durante el día.

¿Qué dirían las madres de Prenzlauer Berg, el barrio de Berlín que cambió el *punk* por los bebés, donde todo es *chic* y familiar, si se enterasen de que dos niños se quedan solos por las noches y el mayor es el responsable de acostar a su hermana pequeña? Dora trata de imaginarse cómo sería pasar la noche trabajando y ocuparse de la casa y de los niños a la mañana siguiente. La vida consistiría en acumular cansancio y preocupaciones, preocupaciones por los niños, preocupaciones económicas, preocupaciones por lo que pueda suceder en un futuro.

Pero no lo logra. Lo que Sadie cuenta es inimaginable. En lugar de ello, vuelve una vez más sobre sus propios problemas. El zumbido de unas moscas inexistentes en el dormitorio. Los nervios en el estómago, que le producen ese curioso cosquilleo. Una pareja que tiene miedo del coronavirus.

Por lo menos, ahora ha perdido su trabajo. Tal vez sea el primer paso hacia la normalidad. Salir del filtro burbuja, de la cámara de eco, para sumergirse en una vida auténtica, en una realidad como la de Sadie, en la que están en juego cosas verdaderamente importantes, cosas de las que la gente de

Prenzlauer Berg no tiene ni idea. Tal vez debería agradecer a Sus-Y que la haya despedido. Atentamente, Susanne.

—Me esfuerzo. Te aseguro que me esfuerzo. Pero no llego a todo —admite Sadie.

En el último semestre, la maestra de André la ha citado en varias ocasiones para hablar del mal comportamiento del chico. Sus notas caen en picado. Todas las semanas ocurre algo. Ha llegado a prender fuego a una papelera en el patio del colegio. A veces no vuelve a casa después de clase y Sadie se pasa media tarde dando vueltas por la zona hasta que consigue encontrarlo. Cuando trata de hablar con su hijo, él la acusa de ser una puta y de haber echado a papá de casa.

—Me pongo a llorar y la conversación se termina —Sadie se ríe—. Mi hijo mayor no es tonto.

Tiende la taza a Dora para que se la rellene.

—Si lo piensas bien, se podría decir que hemos tenido suerte con el coronavirus. Estaban a punto de expulsarle del colegio. De momento puede aprovechar para tomarse un respiro y, cuando vuelvan a clase, tendrá una segunda oportunidad.

Inclina la cabeza para agradecer el café recién hecho y toma de un trago la mitad de la taza.

—Todo tiene su lado bueno, ¿no es cierto?

Dora siempre ha pensado lo contrario. Todo tiene su lado malo. Trabajos, viviendas, ciudades, parejas, amigos, partidos políticos, destinos de vacaciones. Hay que identificar las debilidades, someterlas a examen y, si es posible, eliminarlas. Sadie vuelve a tener uno de sus lapsus y se queda mirando al vacío. Dora la observa de reojo. Es joven, puede que ni siquiera haya cumplido los treinta. Se la ve pálida, hundida. Oculta sus ojeras bajo el maquillaje. Dora siente respeto por ella. Un sentimiento pasado de moda, que hacía mucho que no experimentaba, pero que reconoce inmediatamente. La admiración se mezcla con el asombro. Es como si hubiera descubierto el secreto de su país. No puede creer que en una nación escandalosamente rica existan regiones en las que no hay nada. Faltan médicos, farmacias, clubes deportivos, autobuses, tabernas, guarderías, colegios. Faltan fruterías, verdulerías, panaderías, carnicerías. Los jubilados no pueden vivir de su pensión y las mujeres jóvenes tienen que trabajar día y noche para sacar adelante a sus hijos. Y lo que se hace en estas regiones es colocar aerogeneradores, suprimir el diesel que necesita la población para desplazarse a diario, vender la producción agraria y ganadera al mejor postor, sancionar a quienes se calientan con madera en lugar de con gas natural y barajar la posibilidad de prohibir las hogueras y las barbacoas, lo poco que les queda para disfrutar de su tiempo libre. Y luego pretendemos que no se quejen. A quien protesta, a quien se rebela, se le presenta como un paleto estúpido, como un negacionista o incluso como un enemigo de la democracia.

Dora empieza a pensar que su país estaba pidiendo a gritos un partido político como Alternativa para Alemania y eso es lo que ha conseguido.

Sadie ni siquiera se queja. Le parece que todo tiene su lado bueno. A Dora le gustaría levantarse y darle un abrazo. Pero no se atreve.

Sadie debe de haberlo notado, porque se incorpora y, por primera vez, mira a Dora directamente a los ojos.

—Me ha venido bien sentarme contigo a tomar un café. Hablar un poco. Hacía mucho tiempo que no lo hacía.

Chocan sus tazas. Se oye un golpe sordo.

—A veces tengo la impresión de que no existo —dice Sadie—. Es un asco. Si no estuviera, a nadie le importaría.

Cuando empezó a estudiar publicidad, Dora tuvo un profesor que le explicó los elementos con los que se arma la estructura de una historia. En todo relato hay un instante dramático en el que el protagonista descubre algo que transforma su vida. La mayoría de las veces, ese descubrimiento tiene que ver con un detalle anecdótico. Un suceso o una referencia que podrían pasar desapercibidos. Algo que comenta un personaje secundario. Dora recuerda que el profesor describía ese momento como la obtención del elixir. Observa a Sadie. Ella es la portadora del elixir. «A veces tengo la impresión de que no existo». «A mí me pasa siempre», piensa Dora. Recuerda cómo percibía su existencia cuando era una niña. *Error 0x0*. No había razones para sentir miedo. Es lo bueno de vivir en el aquí y el ahora. El cerebro guardaba silencio durante unos minutos y luego seguía elaborando su discurso. Dora siente el impulso de contárselo a Sadie. Preguntarle si conoce esa sensación.

Pero la joven mira por la ventana.

—¡Vaya! ¡Pero si es la hija de Proksch! —dice señalando al jardín—. ¿Qué está haciendo aquí?

Franzi corre por la pradera haciendo quiebros, cambiando de dirección bruscamente, perseguida por Laya, que intenta atraparla. Cuando lo consigue, la perrita y la niña ruedan por la hierba. Luego se levantan de un salto y el juego vuelve a empezar.

—La tuvo con Nadine —Sadie se vuelve hacia Dora—. ¿Estás cuidando de ella?

Proksch, Nadine, cuidar. Dora tiene algunas dificultades para unir las piezas, pero al final lo consigue.

—Ahora Franzi vive con su padre. Por el coronavirus. Le gusta jugar con mi perrita.

Sadie asiente con la cabeza.

—Antes le gustaba jugar con André. Se puso muy triste cuando Naddy y ella se marcharon. Pensé que jamás permitiría que Franzi regresara con él.

—¿Y eso? Fue ella la que engañó a Godo.

—¿Qué? —Sadie se echa a reír.

—¡Con el hombre de los congelados!

—¡Tonterías! —ahora Sadie se ríe a carcajadas—. ¿Pero qué historias te han contado?

Apoya las manos sobre la mesa. Tiene las uñas largas, pintadas de azul claro.

—Yo la conocía bien. Aunque tuviera marido, la suya también era una familia monoparental. Hasta que Godofredo la cagó y Naddy tuvo que marcharse.

—¿Por qué la cagó?

Dora teme la respuesta, pero necesita conocerla. Pase lo que pase. Abre la ventana y coloca un platillo sobre la mesa a modo de cenicero.

—¡Genial! —Sadie saca un cigarrillo de la cajetilla que le ofrece, lo enciende y le da un par de caladas en silencio—. Intento de homicidio y un delito de lesiones.

Dora no oculta su consternación.

—¿Refugiados?

—Gente de izquierda.

Las burbujas le provocan un cosquilleo terrible en el estómago.

—Ocurrió en Plausitz. Hace tres años. Godofredo iba con otros dos.

Sadie mira el reloj y se lleva un susto. Da una larga calada, no quiere dejar el cigarrillo a medias.

—Tuvieron un altercado con una pareja. Amenazaron a la mujer y apuñalaron al hombre.

A Dora se le han quitado las ganas de fumar. Ha tomado demasiado café sin haber desayunado. Debería echarse un rato. O dar un largo paseo. Sadie tiene que irse. Su descanso ha terminado, es hora de volver a la rutina. Pero Dora tiene una última pregunta.

—¿Y cómo es que Godo anda suelto por ahí?

—Así son las cosas en nuestro país —replica Sadie con una mueca burlona—. Pasas un tiempo en la cárcel y luego te conceden la libertad condicional.

Dora piensa que su delito no pudo ser tan grave. Seguro que en el juicio se apreciaron circunstancias atenuantes. Tal vez actuó en defensa propia. La gente del pueblo ha hecho una montaña de un grano de arena.

Pero, al mismo tiempo, sabe que está buscando una razón para no creer a Sadie. Justifica a Godo porque no quiere vivir al lado de un delincuente. Así es como funcionan los «hechos alternativos».

—A mí tampoco me va ese rollo de la multiculturalidad —Sadie se levanta y apaga su cigarrillo—. Yo me parto el lomo trabajando y a los extranjeros se lo dan todo sin mover un dedo. Pero no se puede ir por ahí apuñalando a la gente. Es mi opinión —concluye, mientras se encoge de hombros y se da la vuelta para marcharse—. Gracias por el café.

Dora no sabe cómo encajar los comentarios racistas de Sadie. ¿Debe reprocharle su xenofobia? ¿O debe aplaudir su rechazo a la violencia? La mujer cruza el vestíbulo a toda prisa, así que tiene que apresurarse para llegar a tiempo a abrirle la puerta.

—Gracias por las patatas —le dice para despedirse.

Pero Sadie ya está en la calle y se mete en un Clio de color amarillo que está aparcado delante del portón de entrada.

Dora se queda de pie, mirando los coches que pasan zumbando, sin reducir la velocidad. Esta mañana apenas hay tráfico. No es lo habitual. El silencio tiene un mensaje para ella: Franzi y Laya ya no están en el jardín.

28

Museo

Dora recorre las calles del pueblo con Gustav. Pasa por todas y cada una de ellas. Podría resultar divertido si no estuviera tan enfadada. Trata de calmarse. ¿Dónde se habrán metido Franzi y Laya? ¿Habrán hecho autostop para llegar a Kochlitz y tomar el tren a Berlín? Cuando encuentre a Franzi le dejará las cosas claras. ¡A quién se le ocurre desaparecer sin más con Laya! ¡Y cómo se le ocurre a Laya irse sin más con Franzi! Ni siquiera se ha llevado el collar y la correa, que siguen en casa, colgados junto a la puerta.

La gente tiene más tiempo que de costumbre y se dedica a segar el césped de sus jardines. Nadie ha visto a una muchacha con una perrita de color caramelo. Dora sale del pueblo. Recorre el camino de arena. Gustav avanza a trompicones sobre el terreno irregular. Llegan al banco del bosque. Nada. Dora llama a Laya. El eco de su voz resuena entre los árboles. Nada. Ni siquiera se ve el arrendajo. En momentos como este le gustaría hablar por teléfono con su madre. Vivimos en un mundo digital, pero al otro ni siquiera ha llegado el teléfono.

—¡Caramba! —se sorprendería la madre—. ¿Dónde se habrán metido?

Exacto. Pueden estar en cualquier parte. Ha podido pasarles

cualquier cosa. ¿Y si Laya quiere regresar a casa y la atropella un coche por la carretera?

—Todo irá bien —dice la madre, y Dora cuelga el teléfono imaginario.

Vuelve al pueblo cubierta de polvo y empapada en sudor. ¿Qué más puede hacer? No va a quedarse sentada en la cocina esperando a que Laya aparezca. La idea de no volver a ver a la perrita la sume en una desesperación que sorprende a la propia Dora. Ya ha perdido bastantes cosas en los últimos tiempos. Entonces siente una corazonada y, en lugar de continuar hasta su casa, frena en seco delante de la de Godo. Empuja la puerta. No está cerrada. Intento de homicidio. Delito de lesiones. Es el mismo hombre que le regaló sus soldaditos de plomo. Han jugado a pillarse y se han manchado el uno al otro con pintura. No va a matarla por entrar en su propiedad, pero es una situación incómoda.

Avanza unos pasos empujando a Gustav. Mira a su alrededor. Hasta entonces solo había visto el reino de Godo desde el muro. Es más amplio de lo que pensaba. El espacio que queda entre la vivienda y la caravana es tan grande como una pista de tenis. El césped está segado y cuidado. Las sillas están recogidas y apiladas junto a la mesa. Los geranios de la caravana se encuentran en plena floración. Al lado del muro hay una caja de fruta. El equivalente a su silla de jardín. Es lo único que Godo no ha retirado.

Deja a Gustav y se dirige a la caravana. Siente la tierra mullida bajo sus pies. No hay restos de poda, como en su terreno. El lobo guarda la escalera. Está sentado sobre las patas traseras y tiene la boca ligeramente abierta, de modo que se le ven los dientes y la lengua. Tiene un gesto más amable de lo que parece a distancia. Es tan real que podría guiñarle un ojo. Su piel ha sido artísticamente trabajada. Se diría que la figura está cubierta de pelo gracias a las delicadas ondas que han trazado sobre ella. Quien haya tallado esta pieza tiene auténtico talento. Dora sube los escalones de metal y llama a la puerta de la caravana. Nada. Es evidente que Godo no está en casa. Aunque no se ha llevado el *pick-up*. Tal vez haya ido a tomar café con los otros delincuentes amigos suyos. Trata de apartar esa imagen de su mente. Da la vuelta a la caravana. Un campo de patatas se extiende hasta el final de la parcela. Dora contempla con envidia el suelo bien regado y las plantas verdes. En su huerto no hay más que polvo. Al acercarse descubre el rastro que ha dejado Laya cuando ha venido a escarbar aquí. Piensa que encontrará el cuerpo de la perrita aplastado de un pisotón. Pero no es así. Ya no sabe dónde mirar. Solo queda una posibilidad. Se gira y atraviesa corriendo el césped en dirección a la vivienda.

La puerta de entrada se encuentra en un lateral. Sin pensárselo dos veces, Dora aprieta el picaporte. No está cerrada.

Le sale al encuentro el olor típico de las casas vacías. Olor a humedad y a pasado. Entra en una antesala que sirve como ropero. Unas cuantas chaquetas cuelgan de un perchero en la pared. En el suelo hay zapatos que alguien ha dejado tirados al entrar. Botas de hombre, sandalias de mujer y las zapatillas de una niña pequeña. Si no fuera por el olor a moho que desprenden las chaquetas y los zapatos, se diría que la familia acaba de llegar a casa. Dora siente un escalofrío. Atraviesa el guardarropa, abre la puerta que da al vestíbulo y gira a la derecha para entrar en la cocina. La imagen con la que se encuentra llama su atención. Sobre la mesa hay una revista abierta con los programas de televisión del 22 de septiembre de 2017. Al lado, una taza de café donde han proliferado los hongos, formando una costra negra. Platos sucios en el fregadero. Media barra de pan en la alacena, dura como una piedra. Alrededor de la mesa de la cocina debería haber sillas, pero no están.

Dora recorre el resto de las estancias con una mezcla de repugnancia y fascinación. Entra en el dormitorio. La cama de matrimonio no está hecha. Las puertas del armario están abiertas, los cajones sobresalen como si alguien hubiera recogido lo más imprescindible a toda prisa. En la sala de estar hay un enorme televisor de pantalla plana cubierto de polvo. Una colcha doblada de cualquier manera reposa sobre el sofá cama. Es evidente que alguien ha comido aquí hace poco. Solo que «hace poco» debe de haber sido el 22 de septiembre de 2017. Dora se ha introducido en una fotografía tomada hace casi tres años. Tiene ante sí un fragmento del pasado que se conserva intacto. Está visitando el museo de una huida.

Sobre la alfombra descubre una huella redonda. Un círculo libre del polvo que se acumula sobre el resto del suelo. Debe de ser el lugar que ocupaba la palmera que ahora decora su cuarto de trabajo. Sobre una mesa baja se ven otras tres plantas más pequeñas. Se encuentran en buen estado. Parece que Godo viene a regar de vez en cuando. Dora se acerca a la ventana y se sorprende al ver su propia casa. Desde esta perspectiva tiene un aspecto extraño, medio oculta detrás del muro y de las robinias. Como si no le perteneciera a ella. Como si no le perteneciera a nadie. Dora siente que no debería estar aquí. De repente ocurre algo. Un velo se rasga. La habitación se transforma. Contornos más precisos, colores más intensos. Dora mira asombrada a su alrededor. «Esto es auténtico», dice su cerebro antes de sumirse en el silencio y dejar que lo contemple. La casa de Godo en torno a ella, el cielo sobre su cabeza y la tierra a sus pies. Ocho mil millones de personas sobre un cuerpo rocoso que se desplaza girando por el universo. Puede sentirlo. Es un saber antiguo que no necesita expresarse con palabras. La diferencia entre el ser y la nada.

«0x0», piensa Dora. Entonces se oye un ruido sordo.

Procede de arriba. Es como si algo se hubiera caído.

—¿Laya?

Atraviesa el vestíbulo y sube corriendo la escalera. Entonces se da cuenta. A diferencia del resto de la casa, la escalera sí se utiliza. Alguien ha pisado la capa de polvo que cubre los escalones. En el descansillo hay huellas de pies, no demasiado grandes, como de un niño.

En la planta de arriba hay más pisadas. Las puertas están abiertas. Registra a toda prisa las habitaciones. Pensaban reformarlas. Un baño a medio hacer, tal vez un cuarto de invitados. La obra quedó parada. Paneles de yeso y plástico protector. La única puerta que está cerrada se encuentra al fondo, a la izquierda. Dora abre sin llamar.

Necesita un momento para comprender lo que está viendo. No cabe duda de que se trata de la habitación de un niño. No cabe duda de que está habitada. Pero se encuentra en un estado de abandono deplorable. El suelo está lleno de trastos rotos, juguetes, libros infantiles y ropa de niño desperdigada por todas partes. Es imposible avanzar sin pisar algo. Sobre el escritorio, un campo de cadáveres con todo tipo de material: papel amarillo, tubos de pegamento secos, rotuladores sin tapa. La cama, con su colcha y sus cojines, parece el campamento de un sintecho. En la pared se ven un montón de animales de peluche con un aspecto triste y desolado. Bolsas de patatas fritas vacías que nadie se ha encargado de recoger y una linterna sobre la mesilla de noche. No debe de haber electricidad y, probablemente, tampoco agua.

Así que este es el lugar donde vive Franzi. Una niña sola en una casa momificada. Entre las reliquias de su propia infancia a punto ya de descomponerse.

Está claro que Nadine Proksch no sabe nada de esto. Creerá que la niña vive con su padre en el antiguo hogar familiar, tal y como ella lo recuerda. Dora tiene la obligación de localizar a la madre y pedirle que recoja a Franzi. O contactar directamente con los servicios sociales.

Franzi yace inmóvil sobre el suelo. Dora examina el campo de batalla. Laya reposa sobre su regazo. La piel de la perrita está cubierta de migas de patatas fritas. Esta es la razón por la que se ha marchado. Dicen que de la panza sale la danza. En el caso de la perrita es justo al revés. Está dormida.

—Así que estabais aquí.

Dora tiene la suficiente presencia de ánimo para no revelar su preocupación ni por el tono de su voz ni por sus gestos. Lo que está viendo le parte el alma. Pero Franzi no debe notarlo. No puede mostrar el malestar que siente por ella y por las condiciones en que vive.

—Esta es mi habitación —anuncia la muchacha con fingido orgullo.

Ha vuelto a utilizar ese tono de niña pequeña. Dora pone cara de póquer. Mete las manos en los bolsillos y mira alrededor.

—¡Qué bonita! —dice.

Franzi se muestra radiante de alegría. A Dora se le encoge el corazón.

—Tengo todo lo que necesito —dice Franzi, con voz de bebé, en medio todo aquel caos.

—¿Conoces a Pippi Calzaslargas? —pregunta Dora.

—¡Claro!

—También vive sola en una casa enorme. Con sus animales.

—¡Exacto! —Franzi se levanta de un salto y Laya aterriza en el suelo dando una pirueta—. ¡Yo soy Pippi Calzaslargas y Laya es el señor Nilsson!

Franzi señala a Laya y comienza a canturrear:

—¡Señor Nilsson, señor Nilsson!

Y comienza a bailar como una loca, balanceando el cuerpo de un lado a otro. Franzi canta ceceando:

—*Doz* y *doz zon* cuatro, cuatro y *doz zon ceiz, ceiz* y *doz* son nueve...

No se sabe la letra.

—Muy bien, Franzi —dice Dora—. Muy bien.

De repente, la muchacha se calla, se sienta en el borde de la cama y deja caer la cabeza, como si hubiera hecho algo mal. Dora guarda silencio y espera.

—No puedes contarle nada de esto a mamá —dice Franzi recuperando su voz normal.

—¿Estás a gusto con tu papá?

Franzi asiente vehementemente con la cabeza.

—¿Por qué no duermes en la caravana?

—Él no quiere. Es muy chiquitita. Aquí se está mejor —vuelve a poner voz de niña pequeña—. ¡Como Pippi en la Villa Kunterbunt!

—¿Tu papá está trabajando?

—A lo mejor está durmiendo la siesta. A veces lo hace.

—¿Quieres decir que se pasa el día entero en la cama?

—Algunas veces —Franzi se queda pensando un momento—. Sobre todo, últimamente.

Entonces se pone a palmotear con las manos.

—¡Pero es el mejor papá del mundo!

—Claro que sí.

—No se lo dirás a nadie, ¿verdad? —suplica Franzi.

Dora ha tomado una decisión. Ya sabe lo que va a hacer. Nada en absoluto. Godo no es uno de esos padres que se presentan todas las semanas en el colegio para convencer a la directora de que su retoño tiene altas capacidades intelectuales. Tampoco es la clase de persona que sufriría una crisis nerviosa en una tienda de productos ecológicos porque las galletas de espelta se han acabado. Nada de eso. Godo es violento y tiene problemas con el alcohol. Pero Franzi le quiere. Y él la quiere a ella, a su manera. Lo que necesita esta muchacha es que la acompañen, no que la controlen.

—Presta atención, Franzi.

Hace un cuarto de hora estaba decidida a prohibir a la muchacha que se acercase a ella o a Laya. Su casa no es un parque de atracciones para niños pequeños. Y mucho menos para niños que secuestran perros y tienen padres nazis con antecedentes penales. Pero eso era hace un cuarto de hora.

—Cuando juegues con Laya, no salgas del jardín. No sin avisarme.

—De acuerdo —Franzi asiente muy seria con la cabeza—. No lo haré más.

—Y... —Dora deja escapar un suspiro antes de terminar la frase— ven a comer conmigo cuando quieras. Me gusta tener visita.

29

Navaja

Dora pasa el día peleándose consigo misma. Una parte de ella quiere sentarse al ordenador y empezar a escribir correos electrónicos. Ha tenido una idea. Especializarse en cuñas radiofónicas para empresas de la zona. Menos dinero, menos competencia, menos estrés. Dora está convencida de que la radio sigue teniendo un enorme potencial. Conoce a un ingeniero de sonido con el que podría ponerse en contacto. Le haría una propuesta de colaboración. Con el tiempo, incluso podrían fundar su propia agencia.

Pero otra parte de ella le aconseja que espere a que el mundo recupere la normalidad. Sería una estupidez convertirse en autónoma en medio de la crisis que ha provocado el coronavirus. Es imposible captar clientes cuando la mitad de ellos están congelando sus cuentas. Además, tiene que empezar a sembrar las patatas.

En condiciones normales, la Dora ociosa habría perdido frente a la emprendedora. Ahora gana.

Dora coge una azada y va plantando las patatas que Sadie le trajo dejando cierta distancia entre una y otra, como lo ha visto hacer en YouTube. Las patatas también tienen que respetar la distancia social. Luego las cubre con tierra, formando surcos. Es como si estuviera enterrando los huevos de una reina *alien*. Mientras viajaba con Gerst por el cosmos, Dora fue secuestrada por unos extraños seres que le implantaron un chip en el cerebro para controlarla. El chip la obliga a entrar y salir de casa dieciséis veces cargando con treinta y dos regaderas. Las regaderas son pesadas, le golpean las piernas y le salpican los pantalones. Pero Dora sigue regando hasta que el terreno queda empapado. Su espalda se rebela. Le duelen los brazos y las piernas. Pero lo que hace tiene sentido. Por lo menos, mientras no se pregunte qué hace enterrando huevos de *alien* o, lo que es lo mismo, plantando sus propias patatas.

Después de cenar se sienta con el portátil a la mesa de la cocina. Una parte de ella es consciente de que no debe buscar en Google. Sería mejor escribir un correo electrónico al ingeniero de sonido. O comenzar a diseñar una estrategia de promoción profesional. Pero la otra parte necesita saber qué ocurrió. Dora introduce «Godofredo Proksch» y «navaja» en el campo de búsqueda.

La lista de resultados es tan larga que asusta. Aunque no lo reconozca, todavía confiaba en que Sadie hubiera mentido.

«Un hombre resulta herido con una navaja tras una discusión».

«La esposa de la víctima reside en Plausitz: "Estoy traumatizada"».

«Mike B. no muestra arrepentimiento ante el tribunal».

«Condenado por intento de homicidio el hombre que agredió a una pareja con una navaja».

«El discurso de extrema derecha prende con fuerza en Prignitz».

Cada enlace es un golpe para la moral de Dora. Pero no puede parar de abrir una página tras otra. Lee los titulares con la misma angustia con la que un hipocondríaco busca en Internet las enfermedades que responden a sus síntomas.

«Una asociación de víctimas critica la sentencia y pide penas más duras contra Mike B., Godofredo P. y Denis S.». «El abogado de la acusación anuncia un recurso». «La policía de Plausitz vigila a cincuenta individuos violentos de ideología nazi».

Los titulares de la prensa se mezclan con otros que su mente le va sugiriendo. «Vecino servicial procura muebles a una recién llegada». «Los vecinos de Bracken se unen para acondicionar la antigua guardería». «Franzi P.: ¿una niña feliz o un caso para servicios sociales?» Las palabras giran en remolinos. Son como las piezas de un rompecabezas que alguien ha lanzado al aire por hacer una travesura. Dora no consigue formarse una opinión de lo sucedido. Le falta perspectiva. Sin perspectiva no hay orden. Sin perspectiva, el mundo se convierte en un auténtico caos. Le duele tanto que apenas puede soportarlo. Se siente confusa, desorientada. Así que actúa como lo haría cualquiera en su situación: comienza a analizar las noticias con la esperanza de encontrar la verdad.

Los hechos no dejan lugar a dudas. Plausitz, 20 de septiembre de 2017. Una hermosa tarde de finales de verano. Una pareja de unos cuarenta años pasea por la plaza del mercado. Karen M., administrativa, y Jonas F., diseñador *web*, han nacido y crecido en la comarca y, desde hace algún tiempo, residen en la pequeña localidad de Ostprignitz. De repente, un grupo de hombres que bebe cerveza en un banco delante de la casa de la cultura se acerca a ellos y los increpa.

Los periódicos recogen el testimonio de Karen M.: «"¡Parásitos! ¡Os vamos a dar lo vuestro!" gritaban. A mí me llamaron "zorra comunista"».

El propio Jonas F. admite haber pertenecido al movimiento Antifa que existe en la zona.

«Es una comarca con una densidad de población muy baja», explica el *Oder-Zeitung*, un rotativo de ámbito regional. «Todo el mundo se conoce». Confirma que dos de los implicados en el altercado, Mike B. y Denis S., eran amigos de la infancia y habían ido juntos a la escuela.

«Aquí nunca se ha hecho nada contra los nazis», señala Jonas F. «El movimiento Antifa ha sido el único que les ha plantado cara. La policía prefería mirar para otro lado». En la plaza del mercado se desata una acalorada discusión. Karen M. trata de llevarse de allí a su amigo. Cuando se produce la agresión, es ella la que sale corriendo para buscar ayuda.

«En los años noventa daban palizas casi a diario», asegura Jonas F. «Era de lo más habitual».

Según testigos presenciales, Mike B. sacó una navaja y atacó por sorpresa a Jonas F., infligiéndole varias heridas en el costado, que milagrosamente no afectaron al pulmón.

«Aquí ha muerto gente», declaró Jonas F. después del juicio. «Pero la opinión pública prefería cerrar los ojos. Yo he tenido suerte. Espero que mi caso haga reaccionar a las autoridades».

Dora cierra el portátil. Quien sacó la navaja no fue Godofredo P. Ese es un dato importante. Pero, ¿cómo puede estar segura de que la información es correcta? En las fotos que se tomaron durante el proceso, los acusados ocultan sus rostros, pero Dora los ha reconocido. Mike B. es el de la barba y Denis S., el tatuado. Godo es Godo. Y los tres andan sueltos. Lo cierto es que no importa quién sacara la navaja. Todos son culpables.

Esa vez fueron Jonas F. y Karen M., pero podrían haber sido Dora K. y Robert D. Parásitos izquierdistas dando un paseo por una pequeña localidad de provincias. Increpados por nazis. Agredidos por sus ideas políticas. Por su fe en la democracia. Así están las cosas en la Alemania del siglo XXI. Laya, la Raya, se ha echado directamente sobre las baldosas y ya está roncando. A ella no le preocupan los resultados de Google. Dora se pone en cuclillas al lado de la perrita y acaricia su cuerpo tibio. Tienen que marcharse de allí. Lo supo desde el primer momento. Pero, ¿a dónde? Ha comprado una casa y ha perdido su trabajo. Las cosas no pintan bien. Podría pedirle ayuda a Jojo. O pactar con Robert. Aceptar sus reglas y permitir que la mantuviera. Pero la mera idea de volver con él le repugna. No se rendirá. Pocas veces ha estado tan segura de algo. También podría mudarse a otro pueblo. Intercambiar su casa.

Pero, ¿qué ocurre si su nuevo vecino también es nazi? Puede que no vivan puerta con puerta, pero podría tenerlo a un par de manzanas. ¿Cuánta distancia debe separar a una liberal de izquierda de un neonazi para que esta pueda vivir en paz? ¿Debería buscar un pueblo donde no haya nazis? ¿Una comarca? ¿Una región? ¿O un país?

Dora se cubre la cara con las manos. Puede que la reina *alien* esté dispuesta a acogerla. Viviría en otro planeta y cuidaría de sus huevos. Gerst se pasaría a visitarla de vez en cuando y tomarían juntos un café espacial. Las mejores personas del mundo, las únicas que siempre dicen y hacen lo correcto.

Da igual lo que piense. Da igual cómo lo enfoque. La verdad es la verdad. Y la verdad es que da exactamente igual que Dora se vaya o se quede. Porque los nazis no van a dejar de existir solo porque no tenga uno al lado.

30

Sobre humanos

Poco después de las nueve, cuando ya está oscureciendo, Dora decide ir a ver a Tom y Steffen. Quiere que el actor le explique por qué se inventó el cuento del hombre de los congelados. O puede que simplemente quiera hablar con alguien. Al fin y al cabo, en Bracken, la gente se planta en casa de los demás sin avisar. Laya no va a acompañarla. Por los *Mon Chéri*. Pero también, porque sigue enfadada con la perrita por haberse marchado con Franzi.

Antes de llegar, Steffen le sale al encuentro. O, mejor dicho, su voz. Se oye desde la calle. Se ha puesto a cantar. Alarga las notas y hace que su voz vibre exageradamente. Es un viejo tema de Reinhard Mey en el que el cantautor describe sus sensaciones mientras vuela en un avión por encima de las nubes. Steffen sigue la música, pero le va cambiando la letra.

—Queridos compatriotas, vuestra estupidez no tiene límites.

Sus palabras resuenan en la oscuridad. Dora escucha. Parece que, cuando cae la noche, Bracken se llena de canciones. Sin acompañamiento instrumental, solo voz. A Dora jamás se le habría ocurrido que Steffen supiera cantar. Por algún motivo, no lo parece.

—Vuestros miedos, vuestras frustraciones alimentan...

Dora trata de localizar la voz.

—... un odio ciego con el que mañana incendiaréis...

Atraviesa el jardín y se acerca a la casa. Sobre el alféizar de la ventana hay una maceta con romero. Dora se esconde detrás de ella. La planta no es demasiado alta y le permite ver lo que sucede en el interior. Solo tiene que colocar las manos alrededor de los ojos para evitar el reflejo del cristal.

—... cualquier albergue para refugiados y todos se preguntarán: ¿cómo ha podido ocurrir?

Steffen está sentado de medio lado frente a la ventana, en medio de la estancia, sobre una banqueta de bar. Ha encendido una lámpara de pie que le enfoca directamente, como si estuviera en el escenario de un teatro. El resto del cuarto lo cubren las sombras. A pesar de todo, Dora reconoce la sala de estar que vio en la primera ocasión. Muebles bajos. Un sillón, un sofá y una mesita sobre la que han colocado un arreglo de flores secas. La banqueta debe de haberla traído de la cocina. Parece una jirafa entre perros salchicha. El resto de los muebles la contemplan con admiración.

Steffen levanta un brazo y repite el estribillo.

—Queridos compatriotas, vuestra estupidez no tiene límites.

Es como si su mano derecha portara una antorcha, igual que la estatua de la Libertad. Luego la gira hacia abajo y extiende la palma hacia delante. El saludo nazi. A continuación cierra el puño y dobla el codo. El saludo socialista. Recupera la pose de la estatua de la Libertad. Saludo nazi. Saludo socialista. No ha dejado de tararear la melodía. Su voz se eleva cada vez más. El vibrato se convierte en un trémolo. Es la parodia de una cantante de cabaré. Estatua de la Libertad. Saludo nazi. Saludo socialista. Sostiene la última nota durante unos segundos y luego se hace el silencio. Una nube de humo lo envuelve todo. La luz de la lámpara se difumina. Dora busca la máquina que ha producido toda esa niebla. Steffen sostiene un cigarrillo electrónico entre sus dedos. Le da una larga calada. Es como si quisiera que todo desapareciese en el vapor. Dora está segura de que Steffen no fuma. Tiene un aspecto distinto del habitual. Lleva el cabello recogido en un moño, se ha quitado las gafas y tiene las piernas cruzadas en una pose lasciva. Una Marilyn transgénero. Canta en voz baja, como si lo hiciera para sí mismo, el *Happy Birthday*.

—¡Neonazi, yu-jú! ¡Neonazi, yu-jú!

El primer resultado de la búsqueda la conduce a Wikipedia: «Steffen A. Schaber, nacido en 1979 en Baja Renania, es un cabaretista y artista de variedades alemán».

El artículo se reduce a unas pocas líneas, lo cual indica que aún no le ha llegado su oportunidad. Dora hace clic sobre el segundo resultado y examina con atención la imagen que aparece en la pantalla de su teléfono móvil. Es la que tiene delante de sus ojos: el taburete, el humo y la Marilyn transgénero. Figura en la página *web* de un club que se llama «Diversión sin fin». Anuncia el nuevo espectáculo de Steffen Schaber: «Sobre humanos», estreno el 28 de abril de 2020, a las 21:00 h.

Hoy es 28 de abril. Y son más de las nueve de la noche. Dora guarda el móvil y mira a través de la ventana. Un rótulo de color rojo cruzaba la pantalla en diagonal: «Cancelado por la COVID-19».

Steffen ha terminado la canción. Vapea sobre su taburete. De vez en cuando toma aire, como si fuese a decir algo que luego decide guardarse para sí mismo porque hablar en tiempos como estos carece de sentido. Vuelve a animarse, levanta la cabeza y mira directamente a la televisión apagada, como si fuera su público o como si quisiera ver reflejada su propia imagen en la pantalla negra.

—¿No os parece... gracioso? ¿No os parece... divertido? ¡A mí me parece una pasada! ¡Es para partirse, es para tronchase... es para morirse de risa! ¡Sí! ¡Es para morirse de risa! ¡*Vosotros* sois para morirse de risa!

Apaga su cigarrillo electrónico y lo guarda. Comienza un monólogo.

—¿Os acordáis? No hace tanto tiempo. Deben de haber pasado setenta u ochenta años. En aquel entonces erais superhombres. Potros de pura raza dispuestos a dominar el mundo. Los filósofos os describieron, los compositores os cantaron, las naciones extranjeras temblaban ante vosotros y el pueblo os siguió como un perrito faldero. ¿Y hoy? —Steffen abre los ojos desorbitadamente—. Os sentáis alrededor de una mesa de *camping*, delante de una caravana. Bebéis cerveza caliente, fumáis cigarrillos polacos, saludáis a la bandera del Reich y os hacéis vuestros propios carnés de identidad. Superhombres... vestidos con una camiseta de tirantes —Steffen finge un ataque de risa—. No estáis aquí para salvar a Alemania. Estáis aquí para salvar la industria de las prendas de canalé —se ríe con tanta fuerza que le cuesta seguir hablando—. ¡Sois escoria! Pensadlo bien. Sois la escoria que quisisteis exterminar. No le gustáis a nadie, nadie os necesita. Os pasáis el día durmiendo y la noche bebiendo. Os creéis cualquier mierda que cuelguen en Internet y os dedicáis a plantar patatas para cuando llegue vuestro gran día, ese que llamáis el Día X.

Dora le escucha hechizada. Steffen habla sobre Godo, no cabe duda. Es un ajuste de cuentas en toda regla. ¿Cómo puede hablar así? ¡Escoria! ¿De qué se ríe? ¿De verdad piensa que Godo es escoria? ¿Un superhombre? ¿O un pobre diablo luchando por no acabar en el arroyo? A lo mejor, Godo no es más que... No acaba la frase. Steffen se ha quedado callado.

Puede que tenga razón, pero no quiere que hable así de él. Y, sin embargo, no puede dejar de escucharle. Un artista que actúa ante un público imaginario. Un espectáculo de cabaré que se estrena en una sala vacía.

—¿Sabéis quién se sienta ahora en los despachos del poder? ¡Personas que se recogen las perneras de los pantalones para que no se les enganchen en la cadena de la bici y que se plantean crear un tercer aseo para los que no se sienten ni hombres ni mujeres! El siglo XXI os planta el trasero en la cara. ¡Cada mujer que ingresa en el ejército, cada pareja homosexual que se casa, cada inmigrante que llega al país, cada paquete de medidas que se aprueba para luchar contra el cambio climático son una bofetada en vuestra cara!

Steffen ha ido elevando la voz. Ahora habla a gritos. Dora se apoya sobre el alféizar para poder ver mejor. También ella quiere decir algo, pero no sabe qué. Si hubiera público, se habría armado un buen follón. Murmullos, risas, jaleo. Puede que incluso protestas. Dora siente toda esa tensión en su interior. Es la representante de un público ausente.

—Vosotros, que os presentáis ante todos como los guardianes de las esencias, no sois nada. Vuestro tiempo ha pasado. La selección natural ha acabado con vosotros. El superhombre es una raza inferior. ¡Que ironías tiene la historia! ¡Es una maestra del humor! ¡Es para morirse de risa! ¡Sois para morirse de risa! Y moriréis, porque esta época no sabe qué hacer con fantoches como vosotros. ¡Bebed vuestras latas de cerveza antes de que llegue el camión de la basura... y os lleve con ellas al vertedero!

Se oye un ruido. Dora ha tirado sin querer el tiesto de romero que había en el alféizar. Steffen se da la vuelta. Casi se cae de la banqueta. No sabe qué ocurre hasta que descubre a Dora, que le saluda con la mano después de que la haya sorprendido *in fraganti*. Steffen agita los brazos nervioso, indicándola que se retire. Se le nota enfadado. Al final se da por vencido, se baja de la banqueta, sale corriendo de la habitación y aparece en la puerta principal.

—¿Estás chiflada?

Dora no sabe qué decir. Lo siente por el romero y por haber interrumpido su número, pero no entiende que Steffen se enfade tanto. ¿No quería que nadie le viera? Pero era una representación. Tiene que haber un público. Y eso era Dora.

—¡Maldita sea! ¡Me has estropeado la grabación!

Dora se pone roja. Así que no estaba hablándole a la televisión. Debía de tener otro dispositivo que ella no veía. Una cámara, una tableta o un simple teléfono móvil.

—No sería un *livestream*, ¿verdad? —pregunta ella.

—No —Steffen se pasa la mano por la cara, algo más tranquilo—. Era una grabación para YouTube. Ahora tendré que empezar de nuevo.

—Lo siento, no lo sabía.

—¿Y qué hacías aquí? ¿Venías a devolverme otra bicicleta?

Dora comprende que no tenía motivos para venir a ver a Steffen a estas horas. La situación le resulta embarazosa. Pero prefiere decir la verdad.

—No. Venía a que me explicaras ese cuento del hombre de los congelados —dice ella.

—¿Qué?

—Lo del hombre de los congelados y Godo.

—¡Ah! ¡Ahora lo entiendo! Alguien te ha contado lo que pasó en realidad.

—Sí. Sadie.

—Entonces ya sabes qué clase de persona es Godo.

—¿Por qué me mentiste?

—Me pareció que mi historia era mejor.

Steffen se vuelve a pasar la mano por la cara. A la luz de las farolas de la calle parece un fantasma. Piel pálida, ojeras. Dora trata de ponerse en su lugar. Imagina cómo debe de sentirse. Un artista de cabaré que no puede actuar.

—Acaban de despedirme —dice ella.

—Me alegro por ti. Ahora tendrás tiempo de pensar qué hacer con tu vida.

—Ya lo hago —replica Dora, tratando de sonreír—. ¿Cómo puedes hablar así de él?

—¿De quién?

—De Godo. En tu espectáculo.

—Pues... —Steffen simula estar desconcertado—. ¿A qué podría deberse? Déjame pensar...

—Cuando libras una lucha, el mayor peligro al que te expones es terminar pareciéndote a tu enemigo.

—¿Qué es eso? ¿La cita que trae hoy el calendario?

—Creo que es de *Batman*.

—¿Sabes qué? Me la suda. Si te vuelvo a ver en la ventana...

—¿Buscaréis a gente para que me dé una paliza?

—Exacto.

Steffen se mete en casa y cierra dando un portazo.

TERCERA PARTE

TUMOR

31

Au revoir

En realidad, esto de ocultar el rostro detrás de un pedazo de tela no está tan mal. Dora se ha hecho una mascarilla con una camiseta vieja, dos gomas y unos cordones de felpa armados con alambre de los que se utilizan para hacer manualidades. Jojo ha prometido enviar mascarillas profesionales desde el hospital, para que toda la familia «pase a formar parte del club de los que cumplen las normas». Luego se ha preguntado si la obligación de llevar mascarilla influirá en la opinión que tenemos de las mujeres que se cubren con un *nicab*. En cualquier caso, el paquetito no ha llegado, lo que puede deberse a que Dora no tiene buzón.

Como no es una experta en costura, la mascarilla que ha elaborado se desliza una y otra vez hacia abajo, revelando lo cansada que está. Apenas ha dormido. En medio de la noche llegó un segundo correo electrónico de Susanne. Cuando tuviera un momento, aunque corría cierta prisa, debería pasarse por la agencia, mejor a partir de las seis, para recoger sus cosas, porque había que reformar la oficina para adecuarla a la normativa respecto al coronavirus, instalando pantallas de metacrilato, aumentando la distancia de seguridad entre unos puestos de trabajo y otros, y reservando espacios específicos para conferencias por Zoom. Cuídate y demás. Atentamente, Susanne.

Perder la mesa que tenía en la oficina ha provocado en Dora una reacción que no había experimentado en el momento en que la despidieron: angustia. Como no podía dormir, se ha levantado de la cama, ha descargado los extractos de sus cuentas y se ha puesto a calcular cuánto tiempo puede mantenerse a flote sin recurrir a Susanne y sin solicitar ninguna ayuda en la oficina de empleo, gastando lo imprescindible para comer. Luego se ha informado sobre las condiciones de cancelación de su préstamo y ha valorado la posibilidad de pedir una hipoteca puente. Por último, ha aumentado la cantidad de dinero de la que puede disponer con su tarjeta, más que nada por precaución, y ha consultado cuándo puede empezar a cosechar las primeras patatas.

El resultado ha sido decepcionante. No sirve de nada darle más vueltas. Dora debe volver a ganar dinero lo antes posible. Trabajando desde casa. En Bracken.

Al hacer transbordo en la Estación Central de Berlín, su mirada se detiene en un panel digital que muestra la fecha y la hora: 7 de mayo de 2020, 17:35 h. ¡Qué poco significan en estos momentos el calendario y el reloj! Tiene que esforzarse para recordar qué día de la semana es. Jueves. Jojo debería estar en Berlín. Pasa por delante de un quiosco de prensa y comprueba que el coronavirus sigue acaparando las portadas de periódicos y revistas. Ahora, la bola de masaje con almohadillas de goma se muestra en varios colores: rojo, violeta o verde. Un ejemplo de la diversidad de opiniones que suscita. Desde que perdió su trabajo ha vuelto a leer noticias en Internet. Y no le sienta nada bien.

Deja atrás el quiosco de prensa y continúa su camino a través de la Estación Central. Un jubilado reprende a un joven por pasar demasiado cerca de él. Una persona sin hogar

busca botellas reciclables en las papeleras mientras tose continuamente. Las madres tratan de separar a los niños que pretenden jugar juntos. Los andenes de las líneas de alta velocidad
están llenos de hombres y mujeres con trajes, que hablan por
sus teléfonos móviles mientras esperan el tren, conscientes
de su importancia para el sistema. Las pantallas que solían
ofrecer anuncios publicitarios advierten de la necesidad de lavarse las manos y mantener la distancia social. Los pasajeros
de los trenes de cercanías se encuentran divididos: unos procuran aislarse en la medida de lo posible y otros se empeñan
en formar grupos. Dónde situarse se ha convertido, en sentido literal, en la pregunta clave a la que pretenden responder
todos los políticos. Por lo menos, los trenes van prácticamente vacíos, lo cual resulta agradable.

Dora se apea en la estación de Prenzlauer Berg y recorre
el barrio que tan bien conoce. Las calles están desiertas. Cafés
y restaurantes, cerrados. Los parques donde solían jugar los
niños se han precintado con cintas rojas y blancas. Los únicos
que resisten son los intocables que beben cerveza delante de
las tiendas de veinticuatro horas, pero seguirían haciéndolo
aunque estallase una guerra nuclear.

Dora recuerda cómo era su vida cuando pasaba día y noche con Robert en la vivienda que compartían. Se imagina
con una reducción de jornada, encerrada en casa con un marido y dos niños pequeños. En estas calles, detrás de todas
esas ventanas, hay personas que tratan de burlar el miedo re-
dactando diarios del confinamiento. Como no pueden salir a
pasear, sus pensamientos y sus emociones alcanzan un volumen ensordecedor. Reflexionan sobre el sentido de la vida y
sobre el suicidio. Dora, en cambio, pasea por el bosque de
Bracken, pasa el día entero en el jardín y se preocupa por los
nazis que se reúnen en la casa de al lado. El coronavirus resta

privilegios a unos y se los otorga a otros. Basta con echar un vistazo a Berlín para darse cuenta.

Dora teme que algún policía se acerque a ella para preguntarle qué hace por la calle. Esta vez no ha podido traerse a Laya como tapadera porque necesita la mochila para llevar sus cosas. Hace unos días leyó en un *blog* que las autoridades francesas han enviado a policías armados a controlar que lo que los ciudadanos llevan en las bolsas de la compra sean artículos de primera necesidad. Da gracias a Dios por vivir en Alemania y llega a su destino sin mayores contratiempos.

Sus-Y se encuentra en la última planta de un edificio antiguo, con estilo. Hay que introducir un código para abrir la puerta. Dora se lo sabe de memoria. Como ha hecho siempre, prefiere subir por la escalera en lugar de coger el ascensor porque le gustan las ventanas de estilo modernista. Cuando llega al tercer piso, introduce el código de nuevo. Siente una emoción especial cuando oye el zumbido del sistema de apertura de la puerta y el clic tan profesional con el que se bloquea la cerradura. Camina con respeto sobre el suelo pulido, cuya restauración debió de costar una pequeña fortuna.

La oficina huele a desinfectante y a vacío. Hay un montón de paquetes apoyados sobre las paredes. Seguro que contienen las pantallas de metacrilato. Alguien ha trazado una espiral en una de las pizarras con un rotulador de color rojo y ha añadido tres conceptos: «*performer* moderno», «hedonistas» y «entorno adaptativo pragmático». Un análisis del *target* de una campaña de gominolas veganas. La empresa se llama *sweets4all*. Dora no ha oído hablar de ella.

Se da la vuelta y observa el *open space*. Aunque ha pasado muchas noches trabajando aquí, nunca había visto la oficina tan desolada. Sobre la mesa de Sven cuelga una cadeneta de papel de *Happy Birthday* del año pasado. El monitor de Loretta sigue rodeado de fotos de caballos. Y Vera no ha perdido la costumbre de acumular tazas de café vacías. Dora no ha sido la única a la que han despedido. Simon y Gloria ya han recogido sus cosas. Sus mesas están vacías, esperando a que alguien las retire. La imagen le asusta. Está segura de que no volverá a verlos.

Debajo de su mesa encuentra la canastilla con manchas de leopardo de Laya. Cada mañana, la perrita corría por la agencia para saludar a todos. Dora echa de menos el ruido que antes le rompía los nervios. Los compañeros se reunían alrededor de la máquina de café o de alguna de las mesas para intercambiar impresiones. Gente charlando, teclados repiqueteando y teléfonos sonando. Lo recuerda como si fuera música. La máquina de café no dejaba de zumbar difundiendo un intenso aroma por la sala.

Todo eso forma parte del pasado. Una etapa de la que Dora tiene que despedirse sin formalidades ni ceremonias. No sabía cuánto significaba para ella hasta que se ha cerrado. Da igual cómo se desarrollen las cosas. No puede volver a Sus-Y. Después del «Atentamente, Susanne» le parecería una mentira. Se conoce y sabe que no funcionaría.

Durante el viaje de regreso se consuela pensando cuánto le alegrará a Laya echarse de nuevo en su canastilla de piel. Aún le parece seguir viendo las oficinas de Sus-Y, un espacio vacío, esterilizado, que ya no guarda relación con su vida. Son solo imágenes, una serie de fotografías que podría titularse *Day after* o *Au revoir*. Un recordatorio de que la humanidad desinfecta absolutamente todo antes de desaparecer de la faz de la Tierra. Dora se siente más tranquila. Aún no sabe qué va a hacer, pero, por lo menos, sabe lo que *no* va a hacer. Puede que sea lo máximo a lo que una persona puede aspirar en la vida.

32

Escultura

Baja del tren en la estación de Kochlitz. Son las nueve de la noche y casi ha oscurecido. Dora se pone al hombro la mochila con las cosas que ha recogido en la oficina y sujeta la canastilla de piel en el portaequipajes delantero de Gustav. Los sensores con los que la bicicleta va equipada se encargan de encender las luces. Conduce con cuidado por las sinuosas calles de Kochlitz hasta la carretera de Bracken, que cuenta con un carril bici pavimentado y separado de la calzada. Pedalea con fuerza. Está preocupada porque Laya lleva sola demasiado tiempo. A pesar de todo, disfruta del viaje. Los campos se extienden ante sus ojos, el bosque es un trazo negro que recorre el horizonte. El canto de los grillos lo llena todo. El viento es cálido. La primavera está un poco más cerca que el día anterior.

Dora piensa en la sencillez de todo esto. La respuesta a todas sus preguntas la tiene justo delante. En el paisaje, en el silencio y en la oscuridad. Basta con detenerse y contemplar la vida tal y como es. Romperá cualquier relación con Godo, amablemente, pero con firmeza. Seguirá ocupándose de Franzi, aunque mantenga las distancias, hasta que la muchacha retome su vida en la ciudad. Y abrirá un nuevo capítulo en su itinerario profesional en cuanto la crisis del coronavirus haya pasado. Mientras tanto, puede vender a Gustav... Aquí no la necesita. Y el dinero le permitirá mantenerse durante dos meses. No hay problema. Steffen se equivocaba. No es el momento de pensar, sino de dejar de hacerlo y convivir pacíficamente con todo lo que existe.

Una idea optimista que se desvanece de golpe cuando Dora se encuentra con una sorpresa inesperada. Delante de ella hay algo que se alza sobre la línea del horizonte. Algo grande. Una sombra negra iluminada por la luz de la luna. Una silueta que se recorta contra el cielo. Dora reconoce el perfil de un coche. Más exactamente, su parte posterior. La parte delantera se encuentra en la cuneta, de modo que el vehículo está cabeza abajo.

Dora reduce la velocidad a medida que se va aproximando. Necesita tiempo para comprender lo que está viendo. Es un *pick-up*, un modelo antiguo, seguramente de los ochenta. En esa posición parece un coloso, una especie de escultura de chapa sacada de una serie futurista como *Historias del bucle*, donde los habitantes de un pueblo situado sobre un acelerador de partículas son testigos de sucesos extraños que alteran la rutina cotidiana. Seguro que el *pick-up* se levanta de la cuneta y comienza a flotar.

Detiene la bicicleta a una distancia prudente y se baja de ella, aunque, para rodear el vehículo y llegar a la puerta del conductor tiene que salir un momento a la carretera porque la parte posterior del *pick-up* bloquea el carril bici. Un nuevo ejemplo de desorden. En-tro-pí-a. Las ruedas del vehículo están paradas. El motor está apagado. Reina un silencio inquietante. Dora se pregunta cuánto tiempo habrá pasado desde que el vehículo se salió de la vía. ¿Y nadie lo ha visto? ¿O es que a los de Bracken les da igual que un coche acabe en la cuneta? De acuerdo, hay que convivir pacíficamente con todo lo que existe, pero ¿quién se preocupa de la entropía?

Escucha en medio de la oscuridad. No se oye ningún coche. Ningún avión. Ni una sola voz. Ni siquiera un animal, salvo los grillos que continúan cantando con el mismo entusiasmo. ¿Estará soñando? Normalmente sus sueños no tienen que ver con esculturas estrafalarias, sino con situaciones cotidianas que no puede controlar: un tren que no llega a coger, una presentación que sale mal. Como estamos hablando de un *pick-up* volcado en una cuneta, es muy probable que no se trate de un sueño, sino de lo que conocemos como realidad. Pero ¿dónde está la policía, los bomberos, las ambulancias, la señalización y los mirones a los que tanto atrae este tipo de accidentes? Y si acaba de suceder, ¿cómo es que el conductor no se ha bajado y se encuentra confuso al lado de su vehículo? ¿Cómo es que Dora no ha escuchado el golpe mientras venía de camino? ¿O es que cuando un coche se sale de la carretera no hace ruido? Se da cuenta de que no sabe nada de accidentes. ¿Y quién sí, en esta época en la que todos están convencidos de que la tecnología acabará definitivamente con ellos? Lo más probable es que el tiempo se haya detenido. Sí, el tiempo se ha detenido. Así que Dora, que estaba rodeando el coche, también se detiene.

No puede pensar con claridad. Es evidente que se encuentra en *shock*. Su cerebro se protege anticipándose a lo que va a encontrar cuando se acerque a la cabina. No se oye nada. Todo está tranquilo. Puede que el conductor no esté ya allí. Se habrá bajado y se habrá marchado a casa a dormir la borrachera. Pero, por desgracia, no es así. Dora ve su espalda.

Coche, carretera, árboles. La luna resplandece redonda y blanca sobre los campos, procurando la iluminación adecuada. Dora sujeta el manillar de su bicicleta y observa el *pick-up*, que sobresale de la carretera, bajo la luz de la luna. Una visión fantástica. El paisaje desierto la traslada a Estados Unidos. Lo mismo sucede con el *pick-up*. Dora retrocede. Podría quedarse horas contemplando aquella imagen, una escultura magistral, pensando en todo lo que cuenta. El artista ha recogido una serie de acontecimientos dramáticos y los ha concentrado en un solo instante congelado en el tiempo. Podría continuar caminando hasta la siguiente instalación, donde otro artista ha reunido a varios amigos en un bar de carretera.

Pero no es posible. No puede salir de allí. Forma parte del grupo escultórico. Lo mismo que la luna, la mochila y la canastilla que lleva en el portaequipajes delantero. Y también la persona que tiene delante. Oye algo. Dora se pregunta qué sucede.

Deja a Gustav y se acerca a la puerta del conductor. El hombre yace sobre el volante. No se mueve. Dora sabe que debe llamar a alguien. Policía, ambulancia, bomberos. Este nivel de entropía lo tienen que gestionar profesionales que disponen de herramientas hidráulicas, camillas de emergencia y helicópteros. Antes debe comprobar si el conductor está consciente y orientado. La ventanilla está bajada. El hombre contaba con que el viento de esa tibia noche de primavera le mantendría despierto.

Dora lo ha sabido desde el principio. Reconoció el vehículo y ahora reconoce al conductor. Cabeza rapada. Hombros anchos. Camiseta descolorida. Tiene las manos apoyadas sobre el borde superior del volante y la cabeza entre los brazos. Parece cómodo. Mira hacia el lado opuesto, así que Dora no puede ver su rostro. En caso de que aún tenga. Le aterra que su cara esté desfigurada. Pero no hay sangre por ninguna parte. Ni manchas en la camiseta, ni salpicaduras en el parabrisas.

Entonces sucede algo. La espalda se mueve. Los hombros se levantan, el pecho se expande y se contrae rítmicamente. Dora desliza una mano a través de la ventanilla y la coloca sobre el cuello del hombre. Está vivo. Se siente tan aliviada que le dan ganas de gritar. Intento de homicidio, delito de lesiones. En estos momentos nada de eso importa. Está con una persona y esa persona respira. Acaricia la espalda y la cabeza del nazi, y prueba a reanimarlo golpeando suavemente sus mejillas.

—¿Godo?

Golpea con más fuerza. Lo coge por los hombros y lo sacude.

—¿Godo? ¡Godo!

El hombre toma una bocanada de aire. Sus brazos se estremecen. Godo trata de incorporarse.

—No te levantes. Quédate quieto.

Agarra el volante con ambas manos y trata de echarse hacia atrás mientras gira la cabeza para localizar la voz.

—Soy yo, Dora. Tu vecina.

Tiene los ojos cerrados. Parece un recién nacido que busca a su madre. Dora le coloca una mano sobre la frente. Seca. Fresca. Nunca ha estado tan cerca de él. En realidad, no suele acercarse a ninguna persona. Nunca le ha gustado abrazar o besar a sus conocidos. Le alegra que la pandemia haya acabado con esa costumbre. Rodea los hombros de Godo, que son asombrosamente anchos y, por lo menos, el doble de fuertes que los de Robert. Un ser de otro planeta se ha precipitado sobre la tierra con una nave espacial algo oxidada y ha ido a estrellarse precisamente en Bracken.

—¡Eh! —la voz de Dora no puede ser más amable, tiene que carraspear—. ¿Me reconoces?

Godo abre los ojos. Le brillan como si fuera la primera vez. Asiente con la cabeza, pero Dora está prácticamente segura de que no puede verla. Se aferra al volante y empuja con los brazos para incorporarse y mantenerse derecho.

—Deberías permanecer echado. Seguro que te has dado un buen golpe en la cabeza.

—No. Estoy bien.

Dora cae en la cuenta de que no lleva puesto el cinturón de seguridad. Luego repara en otro detalle que le parece relevante, pero que le cuesta encajar.

—Voy a llamar a la policía.

—¡Ni se te ocurra!

Sus ojos se aclaran. Mira a Dora fijamente, intenta decir algo, pero le cuesta encontrar las palabras adecuadas. Dora puede imaginar lo que le preocupa. No ve ningún otro vehículo implicado en el accidente, ni siquiera un jabalí muerto al borde de la carretera. Godo se ha salido de la vía, tiene visión borrosa y no es capaz de hablar. Es probable que su tasa de alcohol en sangre supere los dos gramos y medio por litro. Está en libertad condicional. Si la policía lo encuentra en su estado pasará una buena temporada entre rejas. Dora escucha la voz lastimera de Franzi: «¡Mi papá es el mejor papá del mundo!».

—¿Cómo piensas sacar el coche de la cuneta?

—Es un cuatro por cuatro —dice Godo—. Saldrá solo.

—Creo que esta vez tendrás que hacer de copiloto —dice Dora.

Él asiente con la cabeza. Su fornido cuerpo pasa por encima de la palanca de cambios y del freno de mano con una sorprendente agilidad. Como el coche sigue inclinado hacia delante tiene que apoyarse contra la guantera para poder sentarse recto. Dora tira de la maneta, la puerta se abre. Deja su mochila en la zona de carga, por la que se desliza hasta que topa con la parte posterior de la cabina. Entrar no es nada fácil, pero tampoco supone un problema. Tiene que adelantar el asiento para llegar a los pedales sobre los que está casi de

pie. La llave se encuentra en el contacto. El motor arranca.
Incluso las luces funcionan.

Godo pretende explicar algo, pero no lo consigue y termina indicando con gestos que utilice el bloqueo del diferencial para que a todas las ruedas les llegue la misma potencia. Tiene que acelerar fuerte y levantar poco a poco el embrague. El motor se desboca, las ruedas delanteras van ganando tracción. Una brusca sacudida hace temblar el vehículo, que sale lanzado hacia atrás. Las ruedas se separan del suelo y el *pick-up* vuelve a la cuneta. La maniobra se repite una y otra vez. Godo abre la mano y la balancea en el aire de un lado a otro, como si se tratase de un columpio. Es como estar en un parque de atracciones. Dora siente la fuerza del motor. Acelera aún más. Nota un violento tirón y el *pick-up* aterriza sobre sus cuatro ruedas entre el carril bici y la carretera.

Godo asiente con la cabeza en señal de reconocimiento, busca la cajetilla de cigarrillos que guarda en el bolsillo del pantalón, la saca, enciende dos y le pasa uno a Dora. Pocas veces ha disfrutado tanto de un cigarrillo. Pocas veces ha visto el humo como lo ve ahora bajo la luz de la luna.

Dora desciende del vehículo de un salto, recoge a Gustav y la lleva por el manillar hasta la parte de atrás, abre la portezuela y la carga en el *pick-up*, sujetando el cigarrillo entre los labios. Vuelve a subir, mete la marcha atrás rascando la caja de cambios y emprende la marcha sin abrocharse el cinturón de seguridad. Godo baja la ventanilla del copiloto y apoya el codo en ella.

Viajan a través de la noche. El aire que entra revuelve la cabina. El *pick-up* es ruidoso y apesta a diesel. Es divertido conducirlo. Dora no tendría inconveniente en seguir haciéndolo hasta el amanecer.

Al cabo de diez minutos han llegado a su destino. Dora detiene el coche delante de la casa de Godo, que se apea para abrir el portón. Es un alivio comprobar que no tiene problemas para moverse. Mete el *pick-up* en la parcela y lo aparca al lado de la casa. Godo se dirige a su caravana. Dora tiene que correr para alcanzarlo.

—¡Godo!

El hombre se gira.

—¿Estás bien?

Asiente con la cabeza.

—¿Te duele algo?

Duda un momento y luego niega con la cabeza.

—¿Quieres ir al hospital?

Esboza una sonrisa burlona y se da un golpe en la frente.

—No puedes seguir bebiendo tanto, Godo. ¿Me oyes? Sobre todo si conduces. Podrías haberte matado. O matar a otra persona.

Él rechaza sus consejos haciendo un gesto con la mano y Dora decide no insistir. Por seguridad, le acompaña hasta la caravana. Godo tiene que agacharse para introducir la llave en la cerradura. Cuando lo logra, se incorpora.

—Gracias, Dora.

Es la primera vez que la llama por su nombre.

—Buenas noches, Godo.

Huele a cigarrillos y a sudor. Un olor característico con el que Dora se ha familiarizado durante este tiempo. Desaparece en la caravana y cierra por dentro.

Es entonces cuando se da cuenta. Comprende por qué había un detalle que no terminaba de encajar. Godo huele a cigarrillos y a sudor, pero no a alcohol. Y cree saber por qué.

33

Padre, hija

Jueves, 7 de mayo. Son las 23:30 h. Dora ha echado sus cuentas. Es el primer jueves del mes. El día que Jojo acude a la Charité. Así que estará en Berlín. Odia pedirle favores. Ella no es como Axel, al que le encanta que los demás le resuelvan los problemas. Pero, en este caso, no es Dora quien tiene el problema. ¿Debería intervenir? ¿O sería preferible mantenerse al margen? Lleva una hora dando vueltas en la cama. No va a quedarse dormida. Laya descansa a su lado, en la canastilla. La perrita reposa sobre la espalda y está tan feliz que parece decidida a no volver a salir de allí. Gustav está fuera, en el cobertizo. Godo se encuentra al otro lado del muro, metido en su caravana. Todo estaría en orden, de no ser porque Godo no huele a alcohol.

No es que a Dora le vuelvan loca los monólogos de Jojo sobre neurología, pero se ha pasado años escuchándole. Conoce los síntomas y sabe lo que significan. La cuestión es si debe intervenir. Si debe pronunciar las palabras. Palabras que pueden hacer que todo se desmorone. Lo sabe por experiencia. Y no quiere volver a pasar por algo así. Existe una alternativa. Convivir pacíficamente con todo lo que existe. Al fin y al cabo, Godo no es más que un vecino. Y, además, problemático. Para Steffen no es más que escoria.

Seguro que Jojo está durmiendo. No tendría sentido despertarle ahora. Puede esperar hasta mañana. O hasta la próxima semana. O tal vez no.

El vídeo de Steffen lleva una semana colgado en YouTube. Ha tenido muchos comentarios positivos y algunas reacciones agresivas. Escoria con una camiseta de tirantes. Da igual. Tiene que hacer algo. Tiene que hablar con Jojo y consultarle. Marca el número. Escucha el tono de llamada. Imagina el sonido del teléfono al otro lado de la línea. Su eco se extiende por las amplias estancias apenas amuebladas del silencioso apartamento de Berlín. La luz de la calle proyecta largas sombras en el interior. Estanterías de nogal, sofás de piel, un sillón reclinable. Algunos cuadros cuidadosamente escogidos. Coloridas alfombras de *kemal.*

Tuuu, tuuu.

Ni una mota de polvo, ni una miga, ni un cabello. Jojo y su futura mujer valoran el orden y la limpieza hasta un límite que Dora no logra comprender. Aroma a cigarrillos, gel de ducha y loción para después del afeitado.

Tuuu, tuuu.

Láminas de Edward Hopper. Nada de noctámbulos. Una mujer en la ventana, un hombre en el balcón.

Dora cuelga y prueba con el móvil. Puede que Jojo no esté en casa, pero es más probable que se haya acostado y no le apetezca atender el teléfono. Dora sabe que de vez en cuando sufre insomnio. Pero, a diferencia de lo que le sucede a ella, no es algo que le preocupe especialmente. No dormir hace que acumule cansancio, no ansiedad.

—Dime.

Su teléfono móvil ha identificado la llamada y la ha cogido inmediatamente. Por un momento, Dora se siente querida.

—Hola, Jojo. ¿Estabas en la cama?

—No, pero estaba a punto de acostarme. Me había quedado leyendo un rato en el sillón. Una fantástica novela de Ian McEwan. Este tipo describe un partido de *squash* con el mismo dramatismo que la batalla de Verdún.

No solo salva vidas, bebe vinos exquisitos y escucha clásicos contemporáneos... también está al tanto del panorama literario internacional. Es como si viviera permanentemente en el Museo de Historia Moderna de Bonn, en las salas dedicadas a humanismo y ciudadanía. Un monumento vivo que recuerda a la generación de Dora que ha perdido la capacidad de centrar su atención en algo durante más de cinco minutos seguidos. Dora le envidia, pero, por alguna razón, no se cambiaría por él. Tal vez un día descubrirá el motivo.

—Bueno, dispara ya —suena bien, aunque pasado de moda, como si se hubieran metido en una *sitcom* de los años ochenta.

Dora dispara. Como no sabe por dónde empezar, se lo cuenta todo. Le habla de Heini y Godo, de Franzi y Laya, de los muebles y de la maleza del jardín, de la ferretería y de la pintura. Jojo no la interrumpe, se limita a escuchar. De vez en cuando deja escapar alguna expresión de asentimiento o de asombro. Dora necesitaba hablar y su relato se extiende cada vez más. Adorna el discurso, se detiene en los detalles, deja que los personajes y las escenas cobren vida. Jojo escucha pacientemente. Dora no entiende por qué les cuesta tanto comunicarse y por qué tiene la sensación de que no le importa. Siempre han sido un equipo, siempre han sabido lo que el otro piensa, a pesar de ser tan diferentes. Padre e hija, una historia tan antigua como la humanidad.

Le cuenta lo que ocurrió con el *Horst-Wessel-Lied* y con los amigos de Godo. El de la barba, el de los tatuajes y el de la chaqueta.

—¡Vaya! —dice Jojo—. Creo que necesito un cigarrillo. Voy a salir un momento al balcón.

Dora sale a la puerta y también enciende uno. Oye el chasquido del mechero de Jojo. Según parece, los nazis y los jefes de servicio de un hospital son las últimas personas con las que uno se puede fumar un cigarrillo tranquilamente. Dan una calada y echan el humo en silencio, disfrutando de la noche de primavera, ella en Bracken y él en Berlín. Dora se refiere entonces a la agresión con navaja en Plausitz. Le da vergüenza. Es como si se sintiera responsable de lo que pasó. Jojo no dice nada. Ni «estaba claro», ni «¿lo ves?», ni «ya te advertí de que no era buena idea irse a vivir a Brandeburgo». Se limita a escuchar. Debe de estar costándole un triunfo mantener la boca cerrada.

Dora hace una pausa para tomar aire. Jojo aprovecha para sacar otro cigarrillo. Es la actitud propia de un jefe de servicio, serena y relajada. Consigue que Dora se tranquilice. Jojo siempre ha tenido una poderosa influencia sobre el ánimo de los demás. Cuando Dora y Axel eran niños, escuchaban el sonido de sus pasos al volver del trabajo. Por el modo en que avanzaba por el pasillo podían saber si iba a ser una buena o una mala noche. Si Jojo estaba estresado, todos estaban estresados. Si estaba contento, todos estaban contentos. La madre de Dora era la única que podía controlar sus cambios de humor. Cuando llegaba enfadado, se reía y le decía: «Anda, métete en la ducha». Y la noche era otra.

Dora alarga la pausa. Jojo fuma tranquilamente su segundo cigarrillo y al final pregunta:

—Bueno, ahora viene lo importante, ¿verdad?

Dora hace un último esfuerzo y cuenta cómo encontró a Godo en una cuneta con el *pick-up*. No llamó ni a la policía ni a los bomberos para evitarle problemas con las autoridades.

En lugar de ello, se encargó de devolver el vehículo a la carretera y lo llevó a casa.

Jojo no le pregunta si ha perdido el juicio, piensa justo lo contrario:

—Creo que fue lo más inteligente. Podrían haberle revocado la condicional.

—No era capaz de hablar —explica Dora.

Jojo guarda silencio. Luego dice:

—Seguramente estaba borracho como una cuba.

—Creo que estaba sobrio —replica Dora.

Jojo no le pregunta cómo lo sabe. Piensa un momento.

—¿Cannabis? —pregunta.

—No lo creo.

Jojo da una última calada y arroja la colilla por el balcón.

—Entonces voy para allá.

La llamada se corta. Este es uno de esos momentos en que el narrador de una novela dice aquello de «todo sucedió muy rápido». Dora cierra los ojos y ve pasar ante ella una película en la que Jojo recorre las estancias de su apartamento de Charlottenburg, llega al vestíbulo, abre el guardarropa y saca una cartera de cuero de color corinto con cerraduras de latón que siempre tiene preparada, agarra la chaqueta y sale por la puerta. Baja los escalones de dos en dos y cruza Savignyplatz con su sombra como única compañía. Un hombre sin perro para el que no rige el toque de queda. Un hombre con una misión. Llega corriendo al garaje de Stilwerk, donde tiene una plaza alquilada. Minutos más tarde atraviesa la ciudad en su Jaguar perfectamente climatizado, disfrutando de la música de violín que reproduce el sistema de sonido mientras el mundo se desliza en silencio ante sus ojos. Toma la autovía y acelera. Dora siente el impulso. Es como si una mano invisible se apoyara sobre su espalda y la empujara hacia delante con una fuerza inusitada. El concierto para violín de Jachaturián es una de las piezas favoritas de Jojo, demasiado animado para el gusto de Dora, pero muy adecuado para un viaje como este por su ardor y su dramatismo.

Jojo conduce y Dora va a su lado, por lo menos en su imaginación. Cuando abandonan la autovía, baja el volumen de la música y se queda mirándola.

—Me alegra poder hacer algo por ti —confiesa.

La sorpresa hace que Dora olvide que aquellas palabras no son más que una fabulación. Aunque representen la continuación lógica de la llamada telefónica.

—Siempre has sido así, desde que eras una niña —dice Jojo—. Con tres años tenías que atarte sola los zapatos. Cada mañana te sentabas delante de la puerta y pasabas media hora luchando con los cordones. Y si nos acercábamos a ayudarte, nos soltabas un bufido como si fueras un gato.

Jojo echa un vistazo por encima del hombro y cambia de carril para adelantar a un camión.

—Siempre me ha parecido genial que quisieras ser tan independiente. Axel es completamente distinto. No me sorprendería que siguiera pidiéndole a Christine que le haga la lazada.

Jojo se ríe y Dora se ríe con él.

—A veces no me atrevo a preguntarte cómo te va. Ni siquiera nos contaste que te mudabas al campo.

—Pensé que no te interesaría —susurra Dora en medio de la noche.

—Está bien —dice Jojo—. En eso somos parecidos. Lo respeto.

Se inclina hacia delante y, por un momento, salta del reino de la fantasía al mundo real. Dora siente una mano sobre su hombro.

—Me alegra poder hacer algo por ti.

34

El señor Proksch

Cuando el Jaguar se detiene delante de la casa de Dora, la luna ya está en lo alto del cielo. Su brillo plateado eclipsa la luz de las estrellas, ni siquiera el lucero del alba puede competir con su fulgor. Jojo sale del coche, estira la espalda y mira a su alrededor. Dora trata de imaginar cómo se ve Bracken a través de sus ojos. Un montón de casas sin carácter al lado de una carretera. Campos. Olor a estiércol. Un hombre como Jojo jamás comprenderá que a ella le guste. La única vida que él concibe es la de la ciudad. Una zona rural es sinónimo de coma o de muerte. Nadie podrá convencerle de lo contrario.

Dora abre la puerta del jardín. Laya, que gimoteaba impaciente, sale a recibirle agitando la cola. La perrita está eufórica. Después de saludar le acompaña dentro, tendiendo su cuerpo triangular sobre la hierba de vez en cuando para marcar su territorio.

Dora guarda esa imagen en su interior. La calle solitaria. La berlina resplandeciente bajo la luz de las farolas. Su padre, en pie, con las sienes plateadas, vestido con una chaqueta y unos vaqueros negros, sosteniendo la cartera en la mano, en un entorno que no tiene nada que ver con él, como si hubiera atravesado un portal que conduce a otro mundo.

Dora se acerca a él con la intención de abrazarle, pero él la saluda con el codo y sonríe irónicamente, como si no quisiera cumplir las normas, sino burlarse de ellas. Dora responde con la misma ironía:

—¡Bienvenido a Bracken! La casa de Heini, la casa de Godo y mi casa —dice señalando a su alrededor.

No se olvida de mencionar a Steffen ni de comentar que es gay, vende flores y acaba de estrenar un espectáculo de cabaré. Tiene que demostrar que en Bracken también viven personas normales, por lo menos, tal y como Jojo las concibe. Al mismo tiempo se avergüenza del tono irónico que imprime a sus palabras. Es como si estuviera traicionando a sus vecinos.

—Un sitio muy agradable —miente Jojo—. ¿Dónde está ese hombre?

Dora se dirige a la parcela de Godo, de la que ha salido con Gustav hace solo tres horas. La puerta sigue abierta. Abre una rendija y pasa con su padre.

La escena que presencian parece un cuadro de Hopper. Una silla de plástico tirada sobre el césped. Una mesa situada junto a la ventana de la caravana y una niña subida en ella. La pequeña es rubia y lleva el cabello suelto. La melena le llega por debajo de la cintura. Tiene las dos manos apoyadas en la ventana de la caravana y aprieta la cara contra el cristal para ver el interior:

—¡Papá! ¡Papá! —llama a gritos mientras golpea la ventana.

Es el sonido más triste del mundo. Dora y Jojo se quedan parados, como si un hechizo hubiera caído sobre ellos, hasta que Laya, la Raya, surge de la nada, pasa por delante como una flecha, salta sobre la mesa en la que está la muchachita y se pone a dar vueltas alrededor de ella hasta que la niña baja al suelo y la coge en brazos. Laya le da un lametón en la cara. Dora se da cuenta de que ha estado llorando.

—Esta es Franzi —dice, aunque no sabe si se lo cuenta a Jojo o a sí misma.

Se acerca a la caravana, se sube a la mesa y coloca las manos alrededor de los ojos para evitar el reflejo del cristal. La luz es escasa. Pasa un rato hasta que Dora puede distinguir algo. La caravana es más amplia de lo que ella pensaba. Está revestida de madera. Tiene una mesa con asientos, una cocina y un armario con un montón de puertas en el que hay un pequeño televisor. Todo parece limpio y ordenado. Junto a la ventana se ve una pequeña repisa con figuritas talladas en madera. Lobos, unos tumbados, otros de pie, y tres personas, una mujer, un hombre y un niño, que no están tan logrados como los animales.

En un lado de la caravana, el más corto, envuelta en las sombras, se encuentra la cama. Sobre ella, una masa oscura. Tal vez sea un montón de colchas. O un cuerpo humano.

Dora se baja de la mesa y se pone en cuclillas al lado de Franzi, que se ha sentado en la hierba, ha acercado sus labios a las orejas caídas de Laya y le susurra algo. Tiene esa voz de niña pequeña que pone cuando no quiere enfrentarse a una realidad desagradable.

—Franzi, ¿tu padre está ahí dentro?

La muchacha se encoge de hombros, sin levantar la vista.

—No lo sé. Está oscuro.

Dora lanza una mirada a Jojo, que se mantiene en un prudente segundo plano.

—Presta atención, Franzi. Tienes que hacerme un favor.

Agarra a la jovencita por los hombros y la sacude ligeramente para que le preste atención.

—Laya no ha comido nada en toda la noche. Debe de estar desfallecida. ¿Puedes llevarla a mi casa y darle de comer? Ya sabes dónde está todo.

El rostro de Franzi se ilumina. Se pone de pie de un salto y coge la llave que Dora le entrega.

—Quédate con ella y hazle compañía, ¿de acuerdo? Yo iré dentro de un momento. Tú también puedes coger algo de la nevera, si te apetece.

Franzi asiente con la cabeza y sale corriendo con los pies descalzos, golpeándose en los muslos con ambas manos para que Laya la siga. No salen a la calle, sino que se dirigen al fondo de la parcela, donde están sembradas las patatas. Franzi y Laya deben de tener una guarida en algún rincón del jardín. El huerto tiene un aspecto fantasmal con esta luz. Aunque no se ve bien, seguro que habría que regarlo.

Dora se acerca a la puerta de la caravana y trata de abrirla. Cerrada. Tenía que intentarlo. Jojo busca algo para forzarla. Al cabo de un rato regresa con unas láminas de metal oxidado que ha debido de encontrar entre unos arbustos.

Como vive en un apartamento de Savignyplatz, uno tiende a olvidar que a Jojo se le dan bien las herramientas. En el sótano de la casa de los padres de Dora había un taller. De vez en cuando hacían bricolaje juntos: zancos, casitas para pájaros, hasta una estructura para que los niños pudieran trepar por ella en el jardín. Dora sujetaba las piezas de madera en el torno de carpintero, las lijaba y se tapaba los oídos cada vez que Jojo utilizaba la taladradora. Se sentía orgullosa cuando su padre le pedía «una del dieciséis» y ella le entregaba la llave sin dudar.

Jojo coge una de las láminas y la introduce con soltura en la rendija que queda entre el marco y el pestillo. La puerta se abre de golpe y choca contra la pared. Dora y Jojo sienten un escalofrío, como si fueran ladrones. El interior de la caravana está oscuro. Escuchan. No se oye nada. Solo los grillos con su concierto nocturno. Jojo agarra su cartera.

—¿Cuál es el apellido de tu vecino?

—Proksch.

—Señor Proksch, no se asuste —dice Jojo en voz alta—. Voy a entrar a verle.

Entra en la caravana.

—¿Señor Proksch? ¿Está usted ahí? —pregunta volviéndose hacia Dora.

Da un paso más.

—¿Señor Proksch?

Suena un gruñido y, a continuación, la voz clara y nítida de Godo.

—¡Si no te largas te daré una patada en el culo!

Dora se siente aliviada. Casi se le saltan las lágrimas. Godo está vivo, no cabe duda.

—¡Lárgate!

—Señor Proksch, soy médico —dice Jojo, ignorando la amenaza.

Dora se asombra de su valor.

—Voy a hacerle un reconocimiento. ¿Puede decirme qué día es hoy?

La puerta de la caravana se cierra desde dentro. Jojo respeta la privacidad de sus pacientes. Dora se acerca al muro. Coloca de canto la caja de fruta que Godo utiliza y se sube encima. Una vez más ve su casa desde una perspectiva extraña. Hay luz en la cocina, pero no consigue localizar a Franzi. Es probable que esté agachada, dando de comer a Laya. Todo controlado. Dora salta al suelo. La caja se tambalea. Mete las manos en los bolsillos y camina de un lado a otro por el jardín de Godo. Hay que esperar. Cuando los médicos intervienen, no queda más remedio que esperar. Siente la tierra bajo sus pies con cada paso que da. La hierba, la arcilla y estratos de roca de unas dimensiones que le cuesta imaginar. Un planeta gigantesco. Es como si al caminar hiciese girar el orbe, igual que un oso de circo subido sobre una bola. La espera concentra el tiempo y termina suspendiéndolo. ¿Cuánto hace que estuvo en las desoladas oficinas de Sus-Y para recoger los restos de su antigua vida? Dora lo recuerda como si formara parte de un pasado remoto. Algo que una vez fue emocionante y que ahora carece de sentido. Ahora es ahora. Su padre está con Godo. Laya está con Franzi. Y ella camina de un lado a otro para asegurarse de que el planeta siga girando, porque, si se detuviera, todo se congelaría. Las cosas tienen que seguir siendo como han sido siempre. Dora no quiere que nada cambie. No de nuevo.

La puerta de la caravana se abre. Jojo sale con la cartera en la mano.

—Señor Proksch, recoja lo que considere imprescindible —dice formalmente.

Así es Jojo. Cuando se acerca a un paciente se transforma en el profesor Korfmacher, jefe del servicio de neurocirugía, un hombre que vive en un universo de médicos en el que no hay personas, solo casos. A Dora no le sorprendería que se dirigiera a ella hablándole de usted.

—Me llevo al señor Proksch para hacerle unas pruebas en la Charité.

El profesor Korfmacher no utiliza la palabra hospital. Prefiere hablar de la Charité. Como si, en lugar de una clínica, fuera a un misterioso lugar de culto.

—¿Ahora mismo?

—Ahora mismo. ¿Quieres venir?

Está de pie frente a ella, con la cartera de cuero en la mano. Se le nota impaciente. Godo no termina de revolver en su caravana.

—Tengo que quedarme con Franzi.

Jojo asiente con la cabeza. Le es indiferente. En el universo de los médicos tampoco hay hijas.

Tienen que darse prisa. Hay mucho que hacer. Godo aparece en la escalera con una bolsa de plástico en la mano que parece casi vacía. Mira a Jojo como si estuviera buscando un enchufe con el que se le pudiera desconectar. Jojo le indica con un gesto que se apresure y sale por la puerta. Dora le oye abrir el maletero del Jaguar. Y volver a cerrarlo. La voz de Jojo rompe el silencio de la noche.

—¡Señor Proksch!

Godo se pone en marcha. Pasa al lado de Dora. Sus ojos están vacíos. Sigue la llamada de Jojo como un perro a su amo. En el universo de los médicos, el médico jefe es el jefe. Ni siquiera alguien como Godo puede negarse a obedecer sus órdenes.

—Yo me ocupo de cerrar —dice Dora—. Y cuidaré de Franzi.

No sabe si Godo la habrá entendido, pero, desde luego, no lo demuestra. Desaparece por la puerta. El Jaguar arranca. Dos puertas se cierran. Le bastan dos maniobras para hacer un cambio de sentido. Acelera y emprende el viaje a Berlín. El ruido del motor se escucha durante un rato hasta que su eco se extingue al entrar en la carretera.

Godo se ha marchado. Han venido a recogerlo como Steffen predijo. Aunque Jojo no conduce precisamente un camión de la basura ni se lo lleva al vertedero. Aunque puede que acabe en un lugar peor. Dora sabe por experiencia que, en el universo de los médicos, conviene rezar para que no te lleven a ninguna parte.

35

Cáncer

Suena el teléfono. Dora necesita un momento para orientarse. Se encuentra en la cama. Está oscuro. Alarga la mano y toca un cuerpo que no es el suyo ni el de Laya. Brazos, piernas, cabello largo. Franzi. Dora recuerda que encontró a la muchacha durmiendo con Laya en sus brazos y que también ella se quedó dormida rápidamente, aunque no suele gustarle compartir habitación. Se apresura a coger la llamada antes de que el ruido despierte a Franzi.

—Espera un momento, Jojo.

Se pone unos vaqueros y una camiseta, y sale por la puerta. El horizonte comienza a iluminarse por el este. Los pájaros cantan con pasión, como si colaborasen en el nacimiento del nuevo día. En el cielo brillan aún algunas estrellas. Será un día despejado, sin nubes. Se acabó el mal tiempo. Las hortensias necesitan agua. Por no hablar de las patatas. Dora va a tener trabajo. No solo con las patatas. Con todo.

—Dime.

Sujeta el móvil entre el hombro y el oído, y saca los cigarrillos del bolsillo del pantalón. Si sigue así, terminará convirtiéndose en una fumadora compulsiva. Pero ahora mismo lo que menos le preocupa es su adicción a la nicotina. La necesita para encajar la noticia que están a punto de darle.

El violín de Jachaturián suena al fondo. Jojo debe de ir conduciendo. Habrá madrugado y ya está de camino a Münster, donde dentro de tres horas dará una clase, asistirá a una reunión o entrará en un quirófano para realizar una operación urgente. Dora se pregunta si habrá dormido algo esta noche. Lo duda. Tal vez ni siquiera haya pasado por su apartamento. Habrá salido de la Charité y habrá tomado directamente la autovía.

—¿Me escuchas?

Utiliza un tono formal, pero ya no está en el universo de los médicos. De hecho, parece de muy buen humor. Es asombroso de lo que un hombre es capaz cuando cree en lo que hace.

—Perfectamente. ¿Qué ha pasado?

—Eso me pregunto yo —Jojo se echa a reír—. Durante el viaje tu amigo no dijo ni una palabra.

—No es mi amigo.

—Le hice algunas pruebas. El hospital estaba tranquilo. Últimamente siempre lo está.

Jojo lo ha comentado en varias ocasiones. El confinamiento ha vaciado las urgencias. El cuarenta por ciento de las camas están libres porque las consultas y las intervenciones quirúrgicas se han aplazado. «Puede que estemos salvando a quienes enferman por el coronavirus», suele decir, «pero quienes estén en riesgo de sufrir un infarto o un accidente cerebrovascular van a caer como moscas».

—Teníamos todos los aparatos para nosotros.

Jojo le da un trago a alguna bebida. Seguramente haya pedido un café largo en una gasolinera.

—Y ya sabes que mi equipo siempre está disponible. Aunque sea en medio de la noche. Basta una llamada de teléfono y la maquinaria se pone en marcha.

Es uno de los temas favoritos de Jojo. Ha conseguido formar un equipo fuerte, comprometido, en el que cada cual cumple con su deber. Un mecanismo humano bien engrasado. Todos esperan las órdenes de Jojo, su general, desde los oficiales hasta la tropa que vacía las cuñas y limpia los pasillos. Incluso a las tres de la madrugada.

—La doctora Bindumaalini insistió en ocuparse del caso personalmente. Es mi mejor radióloga. Una gurú de la TRM. Por desgracia, en cuanto tu amigo la vio, armó un escándalo.

—No es mi...

—Se puso a insultar a la doctora Bindumaalini. Dijo que no estaba dispuesto a que le atendiese una «paki» y pidió que la deportaran.

—¡Oh, Dios mío!

Dora se avergüenza de Godo. Jojo se ríe de buena gana. Disfruta chinchándola, así que le ofrece más detalles.

—La doctora Bindumaalini le explicó en qué consistían las pruebas que pretendía realizar y él respondió que no se le ocurriese tocarlo. Necesitamos cuatro celadores para sujetarlo. Tu amigo tiene fuerza, eso hay que reconocerlo.

Las pullas de Jojo son el precio que debe pagar por haberle hecho pasar la noche en vela. Consentir que le tome el pelo es lo menos que puede hacer. Deja escapar un suspiro y escucha el resto de la historia.

—Cuando derribó el perchero, la doctora Bindumaalini decidió retirarse y fue a buscar a la enfermera rubia de Rayos. Nada más verla se tranquilizó.

—¡Oh... Dios... mío...!

—Para poder realizar el escáner tuvimos que administrarle un sedante. No se habría quedado quieto dentro del tubo.

Dora sabe que, por violenta que resulte, esta será la parte más agradable de la conversación. Decide encender otro cigarrillo.

—¿Y?

—Lo llevamos a una habitación para que durmiera. Yo tenía que marcharme. Me esperan en Münster a las nueve. La doctora Bindumaalini acaba de llamarme.

—¿Y?

—Tu amigo se niega a hablar con ella.

Cada vez que Jojo dice «amigo», es como si apartase a Dora de Godo. Un amigo no es una persona como tal, es más bien una relación. Dora empieza a sospechar que Jojo no quiere tomarle el pelo. En lo más profundo de su pecho de médico late un corazón que prefiere que Dora vea a su paciente como un amigo y no como un ser humano.

—¿Qué te parece? ¡Se ha negado a hablar con ella!

—La doctora Bindumaalini no ha logrado comunicarle los resultados de las pruebas. Se tapó los oídos y pedía a gritos que le dejaran en paz. No quería saber nada.

—¡Qué grosero!

—El caso es que un paciente tiene derecho a conocer su situación clínica, pero también debemos respetar que no quiera ser informado acerca de ella. Si él no coopera, nosotros no podemos hacer nada. Hay que aceptar su decisión.

—¿Y?

—Ahora está durmiendo como un bebé. En cuanto la doctora Bindumaalini salió de su habitación, dejó de gritar y se puso a planchar la oreja. ¿Qué te parece?

—¿Y?

—Existe otro problema. Parece que tu amigo no tiene seguro médico.

La noticia desconcierta a Dora, pero Jojo sigue hablando.

—No te preocupes por la asistencia que le hemos prestado esta noche, podemos arreglarlo internamente. Pero, en el futuro, el señor Proksch no va a poder recibir cuidados médicos.

—¿Qué significa eso exactamente?

—Puede que nada en absoluto, porque las terapias de las que disponemos tampoco resolverían su problema.

—¡Por Dios, Jojo! —Dora no aguanta más—. ¡Dime de una vez qué habéis visto en la maldita tomografía!

—La TRM no es ninguna maldición, al contrario, es una bendición —Jojo reprime un bostezo—. Por otra parte, tengo que respetar la confidencialidad de la relación médico-paciente. Me obliga el deber de sigilo.

Vuelve a tomar un trago. Dora se imagina un café con leche de tamaño gigante en un vaso de cartón.

—En realidad, no debería informarte de nada.

En realidad, Dora no quiere que la informen. En realidad, todo aquello ha sido una pésima idea. ¿Cómo se le ha ocurrido meter a Jojo en este asunto? Godo no es tan importante para ella. Si él no quiere saber nada; ella, mucho menos. Debería poner fin a la conversación, meterse de nuevo en la cama y olvidarlo todo. «Lo siento, fue un error, una tontería. Nos vemos».

—Muy bien, Jojo, muchas gracias por todo y...

Él la interrumpe inmediatamente.

—Por otra parte, también debo cumplir con el juramento hipocrático. Y para ello, en algunas ocasiones, no conviene ser tan estricto con las normas.

—Me parece que en esta situación deberíamos atenernos estrictamente a las normas —dice Dora—. Es un asunto demasiado complejo.

—Tu amigo va a necesitar apoyo.

—¡No es mi amigo! —Dora eleva el tono de voz, a punto ya de gritar—. Es mi vecino. Pretendía ayudarle. Pero, si no quiere ayuda, me parece perfecto. Ningún problema.

—Me temo que esto no funciona así —Jojo también ha elevado la voz—. No has subido a un tren del que te puedas bajar en marcha. Fuiste tú la que me llamaste. Ahora estás dentro. Voy a hacer mi trabajo lo mejor que pueda, ¿entendido? Dora lo ha entendido desde que era una niña. De hecho, Jojo se ha quedado corto. Debería haber completado la frase: «lo mejor que pueda... y cueste lo que cueste». Guarda silencio. No tiene fuerzas para pelear con él. No a las seis de la mañana, y menos aún después de una noche como la que ha pasado.

—Te facilitaré la información que necesitas, recetas e instrucciones para el tratamiento. El resto es cosa tuya. ¿Está claro?

Ella asiente con la cabeza, aunque él no la pueda ver. Ya sabe lo que le va a decir ahora. Una de esas palabras. Siempre ha odiado esas palabras. Uno puede contagiarse con una sola palabra. Las palabras que nombran enfermedades son agentes patógenos. Y en casa de sus padres proliferaban como en ninguna otra parte. Glioma, blastoma, carcinoma, astrocitoma. Se adherían a las paredes, se escondían en los rincones. Por eso murió su madre. Tumor neuroendocrino. Otra de esas palabras. Palabras que te arrancan lo que más quieres. Palabras que no se deberían utilizar. Ni pronunciar, ni siquiera pensar. Y tampoco oír. Dora entiende que Godo se tapara los oídos. A ella le gustaría hacer lo mismo.

—El escáner cerebral revela que el señor Proksch ha desarrollado un tumor.

No es una buena idea encender un tercer cigarrillo antes del desayuno, pero seguramente se justifique por las circunstancias.

—Todo indica que se trata de un glioblastoma.

Glioblastoma es la palabra que encarna el mal en estado puro. Un oscuro señor de la guerra al que ni siquiera Jojo y su ejército pueden enfrentarse. Es el Darth Vader de la medicina. Suele actuar acompañado por tres esbirros que se hacen llamar «inoperable», «incurable» y «paliativo». Dora decide afrontar la realidad. Sabe que nada puede interponerse en el camino de Darth Vader.

—¿Cuánto tiempo le queda?

—El pronóstico no es favorable, por supuesto, pero... —no es habitual que Jojo deje una frase a medias y no comprende por qué lo hace ahora—. El señor Proksch presenta una alteración sistémica. Sabes lo que eso significa.

—Quiero saber cuánto tiempo le queda.

—Un par de meses, a lo sumo.

Dora se pregunta si su padre dijo lo mismo en el caso de su madre, cuando su mundo se vino abajo. ¿Utilizó esa misma expresión, «a lo sumo», después de «neuroendocrino»? Dora aparta esa idea de su mente. En su interior se abre un abismo tan profundo que ni siquiera las burbujas logran ascender a la superficie. ¿Puede uno precipitarse dentro de sí mismo y desaparecer? ¿Qué quedaría luego? ¿Un agujero negro?

—¿Qué cabe hacer a partir de ahora?

Dora intenta abordar el problema de un modo práctico. Jojo colabora con ella. En esta situación tan dramática está llamada a convertirse en la portadora del elixir.

—Cuando el señor Proksch despierte, le enviaremos a casa en una ambulancia, pero antes le administraremos una primera dosis de esteroides y un analgésico para el dolor.

Dora asiente con la cabeza, aunque solo sea para sí. Suena razonable. Es un plan.

—Todos los documentos, el informe médico, las recetas, las pautas de administración de los fármacos, te los enviaré por correo a tu dirección. Debe seguir las indicaciones al pie de la letra.

—¿Informo a su mujer? ¿Y qué pasa con...?

Iba a decir «Franzi», pero no logra pronunciar su nombre.

—Eso es decisión tuya —dice Jojo—. Pero ten en cuenta que he incumplido mi deber de sigilo.

Dora lo comprende. Oficialmente no sabe nada. Es una manera de protegerse. No solo a Jojo, sino también a sí misma. Tendrá que actuar en la sombra.

—Es muy importante que no siga conduciendo. ¿Me oyes, Dora? No puede volver a ponerse al volante. Sería un peligro para sí mismo y también para los demás.

—¿Y cómo voy a impedírselo? ¿Me lo quieres decir? —ha perdido los nervios y está gritando—. ¿Acaso soy su tutora legal? ¡Maldita sea, Jojo! ¡Apenas lo conozco! ¿Qué puedo hacer?

—Lo primero de todo, tomarte un café —Jojo aprovecha para tomarse un trago del suyo, mientras Jachaturián se dispone a rematar su interpretación—. Me pediste ayuda. Eso tiene que significar algo. No puedo decirte qué. Tendrás que averiguarlo tú —el público aplaude al solista y a la orquesta—. Mucha suerte, cariño. Llámame si tienes alguna duda. Tengo que coger la A2.

En cuanto Jojo cuelga, Dora abre el navegador de su móvil y busca un canal de YouTube. LUPA. Reproduce el primer vídeo. Aparece Krisse. Tal vez, los documentos de los que ha hablado Jojo se los tuvieran que enviar a él. Con saludos de la justicia poética. El corte que buscaba se encuentra en el minuto 3:42. «La transferencia de población es el cáncer de nuestra sociedad y lo vamos a extirpar». Lo reproduce una y otra vez. Cáncer, extirpar. Cáncer, extirpar. Al final tiene que reírse y, una vez que ha empezado, no puede parar. Se ríe hasta que le duele la tripa. No es más que una reacción histérica. Luego entra en la cocina y se prepara el café más cargado de la historia.

36

Patatas tempranas

—¿Las podemos cosechar ya?

En lugar de responderle, Franzi se encoge de hombros.

Dora suspira. Está en el campo de patatas de Godo. Se quita el barro de las manos con la manguera del jardín y luego se lava la cara. El agua está fría. Dora suda por el esfuerzo. En las últimas horas ha trabajado como una loca. Ha barrido el suelo de su casa, ha hecho la colada y ha limpiado la cocina. Luego ha regado las hortensias y el huerto. Ha retirado las malas hierbas y ha arrancado las ortigas antes de que siguieran ganando terreno. Franzi ha madrugado. La jovencita no se aparta de su lado, la sigue a todas partes como si fuera su sombra. Quiere ayudar y se cruza continuamente en su camino.

—¿Cuándo vuelve papá?

—Pronto.

La pregunta se repite una y otra vez.

Para mantenerla ocupada durante un rato, la envió a ordenar su habitación aprovechando que Godo no está en la casa. La pequeña regresó veinte minutos más tarde. Dora no tuvo más remedio que acompañarla, subir con ella por la escalera cubierta de polvo y alabar sus progresos. Ya que estaba allí, aprovechó para hacer la cama, ventilar, limpiar los cristales, barrer el suelo y decorar las paredes con algunos dibujos de la niña. Cuando acabó, la habitación parecía otra. Franzi se colgó de su brazo y no paraba de gritar «¡gracias, gracias!». Por desgracia, la limpieza de la habitación aumentó la dependencia de la niña. Dora se topaba con ella o con Laya a cada paso que daba. Así que decidió enviarlas a ambas a buscar flores al campo para hacer un ramo con el que recibir a Godo. Mientras cumplían su encargo, ella se puso a registrar la caravana. Se sentía mal, pero apretó los dientes y siguió buscando. Gracias a Dios no tardó en dar con las llaves del coche. Tenía dos juegos. Unas estaban colgadas en un gancho, al lado de la puerta, y las otras estaban guardadas en el cajón de la mesa. Encontró otro manojo en el que reconoció la llave de la puerta de su propia casa. Aún le sobró tiempo para sacudir la colcha, limpiar el polvo y echar un vistazo al frigorífico, que estaba prácticamente vacío. Abandonó la caravana aliviada y empezó a regar las patatas de Godo, que tenían tanta necesidad como las suyas. Dora ha leído en Internet que las patatas tempranas se cosechan cuando la planta todavía está verde, unos sesenta días después de la siembra. Se para un momento a calcular. Cuando se mudó a Bracken Godo ya había sembrado las patatas. Como el invierno ha sido suave, puede que lo hiciera a principios de marzo.

El agua le refresca la frente y las palmas de las manos. Es una sensación estupenda. Franzi ha regresado con un gran ramo de trébol, diente de león, verónica y berros amargos, y lo ha dejado sobre la mesa de la caravana. También ella quiere refrescarse. Dora dirige la manguera hacia la muchachita, que se lava las manos, los brazos y la cara. Dora respira hondo. Tiene las llaves de Godo en el bolsillo del pantalón. Y eso la tranquiliza.

Cuando mira a su alrededor, tiene que admitir que no ha cambiado nada. Es un viernes cualquiera de principios de mayo. Ya pueden decir que están en primavera. Por las noches refresca, pero por el día hace verdadero calor. Los frutales del jardín de Dora han empezado a florecer. Es como si estuvieran cubiertos de copos de algodón. Ya ha visto unas cuantas abejas. Y eso que se han extinguido. Todo es como debe ser. Salvo por un detalle. Godo tiene un tumor. Suena mejor que glioblastoma. Darth Vader sigue ahí, pero se ha disfrazado y se oculta tras la primavera. Dora se aferra a esta palabra y lucha de la mañana a la noche por recuperar el control mientras el mundo ignora la batalla que está librando. Siente el peso de las llaves que guarda en el bolsillo, el cielo es azul y el ruido de los tractores rodea el pueblo. Todo lo que tiene alas y canta llena el aire con sus trinos. Un gato de pelaje anaranjado se pasea por encima del muro mirando con desprecio a los que lo observan desde abajo. «Vuestra especie es lamentable», dice su mirada.

En efecto, Dora tiene un aspecto lamentable. Sigue llevando la camiseta con la que ha dormido. Laya ha vuelto a excavar en el campo de patatas y está de barro hasta el cuello. Franzi no se ha lavado bien y solo ha conseguido extender la suciedad por la cara y los brazos. El gato se tiende sobre el muro y empieza a limpiar su pata derecha a lametones, ignorando a los dos colirrojos que protestan ruidosamente para apartarlo de su nido.

—¿Cuándo vuelve papá?

—Pronto.

Dora introduce la mano izquierda en el bolsillo y agarra con fuerza las llaves.

—¿Por qué está en el hospital?

—Ya te lo he dicho. Tenían que hacerle unas pruebas.

—¿Por sus dolores de cabeza?

—Exacto.

—¿Pero no tiene nada malo?

Dora se marcha a cortar el agua.

—Podrías enseñarme a cosechar las patatas —propone a la niña.

—¡Claro que sí!

Franzi sale corriendo y regresa al momento con una herramienta que se asemeja a la garra de una rapaz. A Dora le preocupa que Godo los aplaste a los tres de un pisotón si se ponen a trabajar en su campo. Pero tampoco importaría. Ya están aplastados. Franzi remueve la tierra con la garra. Las raíces de la planta se desprenden del suelo. Agarra el tallo y tira con fuerza. Lo que sostiene en su mano se parece a un nido de *aliens*. Huevos manchados de tierra unidos por una maraña de venas blancas. Le provocan cierta repulsión. Franzi arranca los huevos, los limpia con las manos y los deja sobre la hierba. Dora se prohíbe pensar en los glioblastomas.

—Todavía son demasiado pequeñas —dice Franzi.

—Pero se pueden comer —replica Dora.

—¡Papá, papá!

Dora no ha oído ni el zumbido del motor ni el ruido del portón al abrirse. Pero ahí está. Avanza dando largas zancadas, con la bolsa de plástico en la mano. Su silueta refulge a la luz del sol, como si la hubieran recortado por los bordes. Dora sale corriendo a su encuentro.

—¡Godo!

Él ni siquiera se digna a mirarla. Ahuyenta a Laya amagando una patada, aparta a Franzi, a pesar de que la niña trata de abrazarse a sus piernas, y se dirige directamente a la caravana. Abre la puerta y desaparece dentro. El pestillo se cierra con un chasquido. La puerta se abre de nuevo y el frasco con el ramo de flores de bienvenida sale volando, describe un amplio arco y va a aterrizar sobre la hierba. Laya ladra, el gato que está sobre el muro bosteza, Franzi rompe a llorar.

«¡Qué cabrón!», piensa Dora. «¡Anda, muérete ya! Cuanto antes mejor. Libera a este mundo de tu existencia. Sería lo mejor para todos y, además, una medida de higiene política».

Habría podido seguir maldiciéndolo, pero debe concentrarse en Franzi, que solloza abrazada a ella. Dora trata de calmarla, le explica que su padre se encuentra algo nervioso y prefiere estar solo, apartado de los demás... Podría haberse ido a la Estación Espacial Internacional, con Alexander Gerst.

Después de comer, Dora anuncia que Laya, la Raya, debe salir a dar un paseo. Busca la correa y envía a la niña con la perrita al bosque. Dora necesita libertad de movimiento. Esconde las llaves del coche en el macetero de la palmera. Recibe a un mensajero de UPS que trae un grueso sobre cuyo remitente es la Charité de Berlín. Lee con atención los documentos y consulta algunas páginas de Internet para aclarar sus dudas, información que habría preferido no conocer. Vacía el contenido de un organizador de tornillos y escribe los nombres de los días de la semana en los cajetines que han quedado libres. Llama a la farmacia del Elbe-Center y hace un pedido. Como está nerviosa y aún le sobra energía, elabora una lista de la compra y limpia el frigorífico. Luego empieza a preocuparse, porque Franzi y Laya no han regresado del bosque.

Una mosca choca una y otra vez contra la ventana de la cocina y se queda zumbando junto al cristal. Dora se sienta a la mesa. Lo tiene claro. No merece la pena seguir viviendo. ¿De qué sirve todo esto? Estrellarse una y otra vez contra el cristal, con un torbellino de burbujas en el estómago. Le gustaría cambiarse por Godo. Entonces sería él quien tendría que ir a hacer la compra mientras ella espera a que llegue el fin.

Dora retoma la afición que ha desarrollado en los últimos tiempos cuando no sabe qué hacer: va al muro, se sube en la silla de jardín y mira al otro lado. Quiere comprobar si Franzi y Laya han regresado ya. Entonces ve a Godo sentado delante de la caravana y pega un salto literalmente. Está fumando, mientras observa como sus dedos tamborilean sobre la mesa a un ritmo lento. Ha perdido su fulgor. Ahora tiene el mismo aspecto de siempre.

—¡Godo!

Él levanta la cabeza al instante, como si hubiera estado esperando a oír la voz de ella. Se acerca al muro y se sube sobre la caja de fruta.

—¡Hola! —dice él—. ¿Qué tal?

—Bien —responde Dora con voz vacilante—. ¿Y tú?

—Bien.

Se miran. Sus cabezas están a la misma altura. Él sobre su caja y ella sobre su silla. Una pared de carambucos entre ambos. Godo inclina ligeramente la parte superior del cuerpo sobre el muro. Sus rostros están muy cerca el uno del otro.

—Mi padre te ha extendido unas cuantas recetas.

—Para mis dolores de cabeza.

—Tienes que tomarte las pastillas.

—Lo haré.

Dora le mira fijamente, como si quisiera ver lo que hay dentro de su cabeza. Hasta ahora no se había dado cuenta de que tiene los ojos verdes, con pestañas claras. Hoy están algo amarillentos, atravesados por venitas rojas. Los lagrimales parecen inflamados. No son unos ojos hermosos. Pero son tan sinceros que a Dora se le estremece el corazón. Ahí dentro, en algún lugar, está creciendo algo. Como una patata temprana. Se pregunta si Godo es consciente de ello. Examina sus ojos buscando el miedo. ¿Cómo puede ser que una cabeza no sepa lo que ocurre dentro de ella? Es posible que haya diferentes formas de saber. De hecho, el saber y el no saber pueden coexistir uno al lado del otro sin cruzarse en ningún momento.

—Tengo que decirte algo, Godo.

—Has cogido las llaves.

No es ningún tonto, desde luego.

—Mi padre dice que no puedes conducir.

—¡Debe de ser fantástico tener un padre así!

Observa la expresión de su cara; no hay ni rastro de ironía.

—No —replica ella—. La verdad es que no. A veces preferiría haber tenido un padre que hiciera algo normal. Un albañil, un carpintero o un mecánico de coches.

—Yo soy carpintero.

Dora levanta las cejas sorprendida.

—¿Trabajas la madera?

—Sí, la madera —responde riéndose—. Yo pensaba que en la ciudad vivían los listos. Pero tú debes de ser la excepción.

—Puede que por eso me haya venido aquí —Dora esboza una sonrisa irónica—. ¿Y sigues trabajando de carpintero?

—Tuve que dejarlo hace tiempo.

—¿Por qué?

Se encoge de hombros.

—Caía enfermo con demasiada frecuencia.

—¿Cobras algún subsidio?

—No he llegado a ese punto.

—¿A qué te refieres?

—A nadie le gusta que le traten como si fuera un inútil.

Dora se pregunta cómo se sentiría ella si tuviera que solicitar un subsidio. Pero eso ahora da igual. Se alegra de que Godo no esté enfadado con ella. No le guarda rencor por haberle puesto en manos de Jojo. Puede que incluso le esté agradecido. A su manera, desde luego.

—¿Y de qué vives?

—Siempre sale algo. No necesito demasiado para vivir.

Es la primera vez que hablan en serio sobre algo. Godo huele distinto. Debe de haberse duchado en el hospital. Lleva una camiseta que no le había visto hasta ahora, de color azul marino y menos desgastada. Sobre el pecho se puede leer *Criminal Worldwide*. Dora decide que no es el momento adecuado para reírse de ello. Tiene que tocar un tema difícil.

—Escucha, Godo. Necesito tu coche.

—¿Para qué?

—Para ir a comprar. A la ferretería, a la farmacia. Tú no puedes conducir. Si necesitas ir a alguna parte, yo te llevo.

—¿Es que ahora eres mi mamá?

—Soy tu vecina y quiero ayudarte. Tú también lo has hecho.

—Eso era distinto.

—¿Porque soy una mujer?

—El coche es mío.

—No puedes conducir, Godo.

—Si coges mi *pick-up*, te abro la cabeza.

¡Fantástico! Godo levanta una mano. Es enorme. Dora también tiene las manos grandes, pero las de Godo se parecen más a las de un muñeco de acción que a las de una persona. Pasa su brazo por encima del muro, pero en lugar de darle una bofetada, le acaricia el cabello torpemente.

—Ya verás.

Se baja de la caja de fruta y se aleja.

Un poco más tarde, Dora mira de nuevo al otro lado del muro. Esperaba encontrar el jardín desierto, la caravana cerrada a cal y canto, y a Godo encerrado en su caverna como un animal herido. En lugar de ello, está sentado en la mesa, derecho y con buen aspecto. Charla animadamente con Franzi mientras reparte unas patatas cocidas en dos platos. Padre e hija comen juntos, pasándose la sal y la mayonesa el uno al otro. Entre ambos hay un ramo de flores dentro de un tarro de cristal.

37

Unicornio

Son las siete de la mañana. Dora está segura de que Godo sigue durmiendo. Abre la puerta con cuidado y reprime una maldición cuando las bisagras chirrían. Ahí está el coche. Tiene un faro roto y le falta la matrícula delantera. Son las consecuencias de haber acabado en la cuneta. Pero no tiene tiempo de ocuparse de eso. Deja que Laya salte sobre el asiento del copiloto y enciende el motor. Ahora ya no hay que ser silencioso, sino rápido. El motor arranca con estrépito. Marcha atrás. Dora abandona la parcela y sale a la calle. Se siente como una ladrona antes de ser descubierta. Piensa que en cualquier momento oirá la voz airada de Godo. Acelera mientras mira por el espejo retrovisor para comprobar que no viene corriendo detrás de ella por el arcén, como en un *spot* de BUENISTA.

Después de recorrer unos cuantos kilómetros y dejar atrás Bracken, su corazón se tranquiliza. Modera la velocidad, abre la ventanilla y disfruta del aroma del bosque que trae la brisa. Una pequeña mujer en un gran coche. Bonnie y Clyde en una sola persona. ¿Qué diría Robert si la viera subida en este trasto del demonio? «¡Cómo has cambiado, Dora!».

El aparcamiento del Elbe-Center está casi vacío. Aún falta media hora para que los comercios abran. Dora aprovecha para ir a la panadería, pide un café y un cruasán, y se sienta a desayunar en la zona de carga del vehículo, con las piernas cruzadas. Un pícnic en el *pick-up*. En Kreuzberg, todo el mundo se la quedaría mirando. Aquí nadie le presta atención. El hombre de la camioneta del pollo, que sostiene un cigarrillo entre sus labios, acaba de encender la parrilla, pero ni siquiera se ha fijado en ella.

Dora se imagina con un nuevo aspecto, en consonancia con el *pick-up*. Un flequillo y reflejos rubios en lugar de una coleta castaña. Botas, un paquete de cigarrillos sin precinto ni marca fiscal y una camiseta Thor Steinar, como las que llevan los neonazis. En lugar de un cruasán estaría tomándose un bocadillo.

Sería una liberación. Olvidarse de todo y dejarse llevar. Hace años que a Dora le preocupa la democracia en general y Europa en particular. Ha tenido que soportar a personajes como Farage, Kaczyński, Strache, Höcke, Le Pen, Orbán y Salvini. Ha sido testigo de la exitosa campaña de Alternativa para Alemania. Ningún medio se atreve a vulnerar la *political correctness*, pero, al mismo tiempo, permiten que los columnistas y los tertulianos jueguen con los límites de la libertad de expresión. Ha empezado a preguntarse qué votan las personas que la rodean, qué ocurre en las cámaras secretas de sus cerebros mientras recogen a sus hijos o van en coche a comprar. Está claro que todos tienen miedo. Es así como se justifican. Unos están preocupados por la extranjerización; otros, por el cambio climático. Unos están alarmados por la pandemia; otros, por la dictadura sanitaria. Dora teme que el miedo acabe con la democracia. Y, como el resto, cree que los demás se han vuelto locos.

Vive bajo una tensión insoportable. Sería más sencillo tomar partido y ponerse de un lado o de otro. Con Robert no funcionó. Tal vez lo tendría más fácil en el bando contrario. Se pondría una sudadera Thor Steinar y echaría pestes de Europa. Así todo encajaría, todo tendría un sentido. Godo no sería un vecino más, Alternativa para Alemania se convertiría en un partido con un discurso político alternativo y la música de Frei.Wild no le parecería tan espantosa. Adiós, pensamiento crítico. Bienvenido, pensamiento único. Seguro que los nazis no sufren de insomnio y tampoco sienten un cosquilleo en el estómago. Y está claro que no les preocupa tener las manos demasiado grandes.

Cuando era una niña, Dora se echaba de vez en cuando sobre la alfombra de la sala de estar. Imaginaba que su espalda se apoyaba sobre el techo de la habitación y que lo que tenía delante era el suelo. La lámpara se alzaba en el centro de la estancia como si fuera una escultura. Las ventanas comenzaban a pocos centímetros del piso y los tiradores quedaban a una altura considerable. Si hubiera querido pasar por la puerta, habría tenido que dar un salto por encima del umbral. Dora disfrutaba creando un espacio ficticio donde los muebles estaban cabeza abajo. Aún recuerda lo fácil que era transformarlo todo en su cabeza. Un pequeño esfuerzo y la realidad obedecía a unas leyes completamente distintas. Todo era cuestión de perspectiva.

Tal vez vendan prendas Thor Steinar en el supermercado.

Una hora más tarde regresa al coche empujando el carro de la compra. No trae ninguna sudadera nueva, pero sí unas cuantas bolsas de papel llenas a rebosar. Es muy cómodo colocarlas en la bandeja del coche, sin preocuparse de más, en lugar de tener que arrastrarlas hasta la parada del autobús. Prefiere no pensar en lo que ha tenido que pagar en la farmacia. Como Godo no dispone de seguro médico, el sistema público de salud no cubre los medicamentos que Jojo le ha prescrito.

El desembolso que Dora ha realizado hace saltar por los aires todas sus previsiones. No sabe cuánto tiempo le durará el poco dinero que le queda.

Mientras regresa a Bracken, su corazón empieza a latir más rápido. Le gustaría seguir con su escapada, pero eso no resolvería el problema, solo lo aplazaría. No cree que Godo se enfade con ella por haber cogido el *pick-up* sin su permiso, pero tampoco debería descartar que la saque a rastras de la cabina, la tire al suelo y la patee. No se le ha olvidado lo que pasó con la doctora Bindumaalini. Está claro que pierde los nervios con facilidad. Steffen se lo ha advertido en más de una ocasión, aunque debe admitir que Godo siempre se ha portado bien con ella.

Cuando ve el letrero de la localidad, levanta el pie del acelerador. Sobre la casa de Godo se alza el brazo amarillo de una pala mecánica. El vehículo está dando marcha atrás. Dora se detiene, pone las luces de emergencia y espera a que complete la maniobra. El monstruo consigue salir a la calle, da las gracias con un cambio de luces y pasa a su lado a una velocidad sorprendente. Aprovecha que la puerta ha quedado abierta para hacer un giro rápido y entrar en la parcela.

Al lado de la casa se ve un rectángulo marrón, el espacio donde Godo aparca el *pick-up*. Es como si hubieran retirado un cuadro de la pared. Dora procura que el vehículo quede justo en el mismo sitio y apaga el motor. Laya, la Raya, salta desde el asiento del copiloto a su regazo y luego atraviesa la ventanilla del conductor para lanzarse sobre Franzi, que está sentada sobre la hierba, al lado de la mesa, concentrada en algo. A Dora le asombra lo ágil que puede ser la perrita cuando se lo propone.

Permanece un rato al volante, como si estuviera consultando algo en su teléfono móvil, sin decidirse a bajar. Es como una niña que ha obtenido malas notas y teme el momento de llegar a casa.

Nadie parece prestarle atención. Godo está en medio del jardín, junto a un tronco enorme. Es evidente que acaba de traerlo la pala. Se coloca frente a él y lo contempla satisfecho. Luego da una vuelta alrededor para examinarlo desde todos los ángulos. Se nota que está de buen humor, porque silba una melodía. No es el *Horst-Wessel-Lied*, sino una canción infantil que Dora ha escuchado alguna vez en la radio: *Soy un unicornio desde que nací.* Es de lo más pegadiza. Se apea y se acerca a él. Contemplan juntos el tronco de madera como si se tratase de una obra de arte. Algo que, en cierto modo, es verdad.

—Magnífico, ¿no te parece? —pregunta Godo.

—Impresionante —asiente Dora.

El tronco tiene dos metros de altura y es tan ancho que ni siquiera un gigante como Godo podría abarcarlo con los brazos. La corteza tiene un tono gris verdoso y es suave como la piel. La superficie del corte es de color amarillo y desprende un intenso aroma. Se aprecian perfectamente los anillos que se han ido formando año tras año. Seguro que el árbol tiene más de un siglo.

—Arce —dice Godo—. Es lo mejor para tallar.

Dora siente un escalofrío pensando que, poco después de la Primera Guerra Mundial, un campesino plantó un arbolito detrás de su casa, tal vez porque su mujer había dado a luz un hijo o porque la guerra había acabado y esperaba que las cosas le fueran mejor. El arce fue creciendo. Su tronco fue ensanchándose. Entonces estalló la Segunda Guerra Mundial. El hijo del campesino se negó a ir al frente y fue fusilado. El resto de la familia huyó al oeste después de que Berlín capitulase. El padre decidió quedarse, pero los socialistas le expropiaron sus bienes y se ahorcó. El arce continuó creciendo. Vivió la época de la RDA. El jardín fue asilvestrándose y la casa amenazaba ruina. Cuando se produjo la caída del Muro, había alcanzado una altura de veinte metros. Rozaba el cielo. Un ejército de abejas zumbaba alrededor de su copa. Cada otoño, las hélices que contenían sus semillas caían girando al suelo. Tuvo una descendencia inmensa. Sus retoños se repartían por toda la parcela. El fragor de sus hojas movidas por el viento saludó a los nuevos propietarios de la casa, que adquirieron la propiedad solo por él. Su figura confería un aspecto soberbio a una finca en decadencia. No se tomó a mal que arrancasen la maleza que cubría el jardín y, con ella, a su prole. Había llegado la era del turbocapitalismo global. Un nuevo sistema. Ya había sobrevivido a los nazis y al socialismo.

Lo que acabó con él fue la obsesión del siglo XXI por la seguridad y la eficiencia. Un arquitecto, que además era paisajista, habló con el dueño de la casa. Algún día, las raíces del árbol afectarían a los cimientos. Recoger las hojas en otoño daría mucho trabajo. Y, si una tormenta rompía una rama, podría matar a alguien. El hombre solicitó un permiso. Su mujer rompió a llorar cuando talaron el árbol.

—Lo he conseguido a muy buen precio —dice Godo—. Hay que tener contactos.

Dora ha traído dos cajas de medicamentos. Cortisona y un analgésico para los dolores. Saca las pastillas del blíster. Godo extiende la mano y ella las deposita sobre su palma. Se las mete en la boca y se las traga sin agua. Es como si no hubieran hecho otra cosa durante toda su vida.

—¡Cuidado con eso, no te cortes!

Dora descubre lo que ocupaba a Franzi. Sobre el suelo hay una bolsa de piel con diferentes herramientas. Cuchillos de todos los tamaños para tallar madera, cinceles, incluso hachas.

—Siempre he querido hacer la pareja —dice Godo.

La mirada de Dora se topa con la escultura de madera que está junto a la escalera de la caravana. El lobo la observa atentamente.

—Yo también quiero tallar algo —dice Franzi.

—Tranquila. Cuando empiece a trabajar, habrá trozos de madera por todas partes.

Godo se acerca a su casa y entra con toda naturalidad, como si nunca hubiera supuesto un problema para él. Luego regresa con una motosierra que sostiene con una sola mano, como si fuera un juguete. Dora le oye cantar: «Soy un arce desde que nací». Le cuesta aguantar la risa.

—¿Has comprado carne para asar? —pregunta a Dora.

Ella niega con la cabeza.

—Entonces ya puedes estar marchándote.

Mete la mano que le queda libre en el bolsillo del pantalón y saca un billete de veinte euros todo arrugado.

—Pero no vayas al centro comercial. Cómprasela al carnicero de Wandow. Mejor si la tiene marinada con especias.

Agarra la empuñadura, tira de ella y arranca la motosierra, que aúlla como si fuera un animal salvaje.

38

Trozos de carne

El gemido de la motosierra se oye durante toda la tarde. Dora renuncia a trabajar en el jardín. Se mete en casa y cierra todas las ventanas. Pero no sirve de nada. El ruido se le mete en la cabeza como el chirrido del torno de un dentista. Decide salir a dar un paseo. No consigue librarse de él hasta que se adentra en el bosque. Laya la sigue a más de un metro de distancia. Quiere dejar claro que no está de acuerdo con esta excursión. Además, la perrita ya estaba ofendida porque Franzi lleva horas sentada en el suelo del jardín, al lado de Godo, tallando una figura que no quiere mostrar a nadie.

A eso de las ocho, Dora pasa a casa de Godo. Pero no lo hace para espiar, ni para buscar a su perrita, ni para robarle el coche. Lleva una fuente de ensalada, como si acudiera a una fiesta. Incluso ha cambiado las zapatillas de deporte por unas sandalias. La invitación de Godo no fue demasiado formal. Se limitó a gruñir tres palabras: «Pásate, haremos barbacoa».

Cuando atraviesa el portón, Godo la saluda con una inclinación de cabeza. Apenas aparta la vista de su tarea. Sostiene con ambas manos una especie de cuchilla con la que va desbastando la madera. El tronco, liberado de su corteza, va adquiriendo la forma de un cono. Es un alivio que haya acabado con la motosierra. Pensaba que Godo tendría preparada la parrilla, pero no es así. Coloca la fuente de ensalada sobre la mesa y se sienta. Laya se echa al lado de Franzi, con cara de pocos amigos.

A Dora no le gusta esperar. Siempre le ha parecido una manera de perder el tiempo. No es solo que carezca de sentido, sino que además resulta denigrante, porque, si uno espera, hay alguien que le hace esperar. Pero ahora, sentada en esta silla, se siente en armonía con el mundo. Podría decirse que ha cambiado de mentalidad. Es estupendo no sentirse presionada. Es estupendo no saber lo que va a pasar. Dedicarse a observar lo que sucede mientras los demás trabajan y se preocupan de que las cosas funcionen.

Al cabo de media hora, Godo deja la herramienta, rodea el trozo de madera con ambos brazos, lo tumba sobre la hierba como si fuera una pluma y lo lleva rodando hasta un círculo de piedras donde ha amontonado las astillas de madera que han ido saltando mientras trabajaba. Tiende a Dora un cigarrillo, sin preguntar si le apetece, prende fuego a una rama y se la pasa para que pueda encenderlo. Luego hace lo mismo con el suyo. A continuación arroja la rama a la pira, que empieza a arder poco a poco. Franzi se acerca dando saltos. Añade más ramas secas. Las llamas cobran fuerza. La muchachita trae unos troncos gruesos que Godo tenía almacenados en alguna parte y este los coloca con destreza.

La hoguera se aviva. El ambiente se caldea. Dora tiene que retroceder ante las llamas. El fuego crepita. Las chispas ascienden al cielo. Franzi exulta de alegría y trae más troncos con los que su padre alimenta la lumbre. Huele bien. A humo y a libertad. Dora no recuerda la última vez que estuvo al lado de una fogata. Pero sabe que todas las dudas se apaciguan cuando uno mira fijamente las llamas. Igual que cuando contempla las olas del mar.

Llega un momento en que Godo le pide a su hija que no traiga más troncos. Dejan que la madera se haga brasa. Godo trae una parrilla enorme y un trípode del que penden cadenas. Parece un instrumento de tortura sacado de una película de la Edad Media. Coloca el utensilio sobre el fuego mientras Franzi trae el paquete de carne que Dora ha comprado a mediodía en Wandow. Godo coge los filetes con las manos y los va colocando sobre el asador. Utiliza un tenedor para darles la vuelta. Dora se acuerda de Heini y de su estación espacial sobre ruedas.

Los filetes son excelentes. Los mejores que Dora haya probado desde hace mucho. Más aún que los que sirven en la mayoría de los restaurantes de Berlín. La carne está jugosa, el marinado sabe a ajo y a romero. Se sientan los tres sobre el tronco de madera que algún día se convertirá en un lobo, apoyan los platos sobre las rodillas y van cogiendo trozos de carne. Están tan juntos que, de vez en cuando, se golpean unos a otros con el codo. Godo se levanta y coloca una segunda tanda de filetes. No hay guarnición. La fuente de ensalada ha quedado intacta sobre la mesa. Godo ayuda a Franzi a cortar la carne y le lanza los trozos de sebo a Laya, que se acuclilla a sus pies y lo adora como si fuera un mesías bajado del cielo.

Después de cenar, Franzi vuelve a labrar la madera mientras Dora y Godo se quedan sentados junto al fuego. Siente la presencia de él a su lado, más allá de cualquier duda epistemológica. Siente a Franzi y luego a sí misma. Es una experiencia sublime, pero sosegada. No tiene nada que ver con el vértigo que uno sufre al borde de un abismo; es más bien como si el entorno se consolidara y cristalizara. Por un momento, lo ve todo claro.

Cuando estudiaba en la universidad, leyó un texto de Heidegger. Si lo entendió bien, el filósofo aseguraba que no se puede comprender el ser si permites que la angustia se apodere de ti. Tal vez se equivocara. Tal vez sea algo a lo que uno pueda acostumbrarse. Entonces el *Runtime Error 0x0* ya no es un *Error*, sino solo *0x0*. La respuesta a todas las preguntas. Como la que dio el escritor Douglas Adams. Aunque el resultado al que llega el superordenador de su novela cuando le preguntan por «el sentido de la vida, el universo y todo lo demás» es 42 y no *0x0*.

—¿Qué ocurrió en Plausitz? —pregunta Dora.

Es como si no fuera ella la que hubiese hablado.

—¿A qué te refieres? —replica Godo.

—A lo de la navaja.

—¿Quién te lo ha contado?

—Sadie.

—¿Y por qué no se mete en sus asuntos?

Godo mira al fuego fijamente, enarcando las cejas. Lo que iba a ser una apacible velada se ha estropeado definitivamente. Pero ya es demasiado tarde para echarse atrás. Dora quiere saber.

—Cuéntamelo.

Godo suspira, se levanta, se acerca a Franzi, apoya la mano con dulzura sobre los hombros de la muchacha y le da un par de consejos para facilitarle el trabajo. Luego regresa y vuelve a suspirar.

—¿Qué quieres saber?

—¿Qué ocurrió?

—Todo sucedió muy rápido.

—Empieza por el principio.

Apoya el codo sobre la rodilla, protege su cigarrillo con la palma de la mano, como si hiciera viento, y contempla las llamas mientras cuenta la historia. Un soleado día de septiembre. Había bajado a Plausitz con Mike y Denis para escuchar a Krisse. El hombre se colocó en las escaleras de la casa de la cultura, cogió un megáfono y se puso a despotricar contra Angela Merkel, criticando que permitiera entrar a millones de extranjeros, mientras que aquí no tenían dinero ni para bomberos. Los oyentes coreaban a voces cada una de sus consignas. Cuando acabó, Godo y sus amigos se quedaron allí a tomarse unas cervezas. Entonces llegó aquella parejita. Venían paseando por la plaza del mercado. Al tipo lo conocían de antes, pero la mujer parecía una estirada. Llevaba una falda y un suéter de colores. Seguro que era de Potsdam o de Berlín.

—La mujer se llama Karen. Es de Kochlitz.

—No me lo creo.

—Lo decían los periódicos.

—¿Y todo lo que dicen los periódicos es verdad?

Dora se encoge de hombros y permite que siga hablando.

En realidad no tenían nada contra ellos, pero cuando pasaron a su lado, la mujer dijo: «¡Nazis de mierda!». Apenas levantó la voz. Lo justo para que pudieran oírlo.

—Lo curioso de vosotros, los nazis, es que os molesta que os llamen nazis —comenta Dora.

—Yo no soy un nazi.

—¿Lo ves?

—Lo que pasa es que estoy chapado a la antigua.

Dora da un trago a su cerveza.

—Tampoco tengo nada en contra de los extranjeros —afirma Godo—. Mientras se queden donde están. Yo me quedo aquí. Cada cual debería quedarse donde está.

—Eso significa que no debería haberme mudado a Bracken.

—Tal vez no.

Saca dos cervezas frescas de una caja que está debajo de la caravana, les quita la chapa y le da una a Dora. A ella le preocupa la mezcla de alcohol con la cortisona y los analgésicos, pero no le apetece sacar el tema en ese momento.

—Vosotros, los de ciudad, llamáis nazi a cualquiera que tenga una opinión diferente a la vuestra.

—Tú cantas el *Horst-Wessel-Lied*, Godo. Lo he oído.

—¿Qué dices que canto?

—El *Horst-Wessel-Lied* —Dora silba la melodía discretamente.

—¡Bah! No es más que una canción.

—Es el himno nazi. Incluso está prohibido.

—También está prohibido que estemos aquí sentados.

Tiene razón. Dora se ha olvidado de la pandemia. Puede que su nueva forma de percibir la existencia no sea tal. Puede que simplemente esté perdiendo el sentido de la realidad.

—Tú eres de ciudad.

—Eso no es del todo cierto. Yo quería marcharme de Berlín.

—Lo curioso de vosotros, los de ciudad, es que os molesta que os digan que sois de ciudad —remacha Godo.

Dora quiere otro cigarrillo. Él lee sus pensamientos y le ofrece uno.

—Así que tenemos algo en común —concluye Godo mientras levanta la botella de cerveza para brindar—. No somos como piensan los demás.

No tiene ninguna dificultad para encontrar las palabras. Su discurso es fluido. Toma otro trago de cerveza y continúa con la historia de Plausitz.

Denis reaccionó. El tal Jonas salió en defensa de su novia. Se enzarzaron en una pelea. Gritos. Golpes.

—Tres contra uno —dice Dora.

—Yo no intervine.

—Eso no está tan claro.

Una botella de cerveza calló al suelo y se hizo añicos. La mujer empezó a chillar. Denis los llamó parásitos y el tipo a ellos, cerdos nazis. Entonces apareció una navaja.

—¿De quién era la navaja?

—De aquel tipo.

—¿De qué tipo? ¿De Jonas?

—Exacto. La llevaba encima.

—Mientes.

—¿En serio?

—La prensa dice que fue tu amigo Mike quien sacó la navaja.

—Entonces habla con la prensa y no conmigo.

Guarda silencio durante un rato y luego termina la historia.

—El tribunal también creyó a Jonas. Negó que la navaja fuera suya. Pero era una Nesmuk. El mango era de madera de olivo. No es la marca que Mike compraría.

—Sabes de navajas.

—Todo el mundo sabe de algo —Godo toma un trago antes de seguir adelante—. Mike se la quitó a aquel tipo antes incluso de que pudiera abrirla.

—Y la utilizó para apuñalar a esa «zorra comunista».

—Fue en defensa propia.

—¡No me lo puedo creer!

—Esa furcia nos roció con un *spray* de pimienta. Entonces llegó la poli.

A Dora le cuesta aguantar la risa. Tanto dramatismo resulta cómico. Alemania. Un soleado día de septiembre. Una plaza. Una pelea. Navajas y *sprays* de pimienta. Y entonces llega la poli.

—Jonas presentaba varias heridas de arma blanca en el costado.

—¿Es lo que dice la prensa?

—Habría podido morir.

—Yo no hice nada.

Dora se pregunta si Godo está mintiendo para salvar la cara ante ella o si de verdad piensa que fue condenado injustamente. ¿Cuántas interpretaciones pueden darse a unos hechos antes de que la realidad se venga abajo?

—Antes, las cosas eran distintas. Nadie se metía con nosotros. Ahora, la izquierda organiza actos cada fin de semana.

—¿Y qué me dices de los extranjeros?

—Pues que hace unos años apenas había.

—Mejor que no sigas hablando.

Godo esboza una sonrisa burlona.

—De acuerdo. Lo dejaremos para otro día.

—No encuentro ninguna palabra... —empieza a decir Dora— para expresar lo mierda que eres.

Saca otro cigarrillo de la cajetilla que ha quedado entre ambos, sobre el tronco en que se sientan. Godo remueve las brasas y echa más leña. No se mueve como antes. Se le nota más seguro, más libre.

—Es cómico, ¿verdad?

—¿Qué? —pregunta Dora.

—Nosotros —dice Godo.

—¡Papá, mira! —llama Franzi.

Godo apoya las manos sobre los hombros de Dora y se acerca a ver lo que su hija le quiere enseñar. Entonces empieza a reírse a carcajadas.

—¡Mira, Dora! —exclama, sosteniendo algo en alto—. Franzi ha tallado un hueso. ¡Para Laya!

39

Pudin

Durante los días siguientes, Dora se concentra en crear rutinas. El truco consiste en convertir la excepcionalidad en normalidad. El mundo se enfrenta a una pandemia, ella se ha quedado sin empleo y, por si fuera poco, a su vecino nazi le han diagnosticado un glioblastoma. Las cosas no podrían ir mejor. Después de la noche de la barbacoa llega el domingo. Y luego el lunes y el martes. La semana transcurre como siempre. Los cajetines con las pastillas de Godo se van vaciando paulatinamente. Cada mañana, el despertador suena a las siete en punto, como les ocurre a tantas otras mujeres. Dora sale al jardín, se dirige al muro y se sube en la silla. Godo está al otro lado, sentado a la mesa, con un café y un cigarrillo, como si la esperase. Hasta hace poco, a esa hora seguiría durmiendo. Dora silba y él levanta la mirada. Se acerca al muro, se sube en la caja de fruta y ella le entrega las pastillas que le corresponden. Se las toma inmediatamente, sin agua y sin decir una palabra. Mientras tanto, Laya, la Raya, se echa en la escalera y disfruta de los primeros rayos de sol. Se entretiene royendo el hueso que Franzi talló para ella. Luego entra en la cocina, empieza a toser y expulsa los trozos de madera que se ha tragado. Dora piensa que debería cambiarle el nombre de Laya, la Raya, por el de Laya, la de la Talla.

Dora prepara café, se ducha, desayuna y, aunque no le apetezca, pasa media hora leyendo las noticias en Internet. Es lo que hace la gente normal en una mañana normal. Hace solo unos días, los pocos que se atrevían a defender la adopción de medidas de alivio del confinamiento para salvar la economía, preservar los derechos fundamentales y evitar el deterioro de la salud psíquica de la población eran tratados como enemigos del Estado y eran víctimas del linchamiento digital. Ahora crece la presión para que el Gobierno rebaje el nivel de alerta sanitaria mientras los ciudadanos empiezan a hacer planes para las vacaciones de Semana Santa y de verano. Las escuelas están cerradas, las reuniones sociales están prohibidas, las empresas instauran el teletrabajo y la economía cae en picado, pero cuando llega el período de vacaciones, la pandemia se toma un descanso. Los mismos que hasta hace poco deseaban la muerte a los que abogaban por una flexibilización de las restricciones no ven inconveniente en que los ciudadanos salgan masivamente para disfrutar de unos días de descanso en el mar Báltico. Por su parte, los políticos se guían por los datos de las encuestas para decidir si conviene avanzar o retroceder en la desescalada. Se habla de vuelta a la normalidad, de transición hacia la normalidad o de nueva normalidad, pero nadie habla de recuperar la antigua normalidad.

Lo más interesante de todo esto es que Dora puede volver a leer. Siente un ligero cosquilleo, pero puede soportarlo. Ya no pierde los nervios por tanta estupidez. Eso se lo deja a otros. No tiene por qué participar en ello y tampoco tiene que rebelarse contra ello. Contempla el revuelo y luego aparta la mirada.

Después de leer las noticias empieza a trabajar en el jardín. Desde que lo riega regularmente, el huerto se ha transformado en un oasis. La parcela es otra cosa. La hierba amarillea y la tierra se agrieta. Tantos días de cielo azul han secado las plantas. Godo tiene un pozo en su casa, por eso puede permitirse poner en marcha los aspersores para regar el césped de su jardín. El siseo y el rítmico chasquido del sistema de riego es la música de fondo de las mañanas de Dora.

Cuando necesita tomarse un descanso, se sube en la silla y observa el trabajo de Godo. En ese trozo de madera se oculta un animal que va liberando poco a poco, con suma paciencia. En la parte superior asoman ya un par de orejas aguzadas. También se puede ver parte de la frente. De vez en cuando da un paso atrás y examina el trozo de madera con calma, como si esperase que le revelara qué es lo siguiente que debe hacer. Cuando lo tiene claro, elige una herramienta y sigue retirando todo lo que no parece un lobo.

A las doce y media, Dora entra en casa y empieza a hacer la comida. Desde que utiliza el *pick-up* de Godo para ir a la compra, la nevera está llena. Por desgracia, el dinero de la cuenta, que debía alcanzar para dos meses, se funde como la nieve bajo el sol. No ha abandonado la idea de las cuñas radiofónicas, pero tampoco ha empezado a desarrollarla. Además, las llamadas a Jojo le restan tiempo. Cuando el aceite de la sartén está bien caliente y casca los primeros huevos, Franzi y Laya aparecen corriendo. Es evidente que la perrita y la muchacha cuentan con un fino sentido del olfato o con una asombrosa intuición para el tiempo. Refrescan sus cuerpos ardientes, cubiertos de astillas de madera, tendiéndose sobre el suelo de baldosas y luego comen con apetito, no sin antes apartar escrupulosamente las verduras que Dora ha servido. Acto seguido vuelven al otro lado del muro, donde hay cosas mucho más interesantes.

A Dora no le importa. Lo principal es que todos estén contentos. Su trabajo consiste en ocuparse de la sala de máquinas, una tarea invisible, pero indispensable para que todo funcione. Y está cumpliendo con su responsabilidad. Franzi es la prueba de ello. La pequeña parece otra. Lleva días sin hablar como una niña pequeña. Cuando rebaña el plato de comida antes de salir a jugar con Laya al aire libre, Dora se siente inmensamente feliz, como si la muchachita fuera su propia hija. Puede que esto explique que Dora haya soñado con su madre. La ve en la cocina, con la ventana abierta, porque le gusta oír el canto de los pájaros cuando anda entre cacharros. Dora es todavía pequeña. Tal vez de la edad de Franzi. Se apoya en el marco de la puerta y observa a su madre. De vez en cuando arroja por la ventana unas migas de pan o unas peladuras de manzana en trocitos. Mirlos, herrerillos, petirrojos y verderones bajan volando desde las copas de los árboles para disfrutar del festín. Al momento se oyen los gritos de Jojo desde la sala de estar. Si sigue tirando desperdicios de comida al jardín, la casa se les llenará de ratas. La madre se lleva las manos a las mejillas, como si tuviera que sujetarse la cabeza para no reírse a carcajadas. Dora quiere mucho a su madre. Es una mujer alegre, cargada de energía.

—Bueno, ratoncito —dice la madre—. Voy a hacer pudin para la cena. Una cacerola bien grande.

En ocasiones, cuando está de buen humor o no tiene ganas de ponerse a cocinar «de verdad», la madre hace pudin para cenar. Para Axel y Dora es como un día de fiesta. Comen chocolate hasta que no pueden más. A veces lo acompañan con cerezas o jarabe de vainilla. Aunque sea un sueño, a Dora se le hace la boca agua. Cuando la madre se acerca a ella para darle a probar una cucharadita de pudin caliente, todavía líquido, Dora se da cuenta de que ya no es una niña. Su madre y ella son igual de altas y se miran a los ojos. La misma altura.

La misma edad. ¿No es incluso mayor que su propia madre? ¿Cómo es posible? ¿No va contra las leyes de la naturaleza?

La madre sopla la cuchara y la sostiene delante de los labios de Dora. Ella abre la boca, obediente. El pudin está delicioso. Su lengua, su paladar, todo su cuerpo conoce ese sabor.

—Delicioso —confiesa.

—Llama a tus hijos —dice la madre—. La cena está lista.

Dora se sorprende. Piensa en Franzi. Pero Franzi no es su hija.

—Creo que no tengo hijos —admite.

Ahora quien se sorprende es la madre.

—¿Me tomas el pelo?

—En absoluto —responde Dora.

—¿Y cómo es que no tienes hijos?

Mientras Dora lo piensa, su madre le da otra cucharadita de pudin. Y luego otra. Y otra más. Su madre le está dando de comer. No pasa nada, pero no tiene sentido.

—Me da miedo —admite Dora con la boca llena—. No quiero morir y dejar solos a mis hijos. Como te ocurrió a ti con nosotros.

La madre resopla. Se lleva las manos a la cabeza y empieza a reírse a carcajadas. Se ríe con tanta fuerza que Dora se asusta. La cucharilla cae al suelo. Parece que a la madre le falte el aire.

—No puedes... —está fatigada, apenas es capaz de hablar—. Solo porque yo... No puedes...

Un arrendajo se acerca volando y se posa en el alfeizar de la ventana. Su canto es como un grito de auxilio. La madre se desploma sobre el suelo de la cocina.

—Solo porque yo... —consigue decir.

Entonces se desvanece.

Dora se despierta bañada en sudor. Tiene que cambiarse de camiseta. Gracias a Dios ya son más de las cinco, así que no pasa nada si no se vuelve a dormir. Se sienta en la escalera de entrada con una taza de café y espera a que el sol ascienda en el horizonte. El subconsciente es idiota. Era Robert el que no quería tener hijos. Aunque ella tampoco estaba demasiado convencida y no luchó por ellos. Ahora está sola. Dora no es de esas mujeres que viven obsesionadas con el tic tac de su reloj biológico. Pero ya ha cumplido treinta y seis años. Si conociera al hombre adecuado y se diera prisa, tendría alguna posibilidad de ser madre. De repente comprende lo que supone la soledad por la que ha optado al mudarse a Bracken. Además de poder estirar las piernas y llenarse las manos de callos, los hombres con los que se relacionará a partir de ahora serán Godo, Heini, Tom y Steffen. Si busca otra cosa, tendrá que recurrir a Tinder.

A veces, por la noche, Godo se acerca al muro y silba para invitarla a una barbacoa. Otras veces la llama porque tiene una cacerola de patatas cocidas preparada para ella. Antes de irse a dormir, Dora se acerca al muro una última vez y silba. Godo acude a su llamada, se sube en la caja de fruta y fuman juntos en silencio.

40

Pipín

Una semana más tarde, el dinero se convierte en un problema. El sábado por la mañana, cuando va a hacer la compra, Dora se limita a lo imprescindible. Un montón de paquetes de pasta y otro montón de latas de salsa de tomate. Leche, pan y algunas cervezas. Ya en la caja, añade cinco cajetillas de cigarrillos. Sabe que se queda corta. Suda. La mascarilla le impide respirar con normalidad y le tapa los ojos cuando baja la vista para buscar la cartera. Al sacar la tarjeta de crédito todas las monedas se le caen al suelo. Las personas que están a la cola esperan impacientes a que pague lo poco que lleva, con ese típico estoicismo brandeburgués que enseña a no mover un dedo y que cada cual se las apañe como pueda. Dora contiene la respiración mientras introduce la tarjeta de crédito en la ranura. Se siente como una estafadora. Si la tarjeta no funciona, no podrá pagar. «¿Qué ocurre? No lo entiendo», dirá tratando de justificarse, mientras la gente mira hacia otro lado con gesto aburrido. En ese momento se alegra de llevar cubierto el rostro. Una cara de póquer blanca con corazones azules que compró en eBay. Operación aceptada. Dora deja escapar un suspiro de alivio y abandona el centro comercial con el depósito del coche medio vacío.

En cuanto llega a casa, consulta el saldo de su cuenta a través de Internet. Tiene un descubierto de 4,34 euros. Vuelve a cargar la página. La cifra desaparece y vuelve a aparecer. Dora tiene un saldo negativo de 4,34 euros. No es una cifra, sino un veredicto. Dora tiene que solicitar una moratoria para su hipoteca. Tiene que acudir a la oficina de empleo. O llamar a Jojo. Y tiene que hacerlo inmediatamente.

En el jardín de al lado se oyen gritos y voces alegres. Dora se acerca al muro y se sube en la silla. Un partido de fútbol. Godo contra Franzi y Laya. La táctica del equipo que forman la muchacha y la perrita consiste en agarrar las piernas de Godo o en morder sus botas para evitar que corra. Todos se dirigen en tropel en dirección a la portería, marcada con dos cajas de cerveza. A nadie parece importarle dónde está el balón. Franzi se ríe a carcajadas.

De repente, Dora comprende el vínculo que existe entre padres e hijos. Un amor tan profundo e ilimitado que supera nuestra capacidad de entendimiento. El reverso de este amor es el miedo a perderse los unos a los otros. Un miedo igual de profundo e igual de ilimitado. Es más de lo que una persona puede soportar. Un disparate, un error de la naturaleza. Puede que sea un mecanismo útil para un animal que debe defender a sus crías jugándose la vida. Un animal no sabe nada del futuro. No anda por ahí preguntándose qué va a ocurrir al instante siguiente. Puede alimentar y proteger a sus crías sin plantearse los peligros que las amenazan. Pero los seres vivos a los que la evolución ha dotado de entendimiento y de conciencia del tiempo para que puedan interiorizar el carácter efímero de la existencia no deberían albergar esta clase de sentimiento. Es cruel. No es de extrañar que las personas se vuelvan cada vez más neuróticas.

Dora no soporta seguir mirando a Franzi y a Godo, y salta de la silla.

«No es tu hija y, desde luego, no es tu marido», se dice a sí misma. «Solo eres responsable de la logística».

Se obliga a marcar el número de Jojo. Coge la llamada inmediatamente. Parece de buen humor. Es sábado, así que se habrá sentado en bata a la mesa de la cocina y estará leyendo la edición del fin de semana del *Frankfurter Allgemeine Zeitung*. Es la viva imagen del éxito. Si no ha tenido que atender ninguna urgencia, es probable que haya dormido algunas horas.

—¡Hola, cariño! ¿Qué pasa?

—Bien. Fenomenal.

Dora se da cuenta de que su respuesta no tiene nada que ver con la pregunta que le han hecho, pero ya es demasiado tarde. Se imagina la casa de Jojo, la casa de su madre. La antigua cocina ya no existe. Ahora es el baño de invitados. El comedor, la sala de estar y parte del recibidor se unieron para formar una cocina abierta con una isla. Ya no hay muebles de varios colores; al contrario, combinan perfectamente unos con otros. Jojo siente debilidad por el cuero negro y los tubos plateados, mientras que Sibylle prefiere los biombos de estilo budista.

—Necesito que me hagas un favor.

—¿Necesitas dinero?

Dora se pregunta a veces si en la facultad de Medicina enseñan a leer los pensamientos. Tal vez sea una habilidad propia de los neurólogos.

—No hay problema, cariño —Jojo ha interpretado correctamente el silencio de Dora—. Tienes que pagar una casa. Y es probable que te hayan reducido la jornada.

—Me han despedido.

Jojo traga saliva. Luego carraspea.

—Bueno, entonces... No quiero decir que...

Ese es el Jojo que Dora conoce. Le preocupa tener que costear su manutención durante los próximos diez años. Una cosa es tener un gesto generoso, pero no quiere gastar demasiado dinero.

—No es que no quiera ayudarte. Pero...

—Está bien, Jojo. Lo entiendo —asegura Dora.

—Estaba pensando en una ayuda puntual.

—Yo también.

—De acuerdo. Te haré una transferencia.

—Gracias, Jojo.

—No las merece.

Dora no pregunta qué cantidad le va a transferir. No será cicatero, pero tampoco espléndido. Le servirá para llegar a fin de mes, tal vez al mes próximo. La conversación se ha vuelto embarazosa. Parece que Jojo también lo ve así, porque cambia de tema.

—¿Y qué tal le va a tu amigo?

—Está jugando al fútbol.

—No te hagas ilusiones —dice Jojo.

Dora había pensado levantar el teléfono para que Jojo pudiera oír las voces y las risas que llegan desde el otro lado del muro, pero esas palabras le disgustan. Es como si tuviera un botón para enfadarse y acabaran de apretarlo. Se le ha venido a la cabeza un episodio de la infancia. Dora tendría seis o siete años. La mañana de Pascua encontró en el jardín una carroza de Playmobil que llevaba mucho tiempo esperando. Ilusionada, entró corriendo en la casa para enseñársela a Jojo.

—¡Qué curioso! —comentó él—. He visto esta misma carroza en la juguetería König.

Dora dedujo que la liebre de Pascua la habría sacado de allí.

—¿Una liebre? —exclamó Jojo—. ¿En la juguetería König? ¿Te la imaginas subiéndose a la estantería y cogiendo la carroza con sus patas? ¿Crees que tiene un bolsito en la piel para guardar el dinero?

Aún siente el dolor que le causaron esas palabras. Incluso le parece recordar que Jojo se rio cuando las lágrimas afloraron a sus ojos.

—Siempre queda la esperanza —argumenta.

—¿La esperanza de qué? —pregunta Jojo.

«De que la liebre de Pascua sea clienta de la juguetería König», piensa Dora.

—De que Proksch mejore —dice en voz alta.

—Si se produce, será una mejoría pasajera.

—El tumor podría ser un artefacto.

Los artefactos son manchas que aparecen en la TRM y que no reflejan la realidad de la región anatómica que muestran. Fallos técnicos, distorsiones que pueden conducir a un diagnóstico equivocado. Preguntar a Jojo si ha confundido un glioblastoma con un artefacto es como preguntarle a un veterinario si puede diferenciar entre un perro y un gato.

—Dora... —empieza a decir Jojo.

—Godo se muestra amable. Ríe. Parece otro, ¿sabes? Ha vuelto a trabajar con la madera. Tendrías que ver lo bien que se le da tallar.

—Dora —repite Jojo.

Se oye como enciende un cigarrillo. Su nueva compañera no quiere que fume en casa. Tal vez ha salido al jardín sin que Dora se haya dado cuenta. Tal vez esté mirando los arbustos entre los que encontró la carroza. En caso de que sigan existiendo.

—Hemos hecho varias barbacoas. Su hija es feliz. ¡Más que feliz! Puedes creerme.

Como si la felicidad de Franzi demostrase algo. Como si se tratase de hablar lo más rápido posible para que Jojo no tome la palabra. Como si Dora no supiera lo que está a punto de decir.

Recuerda otro episodio. Había crecido. Ya no creía en la liebre de Pascua. Le regalaron un periquito que se llamaba Pipín. El pajarito era tan dócil que se posaba sobre su dedo índice y andaba por el suelo de la habitación para contemplar su imagen reflejada en las patas de metal de la cama de Dora. En cierto momento, Pipín dejó de comer y ya no tenía ganas de salir de su jaula. Jojo dijo que Pipín estaba enfermo. Dora no quería aceptarlo. Le contestó que Pipín estaría cansado o enfadado porque le dedicaba poco tiempo. Existían cientos de explicaciones, pero Jojo repetía una y otra vez que era muy posible que Pipín muriese. Poco después, el periquito yacía muerto en su jaula. Dora estaba segura de que Jojo tenía la culpa. Y le odió por ello.

Jojo da una larga calada y suelta el humo lentamente. «No lo digas», piensa Dora. «¡Cierra de una vez la maldita boca!».

—Alrededor del glioblastoma suelen formarse edemas que presionan sobre la corteza cerebral —explica Jojo—. La cortisona reduce la inflamación y parece que el paciente mejora. Por lo menos, durante un tiempo.

Sus palabras son como granadas de mano que estallan alrededor de Dora. Y ese «durante un tiempo» tiene el mismo efecto que una bomba H. A Dora le gustaría salir corriendo.

—Pero hay casos en que... —se detiene para toser, tiene algo en la garganta—. Recuerdo un paciente tuyo con un tumor que dejó de crecer. Vivió décadas. Por lo que nos contaste, se quedaba inconsciente de vez en cuando. En la ducha. Caminando por la calle. Todos pensaban que no lo superaría, pero siguió adelante.

—Hay casos como ese —confirma Jojo—. Pero son raros. Extremadamente raros, ¿comprendes?

Dora nota algo que crece en su garganta. Tal vez sea un tumor que terminará asfixiándola. Está claro que existen cosas que crecen de una manera incontrolable y proliferan como las patatas tempranas. Dora siente ganas de gritar. Siente la necesidad de rebelarse contra palabras como «durante un tiempo» y «extremadamente raros». Un mundo que funciona así es un mundo fracasado, fallido, un mundo de mierda. Personas y animales enferman y mueren... ¿cómo es posible? Si se tratase de electrodomésticos, se los devolveríamos inmediatamente al fabricante. Defecto de fabricación. Y nos los cambiaría por otros que funcionasen correctamente en un plazo máximo de quince días.

—Procura no implicarte demasiado —le aconseja Jojo—. El señor Proksch es tu vecino. Me parece bien que le ayudes. La mayoría de las personas habrían mirado hacia otro lado. Pero no puedes identificarte con él. Al fin y al cabo, todo esto no tiene nada que ver contigo.

Suena razonable y, al mismo tiempo, es una completa tontería. ¡Claro que tiene que ver con ella! ¿Cómo no? Toda persona es una ventana al mundo.

—De acuerdo, Jojo. Gracias de nuevo.

Es lo único que consigue decir antes de colgar el teléfono.

41

Gritos

La loba va creciendo. Crece de arriba abajo. Primero las orejas, luego la frente y la cabeza, y, por último, la cara con el hocico entreabierto, sonriente. Es entretenido observar a Godo mientras trabaja. Se desenvuelve con seguridad, pone empeño y mantiene en todo momento la concentración. Cuando acaricia la cabeza de la loba es como si tocara algo vivo. El miércoles hacen otra barbacoa. Dora come hasta que no puede más. Cuando se recuesta en la silla, se siente pesada. Suspira satisfecha. La conversación que mantuvo con Jojo hace cuatro días ha quedado atrás. Con el tiempo la recordará como una anécdota. Laya roe un hueso. Godo fuma. Franzi trae una baraja de cartas y le explica a Dora las reglas de un juego. Es divertido. Godo abre dos botellas de cerveza y una limonada. Las mezcla como un profesional. Cuando se quedan con una sola carta, gritan a voz en cuello «¡Última!». Ríen alegres cuando un adversario tiene que llevarse cuatro cartas y se ponen de mal humor cuando les pasa a ellos. Godo da una palmada sobre la mesa, apoya las manos sobre los hombros de Franzi y va a buscar más limonada y cerveza fresca.

Cuando lo dejan, es casi medianoche. Del fuego ya solo quedan las brasas. Las farolas que hay delante de la casa de

Heini proyectan una luz anaranjada. Dora se despide acariciando la cabeza de Franzi y estrechando la mano de Godo. Los mosquitos le han picado en las piernas. Estaba tan metida en el juego que no se ha dado cuenta hasta ahora. No puede dormir. Los picotazos se han convertido en volcanes que le provocan una quemazón espantosa. Sus pensamientos giran en un bucle infinito. Además, hace calor. Dora se levanta de la cama y se sienta en la escalera de fuera para fumar un cigarrillo. Laya, la Raya, sale con ella a la puerta.

Al principio no es más que una suposición. Dora ha creído oír algo. Pero luego se hace el silencio. Parecía un grito lejano, pero debe de haberse engañado. El siguiente grito suena tan alto que ya no puede dudar. Baja la escalera corriendo, atraviesa el jardín, sale a la calle y comienza a caminar por el borde de la carretera. La noche cubre el pueblo. Laya viene detrás, pegada a ella.

Lo ve desde lejos. Está de pie, debajo de la farola que hay al lado de la casa de Tom y Steffen. Una figura alta, voluminosa, una silueta negra que se recorta a contraluz. Extiende el brazo derecho. Parece la estatua de la Libertad, pero sin antorcha. Levanta el puño con fuerza y luego extiende la mano.

—¡Salid! —grita—. ¡Salid aquí!

Dora llega a su lado en el momento en que la puerta de la casa se abre. Tom sale fuera. Va descalzo y tiene el torso desnudo. No lleva más que unos pantalones de *jogging* negros con los que parece un *yudoka*. Su aspecto es robusto. Nada hacía suponer que concentrase tanta fuerza en su cuerpo. Cruza los brazos delante del pecho y mira a Godo a la cara, sin inmutarse.

—¿Ya estamos otra vez? —pregunta.

—¡Vamos, maricones! ¿Dónde habéis metido a los moros y a los gitanos? —grita Godo—. ¡Que salgan! ¡Les voy a dar una lección!

Tom no mueve un músculo. Se limita a observar como Dora intenta bajar el brazo derecho de Godo. Es como si intentase arrancar la rama más gruesa de un roble. Laya se acerca a saludar a Godo, pero retrocede frustrada al ver que no le prestan atención.

—¡Maricones de mierda! ¡Moros de mierda! ¡Gitanos de mierda!

—Haz el favor de llevarte a casa a este perro de pelea —pide Tom a Dora—. Está borracho.

Dora se pregunta si el cerebro humano tiene que estar bajo los efectos del alcohol o padecer un tumor para que una persona se convierta en racista. Por desgracia, ya conoce la respuesta. Puede ocurrirle perfectamente a alguien que se encuentre en pleno uso de sus facultades mentales. Godo la quita de en medio de un empujón.

—¡Ya veréis qué bofetada os doy! —amenaza.

—Si no se calma, llamaré a la policía —advierte Tom.

—¡Tonterías! —interviene Dora—. No necesitamos a la policía.

—Yo creo que sí.

—¡Chupapollas! —grita Godo.

—¡Godo, mírame! —le pide Dora.

Pero él ni siquiera repara en ella. Es como si se encontrase en un universo paralelo. Esta vez huele a alcohol. Y bastante fuerte. Si la policía lo encuentra en este estado, lo detendrá. Le revocarán la libertad condicional. Lo encerrarán. Y si Jojo tiene razón, no saldrá vivo de la cárcel. La partida de cartas de esta noche habrá sido la última vez que Franzi vea a su padre. No puede permitirlo. De ninguna manera.

—Ven, Godo —susurra Dora dulcemente—. Nos vamos a casa.

Por un momento, parece reconocerla. La mira. Guiña los ojos, como si no viera bien. Luego sacude la cabeza. Se aparta de la puerta y avanza tambaleándose por el borde de la carretera. Camina mirando al suelo, como si buscara algo entre la hierba.

—¿Qué está haciendo ahora? —pregunta Tom.

Dora sospecha que está buscando un palo o una piedra.

—Entra en casa y cierra la puerta —le pide a Tom—. Dame un poco de tiempo. Me ocuparé de que no rompa nada.

Tom resopla. No es un tipo que se atrinchere en casa cuando vienen a armar bronca a su puerta.

—¿Desde cuándo eres la mujercita de Godo?

—¿Desde cuándo decides tú sobre lo que es asunto de la policía?

Godo se agacha para recoger algo.

—Moros, gitanos y maricones —masculla.

Tom saca el teléfono móvil del bolsillo de sus pantalones de *jogging.*

—¡No! —grita Dora corriendo hacia Tom.

Laya aprovecha la oportunidad para desaparecer por la rendija de la puerta. Dora intenta quitarle el teléfono de las manos a Tom. Él se resiste y la empuja bruscamente. Tiene que apoyarse sobre la pared para no perder el equilibrio y caer al suelo. En ese instante aparece Steffen, sin gafas y con el cabello revuelto. Laya se cruza en su camino y él la aparta con el pie.

—¿Qué está pasando aquí?

—Que Godo ha venido a buscar bronca —explica Tom—. Y Dora juega a ser la madrina de los nazis.

Laya protesta cuando la echan fuera definitivamente.
Dora está enfadada. Más aún que mientras hablaba por
teléfono con Jojo. Parece que el mundo entero está en contra
de ella. Jojo, Tom y Steffen, Robert, Susanne, la pandemia y
el glioblastoma. Incluso Godo, que solo sabe hacer el idiota.
No está dispuesta a seguir soportándolo. De haber podido, habría agarrado a Tom y lo habría tirado al suelo. Pero, como no
tiene fuerza suficiente, solo puede gritar.

—Muy bien. Pues llama a la policía —le reta—. Y cuénta-
les el negocio que habéis montado en la carretera. Habrá que
investigar si estáis cometiendo un delito fiscal.

No lo dice en serio. No quiere crear problemas. No le gusta amenazar ni presionar. Pero es lo único que puede hacer
en esta situación.

—¡Sois unos hipócritas! —grita ella—. ¡Votáis a Alternativa para Alemania y luego llamáis a la policía cuando un nazi
aparece en vuestra casa!

Tom y Steffen la miran asombrados. Ella se pregunta si
debería escupirles. Tal vez debería hacerlo.

—No entiendo lo que sucede —dice Tom—. ¿Por qué te
metes en esto?

—Porque Godo está enfermo —dice Dora—. Tiene un
problema en la cabeza.

Tom se ríe.

—¡Nadie lo habría dicho!

—Se está muriendo.

—¡Pues cuánto lo siento! —replica Tom, riéndose aún
más alto.

—Un momento —Steffen hace una seña a Tom para que
se calle—. Creo que el problema es otro. ¿No es cierto?

Dora no puede contárselo a nadie. Ni siquiera a los chifla-
dos que vio en el jardín de su vecino. Godo no quiere y Jojo se

lo ha prohibido. Pero algo tiene que hacer para que la policía no venga.

—Quiero que pase en casa el tiempo que le queda. Con Franzi. ¿Lo entendéis?

Tom y Steffen se miran el uno al otro. Dudan. Se les ve afectados.

—¿Qué... tiene exactamente? —pregunta Steffen.

—Eso a vosotros no os importa —responde Dora—. Empezad a comportaros como personas.

Godo deja escapar un gemido. Está debajo de la farola y se presiona la cabeza con ambas manos. Laya, la Raya, corre hacia él y olfatea sus piernas. Godo cae de rodillas. Está pasando de nuevo: el tiempo se detiene, la realidad se impone. La noche. La calle. El pueblo. La farola. La perrita que olisquea la estatua del pensador. Tom y Steffen también perciben que algo ha cambiado. Están de pie, mudos, observando la escena. Godo tiene flexionada una rodilla y apoya la frente sobre una mano. Nadie dice nada. Dora imagina que, de un momento a otro, aparecerán los créditos. Ver la película, soñar durante un rato, levantarse y continuar. Pero no es el momento de quedarse mirando, hay que actuar. Corre hacia Godo y apoya las manos sobre sus hombros. Él levanta la cara y la busca con la mirada perdida.

—Ven —dice Dora.

Se levanta tambaleándose y se deja guiar. Pasa su pesado brazo sobre los hombros de ella y avanzan lentamente, paso a paso. Siente la mirada de Tom y de Steffen en su espalda. Pero no se da la vuelta.

42

Floyd

A la mañana siguiente, Godo no está sentado en la mesa esperando sus medicamentos como de costumbre. La caravana se encuentra cerrada; el jardín, desierto. Del tronco sobresale la cabeza de la loba, ya acabada. Es tan real que parece que estuviera esperando el momento oportuno para dar un salto y liberar el resto de su cuerpo de la madera. Cuando se fija mejor, descubre que Franzi está sentada en la puerta de atrás de la casa. La pequeña tiene la mirada perdida. Está claro que algo no funciona. Dora llama a Franzi para que se acerque al muro y le pide que pase con ella a preparar el desayuno. Cuando la muchacha entra en la cocina, Dora se dirige a la parcela de Godo y trata de abrir la puerta de la caravana. No está cerrada. Echa un vistazo por una rendija y ve a Godo en la penumbra. Está echado sobre su espalda, con las manos cruzadas detrás de la cabeza. Tiene un aspecto apacible. Está planteándose si debe despertarle, cuando abre los ojos y se queda mirándola. Se esfuerza por decir algo, pero no consigue articular ni una sola palabra. Así que sonríe. Es una sonrisa dolorida. Casi cariñosa.

Si en algún momento había dudado de que Godo fuera consciente de lo grave que es su enfermedad, esa sonrisa lo aclara. Dora se acerca al camastro y se pone en cuclillas a su lado. Escucha un gemido que parece salir de la nada. Godo la agarra por los hombros y la sacude. Ella aprieta los labios. Pero no puede contener un sollozo. Entonces siente la mano de Godo sobre su cabeza. Le peina el pelo y le da algunas palmaditas en la espalda, como si se hubiera atragantado. Dora se pone de pie. Tiene las pastillas en el bolsillo del pantalón. En el lavabo hay un vaso. Lo llena de agua hasta la mitad. Le ayuda a levantar la cabeza para que pueda tragar. A continuación le envía un WhatsApp a Jojo.

«¿Puedo aumentar la dosis?».

Luego decide ordenar todo aquello. Enciende el antiguo reproductor de CD que hay sobre la mesa. La funda del CD está al lado. La banda se llama Wolf Parade. Dora se pone a fregar. De vez en cuando mira por la ventana y ve el lobo de madera que hace guardia junto a la puerta. Observa a su amiga que aún está encerrada en el tronco.

And you've decided not to die. Alright. Let's fight. Let's rage against the night.

Siente el estómago pesado. Como si hubiera comido piedras. Cuando está colocando el último plato en el escurridor, suena su móvil. Si Jojo no está en el quirófano realizando una operación, es más rápido que su propia sombra atendiendo el teléfono.

—Puedes aumentar la dosis, pero no servirá de nada.

Le habría gustado tirar el teléfono al suelo y aplastarlo de un pisotón, como si fuera un insecto. Los labios de Godo esbozan una extraña sonrisa. Dora se acerca a él y le pone una mano sobre la frente.

—Quédate en la cama —le aconseja—. Descansa un poco.

Siente el impulso de cerrarle los ojos con la mano, pero lo reprime.

Después de desayunar sale con Franzi a dar un paseo por el bosque. La pequeña camina en silencio al lado de Dora, lo cual es un alivio, porque ella está ocupada con sus propios pensamientos. Busca un arrendajo o cualquier ave conocida para demostrarse que la vida sigue adelante. Pero no ve ninguno. Además, hace demasiado calor. La temperatura ha ido ascendiendo desde primera hora de la mañana. Cuando llegue el mediodía, es probable que alcancen los treinta grados. La primavera está deseando darle paso al verano.

Cuando llegan al cruce, la camiseta de Dora está empapada en sudor y se le pega a la espalda. Se deja caer sobre el banco agotada. Aquí es donde se encontró con Franzi por primera vez. Al principio no era más que un rumor y unas risas entre la maleza, luego se convirtió en un incordio, porque no quería separarse de Laya, la Raya. Parece que hubieran pasado años. Entonces acababa de llegar a Bracken y pensaba que el mayor de sus problemas era el fracaso de su relación con Robert.

Franzi se sienta en el banco, a su lado, y acaricia la madera con ambas manos. Dora la mira de soslayo. La vida seguirá adelante. Eso está claro. Ahora mismo, en algún lugar del mundo, se encuentran las personas con las que Franzi compartirá su futuro. Un jovencito da patadas a un balón en un campo de fútbol de Berlín, contento de poder salir de nuevo, después de las restricciones del coronavirus, sin sospechar que un día se casará con una joven de Bracken con una espléndida melena rubia. Una jovencita está dibujando con lápices de colores, sin imaginarse que pronto se convertirá en la mejor amiga de Franzi. Dentro de treinta años, un muchacho que viaja en el metro con mascarilla y auriculares se verá involucrado en un accidente de tráfico en el que se fracturará ambos brazos. Ahora es cuando se gesta lo que les aguarda en el camino. Y, llegado el momento, sucederá. Es inevitable.

Está escrito. Ni siquiera hay que girar una rueda o accionar una palanca. Basta con sentarse a esperar. Dora siente que se va relajando.

Cuando Franzi toma aire para decir algo, teme que vuelva a utilizar esa voz de niña pequeña que tanto odia. Pero la voz de la pequeña es absolutamente normal.

—Este banco lo hizo mi papá —explica.

Dora ya lo había deducido por sí misma. Por supuesto, el banco es obra de Godo. La vecina necesitaba unas sillas y el bosque, un banco. Y él se encargó de colocarlo. Tenía que ser así. Estaba decidido incluso antes de que se conocieran. Dora lo intuyó la primera vez que se sentó allí.

—Mira aquí.

Franzi se inclina sobre el regazo de Dora y señala los troncos de madera sobre los que está clavado el asiento. Dora se agacha. Hay algo tallado: dos triángulos con una línea que los une. Parece el logo de una marca o una especie de firma.

—¿Son veleros? —pregunta.

Franzi la mira con un gesto compasivo, como si pensara: «¡Qué tontos pueden llegar a ser los adultos!».

—¡Qué va! ¡Son orejas!

Dora se da cuenta de que tiene razón. Son unas orejas de lobo. El animal las aguza para adelantarse al peligro. Parece que en este lugar todo el mundo aguza las orejas y mira hacia el futuro.

—Entonces todavía vivíamos en Bracken. Mamá, papá y yo. Todos juntos.

Dora sospecha lo que va a decir. Franzi ha estado pensando y se le ha ocurrido algo. Es una gran idea. La solución a todos los problemas del mundo. Por eso ha venido tan callada durante todo el camino.

—Podrías casarte con él.

—¿Con quién?

—Con mi papá.

Así que es eso. Eso es lo que Franzi ha estado pensando. Dora carraspea.

—Creo que eso no es posible.

—¿No te gusta mi papá?

La respuesta es asombrosamente difícil. Desde que Dora vive en Bracken ha pensado en un montón de cosas, pero no ha dedicado ni un minuto a pensar si hay alguien que le guste. Tal vez sea algo que solo le preocupe a la gente de ciudad.

—Sí —reconoce por fin—. Me gusta. En cierto sentido.

—Pero no lo suficiente... —Franzi ha elevado la voz—. ¿No te gusta lo suficiente?

Dora lo veía venir. Y ya está ahí. Se está levantando una tormenta. Se acerca con la velocidad del rayo. Aunque el cielo esté azul y brille el sol, unos nubarrones negros se ciernen sobre ellas. Franzi salta del banco y se planta delante de Dora.

—¡Cásate con él! —grita—. ¡Para que seamos una verdadera familia!

—Franzi... —Dora extiende la mano y la muchacha se la choca—. Ya somos como una familia, ¿no te parece? Tú, tu papá, Laya y yo.

—¡Eso no es verdad! Lo que ocurre es que estamos aislados por el coronavirus. ¡Me gustaría que el coronavirus durara para siempre! —Franzi da una patada al suelo—. ¡No quiero volver jamás a Berlín! —grita—. A los niños del colegio les parece que soy tonta. Y no hay animales. Hasta que llegué aquí ni siquiera sabía lo que era una raya.

Laya cree haber oído su nombre, se acerca y se pega a las piernas de Franzi. La muchacha se pone en cuclillas y la rodea con sus brazos. Sus lágrimas mojan la piel de la perrita, pero ella no se queja.

—Podríais tener un bebé —solloza Franzi—. Siempre he querido tener un hermanito.

Dora se sienta sobre el suelo, al lado de Franzi, en medio del bosque. Arena, piñas, ramas, hierba seca. Un aroma intenso, como una fragancia.

—¿No quieres tener un bebé?

La respuesta es asombrosamente fácil.

—Sí —asegura Dora—. Me gustaría tener uno.

—Ya ves —Franzi levanta la cara, tiene las mejillas húmedas y los ojos hinchados—. Seguro que a mi padre también.

Dora no puede evitar reírse. Franzi lo interpreta como una buena señal y le devuelve la sonrisa.

—¿Se lo pregunto?

—Déjalo —replica Dora—. Primero voy a pensármelo un poco.

—¿Prometido?

—Prometido.

Franzi extiende los brazos y da un beso a Dora. Las lágrimas de la niña humedecen sus mejillas. Luego se limpia la cara con el borde de la camiseta y se levanta.

—¡Venga, Laya!

Las dos saltan por el bosque, persiguiéndose entre los troncos. Franzi no para de gritar y reír. La preocupación ha desaparecido tan rápido como llegó. La infancia es una época feliz en la que unos sentimientos desplazan a otros. Dora se queda sentada en el suelo. Siente el musgo y deja que la arena se escape entre sus dedos. Desde allí puede ver el símbolo de las orejas tallado en la madera del banco.

Cuando regresan al pueblo, oyen desde lejos el quejido de la motosierra. El rostro de Franzi se ilumina como si tuviera un regulador de intensidad. Se adelanta corriendo, seguida por Laya y por Dora, que también aceleran el paso.

Godo está en el jardín, con un cigarrillo entre los labios. Levanta una mano al verlas llegar. Apaga el monstruo y las recibe con un amistoso «buenos días», aunque ya son casi las doce.

—¿Qué tal la mañana, perrito faldero? Te he cortado unas cuantas piezas de madera. Por si quieres tallar algún hueso más para Laya.

A sus pies se ve un montón de tacos de madera que ha descortezado y a los que ha dado forma cilíndrica. Franzi se precipita sobre ellos como si llevara días sin comer y le hubieran preparado un banquete. Dora no entiende que Godo llame a su hija «perrito faldero».

Se acerca a contemplar la loba. Ya se le ve el cuello. Incluso parte del pecho. Godo debe de haber estado muy ocupado en las últimas horas. La loba se alza serena y orgullosa. Lleva la cabeza alta y sostiene la mirada de quien la observa. Su pelo es rizado. Cualquiera diría que se puede peinar con los dedos. La mirada del lobo que se encuentra al lado de la caravana parece más alegre. Se nota que está contento de tener una compañera.

A lo largo de la tarde, Dora abre su portátil en varias ocasiones para consultar el saldo de su cuenta. La transferencia de Jojo llega hacia las seis. Es una cantidad moderadamente generosa, tal y como esperaba. Si controla sus gastos, le llegará para dos meses. Se siente bien. Como si todos sus problemas se hubieran resuelto.

Ya que está delante de la pantalla, abre un portal de noticias. Merkel y su gabinete de ministros. Manifestaciones por el coronavirus. Como no podía ser de otro modo, el país se encuentra dividido.

Dora está a punto de pasar por alto la única novedad. La noticia se produjo hace tres días, pero a los redactores no les pareció lo suficientemente importante en comparación con la pandemia y el coronavirus. La información la deja desconcertada. Un policía en Mineápolis ha apoyado su rodilla sobre el cuello de un hombre de cuarenta y seis años durante más de ocho minutos, hasta que este perdió el conocimiento. El hombre suplicó por su vida. Se le oyó gritar en varias ocasiones: «*I can't breathe*». Poco después fallecía en el hospital. Alguien grabó lo sucedido con su móvil. La víctima es un hombre negro; el policía es blanco.

Dora busca el vídeo en Google. Duda en abrirlo, pero al final lo hace. El hombre se queja una y otra vez. «*I can't breathe*». Llama a su madre. El policía que está de rodillas sobre el cuello del hombre podría ser Godo. Aunque no se parece a él. Lleva el cabello corto, barba de tres días y se ha puesto las gafas de sol sobre la frente. Se le ve relajado, con las manos apoyadas sobre los muslos, sujetando el cuello del hombre con la rodilla, como si fuera lo más normal del mundo, como si no pasara nada. De vez en cuando levanta la cabeza y mira directamente a la cámara. Se le ve tranquilo, sonriendo. Un segundo policía camina de un lado a otro por el borde de la carretera. Nadie hace nada. Es espantoso. La escena no parece llamar la atención. Resulta normal. Alguien toma el pulso a la víctima. Colocan el cuerpo sobre una camilla. Se percibe cierto nerviosismo, pero no demasiado.

Dora vuelve a reproducir el vídeo desde el principio. Le tiemblan las manos. No deberían temblarle en absoluto, porque son grandes. El temblor tarda horas en desaparecer. Una y otra vez se repite a sí misma: «El de Mineápolis no era Godo». No tiene nada que ver con Godo. Repasa en su cabeza las diferencias entre el racismo alemán y el estadounidense. Aunque, en el fondo, da lo mismo. El racismo considera que determinadas personas carecen de valor. Es terrible, pero funciona igual en cualquier parte del mundo.

Por la noche se acerca al muro. El cuerpo de Godo se encuentra tendido junto a la mesa. De repente, sucede. El temblor desaparece. Sus manos son grandes, pero nada más. Tener las manos grandes puede ser muy útil a la hora de resolver problemas. Dora se da cuenta de que es capaz de hacerlo. No es una cuestión de sentimientos, ni de emociones. No tiene nada que ver con la ira, con el miedo o con la repulsión. En este mundo deplorable conviene renunciar a las emociones. No hace falta ponerse una camiseta especial, ni colocar en el coche tal o cual pegatina, ni escuchar un tipo de música en concreto. Cualquiera puede hacerlo. Godo no se mueve. Dora podría acercarse a él, colocarle una rodilla sobre el cuello y esperar ocho minutos y cuarenta y seis segundos. Mientras tanto podría mirar al cielo o consultar algo en su teléfono móvil. Luego le tomaría el pulso y problema resuelto. Tal vez sería lo único que tuviera sentido. Se habría librado de Godo. Ni ella, ni Franzi, ni el pueblo, ni el mundo tendrían que volver a preocuparse por él. Incluso puede que así se evitaran males mayores, ¿quién sabe?

Franzi llega corriendo. Se acuclilla al lado de su padre, lo coge por los hombros y lo sacude. Se la oye sollozar. Entonces sucede algo. La conciencia entra en acción. No se trata de lo que uno sea capaz de hacer. Y tampoco importa lo que convenga. Ni siquiera tiene que ver con el apoyo o el rechazo a los nazis. La clave está en actuar «a pesar de todo». A pesar de todo, hay que seguir adelante. A pesar de todo, hay que estar ahí. A pesar de todo, quien yace sobre el suelo es una persona.

Por eso, Dora salta por encima del muro, corre hacia Godo y le toma el pulso. Le llama por su nombre, le da palmaditas en la cara y, al final, le echa por encima medio cubo de agua para que recupere la conciencia. Luego le ayuda a ponerse en pie. Lo lleva a rastras hasta la caravana. Toma carrerilla varias veces para poder subir con él los tres peldaños de la escalera. Pone el colchón sobre el suelo porque no puede levantarlo hasta la cama. Le da un par de pastillas y tranquiliza a Franzi asegurándole que solo necesita dormir y que al día siguiente se encontrará mejor. La propia Dora confía en que sea así. A pesar de todo.

43

Amistades que florecen

No son más que las siete de la mañana cuando Dora se acerca al muro y escucha a Godo cantando al otro lado. En lugar de *Soy un unicornio*, está tarareando la canción de Wolf Parade que tenía en su reproductor de CD. Es sorprendente lo bien que afina. Su voz es profunda y agradable. Se sube en la silla y le observa mientras trabaja. Pone todo su empeño en la talla. Lleva una camisa de manga corta con cuadros azules y negros que nunca le había visto. Acaba de raparse la cabeza y se le ve limpio, como si se hubiera duchado con la manguera del jardín después de levantarse. Cuesta creer que sea el mismo hombre que yacía inmóvil sobre la hierba la noche anterior.

Está puliendo la línea de la espalda para que quede perfecta. A Dora le llama la atención un bulto que sobresale en el lado derecho de la loba, a la altura del suelo. Hasta ahora no había reparado en él. Puede que Godo haya olvidado retirar el material que sobraba en ese punto. O puede que sea una especie de pedestal para que la estatua se mantenga en equilibrio. Se lo preguntará más tarde.

Dora silba. Godo acude al muro al momento y se sube en la caja de fruta con tanto brío como si fuera a saludar militarmente. Y, en efecto, cuando Dora le entrega las pastillas, él se lleva dos dedos a la visera de una gorra imaginaria antes de volver a su trabajo. A ella no le parece que sea buena idea pasarse el día entero tallando bajo el sol. Sobre todo, porque nunca le ha visto beber nada que no sea café o cerveza. Aunque, dadas las circunstancias, puede que tampoco importe. Durante el desayuno abre un portal de noticias y encuentra más información sobre George Floyd o, mejor dicho, sobre las protestas contra el racismo que se están desatando en Estados Unidos. El gobernador de Minnesota ha movilizado a la Guardia Nacional y ha decretado el estado de emergencia en Mineápolis y sus alrededores. Trump no dice más que tonterías, como de costumbre. Profiere amenazas y se niega a reconocer que la brutalidad policial constituye un serio problema. En Alemania, la opinión pública sigue los acontecimientos con una mezcla de perplejidad y alivio al saber que este acto racista se ha producido en otro país. Además, en estos momentos, su principal preocupación son los bulos sobre el coronavirus y no la defensa de los valores democráticos.

Dora deja el teléfono móvil y empieza a regar sus patatas. Tiene que llenar las regaderas en la cocina, sacarlas por la puerta trasera y llevarlas hasta el huerto. Después de transportar once o doce regaderas, tiene la impresión de que sus brazos han crecido varios centímetros. Un furgón blanco se detiene junto a su puerta. Dora se alegra de que la interrumpan. Deja las regaderas y se acerca a ver quién es. Tom y Steffen se bajan de la cabina. Ni siquiera apagan el motor, que sigue funcionando al ralentí. Se dirigen a Dora con aire solemne, como si quisieran anunciar algo.

—Buenos días —saluda Steffen.

—Buenas —repite Tom.

—Es mejor regar por la noche —comenta Steffen.

Hay un momento de silencio. Dora teme que lo que vienen a comunicarle con tanta formalidad no sea nada bueno.

—Vamos a comprar —anuncia Tom—. ¿Necesitas algo?

—No, gracias —dice Dora—. Tengo el coche de Godo.

—¿Eres su...? —comienza a decir Tom.

—¡Cierra el pico! —le corta Steffen.

Vuelve a haber un momento de silencio. Está claro que estos dos han venido a verla por otro motivo. Tom carraspea.

—Escucha, hemos estado pensando en organizar una fiesta. Una fiesta popular.

—Ahora ya está permitido —corrobora Steffen—. Manteniendo la distancia y tal.

Dora no está segura de que sea así y tampoco entiende cuál es el propósito de todo esto. ¿Qué tiene que ver ella con una fiesta popular?

—Mira —dice Tom—, venimos a hablar contigo para que... te asegures de que Godo asiste.

—Digamos que la fiesta es para él.

—Pero si le invitamos, seguro que no viene. Es mejor que lo traigas tú.

Dora tarda en comprender. Una fiesta para Godo.

—Una idea descabellada —dice ella—, pero interesante. Sois muy amables.

—¿Qué tal después de Pentecostés? —pregunta Tom—. A finales de la próxima semana.

Dora busca las palabras para expresar su preocupación, pero Steffen lo entiende sin necesidad de que se lo expliquen.

—Podemos adelantarlo, por supuesto —apunta—. Se puede organizar de inmediato. ¿Qué tal... pasado mañana?

Dora se siente emocionada. A su manera, quieren hacer las cosas bien.

—Pasado mañana sería perfecto —responde ella.

—¿Crees que vendrá?

—Yo me ocupo de eso.

—Muy bien. ¡Manos a la obra! —dice Steffen.

—Hay otra cosa... —añade Tom.

Dora se acuerda entonces del tiesto que rompió. Lo había olvidado por completo. Pero no se trata de eso. Tom le ofrece un empleo. Por horas. Dora acepta y chocan los codos. Luego se suben a la furgoneta y se marchan de allí.

Poco después se sienta en la escalera, con una gran taza de café con leche al lado y el ordenador sobre las rodillas. Las regaderas han quedado tiradas en el huerto. No podía esperar ni un minuto más. Las ideas se amontonaban en su cabeza como cachorritos que esperan a que les abran la puerta del jardín. El enfoque está claro. Ante todo, el lema: «Amistades que florecen». Ese será el hilo conductor de la campaña. Tom ha empezado a vender flores en Internet. Por el coronavirus. Pero piensa ampliar el negocio. Los arreglos florales de Steffen se venden como churros. Esa será la base. Lo primero es definir el *target* al que se dirigen. Las flores le gustan a todo el mundo, pero a los arreglos hay que darles un aire moderno. Dora ha tenido una idea: utilizar la marioneta de Helmut Kohl que aparecía en «¡Hurra, Alemania!», el programa satírico de los noventa. Después de la caída del Muro, el político se refería a los Estados de la antigua RDA como la Alemania que florece, una imagen que muchos discutían. En Bracken, en cambio, las amistades sí florecen. Dora tiene en su cabeza un montón de *gags* cómicos en los que la marioneta de Kohl se encuentra con pensionistas, parados o madres jóvenes con trabajos a tiempo completo que no les permiten cuidar de sus hijos. Están indignados porque el canciller no cumple sus promesas. Todos los *spots* terminan de la misma manera: Helmut Kohl regala a sus críticos un arreglo floral. Un formato satírico con un viejo canciller de goma como protagonista es tan absurdo que tiene que funcionar. Dora apuesta a que Tom no entenderá la idea, pero a Steffen le encantará. Se pasa ese día y el siguiente desarrollando la campaña mientras Godo sigue tallando su loba al otro lado del muro. Las protestas por la muerte de Floyd se extienden poco a poco. El tiempo no cambia: el calor aprieta, se anuncia la llegada de borrascas, pero sigue sin llover. Cuando habla con Jojo por teléfono, este le cuenta que las autovías están llenas de vehículos con caravanas, lanchas, caballos e incluso avionetas. Grupos de ruidosos motoristas han tomado las carreteras. En las playas del Báltico no cabe ni un alfiler.

—Adivina quién está ahora en la playa —la reta—. Los mismos que han publicado artículos sobre la amenaza del coronavirus, han respaldado las medidas para luchar contra el coronavirus, han seguido las tertulias sobre el coronavirus, han debatido sobre el coronavirus y se han lanzado al cuello de los que no compartían sus opiniones acerca del coronavirus. Pero han llegado las vacaciones y eso lo cambia todo.

Jojo se echa a reír. Dora se lo imagina sacudiendo la cabeza de un lado a otro. A ella, la fiebre de las vacaciones también le parece ridícula, pero no tiene humor para hacer bromas sarcásticas. Jojo anuncia que se pasará el martes siguiente a Pentecostés para «ver a tu vecino de la derecha», un juego de palabras que seguramente tendría preparado antes de descolgar el teléfono. Dora le da las gracias, cuelga y sigue trabajando.

Esa noche comprende lo que significa en realidad la visita de Jojo. Un arrendajo se ha posado en el haya que tiene enfrente de casa. Gira la cabeza a un lado y a otro. Unas veces la mira con el ojo izquierdo y otras con el derecho. Es la primera vez que encuentra uno en el jardín. Pero ahí está y trae un mensaje para ella: «Todo saldrá bien». Esta semana ha marcado un punto de inflexión. Dora ha conseguido empleo y está a punto de convertirse en una profesional de la publicidad para el medio rural, con su propia agencia. Se ganará la vida y, al mismo tiempo, hará algo por la gente de aquí. Tom y Steffen no son sus adversarios, sino sus amigos. Lo que planean para Godo no es una especie de entierro anticipado, sino una fiesta de bienvenida a la nueva vida.

Jojo nunca actúa sin un motivo. Ha anunciado su visita a Bracken y eso tiene que significar algo. En realidad, solo puede significar una cosa: que ha visto la posibilidad de una curación. Cuando se trata de registrar la evolución de sus pacientes, Jojo es como un sabueso siguiendo un rastro. El martes anunciará que el tumor ha dejado de crecer. Es raro, pero ya ha ocurrido en otros casos. No querrá darles falsas esperanzas, pero les recomendará insistentemente que comiencen un tratamiento. Dora convencerá a su amigo y le acompañará a las sesiones de quimioterapia. Una nueva rutina. «Amistades que florecen» será un éxito y eso le procurará nuevos clientes, pequeñas empresas de la región que solicitarán sus servicios. Las escuelas volverán a abrir sus puertas y Franzi vendrá de visita los fines de semana y en vacaciones. Si Godo se recupera por completo, puede que incluso se mude a Bracken definitivamente. El arrendajo le sonríe. Tal vez sea una sonrisa burlona. Aunque teniendo pico debe de resultar difícil.

44

Fiesta

El domingo por la tarde se dirigen juntos a la plaza del pueblo. Godo lleva una caja de cerveza en cada mano, lo que, en su caso, no parece difícil. Dora va cargada con dos enormes bolsas de panecillos que ha comprado en la gasolinera de Plausitz para no aparecer en la fiesta con las manos vacías. Las portadas de los periódicos no mostraban a ciudadanos con mascarillas, como de costumbre, sino coches ardiendo en medio de la noche y gente manifestándose por las calles con los puños en alto. Las protestas por el asesinato de George Floyd bajo el lema «*Black Lives Matter*» se han extendido por todo el mundo. En Berlín también se han anunciado concentraciones. Es como un soplo de aire fresco en un ambiente cargado.

Franzi lleva a Laya de la correa. La muchachita salta y brinca por la calle, cantando: «¡Vamos a una fiesta! ¡Vamos a una fiesta!». La perrita, que no sabe lo que ocurre, comparte la alegría de la niña y la acompaña dando piruetas.

Godo no ha puesto ninguna objeción a la fiesta. Cuando Dora le preguntó si quería ir con ella, estaba ocupado puliendo la cabeza de su loba. Masculló algo incomprensible, como si no la hubiera escuchado o no la quisiera escuchar. Estaba claro que le daba igual cómo pasar la tarde. Ahora camina al lado de Dora, utilizando su propio cuerpo como pantalla para separarla del tráfico de la carretera. Cuando se aproxima demasiado a la calzada, él la aparta. De vez en cuando se gira hacia ella y la observa con una mueca burlona. Es como si fuera consciente de que Dora no sabe qué pensar de él. Después de la muerte de George Floyd, a ella se le ocurre acudir a una fiesta con un nazi. No parece una posición demasiado coherente. Aunque, para adoptar una posición coherente, debería ver las cosas con cierta perspectiva.

La plaza del pueblo no es más que una pradera en la que confluyen un montón de callejuelas. La hierba no está mal segada, hay unos cuantos robles bastante viejos, algunos bancos podridos y dos porterías que se caen a pedazos. En el centro arde una fogata. Aunque han llegado pronto, ya hay gente. Tom y Steffen están junto a la mesa de las bebidas. Lo controlan todo como si fueran los anfitriones y procuran que haya un buen ambiente haciendo alguna broma de vez en cuando. Sadie se está tomando un café. Ha vuelto a teñirse el pelo. Ya no es rubio platino, sino azul cobalto. Ha traído a sus hijos. Cerca de ella, cinco bomberos levantan sus botellas de cerveza para brindar. Los bancos están ocupados por mujeres mayores que se ríen por lo bajo y beben un licor rosa que parece proceder de otra galaxia. Detrás de los robles, entre los arbustos, se oyen niños jugando.

Heini ha colocado su estación espacial al lado del fuego. Lleva el delantal de *Serial Griller* y va dando la vuelta a salchichas, hamburguesas y filetes. Cuando ve los panecillos que Dora ha comprado en la gasolinera, le dice:

—Esos te los comerás tú, ¿verdad?

Godo deja las cajas de cerveza debajo de la mesa de las bebidas y hace una ronda para saludar a sus vecinos al estilo de Brandeburgo. Unos le ofrecen el codo, por el coronavirus, y otros, después de dudar un momento, le estrechan la mano. Franzi hace lo mismo. A Dora no le gustan las fiestas y tampoco dar la mano, pero no tiene elección. Sigue a Godo y a Franzi, y saluda a todo el mundo con una inclinación de cabeza a la que le responden con un «hola» o un «buenas tardes». Nadie se preocupa de presentarla. Dora está segura de que todos saben cómo se llama, aunque ella no conozca a nadie.

Poco a poco van llegando nuevos invitados, que se distribuyen en grupos por la pradera. Dora se ha colocado entre la barbacoa y la mesa de bebidas. Se siente segura, protegida. Godo está de pie al lado de ella. Sostiene un plato de cartón en la mano y devora salchicha tras salchicha.

—Yo no me preocuparía por el coronavirus —dice Heini—. No durará mucho. Al fin y al cabo es *made in China*.

Parece que ha preparado una nueva remesa de chistes. Dora se plantea si ha sido una buena idea quedarse junto a la barbacoa.

Tom inicia una conversación con Godo, que asiente con la cabeza educadamente mientras él le habla, aunque no deja de comer en ningún momento. El tiempo y la sequía. El tercer año que no llueve. Cosechas que se pierden. El sufrimiento de los agricultores. Godo no puede estar más de acuerdo. Los vecinos se acercan y forman un semicírculo a su alrededor. Parece que todo el mundo sabe que es una fiesta para Godo, salvo él mismo. El escarabajo de la corteza. El bosque que agoniza. Suelos agotados en los que no se pueden utilizar fertilizantes. Godo le da la razón y coge la siguiente salchicha.

—Tenía un problema con las compras compulsivas, pero lo he resuelto con un libro de autoayuda que acaban de publicar. ¡Me llevé cinco ejemplares antes de que se agotase!

Heini ha entrado de lleno en el mundo de los chistes del coronavirus. Los vecinos también hablan sobre el tema. Lo difícil que resulta trabajar ahora que los niños no van al cole ni a la guardería. Las familias que han perdido su empleo y carecen de ingresos. El hecho de que se haya levantado el confinamiento y medio país haya salido de vacaciones. Godo escucha a todos sin perder bocado. Dora echa cuentas. Debe de ir por su cuarta salchicha. Les preocupa cómo van a ir a trabajar cuando prohíban los vehículos diésel.

—¡Pues nada, nos compramos coches eléctricos y todo solucionado! —exclama un bombero, y el pueblo se ríe estrepitosamente.

Dora va a buscar una cerveza y le trae otra a Godo. Él saca un cigarrillo de la cajetilla y también le ofrece uno. Al principio se sentía nerviosa, pero ahora comienza a relajarse poco a poco. A nadie parece importarle quién es, qué hace allí y qué relación mantiene con Godo. Se bebe la cerveza prácticamente de un trago. Entonces se da cuenta de que Laya y Franzi no están por allí. Juegan entre los arbustos con los demás niños. Alguien le pone un vasito de licor rosa en la mano. Sabe a chicle de fresa. La gente se muestra cada vez más amable y la fiesta es cada vez más divertida.

Acaban de cerrar el último consultorio médico que quedaba en la zona. No está nada claro dónde van a tener que ir los mayores a por sus recetas.

—Pero lo importante es que Baviera disponga de test para el coronavirus —asegura Sadie, y todos se ríen a carcajadas.

Alguien cuenta que en las últimas semanas han cerrado tres tabernas.

—¡Por eso hemos tenido que venir a beber aquí! —apunta otro.

—¡Hasta que nos lo prohíban!

—Entonces nos pondremos a charlar al lado de la carretera.

La gente se parte de risa, algunos tienen que dejar sus botellas de cerveza en el suelo. Heini parece un poco ofendido. Dora se ha dado cuenta de que Steffen ha sacado una libreta del bolsillo y está tomando notas discretamente.

—¡Vale! Pero sin moros ni gitanos —sentencia Godo mirando a Steffen.

Hasta entonces no había abierto la boca. Steffen ignora el comentario. Dora le da un golpe en el brazo y suelta un gruñido como lo haría con un perro que acaba de coger una loncha de jamón de la mesa. Los que están alrededor imitan el gruñido de Dora y ríen a carcajadas hasta que no pueden más.

Dora se pregunta si ella y Godo son amigos. De algún modo se han convertido en el centro de la diversión. Todos levantan sus botellas y brindan. También Dora, que se siente parte de algo sin saber muy bien de qué.

Aunque a Dora no le gustan las fiestas, debe reconocer que lo está pasando bien. Godo parece contento, no le duele la cabeza, ni presenta ningún otro síntoma. Franzi corretea con los demás niños por la plaza del pueblo como si jamás se hubiera marchado de Bracken. Laya participa de sus juegos, no deja de hacer piruetas y consigue que Franzi sea la estrella del espectáculo.

Uno de los bomberos le trae a Dora otra salchicha y una botella de cerveza, y le da una palmada en el hombro como si la felicitara por algo que ha hecho bien. Ahora, la conversación se centra en las reformas que cada cual ha realizado en casa. Hay quien ha solado la zona del jardín donde aparca el coche y hay quien ha construido un cobertizo nuevo. Luego hablan sobre la cosecha de patatas y sobre las ofertas de la ferretería. Steffen guarda su libreta de notas y se acerca a otro grupo.

Franzi podría ir al colegio en Plausitz. Dora y Laya podrían llevarla por las mañanas a la parada del autobús. Si alguna vez lo pierde, Dora la acercaría a la ciudad en el *pick-up*. Y aprovecharía para hacer la compra. Luego se tomaría un merecido café y trabajaría en las campañas publicitarias de sus nuevos clientes: fontanería W., sastrería F. o cualquier otro. No tendría por qué limitarse a trazar una estrategia publicitaria, podría plantear además nuevos modelos de negocio para la era post-covid.

Godo está sentado en el banco como si lo hubieran atornillado a él. Fuma y asiente con la cabeza de vez en cuando. Nadie podría sospechar que hace un par de noches se lo encontró inconsciente en el jardín. Había empeorado, pero ahora vuelve a mejorar. Heini ha empezado a contar un chiste de un mono que vuela en un avión, aunque ya nadie le escucha.

Dora ha quedado con Tom para después de Pentecostés. Tienen que hablar de la campaña publicitaria. Amistades que florecen. Si queda satisfecho con su trabajo, seguro que la recomienda a sus conocidos. Tom parece tener muchos contactos. Se para a pensar cuándo fue la última vez que sintió ese cosquilleo en el estómago. No lo recuerda. Jojo vendrá a ver a Godo pasado mañana. Dora está segura de que traerá buenas noticias. Habrá estado estudiando la TRM, habrá consultado revistas especializadas y habrá hablado con otros compañeros. Vendrá a convencer al señor Proksch, que no quiere saber lo que sucede en su cabeza, para que se someta a una nueva terapia.

Dora escucha una conversación sobre las prestaciones que ofrecen los últimos modelos de robot cortacésped y se le ocurre que, en realidad, no hay tanta polarización como se dice. No hay tantas diferencias entre este y oeste, arriba y abajo, izquierda y derecha. El mundo no es el paraíso, pero tampoco se encamina hacia el apocalipsis, como los políticos y los medios auguran con tanta frecuencia. A las personas les gusta estar unas con otras. Se llevan mejor o peor. Se encuentran y se separan. Dora forma parte de algo. Godo forma parte de algo. Aunque ni siquiera se miren y apenas digan algo. Aunque todos sepan que Godo estuvo en la cárcel y piensen que Dora es su novia. Hacen una fiesta para celebrar la única verdad que existe. Que todos están aquí. Juntos. En este planeta. Formando una comunidad. Sentados o de pie, callados o hablando, bebiendo y fumando, mientras la Tierra gira, el sol se pone y el fuego se va apagando. Es un maldito milagro. Viendo todo esto, cualquier división no puede ser más que un error.

Dora se pregunta qué hará Godo si logra salvarle la vida. Puede que ponga la rodilla sobre el cuello de un negro. O puede que entre en una tetería de Berlín y empiece a pegar tiros a todos los inmigrantes. Piensa en los médicos de los hospitales militares, que salvan la vida a soldados enemigos. El error del sistema no es salvar la vida a la gente, sino hacer la guerra.

Cuando el fuego se apaga y el sol se oculta, la mayoría de los invitados abandona la fiesta. Los que quedan se acercan al fuego, contemplan las brasas y conversan en voz baja, como si no quisieran molestar a la noche. Han empezado a circular unos vasos de aguardiente. Dora apura uno cada vez que cae en sus manos. Las jóvenes lechuzas ululan con un tono lastimero desde las copas de los robles. Los murciélagos salen de caza en silencio. Los grillos cantan con la esperanza de encontrar el amor. Dora se sienta en uno de los bancos. No le sorprendería que Godo lo hubiera construido. Franzi se acerca a ella y se sube a su regazo. Dora rodea el tibio cuerpo de la niña, apretándolo contra su pecho. Laya se deja caer agotada a sus pies y extiende sus patas traseras, como si fuera una raya. Las chispas ascienden hacia el cielo cada vez que uno de los bomberos remueve las brasas.

—Cuando el fuego muere —pregunta Franzi—, va arriba, ¿no? Al cielo.

—Se podría decir que sí.

—Y, cuando las personas mueren, también van al cielo.

—Hay quien cree que sí.

—¿Y qué crees tú?

La pregunta la pilla por sorpresa. Dora ha bebido demasiado alcohol para pensar con claridad. No sabe con exactitud lo que cree. No cree en Dios. Pero sí en algún tipo de vínculo.

—Creo que en la naturaleza nada se pierde. Todos permanecemos aquí. Aunque de otra forma.

—¿Como un arrendajo? —pregunta Franzi.

Ha sido tan dulce que Dora la abraza con más fuerza.

Luego dejan de hablar. Dora piensa que la muchacha se ha quedado dormida. Pero cuando Godo se acerca a ella para emprender el camino de vuelta a casa, Franzi se levanta inmediatamente. La niña avanza por la carretera de la mano de Dora. Laya la sigue a cierta distancia. Godo las protege a todas del tráfico, aunque a estas horas apenas pasan coches. Dora nota los efectos del licor en sus brazos y en sus piernas. Es probable que haya bebido más que Godo, que, por lo que recuerda, no ha probado el aguardiente. Cuando llegan, en lugar de seguir hasta su casa, entra con Godo y Franzi en su jardín, casi sin darse cuenta.

—Espera un momento —dice Godo—. Voy a acostar a Franzi.

Franzi levanta las manitas y deja que su padre la coja en brazos. Godo la levanta como si fuera una muñeca. Abre con un pie la puerta trasera de la vivienda y pasa con su hija como si fuera lo más normal del mundo. Dora se queda de pie en el jardín. Se siente algo mareada. Oye los pasos de Godo por la escalera y se lo imagina metiendo a Franzi en la cama, arropándola y dándole un beso de buenas noches en la frente. Es como si sintiera la felicidad de la muchacha en su propio cuerpo.

—¿Fumamos otro? —propone Godo, cuando vuelve.

—Claro.

—En el muro, ¿vale?

Dora asiente con la cabeza, aunque necesita unos segundos para comprender lo que ha querido decir. Se pone en marcha, sale del jardín, recorre un tramo de la calle y entra en su parcela. Coloca la silla junto al muro y se sube en ella. Godo ya está al otro lado, sobre la caja de fruta. Allí fue donde lo vio por primera vez. «Encantado, soy el nazi del pueblo». Saca dos cigarrillos de la cajetilla, se los coloca entre los labios, los enciende y le da uno a Dora. Fuman en silencio. Bajo las estrellas. Algunas brillan tanto que parece que van a caer sobre la tierra. Godo está tan cerca que puede oír su respiración y ver cómo palpitan las venas de su cuello. *0x0.* No hay error. Dora tiene que replantearse un montón de cosas. Pero no será ahora. Ha bebido demasiado. Apuran el cigarrillo hasta el filtro, hasta que no pueden dar otra calada, y luego tiran las colillas al mismo tiempo.

—Vale —dice Godo.

45

Schütte

Dora está preparando café. Alguien llama a la puerta. Es Godo. Con otra camisa nueva. Mangas cortas. Rayas azules y amarillas. Espantosa. Ni siquiera se la pondría para disfrazarse en carnaval.

—Buenos días.

Dora no le responde. Se limita a entregarle las pastillas, aunque a ella tampoco le vendrían mal. Le duele la cabeza. Siente pinchazos en las sienes. Apenas puede mantener abierto el ojo izquierdo. Y es muy posible que se le trabe la lengua si intenta hablar. No debería haber abusado del alcohol en la fiesta. Hacía demasiado calor. Y fumó demasiados cigarrillos. Hay una parte de la noche que no consigue recordar con claridad. ¿Le pidió Godo que se subiera al muro para fumar un último cigarrillo? Y si fue así, ¿cómo consiguió guardar el equilibrio sobre la silla?

Godo se fija en la cara de Dora y no puede evitar sonreír. Luego se toma las píldoras como si nada. Como si no tuvieran la menor importancia. Como si no fueran más que una vieja costumbre a la que ambos se apegan.

—Ven —le pide—. Y trae la llave del coche.

Espera en la puerta mientras ella va a buscar la llave que ha escondido en el macetero, se sirve café en un vaso de cartón y entra en el baño para recogerse el pelo y hacerse una coleta delante del espejo. Mientras caminan por el borde de la calle, intenta beber todo el café que puede con la esperanza de que su vista se aclare. El portón está abierto. Franzi está dando saltos junto al *pick-up*. Aunque se acostó tarde, es evidente que ha dormido bien. Saluda a Laya y empieza a gritar:

—¡Vamos de excursión! ¡Vamos de excursión!

Dora solo quiere volver a la cama.

Godo abre su mano:

—Yo conduzco.

En este momento es muy probable que el riesgo que Dora representa para la seguridad vial sea mayor que el que asumirán si conduce Godo. Ella no puede con la resaca. Él tiene la mirada clara, el rostro relajado y el labio inferior ligeramente caído. Se encuentra bien. Mucho mejor que ella.

—¿A dónde vamos?

—Ya lo verás.

Se sube y enciende el motor. Dora hace un esfuerzo y ocupa el asiento del copiloto. Franzi y Laya pasan detrás. El gato del pelaje anaranjado está echado sobre el muro y los mira con desprecio. Parece burlarse de la torpeza y de la poca elegancia con la que se mueven las personas.

Conducen en dirección a Kochlitz. Viajan con las ventanillas bajadas. El aire refresca el coche. Godo se concentra en la carretera y respeta el límite de velocidad. Acaso aspire a que le nombren conductor del mes. Gira justo antes de llegar a Kochlitz. La carretera se interna en el bosque. Godo reduce aún más la velocidad. Mira todo el tiempo a la izquierda. Como si buscara un desvío. Cuando lo encuentra, frena, gira y entra con el *pick-up* en una pista llena de baches que lleva a lo más profundo del bosque. Los vehículos forestales han pasado por allí cuando el camino estaba embarrado. El sol lo ha secado y han quedado las roderas. El morro del *pick-up* se hunde y se levanta como si se tratase de una lancha motora sacudida por el oleaje. Dora apoya las dos manos sobre el salpicadero para no golpearse la cabeza contra el techo. Franzi disfruta como si se hubiera subido en una montaña rusa. Los neumáticos se hunden en la tierra. Las ruedas traseras patinan. Dora cree que van a quedarse bloqueados. Pero Godo conduce con habilidad. Maneja la palanca de cambios, controla el acelerador, gira el volante en el momento justo y devuelve el coche a terreno firme.

El camino mejora un poco y Dora comienza a disfrutar del viaje. El sol de la mañana transforma el bosque en un cuadro en tres dimensiones, con luces y sombras. Aspira el aroma de la madera y del musgo seco mientras toma un trago de café. El desayuno perfecto. Cuando mira por el espejo retrovisor, ve que Franzi ha sacado la mitad del cuerpo por la ventanilla y contempla las copas de los árboles junto a los que pasan.

Al final, Godo aparca el *pick-up* en una pradera y apaga el motor. Se hace el silencio. Un silencio ensordecedor. Dora reconoce los sonidos del bosque: el rumor de los árboles, el susurro de los insectos, el confuso canto de las aves y el laborioso repiqueteo del pájaro carpintero. Se quedan sentados un instante, escuchando el concierto, hasta que Franzi abre la puerta y grita «¡Excursión! ¡Excursión!».

—¡Qué bonito es este sitio! —dice Dora a Godo, que hace como si no la hubiera oído.

Franzi y Laya desaparecen en el bosque. De vez en cuando distinguen la colorida camiseta de la niña entre los árboles. Godo coge una cesta que llevaba en la parte de atrás del *pick-up* y se ponen en marcha. Dora camina a su lado. Aunque no han tardado más que media hora en llegar, el bosque no se parece en nada al de Bracken. No hay pinares, sino viejos árboles de hoja caduca: robles, hayas, abedules. Un ambiente de cuento. Como si nadie viniera por aquí. Dora ve una pila de troncos cubierta de musgo que no se llegó a recoger y no se recogerá. Un poco más adelante encuentran rollos de alambre para una valla que no se va a construir y un puesto observación que necesitaría que alguien lo reparase. El terreno está salpicado con huellas de venados y de ciervos. El pájaro carpintero trabaja incansablemente.

Entre la hierba se distingue un antiguo sendero. Lo siguen y se adentran en el bosque. Avanzan unos cientos de metros y un hermoso paisaje se abre ante sus ojos. No es un claro, sino un brezal. Las flores crecen aquí y allá, como si fueran balsas de colores, las abejas vuelan entre las malvas y el trébol. Godo se detiene.

—Antes, todo esto eran campos de cultivo —dice extendiendo el brazo como si quisiera abarcar el contorno entero—. Detrás estaban los establos. Ahora solo quedan los cimientos, hundidos entre la maleza.

Godo camina por la pradera. Franzi y Laya saltan entre la hierba. Dora aspira el aroma especiado que impregna el aire. Huele como en las tiendas de té. Puede que sea el lugar más hermoso en el que haya estado jamás. Un rincón apacible, fragante, mágico, que solo pertenece a la naturaleza y al pasado.

—Allí, al otro lado, estaba la vivienda.

Dora coloca la mano sobre los ojos para que el sol no la deslumbre. Paredes en ruinas sobresalen entre las zarzas. Tres tilos alzan sus poderosas copas hacia el cielo. Han sobrevivido a la casa a la que en otro tiempo daban sombra.

—Los edificios se han ido desmoronando poco a poco. Cuando todo esto quedó abandonado, los de Bracken aprovecharon gran parte de los materiales.

Godo señala una serie de árboles más bajos que el resto, pegados unos a otros, que han crecido hasta formar una espesura impenetrable.

—Eso era un huerto. Había frutales. Cerezos, manzanos, ciruelos.

Las ramas están cubiertas de líquenes, como si se hubieran revestido de un manto plateado. Es un lugar perfecto para que elfos, enanos y otros seres fabulosos construyan su morada.

—La leñera, una fuente, el taller y los cobertizos para las herramientas y la maquinaria.

Godo señala distintos puntos en los que no se ve absolutamente nada. Avanzan unos pasos más y se sientan sobre un enorme tronco de roble que seguramente ya servía de banco hace treinta años. Están tan cerca uno de otro que se rozan con el codo. La risa de Franzi se eleva hacia las nubes, cuya silueta se recorta contra el sol.

Dora ha aprendido a reconocer las formas bajo las que *0x0* se manifiesta. Esos instantes en los que siente que de verdad existe. Un suave vértigo en el estómago, un ligero mareo en la cabeza y un extraño brillo en la mirada. El mundo en tres dimensiones. Tal vez *0x0* se parezca a la muerte. Hace tiempo que sospecha que tiene que ver con Godo. Atrae el presente como si fuera un centro de gravedad. Un misterio que ni el intelecto más agudo podría explicar.

—Conoces bien todo esto —comenta ella.

—Vivíamos aquí.

Habría podido deducirlo ella sola. La ha traído al lugar donde pasó su infancia. A la casa de sus padres, que ya no existe. De repente ve el entorno con otros ojos, como si alguien hubiera puesto una nueva diapositiva en el proyector. Ve a Godo de joven, corriendo por un campo de trigo. Recoge ciruelas en el huerto de frutales. Se sube con su padre en el tractor.

—«Los barracones de Bracken, la cabaña de Schütte». Algo así cantábamos en la escuela. No era fácil llegar. A la escuela, quiero decir.

A Dora le viene a la memoria el artículo de Wikipedia: «Comprende el poblado de Schütte, actualmente abandonado».

—No sobrevivió a la caída del Muro. Al poco apareció alguien y lo reclamó como suyo —hace un gesto, como si quisiera borrar la pradera y los antiguos campos—. Yo tenía trece años. Tuvimos que marcharnos.

Dora acaba de descubrir un arrendajo. Había estado esperándola aquí todo el tiempo. Está posado sobre las ramas de un arce, observándolos desde lo alto.

—Entonces nos mudamos a Plausitz. Mi viejo buscó trabajo. Yo tardaba menos en ir a la escuela. Pero vivíamos hacinados en un cuchitril. Peor que la cárcel. Allí, por lo menos, tienes una celda para ti solo.

El arrendajo se acerca a ellos saltando de rama en rama. Es evidente que busca la compañía de las personas.

—Recuerdo el verano de 1992. Mi padre me llevó a Rostock. La furgoneta en la que viajamos era una Barkas. Me pareció increíble. Por fin podía salir de aquellas cuatro paredes. Cerveza y fuegos artificiales todas las noches. Un ambiente genial. Una fiesta. No se puede decir otra cosa.

Dora no entiende a qué se refiere. Hasta que cae en la cuenta. Es como si le dieran una patada en el estómago. Como si se precipitase desde lo alto de un rascacielos. Habla de Rostock-Lichtenhagen y de lo que sucedió en el *Sonnenblumenhaus,* la «casa de los girasoles», los disturbios racistas más violentos que haya vivido Alemania desde la Segunda Guerra Mundial.

—Fue como volver a la vida. ¡Por fin pasaba algo!

Dora se pregunta si está tratando de justificarse. Si la ha traído a Schütte para explicarle por qué se convirtió en un nazi. Pero eso no va con Godo. Su propósito es otro. Su propósito es que se abra al mundo. Que salga de la nebulosa en la que se encuentra. *Runtime Error*. Sentir que uno existe es una cosa increíble. Tanto como estar al lado de alguien que volvió a la vida a los trece o catorce años prendiendo fuego a la casa donde se alojaban unos trabajadores vietnamitas que habían venido a Alemania a trabajar.

Dora rechaza el cigarrillo que le ofrece. No puede fingir que no ha pasado nada. Se siente mal.

También es cierto que Godo no pertenece a los Ciudadanos del Reich. No es un negacionista. No cree en las teorías de QAnon. No forma parte de ningún grupo armado. No es miembro del NPD. Y han pasado treinta años desde lo de Lichtenhagen.

Pero nada de eso es una excusa. Debería levantarse y marcharse. Regresar a pie a Bracken. Meterse en casa y cerrar la puerta. Pero es demasiado débil. Maldita fiesta. Maldita resaca. Las palabras de Godo pesan como el plomo.

—Después de Lichtenhagen seguimos adelante. Hicimos una gira, un *tour*. Wismar, Güstrow, Kröpelin. Nos bañábamos en los lagos. Dormíamos en la furgoneta. Y por la noche salíamos a protestar en las calles. Jamás olvidaré las caras de los policías detrás de los escudos. Nos tenían miedo. Mi padre no quería que estuviera en primera línea. Tampoco me permitía lanzar ningún objeto. Pero una vez ayudé a volcar un coche patrulla. Es muy fácil si se unen varias personas. Todo es más fácil si te unes a otros. Eso es lo que habéis olvidado.

Dora no sabe a quiénes se refiere y tampoco lo quiere saber. Observa el arrendajo, que ha bajado al suelo revoloteando y los contempla con la cabecita inclinada, como si fuera una paloma que espera que le den comida.

—¿Por qué me cuentas todo esto? —pregunta ella.

—Pensé que éramos amigos —dice Godo.

—Yo no entiendo ese odio.

—Todo el mundo odia a alguien. Es la única manera de salir adelante.

—Eso es una tontería.

—Tú odias a los nazis.

—Yo no odio a nadie.

—Te consideras mejor que ellos.

Dora se levanta de un salto. Se siente indignada. Ha llegado el momento de decirle a Godo lo que piensa. No entiende por qué la ha traído aquí. Por qué la presiona hasta que se le saltan las lágrimas. «Pensé que éramos amigos». ¿Acaso debe sentir compasión por el nazi del pueblo? Quiere decirle que es una mala persona. Porque desprecia a los demás, porque utiliza la violencia. Quiere decirle que dan un espectáculo lamentable cada vez que salen a la calle con sus banderas. Que lo que cuelgan sus amigos en YouTube no son más que bobadas. Y que puede meterse su odio donde le quepa. Quiere decirle que es un padre de mierda.

Pero solo se le ocurren dos frases. Y se las grita a la cara.

—¡Claro que soy mejor que tú! ¡Cien veces mejor!

Godo no reacciona. Dora se queda pensando en lo que ha dicho. Le parecía justo. Necesitaba desahogarse. «¡Claro que soy mejor que tú!». Pero ahora se da cuenta de que esa frase es la raíz de todos los problemas. En Bracken y en todo el mundo. Un veneno que corroe a la humanidad por dentro.

Dora se siente confusa. Se deja caer de nuevo sobre el tronco del árbol. Su ira se ha desvanecido sin dejar rastro. Godo coge la cesta que ha traído, saca un panecillo, arranca un trocito y se lo lanza al arrendajo. El pájaro duda un momento, pero al final se acerca dando saltitos y se lanza sobre el pan, casi rozando las zapatillas de Dora.

—Silencio —susurra Godo.

—No sabía que comían pan —murmura Dora.

—Todo el mundo come pan.

—Y odia a alguien.

—Antes venía aquí a dar de comer a los pájaros. Es como si se acordaran.

—¿Cuántos años vive un arrendajo?

—No los suficientes.

Godo le da el panecillo. Dora deja unas cuantas migas en el suelo y luego le ofrece al pájaro un trozo más grande. El arrendajo se acerca dando saltitos y luego se retira. Gira la cabeza. Revolotea en el sitio. Se resiste a comer de su mano. Miedo contra apetito.

46

Puesto de observación

—Vamos por ahí.

Godo camina delante. Dora le sigue. Bajan una ladera, cruzan el brezal. Franzi y Laya se unen a ellos. Avanzan en medio del bosque y luego toman un sendero que debe de conducir a alguna parte. El bosque vuelve a abrirse y Godo se detiene.

—¿Otro campo?

—Un campo de patatas. Eso es lo que era antes.

Parece el título de una de esas novelas que Dora dejaría a medias. A cierta distancia se ve un cañaveral que revela la presencia de una laguna. Godo la guía hasta un puesto de observación con una larga escalera. Antes de subir, saca tres prismáticos de la cesta y se los cuelga del cuello a cada uno. Franzi es la primera en ascender por la escalera.

—Dame a esa perra mugrosa.

Dora duda un momento antes de coger a Laya y entregársela a Godo. La perrita le da un lametón en la barbilla y se deja llevar sin oponer resistencia. Godo sube con la cesta en la mano y Laya en el brazo. Cuando Dora llega arriba, la recibe llevándose un dedo a los labios.

—Ahora, silencio.

No tienen que esperar demasiado. Una pareja de garzas reales se posa a cierta distancia y camina por el cañaveral buscando alimento. Gracias a los prismáticos parece que las aves estuvieran al alcance de su mano. Alas grises, algo más oscuras en la parte inferior. Cuello blanco. Una franja negra alrededor de los ojos, como la máscara de un ladrón.

—¡Mira, una cigüeña! —susurra Franzi.

En efecto, acaba de llegar otro pájaro, más grande aún, con el plumaje blanco y negro y las patas rojas. Baja la cabeza y mete el pico entre la hierba.

Entonces aparecen unas grullas. A Dora le sorprende su tamaño. Sus largas patas y la franja roja que les cubre la garganta y la parte superior del cuello les da un aspecto exótico. Un grupo de gansos salvajes bien alimentados atraviesa la laguna provocando las protestas de los patos.

—¡Faisanes! —dice Godo cuando tres aves levantan el vuelo con un sonoro aleteo.

A Dora le llama la atención el tamaño de las aves que viven aquí, sobre todo, si las compara con los diminutos herrerillos, petirrojos y chochines que observaba con su madre a través de la ventana de la cocina. Las urracas ya le parecían colosos negros y blancos.

—¡Ahí!

Godo se levanta del asiento, flexiona las rodillas, se ajusta los prismáticos a los ojos y mueve la rueda de enfoque.

—¡No puede ser!

—¿Qué pasa? ¿Qué pasa? —pregunta Franzi antes de que la reprendan por hacer ruido.

Dora sigue la mirada de Godo y apunta con sus propios prismáticos en la misma dirección. Ve un pájaro poco vistoso, con manchas de color marrón, más pequeño que una perdiz. Su pico no es demasiado grande, pero sí fino y recto como un instrumento quirúrgico. Avanza por el prado rebuscando aquí y allá. De no ser por Godo, no le habría prestado ninguna atención. Parece aburrido, una especie de pájaro carpintero o de motacilla.

—Un combatiente —susurra Godo—. Es muy raro. Deben de quedar unas treinta parejas en total. No muy lejos de aquí hay una reserva. Nunca había visto uno en plena naturaleza.

—¿Vienes con frecuencia aquí a ver pájaros? —pregunta Dora.

Resulta raro que se interese por él después de la explosión de ira de antes. «¡Claro que soy mejor que tú!». No es fácil comportarse con normalidad. Pero Godo vuelve a hacer como si no la hubiera oído y ayuda a su hija a regular los prismáticos.

—¡Lo veo, lo veo! —grita Franzi.

Dora está casi segura de que miente.

Cuando se cansan de observar pájaros Godo se coloca la cesta sobre las rodillas. Saca un termo de café para Dora y un refresco de naranja para Franzi. Ha traído salchichas ahumadas y unos cuantos panecillos de los que Dora compró en la gasolinera y que debe de haberse llevado de la fiesta. El café tiene demasiado azúcar y los panecillos están secos porque son del día anterior, pero todo sabe tan bien que Dora cierra los ojos.

—¡Es el mejor día de mi vida! —dice Franzi.

—¡Tonterías! —replica Godo.

La respuesta le ha parecido brusca incluso a Dora. Franzi traga saliva y se encara valientemente con su padre.

—¡Claro que sí! —insiste.

Godo la rodea con sus brazos y la aprieta contra su pecho. Permanecen así un rato. Dora guarda silencio. En ese momento le gustaría desaparecer, desvanecerse en el aire.

Durante el viaje de regreso, Franzi vuelve a sacar medio cuerpo por la ventanilla y grita divertida cuando los baches de la carretera la zarandean de un lado a otro.

—¿Crees que las personas pueden cambiar? —pregunta Dora.

—Las personas pueden morir —responde Godo.

—No me refiero a eso.

—Pues es un cambio notable.

Esboza una sonrisa burlona mientras Dora piensa en la respuesta que le habría gustado recibir.

—Siempre estás dándole vueltas a las cosas —se queja Godo—. Deja que el mundo sea como es.

Dora saca el teléfono móvil del bolsillo de su pantalón y escribe un mensaje a Jojo.

—Lo veo bien. No tiene síntomas. Se ha puesto filosófico.

La respuesta aparece al momento.

—Llego mañana hacia las 19 h. Llevaré sushi.

Dora se despierta a las tres de la madrugada y sale a la puerta. Algo pasa al otro lado del muro. O están rodando una película o ha aterrizado un ovni. El jardín de Godo está iluminado por una potente luz que alcanza las copas de los árboles y rompe la oscuridad de la noche. Crea un ambiente casi mágico. Dora se sube en la silla y echa un vistazo, movida por la curiosidad. Junto a la escalera de la caravana hay un proyector de los que se utilizan en las obras. Godo está trabajando en su loba. Ha terminado la parte inferior de la espalda, las patas de atrás y la cola. Su cuerpo se mueve al ritmo de los brazos. Está absorto en su trabajo. Apartado del tiempo y del espacio. Dora contempla la loba. Las orejas aguzadas, las fauces abiertas y esa sonrisa, en parte amable y en parte amenazadora, como si estuviera al acecho. Está segura de que dará un salto en cuanto Godo le libere los pies.

Dora se queda mirando. No puede apartar los ojos. Sigue de pie en la silla hasta que le empiezan a doler las rodillas y la espalda. Cuando vuelve a la cama son más de las cuatro. Godo continúa tallando, como si fuera lo único que importara. Unos cuantos metros más allá, se encuentra el gato del pelaje anaranjado, acurrucado sobre el muro, con las patas encogidas, meciéndose en el ahora.

47

Power Flower

Power Flower. Dos palabras que Dora no puede apartar de su pensamiento. Como si fueran un parásito y ella el huésped del que se nutren. Giran en su cabeza mezclándose con cualquier idea. Las ortigas son terribles. *Power Flower.* Dora tiene las piernas como si la hubieran atacado pirañas. *Power Flower.* Jojo llegará hacia las siete. Todavía son las cuatro. *Power Flower.* Es absurdo limpiar de maleza los rincones de la parcela. No es necesario cuando uno tiene un terreno tan grande. Además, son el hogar de mariposas y de otros insectos que debe respetar según la Ley de Protección de la Naturaleza. Los cardos que crecen allí tienen la altura de una persona. Parecen seres extraterrestres con brazos espinosos y varias cabezas. Los rincones no quedan dentro de los dominios de Dora. Cada vez que intenta arrancar del suelo uno de esos monstruos lo ve más claro. *Power Flower.*

Ha estado trabajando en la campaña de Tom. Recurrir al canciller le parecía demasiado osado y utilizar «Amistades que florecen» como gancho, demasiado sarcástico. Lo ha cambiado por «*Power Flower*». Ha preparado varios *claims* y tiene algunas ideas sobre los contenidos y cómo difundirlos en redes sociales. Va a proponerle a Tom que lance una *newsletter* para que sus clientes estén al tanto de las novedades. También habrá vídeos y material para el segmento *DIY*. Desde que reservó el dominio *Power Flower* ha entrado en un bucle. Lleva nerviosa todo el día. Ha dormido poco, ha comido poco y ha pasado demasiado tiempo luchando contra la maleza bajo el sol. Franzi y Laya han notado que estaba de mal humor, se han marchado al bosque y no han vuelto a aparecer.

Se siente como una niña a la que no le permiten acercarse a la mesa para abrir los regalos de su cumpleaños y tiene que esperar hasta la noche. La mesa es Jojo y los regalos son la información que trae. Ha tratado de convencerse a sí misma de que su visita no tiene por qué significar nada, pero se siente inquieta. Jojo no vendría a un lugar que odia «a pesar de la situación actual» y «en tiempos como estos» solo para cenar sushi con su hija. Tiene un plan y es posible que ese plan lo cambie todo. Puede que Jojo no haya sido un buen padre, pero es un médico excelente. La tasa de supervivencia es para él lo mismo que la marca para un corredor de maratón profesional. Si Godo le ofrece la oportunidad de grabar otra muesca en su bisturí de cirujano, hará lo imposible para salvarlo.

Dora continúa segando cardos con la guadaña. Las cabezas caen al suelo a cámara lenta con un sordo reproche. Es frustrante saber que volverán a crecer porque Dora no consigue arrancarlos de cuajo. Se seca el sudor de la frente con el antebrazo. Le duele la espalda igual que el primer día, cuando empezó a preparar la tierra de su huerto y descubrió que había delimitado un espacio demasiado grande.

A las cinco de la tarde se mete en la ducha. Disfruta sintiendo el agua fría correr sobre su cuerpo. Le quita el sudor del cabello, refresca sus dedos hinchados y calma el escozor de sus pantorrillas llenas de arañazos. Forma un cuenco con las manos y bebe en él. Quien no ha luchado contra la naturaleza con una pala o una guadaña no sabe lo que es el agua. Se quedaría debajo de la ducha hasta que Jojo llegase. Pero al cabo de un rato empieza a sentir frío. Sale de la cabina, se envuelve el cabello en una toalla y el cuerpo en otra, y permanece de pie, en silencio, sobre la alfombrilla de baño. Su nerviosismo aumenta.

Dora conoce muchas formas de inquietud, temor y excitación. Ha observado cada uno de esos estados, los ha analizado y catalogado. Es una especialista en nerviosismo. Puede que un día abra un museo de la inquietud, donde los visitantes podrán observar sus diferentes manifestaciones detrás de un cristal: desde el cosquilleo en el estómago, pasando por las burbujas que ascienden y se acumulan en el cerebro, hasta el hormigueo que provoca la preocupación o los estragos que causan los ataques de pánico. Lo que siente en estos momentos no tiene nada que ver con el cosquilleo de otras veces, pero tampoco es un ataque de pánico como tal. Se trata más bien de una inquietud fundamentada. En otras palabras: hay algo que no encaja.

Cuando Dora entra en la habitación donde ha amontonado las cajas de la mudanza que contienen su ropa para que haga las veces de vestidor, está muy claro que algo no funciona. Las prendas están desordenadas. Incluso hay dos pantalones en el suelo. Alguien ha estado revolviendo en las cajas de cartón y lo ha dejado todo patas arriba.

Dora observa incrédula la ropa desperdigada, pensando que en cualquier momento recordará que ha sido ella quien la ha sacado de las cajas. Pero no ha sido así. Siempre ordena su ropa. Alguien ha debido de entrar en la casa. Cuando se metió en la ducha no vio nada fuera de lo normal. Es cierto que fue directamente al baño y que no se fijó en el resto de las habitaciones. Debería revisarlas. Saca ropa interior, unos pantalones vaqueros y una camiseta a rayas, y se viste a toda prisa. En el peor de los casos tiene un intruso en casa. Aunque sigue pensando que debe de existir una explicación más simple para todo aquello. Es probable que Franzi haya decidido jugar a disfrazarse y haya olvidado pedirle permiso. Dora camina con cautela, como si el suelo pudiera hundirse bajo su peso. Entra en la cocina y echa un vistazo a los pocos muebles de los que dispone. Al principio no nota nada raro, pero luego se da cuenta de que los cajones están abiertos, lo mismo que el frasco de café, aunque Dora siempre cierra la tapa cuidadosamente para preservar el aroma. Las revistas no están colocadas como antes.

La chaqueta que tenía colgada en el vestíbulo está en el suelo. En el dormitorio han dado la vuelta a los colchones y han dejado la colcha tirada. Dora no tiene tantas cosas, pero aquello parece la versión barata de un registro. No es algo que Franzi pueda haber hecho. Alguien ha entrado en su casa a por algo y ha realizado una búsqueda sistemática. No se ha molestado en disimular el allanamiento, pero se ha preocupado de no causar daños.

Dora ha dejado el cuarto de trabajo para el final. Lo más valioso se encuentra allí. No quiere ni pensar en que le hayan robado el portátil, la tableta o el teléfono móvil. ¿Qué haría sin esas herramientas? Ni siquiera sabe si su seguro cubre los enseres domésticos.

La puerta está entornada. Dora la abre con el pie. El portátil está en el suelo, donde ella lo había dejado. El alivio se transforma en horror cuando ve lo que ha ocurrido. Habría preferido que le hubieran robado el portátil. Sería una situación que podría manejar. Presentaría una denuncia a la policía y ellos le prometerían que la mantendrían al tanto de los progresos de la investigación.

La palmera se encuentra en el suelo, tirada en medio de la habitación. *Power Flower*. Alguien ha sacado la planta de la maceta y la ha dejado allí sin más. Alguien con brazos fuertes y una voluntad inquebrantable. Había venido a buscar algo y lo encontró. Luego pisó la tierra que había caído en el suelo y fue dejando huellas por todas partes. Dora no necesita a la policía para saber a quién pertenecen esas pisadas. También sabe lo que se han llevado. Pero debe comprobarlo. La maceta está vacía. Las llaves del coche han desaparecido.

48

Atasco

Es probable que haya ido un momento a alguna parte. Habría podido decírselo, pero sabía que ella se lo habría impedido. Tal vez se encuentra tan bien que ya no entiende que le prohíban conducir. Ayer estuvieron juntos en el bosque, Godo se sentó al volante, sin problemas. Tal vez haya ido a ver a sus amigos nazis. O haya regresado a Schütte, solo. O esté preparando una sorpresa para Franzi. ¿Cuándo es su cumpleaños? Dora no lo sabe. Jojo llegará dentro de una hora y media. Le consultará si han de ser tan estrictos con la prohibición de conducir. Así Godo no tendrá que armar todo este lío cada vez que quiera hacer una escapada.

Dora respira hondo. Vuelve al baño. Se peina el cabello y deja que se seque. No quiere utilizar el secador. Para demostrarse a sí misma lo poco que le preocupa, se pone a ordenar la casa. Tarda menos de lo que esperaba. Incluso consigue poner en pie la palmera ella sola.

Luego se acerca al muro. Se sube en la silla y mira al otro lado. El *pick-up* no está en el jardín. Por supuesto que no. Dora no recuerda haber sentido el motor, pero llevaba bastante tiempo en la parte de atrás de la parcela, peleándose con la maleza. Luego se metió en la ducha. El agua le habría impedido oírlo.

Franzi está sentada a la sombra. Tiene en la mano un cuchillo con el que talla un trozo de madera. Laya está a su lado, esperando su próximo hueso.

—¿Dónde está tu papá?

La niña y la perrita levantan la cabeza.

—Se ha marchado.

—Ya veo.

Dora hace como si fuera absolutamente normal, lo que, en el fondo, no deja de ser cierto. No tiene por qué pasar nada. No hay problema.

—¿Cuándo se ha marchado?

Franzi se queda pensando y luego se encoge de hombros.

—Hace un momento, creo.

Eso puede significar mucho y no significar nada. Franzi se encuentra aún en esa edad feliz en la que el tiempo carece de importancia. Para ella, cinco minutos pueden ser una hora y viceversa, dependiendo de lo que esté haciendo en cada momento. No fuimos expulsados del Paraíso por comer una manzana, sino por inventar el reloj.

—¿Y sabes dónde se ha ido?

Franzi niega con la cabeza. Debió de parecerle normal. No sería la primera vez que su padre se sube en el coche, la deja sola y vuelve al cabo de un tiempo. La muchacha no está preocupada y es bueno que sea así. Dora tampoco. De veras. Lo importante es que Godo esté en casa cuando llegue Jojo. Por si quiere hacerle un reconocimiento. Y seguro que querrá. Si es necesario, Jojo tendrá que esperar. Nunca le ha molestado sentarse a esperar, sobre todo si tiene cerca una botella de buen vino. No pasa nada si tiene que quedarse hasta medianoche o incluso más tarde. Sus jornadas de trabajo son muy prolongadas, aunque últimamente se estén relajando. Godo también habría podido preguntarle si había encontrado alguna solución para su enfermedad. Pero él no es así. Tiene su carácter y hace las cosas a su manera.

Si se tratase de otra persona, le llamaría por teléfono o le enviaría un mensaje por WhatsApp: «¿Dónde te has metido, hombre?». Pero ni siquiera sabe si Godo tiene móvil. Es un caso único. No conoce a nadie más que haya crecido sin dispositivos digitales. Tal vez ese sea su secreto. A pesar de todo, Dora daría cualquier cosa por poder localizarlo en este momento.

Regresa a la casa, pone en la mesa dos cubiertos, abre una botella de vino tinto y lo decanta, como a Jojo le gusta. Luego no sabe qué más hacer. Está atenta a los sonidos que llegan de fuera. No quiere oír el elegante susurro del Jaguar de Jojo, sino el estruendoso motor del *pick-up*. La inquietud la lleva a recorrer la casa entera como una tigresa enjaulada. Cuarto de trabajo, dormitorio, vestíbulo, cocina, baño. El mismo recorrido que seguían Godo, Franzi y ella el día de la pintura, cuando jugaban a cogerse. Parece que hayan pasado años. Entonces el mundo era distinto. Dora era una chica de ciudad que había tenido que marcharse al exilio por el coronavirus y Godo, un elemento perturbador detrás de un muro. Ahora es otra vecina del pueblo, una mujer independiente, con una hija adoptiva, y Godo es un amigo que tiene un tumor.

Amigo. Eso es lo que ha pensado. Acelera el paso. Cuarto de trabajo, dormitorio, vestíbulo, cocina, baño. ¿Fue Heidegger el que dijo que, a la vista del abismo, buscar refugio en la vida cotidiana no es la solución? Es probable que Heidegger no conociera el *Error 0x0. 0x0* es un banco de madera al borde del abismo. El abismo es la certeza de que la existencia no es más que una estación de tránsito entre lo que aún no es y lo que ya no es. Uno puede sentarse en el banco con otra persona y los dos pueden mirar al abismo. Al menos durante un tiempo.

El teléfono suena a las seis y media pasadas.

—Lo siento, cariño —saluda Jojo—. Parece que voy a retrasarme un poco. Hay un atasco en la carretera.

Martes por la tarde. Dora piensa que la gente estará volviendo del trabajo.

—Me parece raro —comenta Jojo—. Ahora no hay tanta gente que vaya a trabajar. Unos lo hacen desde casa y el resto está de vacaciones en el Báltico —hay un punto de desprecio en el tono de su voz—. Debe de haber ocurrido un accidente. Creo que han cerrado la carretera.

En las carreteras se producen accidentes continuamente. Algunas carreteras son una fosa común. Carriles estrechos, árboles en los márgenes. Tractores, camiones, motocicletas y transportes especiales que adelantan de cualquier manera. Los arcenes están llenos de cruces blancas, decoradas con flores o acompañadas de velas. Dora no entiende que la gente le tenga miedo a una enfermedad y conduzca a 140 km/h por la carretera. Y hoy menos que nunca.

—¿Te importa si como un poco de sushi? —pregunta Jojo—. Tengo un hambre feroz.

Todos los días se producen accidentes. No tiene por qué significar nada. Dora lo sabe. Pero también ha aprendido a dudar de lo que sabe.

—¿Puedes avanzar? —pregunta.

—¿Cómo?

—¿Puedes bajarte del coche y avanzar para ver lo que ha pasado?

—No te entiendo. Me parece una idea descabellada.

—Te lo pido por favor.

—Dora, no entiendo a qué viene esto. ¿Sabes que podrían ponerme una multa? Y además...

—¡Eres médico, maldita sea! —estalla Dora—. Nadie va a decirte nada. ¿No puedes hacer lo que te estoy pidiendo?

Jojo guarda silencio durante un momento.

—Vale —responde sobriamente antes de colgar.

Dora vuelve a recorrer la casa de un lado a otro. Pero ya no es bastante. Sale al jardín, se dirige a la parte de atrás, toma la guadaña y acaba con otro cardo. Pero eso no cambia nada. No logra controlar sus pensamientos. Ve a Jojo caminando por la carretera al lado de los coches que se han detenido. Ve los rostros de los conductores detrás de los parabrisas. Cada vez están más impacientes, pero no se atreven a salir de sus vehículos. Algunos han abierto las ventanillas y se dedican a vapear. Las nubes que producen sus cigarrillos electrónicos son tan densas que parece que el coche estuviera ardiendo. Las mascarillas cuelgan de los espejos retrovisores. Jojo avanza. Hay ambulancias, policía, bomberos. Pero no ha llegado ningún helicóptero. Puede ser una buena o una mala señal. Lo mismo que la ambulancia que se encuentra detenida y no parece tener prisa por salir hacia el hospital. Varios hombres con uniforme caminan hacia él. Se preparan para abrir la carretera. Los coches tendrán que pasar de uno en uno junto al accidente. Jojo tendrá que darse prisa para que su Jaguar no obstaculice el tráfico. Ya puede ver la parte posterior del vehículo siniestrado. Es un *pick-up*. Está cabeza abajo. En esa extraña posición parece un coloso, una especie de escultura de chapa.

Dora tira la guadaña, atraviesa el jardín, sale a la calle y pasa a la casa de Godo. Franzi y Laya siguen sentadas en el suelo. Ni siquiera levantan la mirada. Dora se queda de pie como si hubiera echado raíces. Repara en algo que se le había escapado antes, cuando echó un vistazo por encima del muro. La loba ya no está donde antes. Una alfombra de astillas de madera señala el lugar donde Godo ha estado trabajando con tanto afán durante toda la noche. La loba se encuentra unos metros más allá, al lado de la escalera de la caravana, junto a su compañero. Es un poco más pequeña que él, pero es preciosa. Una figura esbelta, orejas aguzadas y una divertida expresión en la cara. Dora descubre en qué se ha convertido el bulto que sobresalía a los pies de la loba. Se trata de un cachorro, un lobezno rechoncho, adorable, que se acurruca junto a su mamá y levanta hacia ella su amorosa mirada. Allí están. Juntos. Madre, padre, hijo. No les falta nada. Nunca les faltará nada.

Cuando ve la familia de lobos, comprende lo que ha ocurrido. Pero necesita confirmarlo. Se dirige a la caravana a toda prisa, sube la escalera y empuja la puerta. No está cerrada. Entra. Se siente aturdida. Los colores se atenúan, los sonidos se amortiguan. La caravana está limpia y ordenada. La cama está impecablemente hecha. Sobre la mesa hay otra escultura de madera. Un regalo. Es tan pequeña que cabría en la palma de su mano.

Una perrita mestiza, parecida a una pug, con la cola enroscada. Yace sobre su vientre, levanta el rostro hacia el observador y jadea feliz. Tiene las patas traseras extendidas, de modo que su cuerpo rechoncho presenta una forma triangular que recuerda a una raya.

Cuando gira la figura, se da cuenta de que en la parte inferior hay un signo. Dos triángulos. Dos orejas de lobo aguzadas.

Ya sabe lo que el idiota de Godo ha hecho. Una idea así solo se le puede ocurrir a alguien tan estúpido como él.

—¡Maldito imbécil! —exclama Dora, aunque modera la voz para que no puedan oírla desde fuera.

Se deja caer sobre la silla con la mirada perdida, apretando contra su pecho la figurita de Laya, como si estuviera viva. El horror es un monstruo al que le gusta mirar a los ojos de sus víctimas antes de caer sobre ellas.

Cuando el teléfono suena Dora tiene los ojos abrasados en lágrimas. El mensaje es de Jojo. Apenas puede leerlo.

—Proksch ha muerto.

49

Proksch ha muerto

Dos horas más tarde, las cajas de sushi que traía Jojo siguen intactas sobre la mesa de la cocina. Ni siquiera ha tenido fuerzas para guardarlas en el frigorífico. La única que se interesa por ellas es Laya, la Raya, que levanta la cabeza una y otra vez para husmear. Tiene un fino sentido de la justicia. La comida que no se ha consumido a estas horas le pertenece a ella. Todo lo que rodea a Dora se difumina. Tanto el relieve de los acontecimientos como el contorno de los objetos. Incluso Jojo se confunde con el entorno. Ha utilizado el baño sin preguntar y, como Bracken no parece ser el lugar idóneo para beber vino, ha cogido una cerveza con la mayor naturalidad y ha llenado de agua la escudilla de Laya. Se siente a gusto en el hogar de Dora, aunque ella ya no sabe si verdaderamente es su hogar. La última vez, Jojo no pasó a la casa. Ahora admira los amplios pasillos de madera, el mobiliario minimalista, la distribución de las habitaciones y valora el hecho de que en la cocina se pueda fumar. Su actitud impasible devuelve el equilibrio al universo. Esa manera de mantener la calma en medio de una crisis es propia de un médico con años de experiencia, acostumbrado a hablar a diario con los familiares de los fallecidos. Incluso bromea con el apetito por el sushi de Laya.

Su comportamiento es una tabla de salvación. Aunque solo sirve para que, en los momentos de lucidez, Dora se hunda aún más. La idea de que jamás volverá a ver a Godo es como un velo negro que oscurece el horizonte. Godo ha estado «ahí» más que ninguna otra persona que conozca. No puede haberse marchado sin más. No puede ser cierto. Es imposible.

Proksch ha muerto. No es verdad. De vez en cuando le pregunta a Jojo si no puede haberse confundido. Él responde pacientemente:

—No hay ninguna duda, cariño. Reconocí el coche y también al conductor. O lo que quedaba de ambos.

Dora se empeña en no creerle. Hasta que su mirada cae sobre la perrita de madera que está sobre la mesa de la cocina, al lado de las cajas de sushi. Cuando la agarra y la rodea con sus manos comprende que es cierto. Godo se ha marchado para no volver. Nunca más fumarán un cigarrillo al lado del muro. Nunca más saldrán de excursión para observar los pájaros. Nunca más verá lo feliz que se siente Franzi al lado de su padre. Es monstruoso.

Dora trata de consolarse a sí misma. «Tampoco lo conocías tanto». «Ahora no hay ningún nazi en el pueblo». «No habrías podido hacer nada para evitarlo».

No sirve de nada. Cuando toca la figurita de Laya, se precipita al abismo que se ha abierto en su interior.

El día que dieron sepultura a los restos mortales de su madre, nadie lloró. Volvieron y se metieron en sus habitaciones, cada cual en la suya. Un silencio terrible se apoderó de la casa. Como si la madre se hubiera llevado todo consigo, amor, acogida, familia. No quedaba nada salvo escombros y noche. Ni siquiera se oía el canto de los pájaros en el jardín.

No debería recordar aquel momento. No le hace bien. Por lo menos el pasado debe permanecer en la caja del olvido. Dora coloca la tapa y la sujeta con todas sus fuerzas para que no se abra. Se seca el sudor del rostro con una servilleta de papel y fuma otro de los cigarrillos sin filtro de Jojo. Lleva tantos que ya le duele la garganta.

Hace apenas una hora ha llevado unos bocadillos a Franzi y la ha invitado a pasar la noche en su casa, pero la niña quería seguir tallando. Ni siquiera le ha preguntado cuándo iba a volver su papá.

Luego, Jojo ha obligado a Dora a conseguir el número de Nadine. Ella se ha resistido. Prefería hablar con Franzi en persona y darle la noticia. Se lo debía. Conoce a la muchacha mejor que nadie. En las últimas semanas han vivido juntos, como una familia. Franzi pasaría esa noche en su casa. Y luego podría quedarse con ella mientras los centros escolares no reabrieran sus puertas. Incluso durante las vacaciones de verano. Podría quedarse con ella para siempre. Iría al colegio en Plausitz. Dora y Laya podrían llevarla por las mañanas a la parada del autobús. Si alguna vez lo perdía, Dora la acercaría a la ciudad en el *pick-up*. Y aprovecharía para hacer la compra. Luego se tomaría un merecido café y trabajaría en las campañas publicitarias de sus nuevos clientes, pequeños empresarios de la comarca a los que propondría nuevos modelos de negocio.

—¡Franzi no quiere volver a Berlín! —ha protestado Dora—. No quiere volver a Berlín de ninguna de las maneras.

Jojo la ha mirado como si hubiera perdido el juicio. La ha cogido por los hombros y le ha recordado que no es la madre de Franzi. Se lo ha dejado muy claro.

—¡Tú... no... eres... su... madre! ¡Tienes que llamar a esa Nadine! ¡Ahora mismo!

Dora se ha dado por vencida, ha llamado por teléfono a Tom, le ha pedido el número de Sadie y esta le ha facilitado el de la señora Proksch.

La señora Proksch no tiene acento brandeburgués. Utiliza una expresión cuidada y algo artificial, la de una mujer que evita deliberadamente cualquier rasgo dialectal. Se ha alegrado de conocer a la nueva vecina de Godo y de saber que a Franzi le iba bien. Dora no quería hablar con ella. Nadine Proksch ya no es la mujer de Godo. Nadine Proksch no tiene la menor idea de lo que ha ocurrido. Es Dora la que ha estado allí, la que se ha encargado de todo, la que ha estado trabajando en la sala de máquinas para que todo funcionara. Es su historia y no la de Nadine Proksch. Si Jojo no hubiera estado allí, habría colgado sin más.

—Godo ha tenido un accidente.

Dicho así sonaba bastante inofensivo. Hasta delicado.

Nadine Proksch no ha dicho mucho. Solo que se ponía en camino inmediatamente. Aún con el móvil en la mano se ha dirigido a la puerta de la vivienda para coger su coche.

Dora mira su reloj y se levanta. No puede tardar demasiado. Jojo la sigue fuera de casa. Laya permanece dentro. Es mejor así. Esperan sentados en la escalera hasta que un Honda Civic de color rojo llega a toda velocidad por la carretera de Plausitz, reduce la velocidad al entrar en el pueblo y se detiene delante de la casa de Heini. Una mujer rubia se baja del vehículo y cruza la calle corriendo. Tiene una trenza larga, que le golpea la espalda al correr. No saluda a Dora ni a Jojo. Ni siquiera los ha visto. Dora siente el impulso de acercarse al muro, pero decide no hacerlo. Sería insoportable. Oye la voz de Franzi sorprendida y feliz.

—¡Mamá! ¡Mamá! —grita alegre, saliendo al encuentro de su madre.

Se hace el silencio y luego vuelven a oír la voz de la niña.

—¡No! —protesta Franzi—. ¡No quiero ir! ¡No voy a ir!

Dora y Jojo ven como Nadine Proksch arrastra por la calle a su hija, que no deja de gritar, y la introduce en el coche a la fuerza. Franzi no sabe qué ha sucedido. Solo sabe que su madre ha venido a recogerla de repente. Para llevarla a la ciudad. Lejos de aquí. Ni siquiera ha podido despedirse. Ni de Dora, ni de Laya. Ni de su papá. Grita. Nadine Proksch también grita. Las puertas del coche se cierran de golpe. El vehículo inicia la marcha.

Saber por Jojo que Proksch había muerto ha sido malo. Encontrar la figurita de Laya ha sido terrible. Pero esto ha sido lo peor de todo. Dora no derrama ni una sola lágrima. Llorar a la vista de esta catástrofe sería completamente inapropiado. Sería ridículo.

A eso de las diez, el estómago de Jojo ruge con tanta fuerza que se puede oír en toda la cocina. Pregunta a Dora si le importaría que comiera algo. Ella se sienta a su lado, abre las cajas, saca los palillos de madera y mezcla la pasta de wasabi con la salsa de soja, aunque tiene claro que no probará bocado. Tiene la sensación de que jamás podrá volver a comer algo. Por otra parte, sabe por experiencia que la vida sigue. El sol vuelve a salir, los ríos corren y los seres vivos se alimentan y se echan a dormir sin que importe lo que sucedió el día anterior. Jojo muestra una gran habilidad con los palillos. Coge un *nigiri* o un *maki*, lo cubre con jengibre, lo sumerge en la soja, lo introduce en la boca y mastica tranquilamente antes de tragar. Dora asiste en silencio a esta especie de representación teatral. Ese pescado también estuvo vivo una vez. Jojo come impasible. Su racionalidad, su capacidad para ponerse a comer porciones de sushi después de la catástrofe, tiene un efecto sedante. Puede que sea lo que hace en el hospital con los familiares que acaban de perder a un ser querido. Comer algo delante de ellos. Masticar para que la vida siga adelante. No deja de ser un talento. Sus gestos, la expresión de su rostro, incluso su modo de tragar envía un mensaje inequívoco. Jojo ha comprendido el misterio de la vida, que consiste en que no hay misterio alguno, solo la vida misma que sigue adelante hasta que llega el final. Seguir adelante es la única respuesta sensata. La única manera de enfrentarse al horror.

Dora se pregunta si Jojo es feliz. Sospecha que su truco consiste en no plantearse esa pregunta. Quien no busca la felicidad tampoco sufre cuando llega una desgracia. Seguro que Jojo no siente ningún cosquilleo en el estómago. Jojo acompaña el sushi con una cerveza. De vez en cuando, cierra los ojos para disfrutar del momento. Tenía hambre. Eso es todo. Se come la mitad de la parte de Dora y le da el resto a Laya. Ya son dos los que demuestran que comer es lo único que importa.

Jojo se enciende un cigarrillo. El humo asciende hacia el techo de la habitación. Es evidente que disfruta fumando en espacios cerrados. Un viaje en el tiempo. Pero, para eso, hay que venir a Bracken. Es algo que no se puede hacer ni en Münster ni en Berlín.

—¿Por qué crees que lo ha hecho? —pregunta Jojo.

Dora responde indignada:

—No ha hecho nada. ¡Ha sido un accidente!

—Cariño. No había huellas de frenada.

—Tal vez se quedó inconsciente y por eso no frenó.

—No había huellas de frenada, ni líneas sinuosas, ni otros vehículos implicados. Chocó directamente contra un árbol a 120 km/h.

Dora mira la figurita de madera que representa a Laya. Es un regalo de despedida. Una manera de pedir que le recuerde.

«Si vuelvo a encontrar a tu chucho escarbando entre las patatas que he sembrado, lo aplasto de un pisotón», recuerda Dora. También está la familia de lobos. Godo se pasó la última noche trabajando porque quería acabarla a toda costa. Madre, padre, hijo.

—En cualquier caso, habría muerto pronto —asegura Jojo.

Si las circunstancias fueran otras, Dora se habría echado a reír. Esa observación es una de las cargas de profundidad en el debate del coronavirus. Parece que a los médicos les encanta. Pero no tiene nada que ver con la situación de Godo.

—¿Y tú cómo lo sabes?

—Porque es mi trabajo.

—Se encontraba mejor.

—Eso era por la cortisona.

—¡Mucho mejor!

—Por desgracia, habría sido una mejoría pasajera.

—¡Tú no lo conocías! —Dora está a punto de gritar—. ¡Tú no has estado con él!

—Pero he conocido a muchos como él.

—¿Y a qué venías, entonces? —ahora está gritando de verdad.

Por un momento, la razón suelta las riendas. Dora se siente liberada.

—¡Habías venido para hacerle un reconocimiento! ¡Habías encontrado una manera de curar su enfermedad! Tú no visitas a la gente así como así. ¡No es tu estilo!

Jojo la mira asustado.

—Dora, todo eso solo está en tu cabeza.

—¿Cómo que en mi cabeza? ¿Qué hay en mi cabeza?

El tumor solo está en tu cabeza. El vecino solo está en tu cabeza. Deberías dejar espacio en tu cabeza. *Power Flower*.

Dora está desesperada. Ha entrado en un bucle y la única manera de salir de él es entrando en otro.

—No venía a ver a Proksch, sino a ti —Jojo la coge de las manos—. Quería apoyarte. Prestar cuidados paliativos no es nada fácil. Ni siquiera para personas con formación.

—¡Cuidados paliativos!

Dora escupe el concepto. Otra palabra que no soporta. Hay palabras que envenenan la vida y siempre es Jojo quien las trae. Se expanden como un virus. Tal vez mueran más personas por culpa de esas palabras que por el propio coronavirus.

—Yo no he hecho nada en absoluto. Hemos preparado algunas barbacoas. Hemos salido a observar los pájaros.

¿No fue ayer cuando fueron de excursión a Schütte? Es evidente que «ayer» no es una magnitud temporal, sino el nombre de otra dimensión. Dora comienza a llorar de nuevo. Esta vez, más bajo. Es un llanto continuo, como una lluvia ligera que cae suavemente. Jojo acaricia sus manos.

—Tal vez lo haya hecho para ahorraros las últimas semanas. A su hija pequeña y puede que también a ti. No entiendes que haya hecho algo así cuando le iba mejor. Yo creo que lo ha hecho precisamente *porque* le iba mejor. Porque aún podía hacerlo. No quería seguir enfermando, no quería mantener su cuerpo vivo cuando él ya había desaparecido, no quería que el último capítulo de su vida consistiera en agonizar en un hospital. Morir puede ser un asunto muy desagradable.

Dora quiere soltarse, pero no tiene fuerzas para ello. Jojo no debería hablar así, pero lo hace. No le importa. Ella sabe que en este momento está pensando en su madre. Y no debería decir lo que dice, no debería hablar de esa manera.

—Franzi es una niña pequeña que ha perdido a su padre en un trágico accidente de coche. De un día para otro. Después de haber jugado juntos.

—Tallado.

—Pues tallado.

Guardan silencio durante un rato, mientras, Dora sigue llorando.

—Todo irá bien —añade Jojo en voz baja—. Al fin y al cabo, no era más que tu vecino.

—¡Era mi...!

La indignación de Dora no encuentra un cauce de salida. No hay ningún concepto para definir la relación que mantenía con Godo. Y no hay ningún motivo para dar más explicaciones a Jojo.

—¿Sabes lo que estuve planteándome antes, en el lugar del accidente?

Dora niega con la cabeza.

—Si tu amigo no se habría plantado delante de una sinagoga de Berlín para pegarse un tiro.

Jojo se merecería una bofetada por ese comentario, pero, en lugar de ello, Dora sonríe entre lágrimas.

—Yo también me lo había planteado —reconoce ella.

Jojo le aprieta las manos.

—Lo ha hecho por amor —dice él—. Puedes estar completamente segura.

Dora asiente con la cabeza.

—Ya verás que el dolor se pasa. Más rápido de lo que piensas. Esta noche es la peor.

Vuelve a apretar sus manos, esta vez con más fuerza. Es su manera de acabar la conversación. «Teníamos que expresar nuestros sentimientos, hemos hablado, volvamos a la normalidad».

Dora recuerda algo que ocurrió hace años. Jojo y Axel estaban discutiendo sobre educación. Jojo lo tenía todo muy claro, como en tantas otras ocasiones. Dora estuvo a punto de preguntarle cómo podía hablar con tanta seguridad, si no había tenido hijos. Pero se mordió la lengua.

Jojo se levanta.

—Tengo que marcharme. Dentro de unas horas entro en quirófano para operar.

Dora mira el reloj. Falta poco para la medianoche. No sabe si Jojo operará en Berlín o en Münster. Tampoco se lo pregunta. Sea como sea, saldrá bien. Le acompaña a la puerta de casa y se queda mirándole mientras atraviesa el jardín y abre el portón. Se gira de nuevo y levanta la mano para despedirse. Es la primera vez en la vida que Dora siente la necesidad de decir «papá» en lugar de «Jojo».

Y lo hace.

—¡Buenas noches, papá! O, más bien, buen viaje.

No llega a oírla. Se ha metido en el coche y toca el claxon para decir adiós antes de que el Jaguar enfile la carretera en dirección a la autovía.

A Dora le gustaría acercarse al muro. Comprobar si Franzi, esa pequeña lechuza nocturna, está aún en el jardín. Le gustaría que la cabeza de Godo apareciera de nuevo por encima del muro. Fumar con él el último cigarrillo del día. Pero ya no está. Detrás del muro solo queda el silencio y la nada.

¿De qué te quejas? Es exactamente lo que querías. Librarte de todo. Familia. Relaciones. Responsabilidad. Roces. Nervios. Berlín. Robert. La agencia. El coronavirus. Axel y las anécdotas de su heroica vida como padre de familia. Amigos, conocidos. Los agobios, los mensajes, las pantallas, las prisas y la agitación. El alarmismo de los medios. La arrogancia de la metrópoli. Parques donde es obligatorio llevar a los perros con correa. *Car-sharing, bike-sharing* y *roller-sharing*. El cosquilleo, las burbujas y el insomnio. Toda esa mierda. Tampoco querías a un nazi al otro lado del muro y menos aún a una hija adoptiva que se colgara de ti. Querías el silencio y la nada. Es lo que tienes. Alégrate.

Entra en la cocina. Laya se ha enroscado como un donut en su canastilla de piel con manchas de leopardo. Su cuerpo tiembla ligeramente. No puede ser por la temperatura, porque hace calor. Tampoco por hambre, porque ha comido un montón de sushi. Deja escapar un gemido cada vez que respira. Ya echa de menos a Franzi. Tal vez, también a Godo. Así que esto es lo que queda. Este es el resultado de la gran liberación: una perrita triste.

50

Lluvia

No puede ser. Pero ha ocurrido. Dora se despierta con los truenos. Está en la cama y escucha un ruido que no ha oído jamás desde que vive aquí. Un alboroto, un estruendo, como si alguien diera golpes. Y un tintineo metálico. El dormitorio tiene un aspecto distinto. Una luz turbia tiñe las paredes de gris. A los muebles les han robado la sombra. El olor también es distinto. Húmedo y melancólico. Desde que Dora se mudó a Bracken solo ha habido días de sol. Como si las nubes, el viento y la lluvia fueran cosa de la ciudad, o como si el pueblo estuviera cubierto por una enorme campana azul. Y justo hoy, después de tantos meses de sequía, comienza a llover. El día del entierro. Ninguna aplicación anunciaba lluvia. No había cirros que cubrieran el cielo. No soplaba el viento del sur. Las golondrinas no volaban bajo. La visibilidad era normal. La puesta de sol de la víspera había sido espectacular, como siempre. Debe de tratarse de un error.

Dora sale de la cama, se acerca a la ventana y ahí está. No cabe duda. La lluvia cae en largos hilos que se descuelgan en diagonal desde el cielo. Las hojas de los árboles tiemblan bajo las gotas. La tierra se vuelve oscura y compacta. Los pájaros guardan silencio. Seguramente estén recogidos en sus nidos, con las alas extendidas para que sus plumas se cubran de perlas.

En la fiesta, una mujer del pueblo comentó que Bracken es como el desierto. Cuando llueve, es como si la naturaleza explotara. El pueblo tiene un aspecto completamente distinto. Ya lo veía.

Dora no sabía si lo iba a ver. Ni siquiera sabía si iba a continuar aquí. Durante los últimos días no ha pensado más allá del domingo. Como si no existiera un lunes. Como si la historia llegara a su fin un lluvioso domingo de junio. No había venido a Bracken para conocer a Godofredo Proksch. Pero ahora no sabe si puede seguir adelante sin él.

Se dirige a la puerta, coge a Laya, la Raya, que odia salir fuera cuando hace mal tiempo, y se sienta con ella en la escalera. Respira hondo y disfruta del olor a tierra mojada, que la devuelve a su infancia. «En Münster solo deja de llover para que toquen las campanas», decían entonces en su ciudad natal. Aún recuerda los días de lluvia: el rumor de las gotas, la monotonía, la luz apagada, el ánimo decaído por tener que quedarse en casa. Las horas sin hacer nada. Dora piensa que la lluvia pone el mundo en *standby*. Se ve al lado de Axel, en el asiento trasero del coche de mamá, de camino a alguna clase de piano o de gimnasia, hipnotizada por el rítmico chirrido de los limpiaparabrisas con el que casi se dormía. Las luces de colores de los semáforos se descomponían formando estrellitas. Dora repasaba con el dedo el recorrido que las gotas de lluvia trazaban sobre el cristal. El coche olía como un animal mojado. Solo se oía la radio y las quejas de mamá por el comportamiento de los demás conductores. El aburrimiento y el mal humor también pueden formar parte de tus mejores recuerdos.

Dora permite que Laya vuelva dentro y pasa a la cocina para preparar café. Se encuentra hecha polvo. Ha estado muy ocupada. Jojo le ha proporcionado una especie de hoja de ruta. Le enviaba indicaciones por WhatsApp y ella las seguía. Le está agradecida.

Lo primero fue presentar a Tom y a Steffen sus ideas para la campaña de *Power Flower*. Tom se mostró entusiasmado y le dio luz verde para seguir adelante. Se pondría con ello después del entierro. Lo siguiente fue llamar por teléfono al hospital de Plausitz y hacerse pasar por la señora Proksch. Nadie se molestó en comprobar su identidad. Le confirmaron que Godo se encontraba aún en la morgue. Convenía que se llevaran el cuerpo lo antes posible porque sus instalaciones no eran demasiado grandes. No se le había practicado la autopsia porque la policía había reunido pruebas suficientes. Circulaba a 127 km/h, dirigió el coche contra un árbol y no hubo ningún otro vehículo implicado. El caso estaba claro. Solo esperaban que se presentase la funeraria.

Después de colgar, Dora pensó que, sin un examen del cadáver, el secreto de Godo quedaría a salvo, tal y como él habría deseado. Nadie sabría que «habría muerto pronto», como pronosticaba Jojo.

Luego contactó con la funeraria «El último viaje». Siguiendo las indicaciones de Jojo, Dora se puso a gritar por teléfono para que nadie le pidiese que acreditara su identidad. Luego dejó claro que tenía que realizar todos los trámites por teléfono o por correo electrónico por el coronavirus, algo con lo que «El último viaje» estuvo de acuerdo. El ataúd, las flores, las cintas y el diseño de los recordatorios los pudo elegir por Internet. Aseguró que Godo, que desde su muerte se había convertido en el «señor Proksch», no deseaba velatorio, discurso fúnebre, ni esquelas en los periódicos. Esta negativa hizo que la cordialidad de «El último viaje» se resintiera notablemente. Dora, por su parte, tenía la sensación de estar preparando una boda, una ceremonia sencilla, acorde con «los tiempos que vivimos». Nunca había sido la esposa de nadie y menos aún la viuda. Desde la muerte de Godo tenía la impresión de haber asumido ambos papeles.

«El último viaje» lo arregló todo con el cementerio de Bracken. Acordaron la fecha con Dora y le enviaron los documentos del contrato a la dirección de Godo, recordándole que les remitiera una copia de su documento de identidad, algo que Dora pasó por alto una vez más.

Tom y Steffen se pasaron por su casa para decirle que ellos se encargarían de las coronas.

—Era un cabrón —dijo Steffen—. Pero era nuestro cabrón.

Luego hablaron sobre la frase que debía figurar en la cinta de la corona. Tom propuso «¡Uno menos!» y Dora, «Aquí descansa el nazi del pueblo». Reír juntos les hizo bien. Al final se decidieron por «Para nuestro amigo y vecino» y añadieron otra cinta, más pequeña, donde se leería «Para mi querido papá, de Franzi».

Los de «El último viaje» no se tomaron nada bien que Dora llamara para cancelar las flores. Por si fuera poco, había optado por el ataúd más económico. Uno de madera de pino. Es probable que Godo hubiera preferido haya o roble, pero no sabía de dónde sacar el dinero.

La lista de invitados fue lo que le dio más quebraderos de cabeza. Nadine y Franziska Proksch, Sadie, Tom y Steffen, Heinrich. Nadine Proksch le comunicó por SMS que los padres de Godo habían fallecido y que hacía años que había perdido el contacto con su hermano. Dora preguntó qué tal estaba Franzi, pero ella no le respondió. Dio un paseo por el pueblo y anotó unos cuantos nombres que fue tomando de los buzones. La lista se reducía a diez personas. Gracias al coronavirus no parecería triste, sino adecuado.

Jojo le envió un mensaje con la siguiente tarea: «Borrar su rastro. ¡¡Localizar documentos!!». Los signos de exclamación subrayaban su importancia.

Entonces empezó el trabajo de verdad. Dora pasó dos días en casa de Godo. Se deshizo de los alimentos, limpió a fondo y puso en orden la caravana y la vivienda. Se llevó las llaves y desconectó la bomba del agua. Encontró los documentos. Estaban en un archivador, organizados con sorprendente pulcritud. Papeles del coche, notas del registro de la propiedad, la sentencia de divorcio, viejas cartas de la Seguridad Social, certificados, incluso un pasaporte sin un solo sello. Se lo llevó todo a casa y pasó una tarde entera organizándolo. Empezó a telefonear y rescindió los contratos. Godo ya había desaparecido del mundo de los vivos. Laya se pegaba al portátil, como si quisiera ver la pantalla.

Dora pensó en muchas cosas. Por ejemplo, sobre el amor. Siempre había creído que lo que las películas y las novelas llaman «amor» no existe en realidad. O, por lo menos, no de la forma en que lo describen. Personas que se cruzan por casualidad y se dan cuenta de que están hechas una para otra. Que permanecen juntas para siempre. Que se hacen felices. Que sienten una emoción especial cuando se miran. Que se pelean y se reconcilian. Que disfrutan del sexo. Que se entristecen cuando no pueden verse. Que envejecen juntas y pasan sus últimos años en un banco del parque cogidas de la mano. Dora ni siquiera está segura de que Robert la haya querido alguna vez. Parece que se trata más bien de quién encaja con quién. Un nivel cultural semejante, un estilo semejante, unas preferencias semejantes en lo que se refiere al deporte, la música y la política. En el fondo, se podría reducir a un *rating*, con parámetros y porcentajes. Basta con escuchar las conversaciones. «Esos dos no encajan en absoluto».

«Con el otro encajaba mejor». «¿Encontrará a alguien que encaje con él?». A veces piensa que algo se rompió dentro de ella cuando su madre murió. La capacidad de amar a otra persona con todo el corazón sabiendo que va a morir. A veces piensa que el siglo XXI tiene la culpa de todo. *Rating* y *ranking*, *match* o *nope*. O puede ser que las novelas y las películas mientan. Robert y ella encajaban bien. Se entendían bien y encontraron una bonita vivienda que compartir. Pero les faltaba algo. Las cosas funcionaban, pero en el fondo se sentían vacíos. Así que, cuando las cosas dejaron de funcionar, no les quedó nada.

Entonces, el azar quiso que un vecino se cruzara en su camino. Un nazi que vivía al otro lado del muro. Era feo y apestaba. Si hubiera sido un producto los clientes de Amazon lo habrían valorado con una sola estrella. Sus amigos eran terribles. Bebía. Había estado en la cárcel por intento de homicidio. A Dora no le gustaba. Le tenía miedo. No encajaban en absoluto. En Tinder jamás se habrían encontrado. Los algoritmos no lo habrían permitido.

Pero Godo estaba ahí. Porque en la vida real, a diferencia de lo que ocurre en las redes sociales, no importan los *likes*. Y ahí se quedó. Dora terminó comprendiendo que eso significaba algo. Que podía compartir cosas con él. Godo y ella tenían una existencia. Y él decidió compartir la suya con ella. Por eso se podría decir que coexistieron durante un tiempo. Unidos por el muro que los separaba.

Ahora se ha marchado. Pero ha dejado algo. Una convicción que Dora no puede apartar de su cabeza. Si pudo encontrar a Godo, tal vez pueda encontrar a otra persona. Si deja a un lado los puntos, los porcentajes y las estrellas, puede que ahí fuera haya alguien para ella. El que en este instante está discutiendo con sus hijos en un piso de Colonia por las clases *online*. O el que está cargando bultos en la bodega de un avión en el aeropuerto de Leipzig. O el que pone a punto unos trajes de buceo en las Maldivas. Alguien que aún no sabe que un día se encontrarán.

Dora le preguntó a Heini de quién era la excavadora que vio en la parcela de Godo. Habló con él y el viernes por la noche se presentó con la máquina. La pala levantó por los aires la familia de lobos, atravesó el pueblo con ella y la dejó en el cementerio. A Godo le habría gustado la idea, de eso está segura.

Ayer intentó hacer una barbacoa en el jardín de Godo. No consiguió prender un fuego en condiciones. Dejó la cerveza a medias y la carne se la dejó a Laya. No le gustaba.

Algunas noches, antes de irse a la cama, se ha acercado al muro, se ha subido en la silla y se ha puesto a fumar. Al otro lado faltaban Godo, Franzi y también los lobos. Dora se ha planteado dejar de fumar. Se siente profundamente triste.

La lluvia sigue cayendo. Es más, arrecia mientras Dora se toma el café. Mira por la ventana y piensa que es bonito ver llover y pasar un poco de frío con una taza en la mano. Significa que uno está vivo. No tiene paraguas. Tampoco chubasquero. Ni botas de goma, ni gorro, ni sombrero. Cuando llega el momento de acudir al entierro se pone una camiseta gruesa y se cubre la cabeza con una bolsa de la compra. La bolsa es de papel. Antes de llegar a la puerta del jardín comprende que no le servirá de nada. Terminará calada hasta los huesos en cuestión de minutos. La temperatura debe de rondar los diez grados. Laya se niega a caminar y tiene que arrastrarla con la correa sobre la hierba.

Después de dudar un momento, cruza la calle y llama a la casa de Heini. Abre inmediatamente, como si hubiera estado esperándola. Una mujer aparece a su espalda en el vestíbulo, la saluda amablemente y desaparece de nuevo. Tal vez sea la persona que limpia la casa. O una amante secreta. Si no se engaña, le sacaba más de una cabeza a Heini.

—¡Todo esto es una mierda! —dice él—. ¡Una mierda!

Dora piensa que se refiere al tiempo, pero puede que esté pensando en la muerte de Godo. Por un momento parece que fuera a abrazarla, pero entonces recuerda las restricciones que impone el coronavirus. O que es un hombre y ella una mujer. O simplemente que es de Brandeburgo. Heini se queda mirándola sin saber qué hacer. No reacciona hasta que le pregunta si puede prestarle algo de ropa para la lluvia. Entra en casa y pasa un rato buscando. Dora escucha el tamborileo de las gotas de lluvia sobre el tejado y, de vez en cuando, mira el reloj con preocupación.

—No te inquietes. No van a empezar sin nosotros —comenta Heini cuando aparece de nuevo.

Dora quiere pensar que se trata de un chiste.

Heini lleva un traje impermeable de color amarillo, chaqueta y pantalón, además de unas botas de goma del mismo color. Se ha cubierto la cabeza con la capucha. Detrás de él aparece la mujer de antes, con otro impermeable, este de color verde oscuro, y un sombrero de ala ancha con el que parece un *lord* inglés a punto de salir de caza. Heini saca otro par de botas de color amarillo y una chaqueta impermeable que le entrega a Dora. El atuendo se completa con un gorro. Cuando acaba de vestirse, levanta a Laya del suelo y la mete bajo la chaqueta. Salen todos juntos. No hay acera, así que tienen que caminar por un lado de la carretera, como es costumbre en Bracken.

Como tampoco hay alcantarillas, la calzada se ha convertido en un río por el que corre el agua en dirección al centro del pueblo. Al lado de Heini y de su mujer, Dora se siente como una niña pequeña que acompaña a sus padres a ver las focas de Spikeroog.

La fantasía se quiebra de golpe al llegar al cementerio. Dora ve la tumba abierta y se asusta más de lo que pudiera imaginar después de los días de duelo que ha vivido. Esa misma mañana llegó un mensaje de texto de Jojo: «Quien acepta la muerte puede seguir adelante». Dora pensó que tenía razón y que lo lograría.

Pero esa clase de frases no sirve para cerrar una fosa que abre sus fauces y se ríe de todos. Dora aprieta a Laya contra su pecho, como si su cuerpo tibio pudiera protegerla.

El ataúd que ha elegido está sobre un catafalco, cubierto por un océano de flores. Tom y Steffen han hecho un gran trabajo. Los dos lobos se encuentran a la cabecera de la fosa, como si se hubieran adelantado para asistir al funeral.

Dora no puede creer que Godo esté allí. Y tampoco que no haya venido nadie. En medio del cementerio vacío parece que el ataúd formara parte de un decorado. Puede que ocurra lo mismo con la fosa. Estaba previsto que representasen una obra de teatro y ha habido que cancelarla por la lluvia. Dora quiere irse a casa. La función se ha suspendido.

Pero entonces varias figuras se apartan de la pared de piedra de la iglesia, donde se habían refugiado. Llevan paraguas o capuchas para protegerse del aguacero. Son bastantes más de los que creía. Dora siente una ola de calor que recorre su cuerpo. No había pensado que significase tanto para ella. Tom y Steffen cogidos de la mano, algo que no había visto hasta ahora. Sadie con dos mujeres que estuvieron en la fiesta del pueblo. Los bomberos. Dos figuras con barba y chaqueta se acercan con paraguas de color negro. Dora se pregunta cómo se habrán enterado de la muerte de Godo. Parece que en esta región las noticias vuelan. Saludan inclinando de cabeza y se colocan a un lado, apartados del resto, para respetar la distancia social que impone el coronavirus. O puede que se sientan como una banda de forajidos y por eso procuran no llamar la atención. Krisse se seca los ojos disimuladamente. Los asistentes al funeral rodean la tumba. Los lobos sonríen al fondo. La lluvia ha aflojado un poco. Las gotas son más finas y no caen de arriba abajo, sino que vienen de todas partes. Solo falta el párroco. Dora se asusta al pensar que ha pasado por alto ese detalle. Pero entonces recuerda el mensaje de «El último viaje». A pesar de que el señor Proksch no era practicante, la comunidad evangélica está dispuesta a celebrar su entierro. El párroco Heinrich se ocupará de ello.

Dora mira alrededor y consulta su reloj. Laya patalea debajo de su chubasquero, así que coge a la perrita y la deja en el suelo. Una mujer alta que estaba a su lado se quita el sombrero con el que se resguardaba de la lluvia y se lo entrega a Heini. Tiene el cabello recogido en un moño, sobre el que se depositan gotitas de lluvia. Abre su chubasquero y muestra una sotana negra con dos bandas blancas a modo de alzacuellos. La transformación desafía la lógica. El *Serial Griller* y una pastora protestante. En Tinder jamás se habrían encontrado. Los algoritmos no lo habrían permitido.

—Nos hemos reunido aquí para...

En ese momento, Dora nota un vacío inmenso a su lado. Como un cúmulo de materia oscura.

Una ausencia contraria a las leyes de la naturaleza. Un hueco con el perfil de una niña. Está a punto de gritar «¡Alto, no podemos empezar todavía!», cuando oye un coche que frena en seco. Un Honda Civic de color rojo se ha detenido junto a la valla que rodea el cementerio. La puerta del copiloto se abre y Laya comienza a tirar de la correa como si quisiera zafarse del collar. Franzi atraviesa la puerta y recorre a toda prisa el camino de grava para unirse al cortejo fúnebre. Lleva una chaqueta de *softshell* de color violeta con una capucha que cubre casi por completo su melena rubia. Viste unos vaqueros cortos y calza unas zapatillas de deporte rosas. Nada que ver con los chubasqueros amarillos de Dora y Heini. La pastora Heinrich sonríe a la muchacha. Laya salta como una loca reivindicando su derecho a saludarla. A Dora también le gustaría abrazar a su pequeña amiga, pero sabe que no es el momento.

Cuando la perrita se calma entrega la correa a la niña, un gesto que Franzi agradece con una sonrisa ausente. La muchacha está tan lejos como la luna. Franzi no es más que un cuerpo que Berlín acaba de escupir para volver a absorberlo lo más rápidamente posible. Dora recuerda cómo brillaba su cabello rubio entre los árboles del bosque. Parece que estuviera viendo los reflejos del sol sobre la hierba y a Franzi y a Laya corriendo juntas por la pradera. Y percibiera el olor a pinos y a setas. El Honda ni siquiera ha apagado en motor. Es el sonido más aborrecible del mundo.

—Nos hemos reunido aquí para despedir...

Nadie llora. Todos callan. Parecen petrificados. Los únicos que sonríen son los lobos. La madre, el padre y el hijo. Mientras la pastora Heinrich pronuncia su sermón, Dora piensa qué pájaros habrá en Berlín. Y cuál resultaría más adecuado. No son muchos. Las palomas y los gorriones carecen de importancia precisamente por su número. Los chochines son tan raros que uno se olvida de que existen. ¿Mirlos? Están en peligro de extinción. ¿Cuervos? Demasiado ruidosos y demasiado sombríos, una plaga. ¿Urracas? Demasiado agresivas. ¿Golondrinas? Vuelan demasiado alto. ¿Cernícalos? Son muy difíciles de reconocer.

Dora percibe un movimiento en uno de los abetos que se alzan entre las tumbas. Acaba de dar con la solución. Apoya su mano sobre el hombro de Franzi.

—Mira allí —le susurra.

A pesar del mal tiempo, un arrendajo de color naranja se ha posado sobre las ramas del abeto y los observa con unos ojos que parecen botones negros.

—Es tu papá —explica Dora—. Te visitará siempre que pueda. Y cuidará siempre de ti. Te quería muchísimo.

Franzi mira al árbol sin comprender. Es probable que no haya escuchado nada de lo que le ha dicho. No mira a Dora y parece que tampoco ha advertido la presencia de los lobos. Escucha ensimismada las palabras de la pastora. Incluso ignora a Laya, que lame su rodilla.

Cuando la ceremonia concluye, cuatro hombres se acercan para bajar el ataúd a la tumba con largas cuerdas. Todos los presentes van pasando para arrojar un puñado de tierra. También Franzi echa un puñadito que cae sobre la tapa de la caja de madera. Dora se inclina hacia la muchacha.

—Puedes venir a mi casa y a la de Laya siempre que quieras —la invita—. En vacaciones. O cuando te apetezca. Nos alegraremos de verte.

Franzi asiente con la cabeza y, en ese instante, Dora sabe que jamás volverá a ver a la niña. El Honda hace sonar el claxon. Franzi devuelve la correa a Dora, se suelta de su mano y recorre el camino de grava para entrar en el coche. Dora se da la vuelta. No puede ver como la muchacha se sube al vehículo. Se taparía los oídos para no oír el sonido del motor.

Todos se acercan a ella, inclinan ligeramente la cabeza en lugar de tenderle la mano y presentan sus condolencias como si fuera la señora Proksch.

—Gracias, Dora —dice Tom.

Dora no sabe qué ha querido decir, pero luego lo comprende.

Hace sola el camino de regreso. Heini ha acompañado a su mujer a la iglesia. Los asistentes al funeral se han dispersado. Laya corre feliz delante de ella, pensando que al llegar a casa tendrá por fin un sitio seco. Hoy sería un buen día para probar la estufa de leña. Godo le habría ayudado. Habría pasado a su casa con un montón de leña y habría hecho fuego antes de que se lo hubiera pedido.

La lluvia va remitiendo. Queda una especie de neblina que humedece la cara y las manos. El agua que bajaba por la calzada ha desaparecido. Caen gotas de las ramas de los árboles. Los pájaros vuelven a cantar. De algún lugar llega el castañeteo de las cigüeñas. Delante de la casa de Tom y Steffen hay dos jóvenes portuguesas. Charlan y fuman junto a un charco gigantesco. Levantan la mano para saludar a Dora cuando pasa a su lado. La casa de Godo está en silencio.

Alguien tendrá que encargarse de ella de ahora en adelante. No estaría de más que los viernes se pasara a echar un vistazo. Debería ventilar, encender la calefacción, abrir y cerrar los grifos, y ocuparse del mantenimiento. Seguro que en Internet explican cómo. Dora tiene la llave. El gato del pelaje anaranjado la contempla desde el muro.

Otros títulos de la colección

EL HIJO DEL DOCTOR
Ildefonso García-Serena

CORAZONES VACÍOS
Juli Zeh

EL FINAL DEL QUE PARTIMOS
Megan Hunter

KRAFT
Jonas Lüscher

LA BALADA DE MARÍA TIFOIDEA
Jürg Federspiel

CAMPO DE PERAS
Nana Ekvtimishvili

LA ARPÍA
Megan Hunter

AÑO NUEVO
Juli Zeh

ARCHIPIÉLAGO
Inger-Maria Mahlke

ANNA GÖLDIN. LA ÚLTIMA BRUJA
Eveline Hasler

Vegueta simboliza el oasis cultural que florece en el cruce de caminos.
Con el pie en África, la cabeza en Europa y el corazón en Latinoamérica,
el barrio fundacional de Las Palmas de Gran Canaria ha sido un punto
de llegada y partida y muestra una diversidad atípica por la influencia de
tres continentes, el intercambio de conocimiento, la tolerancia y la riqueza
cultural de las ciudades que miran hacia el horizonte. Desde la editorial
deseamos ahondar en los valores del barrio que nos da el nombre, impulsar
el conocimiento, la tolerancia y la diversidad poniendo una pequeña gota en
el océano de la literatura y del saber.

Estamos eternamente agradecidos a nuestros lectores y esperamos que dis-
fruten de este libro tanto como nosotros con su edición.

Eva Moll de Alba